새로 읽는

한국
현대
소설

내일을여는지식 어문 31

새로 읽는
한국 현대 소설

● **황효일** 지음

한국학술정보㈜

우리는 참 많은 이야기를 가지고 있다. 신화, 전설, 민담, 소설, 수필, 희곡……. 우리 땅에서 오천 년 동안 우리는 헤아릴 수 없이 많은 이야기를 지어냈다. 그 한 편 한 편마다에는 사람 사는 일에 얽힌 기쁨과 슬픔, 진실과 사실 그리고 시대상을 꿰뚫는 통찰력이 과육(果肉)처럼 알알이 맺혀 있다. 그래서 모두 소중하고 흥미롭다.

오늘날은 영상과 오락이 넘치는 시대이다. 이미 꽤 오래전에 그렇게 된 듯하다. 우리 사는 곳 어디를 가도 늘 오락거리가 넘쳐나고, 그 파고(波高) 맨 앞머리에는 어떤 꾸밈새로든 영상이 나타난다. 그래서 지금 우리는 오락에서 벗어난 휴식이 필요하다. '쉼'에도 여러 가지 방법이 있고 길이 있지만, 우리는 참 많은 이야기를 가지고 있다. 요즘 대형 도서관이 퍽 가깝고 문은 활짝 열려 있다. 영상 이미지 말고 종잇장에 스민 기름 냄새를 맡으며 사람들이 어우러져 펼쳐 놓은 이야기에 가만히 귀 기울여 보면 어떨까 싶다.

여기 가져온 소설들은 우리나라 근현대 작가들이 빚어낸 옥편(玉篇)들이다. 1900년대에서 2000년대까지 훑어보며 겨우 50편을

추려보았다. 숱하게 많은 노작 가운데 필자가 눈여겨본 알맹이들이
며 한 편 한 편 귀하기 그지없는 바로 우리의 이야기다. 이 이야기
들을 독자 여러분 책상 위에 놓아두기를 바란다.

　필자가 읽은 대로 특징 한 가지씩을 짚어보았다. 독자 나름대로
감상하고 비평할 때 한마디 도움말이 되었으면 한다.

2009년 8월 20일
지은이 씀

차례

1. 과도기 산물이 주는 기쁨   15
   – 안국선의 「금슈회의록」과 최찬식의 「추월색」, 신채호의 「몽천」

2. 1917년 새로운 소설이 지닌 의미   24
   – 현상윤의 「핍박」(1917)과 이광수의 「소년의 비애」(1917)

3. 인생을 탐구하려는 예술가의 의욕   34
   – 김동인의 단편소설

4. 가난이 인체에 미치는 영향   45
   – 최서해의 소설

5. 증오심, 너희들을 죽이고 말겠다   54
   – 박영희의 「사냥개」(1925)

6. '나'에서 '우리'로 나아간 마음   62
   – 현진건의 「故鄕」(1926)

7. 가난을 이야기하는 법   69
   – 현진건의 「운수좋은 날」(1924)과 주요섭의 「인력거꾼」(1925)

8. 태고(太古) 때 순정을 찾아서   76
    – 이태준의 「달밤」(1933)

9. 내 인생을 꾸미는 새로운 말솜씨   83
    – 박태원의 「소설가 구보씨의 일일」(1934)

10. 이방인의 예언과 공포   93
    – 이상 김해경의 「날개」(1936)

11. 고단한 시절과 아름다운 본능   102
    – 이효석의 「산」(1936)과 「분녀」(1936)

12. 신(神)을 기리는 마음과 싸우는 모성(母性)   111
    – 김동리의 「무녀도」(1936)

13. 달(月)이 사람을 낳다   119
    – 김동리의 「달」(1947)

14. 실상을 눈여겨본 귀중한 안목   125
    – 채만식의 「맹순사」(1946)와 「논이야기」(1946)

15. 다시 읽고 싶은 이야기   133
  − 황순원의 산골소설들

16. 아주 먼 옛날에 살았던 여자 이야기   150
  − 황순원의 「기러기」(1942년 봄)

17. 전쟁은 인간을 죽일 수 없다   158
  − 오상원의 「유예」(1954)와 선우휘의 「단독강화」(1959)

18. 환부(患部)와 치부(恥部)   166
  − 송병수의 「쇼리 킴」(1957)

19. 산(山)에 서려 있는 치유력   172
  − 오영수의 「메아리」(1960)

20. 통분(痛憤): 죽을 때까지 싸운다   181
  − 남정현의 「분지」(1965)

21. 광기에 대한 자성(自省)   193
  − 박태순의 「무너진 극장」(1968)

22. 맞춤형 인간들에 스민 깊은 연민   199
    ― 김승옥의 「야행」(1969)

23. 돈(貨幣)에 얽힌 명(明)과 암(暗)   207
    ― 조해일의 「이상한 도시의 명명이」(1970)

24. 1971년, 한 '서울 청년'에게 찾아온 비극   216
    ― 황석영의 「이웃 사람」(1971)

25. 두 번 가고 싶지 않은 동네 이야기   224
    ― 황석영의 「돼지꿈」(1973)

26. 추상같은 삶을 좇는 마음   233
    ― 윤흥길의 「하루는 이런 일이」(1973)

27. 썩어가는 세상에 느끼는 환멸   241
    ― 김승옥의 「서울의 달빛 0장」(1977)

28. 흙내음 속에 닥친 변화   247
    ― 이문구의 「우리 동네 정씨」(1978)

29. 성(性)에 얽힌 아름답지 못한 진실   256
   - 이문열의 「익명(匿名)의 섬」(1982)

30. 주류에 반기(反旗)를 든 아주 또렷한 용기(勇氣)   264
   - 이문열의 「칼레파 타 칼라 - 아테르타 悲史」(1982)

31. 우리들의 쓸쓸함, 절망, 길 막힘   273
   - 임철우의 「사평역」(1982)

32. 땅에서 하늘로 오른 사람, 생명들   282
   - 윤후명의 「모든 별들은 음악소리를 낸다」(1983)

33. 삶에 서린 고통과 구원 모색   288
   - 조성기의 「통도사 가는 길」(1990)

34. 사는 것이 내 맘 같지 않다!   297
   - 오정희의 「옛우물」(1990)

35. 고도로 정제된 훈시 문학   305
   - 이문열의 「시인과 도둑」(1992)

36. 난해소설에 어린 의미   311
　　– 최수철의 「얼음의 도가니」(1993)

37. 우리는 서로를 너무나 모른다   318
　　– 이응준의 「내 여자친구의 장례식」(1999)

38. 우리 시대, 달콤 씁쓸한 편의점   326
　　– 김경욱의 「우체부와 올리비아 핫세와 로버트 레드포드」(1999)

39. 사람이 지닌 온갖 덕목   332
　　– 이인화의 「시인의 별」(2000)

40. 미래 공간에서 펼친 인간사랑   337
　　– 복거일의 「내 얼굴에 어린 꽃」(2003)

41. 엽기 살인행각에 어린 뜻   345
　　– 정이현의 「트렁크」(2003)

42. 부유하는 현대 욕망   354
　　– 정미경의 「호텔유로, 1203」(2003)

43. 비정한 세계에 떠도는 말들　　　　　　362
　－ 정미경의 「발칸의 장미를 내게 주었네」(2003)

44. 절벽 끝에 선 사람 이야기　　　　　　368
　－ 김인숙의 「바다와 나비」(2003)

45. 삶의 참모습을 새기며　　　　　　374
　－ 이청준의 「들꽃 씨앗 하나」(2003)

46. 성범죄와 인간 영혼　　　　　　380
　－ 양미선의 「고양이 대학살」(2003)

47. 잃어버린 시인을 찾아서　　　　　　386
　－ 윤대녕의 「찔레꽃 기념관」(2003)

48. 현대판 '바보 / 영웅' 설화　　　　　　391
　－ 성석제의 「황만근은 이렇게 말했다」(2004)

49. 달려라 아비, 어미 품속에서　　　　　　399
　－ 김애란의 「달려라 아비」(2004)

50. '사람의 몸(肉과 骨)'에 매달린 수상록　　　　　　405
　　－ 김훈의 「화장」(2004)

1. 과도기 산물이 주는 기쁨

– 안국선의 「금슈회의록」과 최찬식의 「추월색」, 신채호의 「몽천」

시간은 쉼 없이 흐르고 인간사(史)와 문화는 틀도 내용도 늘 변한다. 그러므로 어떤 시점을 가리켜 과도기(過渡期)라는 말로써 구별하려는 시각은 옳지 않은 듯하다. 그러나 변화에 따른 기포가 유난히 들끓었던 시기는 분명히 있었고, 그때 여러 문화요소는 색다르게 급히 변모했다.

1900년대는 정치, 경제, 사회 따위 모든 측면에서 현대와 그 이전을 가름한 분수령 같은 과도기였다. '현대'라는 용어가 지닌 뜻을 무엇이라 규정할 것인가? 언제부터 '현대'는 시작되었다고 보아야 하는가? 간단하지만 명료하게 규정해 보자. 현대는 '오늘날과 같은 삶을 사는 때'라고 하자. 그리고 우리가 손에 움켜쥐었다고 믿고 있는 오늘 우리 모습과 꼭 같은 삶의 양상이 언제부터 전개되기 시작했나를 '결정'하자. 그러면 '현대'라는 낱말에 포함될 시기를 제 나름대로 구별, 지정할 수 있을 것이다.

1900년대는 오늘날 우리가 누리고 있는 삶의 양식이 본격으로 이 땅에 흘러 들어오기 시작한 때다. 상투를 자르고 머리를 늘어뜨렸다. 두루마기를 버리고 양복을 입었다. 자동차와 기차가 가스를 뿜고, 여자들도 학교에 다니기 시작했으며 기업인이 등장하여 여러 가지 회사를 세웠다. 공장에서 폐수가 흘러나오기 시작한 것도 이 무렵부터이다. 무엇보다 눈알이 시퍼런 각종 서양인이 자기들이 사는 꼴을 우리에게 억지로 얽어매기 시작했는데, 침략동물인 일본인이 서양인에게 새로운 삶의 방식으로 굳어진 자본주의를 우리에게 억지로 퍼트렸다. 한 가지 더 되새겨야 할 사항은 기독교라는 서양 종교가 이때부터 '우리 것'이 되기 시작했다는 사실이다.

이러한 현대화가 1900년 전후로 활발하게 다가오기 시작하였기에 과도기로서 1900년대는 변화 바람이 견딜 수 없게 목덜미를 휘감던 풍운 어린 세월이었다. 옛것과 새것이 한데 뒤엉겨 각각 제자리를 찾아가기 위한 몸부림이 격렬한 가운데 숱한 갈등과 혼란이 생기나 그에 따른 고통이 매우 컸다.

당시 소설 문학사(史)도 이와 같은 틀에 따라 흘러가고 있었다. 한문소설과 몽유록계 소설 따위 옛 형식과 번안 번역소설, 역사전기소설 따위 새 방식이 함께 어우러져 집필, 출판되고 있었다. 여기에 '신소설'이 변화를 이끈 선두 역할을 했는데 신소설에도 옛 습성과 새 기법이 함께했다. 1920년 너머 소설 내용과 형식에서 새로움을 좇은 작가들의 노력이 명실상부하게 오늘과 같은 현대 면모를 갖춘 작품을 빚어내기까지 혼류현상은 계속 이어졌다.

'과도기'는 인간의 삶이 한 지점에서 다른 한 지점으로 옮아가고 있는 시간으로서 살아가는 두 방식과 차원이 섞여 있는 때이다. 과도기는 '풍요와 다양', '다양에 따른 풍요' 또는 '풍요 속의 다양' 따위 행복한 결과를 전제, 보장하는 개념이 아니다. 그보다 과도기는 무엇인가를 선택해야 하는 수고로움과 그에 따르는 고난을 겪어내야 하는 시간이다. 우선 두 미덕이 동시에 마주 서 있으니 당연히 혼란스럽다. 여기에 현재와 미래의 행복을 염두에 둔 질서의식은 가장 아름답고 이로운 하나를 선택하려 애를 쓸 것인데, 이때 선택 행위는 손쉽거나 가볍지 않으며 십중팔구 힘겨운 진통과정이 된다. 그러므로 과도기의 파고를 헤쳐 나온 사물이라면 그것이 어떤 것이든 소중한 정신 산물로서 존중해야 마땅하다.

과도기가 건네주는 산물에서 독자는 두 가지 미덕이 얻을 수 있다. 첫째, 과도기 산물에는 옛 모습과 새 징후가 같이 함께 어려 있기 마련이다. 그 때문에 어색해 보이기도 하지만 과거와 현재를 동시에 보이는 고적(古蹟)이기에 과도기 산물을 살펴보면 두 시간대를 천칭에 올려놓고 제대로 균형을 잡은 가운데 가치를 가려보는 즐거움을 얻을 수 있다. 둘째, 과도기 산물은 시대 변화에 따라 새것을 지향하자는 '창조정신'에 따른 결과물이다. 옛 자취를 뚫고 돋아난 새싹, 그 작은 돌기를 살피면 새롭게 펼쳐진 지평이 무엇인지 확인하는 기쁨을 누릴 수 있다.

1900년부터 1920년 사이에 발표된 소설을 보면, 각각 제 나름대로 우리에게 기쁨을 주는 요소와 대목을 품고 있다. 그러니 이미 오래전에 유물이 된 것들이라고 이 작품들을 홀대할 일이 결코 아니다. 이 말이 바로 이 글이 내놓고자 하는 주장이다.

가상 세계에서 주제 하나를 놓고 여러 인물이 둘러앉아 열띤 논의를 펼치는 장면은 퍽 낯이 익다. 「규중칠우쟁론기」에서 보았고 몇몇 가전체소설에서도 본 적이 있다. 이 기법은 작품 주제를 좀 더 효과 있게 집약, 표명하고자 할 때 퍽 쓸모가 크다. 1910년에 발표된 안국선의 「금수회의록」(1910)은 '가상세계에서 벌이는 원탁회의'라는 옛 기법을 적극 계승하여 활용하고 있다.

이 소설은 까마귀(反哺之孝), 여우(狐假虎威), 개구리(井蛙語海), 벌(口蜜腹劍), 게(無腸公子), 파리(營營之極), 호랑이(苛政猛於虎), 원앙(雙去雙來) 따위 여덟 마리 짐승이 차례로 등장하여 저마다 지닌 논리로써 인간의 잘못을 꾸짖는 내용으로 꽉 차 있다. 관념과 명제를 주로 앞세우고 구체성 어린 사건은 없으니 인간관계가 진행하면서 엮어내는 극적 재미는 물론 없다. 그래서 누군가 이 작품을 '논설소설'이라고 부르기도 한다.

그러나 각 동물이 지닌 생리를 인간이 저지른 비행과 연결, 대비하여 인간성을 돋을새김한 기법은 퍽 창의성 어린 것으로서 뛰어난 상상력이 빚어낸 결과다. 게다가 조목조목 따지는 논조는 매우 치밀하고 통렬하여 재미있다. 새 종교인 기독교의 지주인 '하나님'의 말씀을 빌기도 하고 옛 성현이 남긴 자취를 예로 들기도 하며 각 동물이 입에서 쏟아지는 비난은 인간 본성을 질책하고 당시 시대풍조를 비판한다. 구체성 있게 지적하자면, 인간의 본질인 성악(性惡)을 반성하는 뜻과 시대 동향에 편승하려고 당대인이 벌이는 부적절한 행동양식을 밝히고자 하는 의식이 이 작품에 주제로 실려 있다. 무장공자가 내지른 대갈일성을 한 예로 들어보자.

> 어떤 나라 정부를 보면 깨끗한 창자라고는 아마 몇 개가 없으리다
> 신문에 그렇게 나무라고 사회에서 그렇게 시비하고 백성이 그렇게
> 원망하고 외국 사람이 그렇게 욕들을 하여도 모르는 채하니 이것이
> 창자 있는 사람들이요 그 정부에 옳은 마음먹고 벼슬하는 사람 누가

있소 한사람이라도 있거든 있다고 하시오 만판경륜이 임금 속일 생
각 백성 잡어 먹을 생각 나라 팔아먹을 생각밖에 아무 생각 없소

보다시피 문장에 운율이 실려 있다. 이러한 운율감은 옛 정취를 아
직도 간직하고 있어 맛이 경쾌하다. 그러나 취향이 옛날 사람과 많이
다른 현대 독자는 이야기를 끝까지 읽어낼 끈기를 보이지 못할지도
모른다. 문장이 한없이 늘어진다는 느낌이 퍽 많이 들기 때문이다.

그렇지만 이러한 약점을 넘어 오늘날 우리가 무엇보다 높이 사
야 할 점이 아주 또렷하다. 그것은 이 작품에 어린, 대상의 허점과
부정을 장황할 정도로 끈질기게 파그드는 비판정신이다. 무려 여덟
마리 짐승의 입을 빈 공격 논조는 한 치 빈틈도 쉼도 없이 대상을
철저하게 관찰하고 통찰하는 공력(功力)을 모아가고 있다. 인간이
뭐 그렇게 잘못이 많다는 것인지 반감이 들 정도다. 이는 한 올 부
정과 불의도 용납하지 않겠다는 추상같은 선비정신을 이은 전통이
며, 동시에 새 시대에 닥친 문제를 신중하게 다루려 했던 작가의식
이 빚어낸 결과이다.

전형된 과도기 산물로서 어제 갈고닦은 솜씨와 오늘 품은 의욕이
함께 어우러져 있는 이 작품은 앞으로 전개될 우리 현대 소설의 한
씨앗을 품고 있다. 이렇게 규정, 주장하는 까닭은 무엇보다 시대를
향해 열린 추상같은 비판정신 때문이다. 식민지시대와 전쟁 환란
그리고 아주 오래 독재정권이 드리우는 암울한 터널을 장차 우리
문학은 관통해야 한다. '거침없이 비판하고 저항한다.' 이 정신은
이 작품에 또렷하게 어려 있는 미덕으로서 외부 압력에 부딪혀서
도 정의와 절개, 지조를 꺾지 않은 치열한 작가정신의 모태이다.

문학이 인체에 미치는 즐거움에는 크게 두 가지가 있다. 첫째,

작품을 읽고 자신이 지닌 경험세계를 새삼 확인하면서 누리는 즐거움이 있다. 둘째, 완전히 새로운 삶을 인식하면서 얻는 데 따른 기쁨이 있다.

시대를 똑바로 응시하는 정신이 소중하다는 실례를 「금수회의록」이 잘 보여주었다. 이것에 이어 또 하나 과도기 산물인 「꿈하늘」(1916)을 보려 한다. 작가 신채호는 문학이 사람의 의식을 일정한 방향으로 이끌어 갈 수 있다고 확신한 듯하다. 이 작품에서 작가는 시대의식의 정점에 발을 디디고 서서 민족과 역사에 깊이 뿌리박은 주제의식을 열었다. 작중 인물로 등장하는 을지문덕 장군이 내놓은 말씀은 부국강병이 꼭 필요하다는 것을 전제하는데 그 사상은 다음에서 환하다.

옳다, 옳다, 을지문덕의 말이 참 옳다. 肉界나 靈界나 모두 승리자
의 판이니 天堂이란 것은 오직 주먹 큰 자가 차지하는 집이요, 주먹
이 약한 자하면 지옥으로 쫓기어 가느니라.

작가는 우리 민족이 지내온 피와 고난이 어린 역사를 독자가 각성하도록 촉구하면서 부국강병을 강조한 이 같은 논리를 반복하여 역설한다. 그리고 민족이 처한 위태로운 정치 상황을 현실성 있게 판단하라고 강하게 권유한다. 작가는 우리 신문학사 초입에 서서 문학작품으로써 시대 현실의 진상을 밝히고 민족정신과 민족의 삶을 일정 방향으로 이끌어 가려 한 포부를 펼치고자 아주 큰 의욕을 보였다.

이러한 작가정신은 문학의 순수성을 옹호하고 고집하는 사람에게 그다지 마음에 들어 기쁜 예는 아닐 것이다. 일정한 의지와 사상을 전제로 하고 그 울타리 안에서 사람들을 끌어 모으고 감화시키고자 한 목적의식이 아주 또렷하게 빛나고 있기 때문이다. 그러

나 작가 신채호가 지닌 문학 자세는 삶과 세상을 직시하겠다는 또 하나 곧은 정신이다. 이 기치에는 온 민족의 삶을 감당해 보려는 큰 열정이 횃불처럼 타고 있다. 이 횃불을 보고 많은 이들이 자기 시대를 확인하고 동감하는 기쁨으로 가슴을 채웠을 것이다. 그러므로 우리 현대소설사에 어린 한 고전으로서 이 작품을 당연히 보존하고 기려야 할 것이다.

위 두 편 소설은 의식이 형식을 압도한 경우이다. 반면 최찬식의 「추월색」(1912)에는 상상력이 낳은 울창한 이야기 속에서 노니는 즐거움이 우세하다. 1900년대 대표 신소설로 꼽히는 이 작품은 그야말로 신소설다운 전형 어린 이야기 구조를 가지고 있다.

줄거리는 이렇다. 이시종의 외동딸 '정임'과 이웃집 '김승지'의 외아들 '영창'은 동갑으로 어려서 정혼했다. 그런데 '김승지'가 초산(楚山) 군수로 있을 때 민란(民亂)이 일어나고 정임은 그 일가가 모두 죽은 것으로 여긴다. 그 뒤 일본으로 건너간 그녀는 갖은 고생 끝에 여자대학을 수석으로 졸업한다. 어느 날 '정임'을 일방에서 좋아하던 조선인 건달 '강한영'은 공원에 달구경 나온 그녀를 추행하려 하고 뜻을 이루지 못하자 칼로 찌른다. 때마침 그녀를 구한 사람이 '영창'이었으나 오히려 범인으로 몰려 체포된다. 그러나 재판 끝에 혐의가 풀리는데, 그는 영국 유학에서 돌아오는 길이었다. 두 사람은 곧 귀국하여 결혼하고 만주로 신혼여행을 떠나 죽은 줄로만 알았던 '김승지' 부부를 뜻밖에 그곳에서 만난다.

조선, 일본, 영국들을 아우르는 공간이동이 돋보이고 사건이 90% 이상 우연에 따른다. 이러한 줄거리는 어디서 많이 본 듯하다. 우리가 익히 알고 있는 고대소설과 다르지 않다. '추월색'이라는 제목 자체도 그렇지만, 바로 옛 정취가 물씬 풍기는 이야기구조다.

작중 인물들의 고뇌 속에 개화사상이 간혹 묻어나기는 하지만 줄거리 뼈대는 어디까지나 사랑이야기이고 작품 속에 작가의 시대인식이 들어가 있다고 말할 거리가 거의 없다. 인생을 참담게 깨우치는 것을 문학의 존재의의로 삼거나 시대혼이 부르는 소리에 기꺼이 화답하는 것이 작가의 의무라고 배운 사람에게 이러한 사랑이야기 자체가 마뜩하지 않을 것이다.

그러나 잔가지가 시원하게 뻗어 나가듯 자유자재로 공간을 옮겨 다니면서 기구하고 절묘한 사랑이야기를 엮어낸 상상력은 충분히 소중한 의미와 가치를 지닌다. 그것이 비록 현실 안목으로써 바탕을 삼지 않았다 할지라도 결코 가볍지 않다. 그리고 순수 상상력을 마음껏 뿜어내는 자유를 충분히 보장하자는 주장과 시대현실을 정치한 논리로써 밝혀내자는 의욕은 애초에 서로 충돌하는 뜻이 아니다. 그것들은 각각 독립하여 대립하는 듯하지만 궁극에는 거울처럼 서로를 또렷하게 되비쳐 앞으로 나아갈 길을 연다. 그러므로 고대소설에서 「추월색」까지 이어진 상상력은 그 뒤 문학사가 전개하는 마당에서 무시할 수 없는 자양분이 된다.

다른 것은 다 놔두고, 다음 장면을 주목하고 즐기자. 불한당 '강한영'이가 꽃 같은 주인공 '정임'에게 수작을 거는 장면이다. 성품이 맑지 않은 남성이 개성처럼 달고 사는 시커먼 속셈과 구석에 몰린 여성이 지닌 낭패한 마음이 서로 밀고 당기는 장면이 실감을 불러오는데, 현대소설 가운데 어떤 것과 견주어 보아도 많이 뒤지거나 크게 다르지 않다. 고대소설은 무릇 전형된 설명 묘사로 꽉 차 있어 무료하기 십상이지만 이 작품은 이러한 한계를 기꺼이 넘어섰다. 사람이 살아 숨 쉬는 생생한 표현의 맛을 느낄 수 있다. 이

것이 이 소설이 진일보한 점이요 새로 얻은 가치다.

> (소년) 괴로운 비가 개이더니 달빛이 참 좋습니다. ……(중략)……
> 여보시오 조금도 부끄러울 것 없소. 서양사람들은 신랑신부가 직접으
> 로 결혼한답디다. ……(하략)……
> (여학생) 닷다가 그게 무슨 말씀이오.
> (소년) 이렇게 영 시치미 뗄 것 없소. 아까도 말씀하였지만 왜 노
> 파를 소개하여 의논하던 것이 아니오닛가.
> (여학생) 그렇게 말씀하실 것 없습니다. 노파든지 누구든지 나는
> 이왕 결심한 바가 있다고 말한 이상 당신은 번거로이 다시 말씀하실
> 필요가 없습니다.
> ……(중략)……
> (소년) 당신의 결심한 바는 내가 알려고 할 것 없거니와 저기 저것
> 좀 보시오. 어제까지 작작하던 도화가 어느 겨를에 다 날아가고 벌써
> 가을 바람에 단풍이 들었소…(중략)· ·우리는 이 한세상에 이렇게도
> 지내고 저렇게도 지내봅시다그려 허……허……허……허……
> 소년이 그렇게 공경하던 예모가 다 어디로 가고 말 끝나자 선웃음
> 치며 여학생의 옥같은 손목을 턱 잡으니 여학생은 기가 막혀서

과도기는 한 개 매듭이다. 이 매듭은 각각 다른 두 차원을 이어 주
는 증거물을 남겨 놓는다. 매듭이 없는 전후 맥락은 있을 수 없다. 살
펴본 대로 우리 현대문학사에서 개화기의 삶을 비추어낸 위 작품들이
그 증거물이다. 이 작품들은 여전히 우리 앞에 놓여 있다. 주의력을
잃어버려 소홀히 다루지 않는 한 앞으로 늘 우리 곁에 있을 것이다.

과도기 산물은 구태의연하지 않다. 오히려 과거와 현재 그리고
새롭게 펼쳐질 미래까지를 포함한 모든 시간대에 스며 있는 인간
성과 문화 묘미가 반영되어 있는 소중한 유산이다. 오늘날 우리가
가지고 있는 눈부신 인쇄기술로써 새 장정(裝幀)을 입혀주기라도
한다면 그 빛은 더욱 생동감을 띨 것이다.

2. 1917년 새로운 소설이 지닌 의미

　- 현상윤의 「핍박」(1917)과 이광수의 「소년의 비애」(1917)

　　현상윤의 「핍박」은 고뇌 어린 소설이다. 그러나 독자가 일정한 의미를 찾고 쉽게 결론을 내릴 수 있도록 문제가 비롯된 사건 전말을 꼼꼼하게 진술하지는 않았다. 소설은 소설이되 마치 대가리와 꼬리를 쳐내고 덩그렇게 몸통만 놓아둔 생선토막같이 앞뒤가 없다. 줄거리가 완결된 구조를 갖추지 못하였고 그저 한바탕 쏟아낸 하소연에 가까워서 소설이 되다 만 수필 같다. 이 생선토막은 화자(주인공) '나'의 심정을 드러내는 읍소(泣訴)로 시작하고 내내 일관하여 끝나고 있다. 지면에는 그가 흘리는 신음소리만이 분분하다.

　　그는 자기가 핍박받는 병자(病者)라고 진단한다. 정신과 육체가 함께 아파서 죽겠다고 호소한다. 현재 그 절박함이 막바지에 닿아 있다.

　　　그러나 병은 병이로다. 낮에는 먹는 밥이 달지 아니하고 밤에는
　잠이 편치 못하며 얼굴은 파리하고 살은 깎이며 피는 왕성치 못하고
　힘줄은 신축이 자유롭지 못하고 반가운 친구를 만나도 웃음이 발하

지 아니하고 남에게 칭예(稱譽)를 받아도 기쁨이 나오지 아니한다.

정상된 신체 질서가 무너졌고, 일상에서 누리는 대인관계와 그에 따르기 마련인 일반 된 희로애락에 반응하는 감정도 감감하다고 한다. 하는 말만 들어서는 곧 숨이 넘어갈 것 같다. 그는 벼랑 끝 상황에 서서 기사회생할 가능성이 없어 보인다.

그런데 그는 자기가 왜 그런지 잘 모르겠다고 한다. 당장 생활 자체가 불가능할 정도로 심각한 곤경에 빠져 있으면서도 자신이 겪는 절대 위기와 불행이 무엇에서 비롯했는지 정확히 짚어내지 못한다. 앞서 얘기했지만 적절한 구성과 틀에 맞추어 전후 사정을 차근차근 이야기하지도 않고 주인공인 그조차 자신을 잘 모르겠다고 헤매고 있는 것이다. 그러므로 독자도 그가 어떤 사람인지 정확히 알 수는 없는 노릇이다.

그러나 독자가 지닌 고유한 입지에 따라 우리는 한 발짝 떨어져서 객관성 있게 그를 살필 수 있다. 원인을 구체성 있게 캐내기에는 빈약하고 애매하기 짝이 없는 자료지만 그의 하소연을 주의 깊게 살피면 까닭을 대강이나마 짐작해 볼 수 있다. 우선 그럭저럭 꽤 쓸 만한 단서가 하나 있다. 그는 다른 사람들이 무언(無言)으로 던지는 질책을 스스로 상상하면서 마냥 괴로워한다. 자격지심에 빠진 듯하다.

"이놈아 약한 놈아! 하기에 게으르고 배우기에 게으른 놈아!"
하는 한소리는 그치지 않고 들린다. 몸 둘 바를 모르겠다.

'게으르다'는 참 애매한 낱말이다. 오늘날 우리가 지닌 일반 된 언어감각에 비추어 보면 심각한 상황과 퍽 거리가 멀다. 아무튼 내면에 울려 퍼져 쉼 없이 떨리는 이 낱말 때문에 그는 식음을 끊었다. 이것이 삶에서 활기를 앗아간 고통의 원인이다. 그래서 우선 '게으른' 자아를 자책하는 마음이 고뇌의 뿌리로 여겨진다.

'젊은 날의 초상'이라는 말이 있다. '젊은 날'은 세상과 미래를 보는 안목이 또렷하지 못하여 방향감각이 흐릿한 나날이기 쉽다. 흔히 무엇을 해야 할지 몰라 방황하다 보면 때로 적극성 있게 삶을 꾸며 보려는 의욕이 부족하기 쉽다. 그리고 방황하는 자는 본의 아니게 게을러 보일 수 있다. 이런 각도에서 볼 때 그가 지닌 고뇌는 한 젊은이가 겪는 보편된 시행착오에 따른 과정과 결과이다. 좀 거창하게, 성숙으로 가는 통과의례를 치르고 있다고 볼 수도 있다.

그런데 왜 하필 '순사'를 보고 예민하게 반응하는가. 식민지 때 '순사'란 억압을 상징하는 관직이다. 이번에는 이 점을 눈여겨보자. 그러면 그의 고통을 시대정신이 반영된 것으로 해석하고픈 욕구를 느낀다. 그러나 이는 지나친 확대해석이 될 가능성이 높다. 마뜩하지 않다. 차라리 건너 골 백선달의 아들이 토지조사국 기사가 되었다는 소식에 또다시 옥죄어 드는 그의 가슴에 초점을 맞춰보자. 다음, 살아생전 놀고먹자고 주장하는 어느 낭만 취객의 걸음걸이와 '땀 흘려 일하고 먹을 뿐'이라는 소박한 행복론에 젖어 있는 농군들이 누리는 평온한 저녁을 보고 그가 느끼는 깊은 갈등에 주목하자. 인생의 허무를 들여다본 일이 있는 안목, 안락을 좇는 마음, 대의를 추구하고자 하는 의욕들이 그의 마음속에서 어지럽게 들끓고 있다는 것을 알 수 있다.

여기까지 살펴보았지만 처음에 기대했던 것과 퍽 다르다. 그가 고뇌하는 원인을 또렷하게 찾을 수 없다. 몇 가지 그럴듯한 추측에 가닿았지만 그저 애매할 뿐이다. 객관성 어린 정보가 너무나 부족하기 때문이며 이 점이 이 소설이 지닌 한계이다.

　그러나 하나를 잃으면 하나를 얻는다고 했다. 전체 틀이 애매한 가운데에도 독자가 흥미를 느낄 수 있는 요소가 이 소설에는 엄연히 있다. 비록 이유는 정확히 알 수 없지만 핍박받고 있는 주인공 '나'의 깊은 내면에 서린 면모를 표현하려고 작가가 애를 쓰고 노력을 기울인 흔적이 지면 곳곳에 배어 있다. 이 수고로움은 1917년 당시로 볼 때 퍽 새롭고 유별난데, 열거법을 적극성 있게 구사한 대목에 잘 드러나 있다. 예를 들어,

> ① 머리를 지꾸로 바싹 갈라붙인 이웃집 신사도 나를 본다. 은실 같은 수염을 흔드는 곁집 노인도 나를 본다. 때 묻은 수건을 휘휘 둘러 감고 지겟짐을 지고 가던 앞집 박선달도 나를 본다. 웃음을 반쯤 띠고 분 바른 뒷집 임서방 댁네도 나를 본다. 목말 타고 가던 아이들도 나를 본다.

> ② 하루는 볼일이 있어서 정주성내에를 들어가다. 남제교를 건너서니 발 벗은 이, 구두 신은 이, 샐쭉경 쓴 이, 양복 입은 이, 칼 찬 이, 수건 동인 이, 여러 사람이 좌로 우로 가며 오고, 파리하고 여윈 당나귀, 지축지축 가는 소, 통발로 통통 가는 말, 여러 가지 짐승이 이리저리로 달아난다. 지날 때마다 달아날 때마다 나를 뚫어질 듯이 본다……

> ③ 나는 신문을 본다. 혹 잡지나 서적도 본다. 아침에 변하고 저녁에 고치는 신경질의 세상도 추이를 대강은 짐작하고, 웃음 있고 눈물 있고 피 있는 시나 소설도 읽으며, 일찍이 학교에도 좀 다니어서 공기의 온도가 크면 비나 눈이 오고, 눈이나 비가 올 때면 공기의 온도가 높아지는 이치도 적이 알고, 수박은 사질양토에 적당하고 가지는 윤작이 좋지 못하다는 농사상 지식도 약간 있다.

와 같은 진술에서 열거법 의존도가 매우 높다. 작가는 쫓기는 마

음에 서린 강박관념을 살피면서 자기가 지닌 표현 공력(功力)을 열거법에 집중하여 마음속 깊은 곳을 드러내고자 한 것이다.

지금 어떤 사람이 의욕에 가득 찬 표현 욕구로써 대상에 어린 면모를 설명, 묘사하려 한다. 그런데 시적 사유보다는 서사 정신에 입각해 있다. 이때 가장 손쉬운 방법이 열거법이다. 열거법은 단순, 소박한 문장 기법으로서 있는 것을 있는 그대로 펼쳐 보이며 대상의 특징을 폭넓게 집약, 정리할 수 있다는 장점이 있다. 대상에서 어느 한 요소나 개체도 놓치지 않으면서도 대상을 장악하고 강렬한 표현 욕구를 풀어내어 총체성을 강조, 부각하고 싶을 때 열거법을 즐겨 쓴다. 이때 작가는 자신이 지닌 두터운 필력을 유감없이 뽐낼 수 있다. 열거법에 깃들어 있는 이러한 효능은 우리 고대소설에서 자주 입증되었다. 유명한 놀부를 보면 알 수 있다.

> 이놈의 심술을 볼진댄 다른 사람은 오장육부로되 놀부는 오장칠부였다. 어찌하여 그런고 하니 심술부 하나이 더하여 곁간옆에 부터서 심술부가 한번만 뒤집히면 심사를 피우는데 썩 야단스럽게 피웠다. 술잘먹고 욕잘하고 나타하고 싸홈잘하고 초상난데 춤추기 불붙은데 부채질하기 해산한데 개잡기 시장가면 약매흥정 우는아이 똥먹이기 ……(하략)……

이 대목에서 작가(?)는 '놀부'라는 사람을 보되, 머리부터 발끝까지 꼼꼼하게 훑어보면서 내면과 외면 전부를 꽉 움켜쥐려 하였고 어느 정도 목적을 이루었다. 관찰 대상이 된 사람 놀부는 열거법이 펼치는 위력을 피해 갈 수 없었다. 그런데 「핍박」에서 구사한 열거법은 같은 열거법이라도 '흥부전'과 양상이 많이 다르다. 자기가 본 것이라고 하여 지나치게 장황하게 늘어놓지 않았고 놀부에게 쏟아부은 과장 버릇이 없다.

과장 버릇을 극복한 힘은 사람의 내면이라는 또 다른 진실 영역에 조심스럽게 접근한 태도에서 나왔다. 이 작품에서 열거법으로 써진 문장 하나하나는 사람의 마음 깊은 곳을 사실(寫實) 차원에서 추구했고 이 점이 「핍박」에서 구사한 열거법에 어린 새로움이다. 또 이렇게 새로운 영역에 집중한 글쓰기 자세가 앞서 지적한 거두절미식 서술 양상을 낳은 것이다. 그렇다면 앞에서 지적한 불완전성은 이 소설이 오늘 우리에게 주는 '낡지만 새로운' 재미를 가져온 원천이다.

세련된 현대소설에 익숙한 눈으로 볼 때, 이 소설은 온전한 서사구조를 구축하는 데에 소홀했다는 비판에서 완전히 벗어나기는 역시 힘들다. 게다가 '게으르다'와 같이 오늘과 영 다른 어휘감각 때문에 독자는 격세지감에 젖어들기 쉽고 나아가 거부감을 느낄 수도 있다. 그러나 고뇌하는 자의 내면을 개연성 있는 차원과 수준으로 끌어올려 표현해 보려고 여러 모로 역량을 집중한 작가의 노력은 결코 구식이 아니다. 아주 많이 현대성을 머금고 있다.

한자투성이이다 '-라', '-이라' 따위 어미를 한껏 활용한 어투, 퍽 늘어지는 만연체 문장을 구사한 면모는 이광수의 「소년의 비애」가 아직도 옛 자취를 그대로 품고 있는 작품이라는 점을 잘 보인다. 그러나 어떤 관계 축을 중심으로 모인 사람들의 심리를 묘사할 때 이 작품도 「핍박」에 못지않은 집중력과 그에 따른 생생한 실감을 보여준다.

이야기는 '문호'와 '난수'를 중심으로 한 사촌 형제자매 사이에 오가는 사랑의 마음을 주제로 하여 펼쳐진다. 어린 남매들끼리 넘쳐나는 정을 주고받는 가족공동체는 애틋한 정으로 가득 차 있다. 그런데 가슴이 저미도록 측은하다. 눈에 잘 띄도록 문면(文面)에 직접 나타나 있지는 않지만 여성과 어린이들을 절대 힘으로써 억눌렀던 봉건 인습이 낳은 근친애(近親愛)가 그림자 같은 여운을 드리우고 있기 때문이다.

> 이러할 때에 자매들은 대문밖에 나섰다가 웃으며 마주 오는 문호를 반갑게 맞는다. 어린 누이들은 혹 손을 잡고매어달리고 혹 어깨에 올려 업히기도 하고 혹 가슴에 오안기기도 하며 좀 낫살먹은 누이들은 얼른 문호의 손을 만지고 물러서기도하고 조금 문호의 옷을 당기어보기도 하고 혹 마주보고 빙그시 웃기만하기도 한다. 난수도 작년까지는 문호의 손에 매어달리더니 금년부터 조금 손을 잡아보고 얼굴이 빨개지고 물러서게 되고……(중략)…… 문호는 중앙에 웃으며 안고 일동은 문호의 주위에 돌아안는다. 그러나 그네와 문호와의 거리는 년치에 정비례한다. 제일 나이많은 누이가 제일 멀리 안고 제일 나이 어린 누이가 제일 가까이 안거나……

오라비를 맞이하는 소녀들이 펼치는 여러 가지 몸짓도 그렇고, 멀리 앉고 가까이 앉는 누이들의 처신은 규방의 생태를 실감나게 비춘다. 이는 매우 정겨운 광경인데 작가가 섬세한 관찰력을 한껏 부려 꾸며 놓은 소설공간이다. 이렇듯 감성 어린 분위기가 가득한 입체 공간을 만들어 낸 것은 성(性)에 얽힌 인간의 원초 정서를 제 나름대로 인식했기에 가능했다. 예를 들어 여러 누이가 문호를 맹목으로 따르는 모습과 문호가 숙모를 좇는 성향 따위는 '남성의 여성편향성과 여성의 남성편향성'이라는 인간 원형심리를 반영한다. 특히 어린 누이 난수를 에워싸고 있는, 깊이를 모를 문호의 애정은 이러한 시각으로 눈여겨볼 때 더 잘 이해, 공감할 수 있다. 이와 더불어 '감성과 이성', 이 두 낱말을 써서 펼친 인간유형론은 이제까지 없던 인물 묘사법이다.

> 문호의 종제 문해도 문호와 막상막하한 쾌활한 소년이라. 종제라 하건만 문해는 문호보다 20여일을 떨어져났을 뿐이라, 용모나 거동이 별로 다름이 없었다. 그러나 문해는 그 모친의 성격을 받아 문호보다 좀 냉정하고 이지적이라. 문호는 문해를 사랑하건만 문해는 문호의 감정적인 것을 싫어하였다.

'이성'과 '감성'에 따라 문호는 시와 예술을 사랑하지만 문해는 도덕과 철학을 숭상한다. 문호는 이태백과 톨스토이를 읽지만 문해는 공자와 소크라테스를 본다. 이에 맞추어 문호를 따르는 난수는 역시 시와 소설을 좋아하지만 문해를 선호하는 지수는 냉정하고 이지(理智)에 밝다. 이렇게 반대 성격을 맞세워 놓은 인간 구도가 퍽 재미있다.

이러한 인간관은 오늘날 안목에서 볼 때 초보 수준에 머물러 있다. 그러나 체계성에 따른 탐구 자세와 안목으로써 인간성을 분류하고 그것을 바탕으로 인물 설정을 꾀하여 동감과 설득력을 얻고 있다. 그래서 예술로써 인간과 삶을 탐구하려고 작가가 찾아낸 새로운 묘수라고 이 새로운 인간관을 평가, 규정할 수 있다.

한편 「핍박」과 달리 이 작품에서 갈등이 어디에 맺혀 있는지 우리는 뚜렷하게 알 수 있다. 누이의 삶을 망치려는 봉건 폐습과 누이를 사랑하는 문호의 마음이 바로 중심 갈등을 이룬다. 여기서 '바보신랑'은 봉건 폐습을 상징하는게 인물묘사가 매우 뛰어나다. 다음과 같이 고전 풍미가 깊다.

머리는 함부로 크고 시뻘건 얼굴이 두뼘이나 길고 크다란 눈은 마치 쇠눈깔과 같고 크다란 입은 헤벌려서 걸쭉한 침이 턱에서 떨어진다.

대상이 지닌 특징을 최대로 돋을새김하려 한 과장 기법은 옛 문장법을 따른 자취인데 매우 낡아서 오히려 새로운 맛이 있다. 그런데 문제가 있다. 문호와 난수가 바보신랑에게 짓눌리면서 떠안는 고통이 작품의 중심 갈등이지만, 작품 주제가 무엇인지는 모호하거나 최소한 이중성에 따른다. 흔히 얘기하듯이 자유로운 연애관을 염두에 둔 구습 타파를 외쳐 개화사상을 열어 보이려 했다고 주제를 헤아릴 수 있는가 하면, 작품 말미에서 문호가 보이는 자못 깊은 회한을 따져 보면 그냥 순수한 사랑이야기로 접어두고 싶은 욕구를 느낀다.

그래서 참 유감스럽지만 전체 주제와 구성의 완성도에서 결정력(結晶力)이 떨어진다는 평가를 하게 된다. 이는 작품 전체에 어린 미숙성이며, 바보를 묘사한 문장과 더불어 아직 옛 습성을 다 극복하지 못한 데서 나온 결함이다. 그러나 「핍박」을 볼 때도 그랬듯이, 대상을 바라보는 새로운 의식과 그에서 얻어지는 절실하고 생생한 묘사력을 새로운 미덕으로 건져 올릴 수 있다.

소설은 재미있다. 단군신화도 홍길동전도 이솝우화도 탐정소설도 재미있다. 재미있기로는 톨스토이의 「부활」과 해리포터의 모험담이 다 마찬가지고 난해한 작품으로 여겨지는 최수철의 「얼음의 도가니」나 에코의 「장미의 이름」도 신나게 재미있다.

이 '재미'라는 낱말의 맛과 빛깔은 사람마다 다르다. 그래서 읽는 사람에 따라서 같은 작품이라도 반응이 다 다르게 나타나는 것이다. 상황이 이러한데 어느 '재미'가 가장 정당하고 제일 품격이 높다고 말할 수는 없다. 그것은 개인 취향과 작품 운명이 결정할 문제일 뿐이다. 그렇지만 재미는 감동으로 이어지고 감동을 주는 기본원리는 어떤 작품이든 같다. 무슨 이야기든지 간에 인간과 삶의 희로애락을 알뜰하게 담아내면 될 것이다. 무릇 이에서 예술행위가 좇는 뜻이 비로소 서기 시작한다.

사건이나 상황에서 뼈대만을 추려 주시던 할머니의 옛날이야기를 넘어 근대(1917)에 이르자 독자는 살아가는 내막을 좀 더 가까이에서 속속들이 알고 싶어졌다. 온갖 상황의 여울목에서 전전긍긍하는 마음의 속사정을 진실한 거울로서 보고 감동을 찾기 시작한 것이다.

두 작품은 낡은 소설들이다. 거의 구십 년 전에 나왔으니까. 그러나 대상을 응시하는 집중력이 절실한 내면 고통을 담아내고 있기에 감동이 있고 재미가 있고 그래서 가히 현대성이 어려 있다. 이 작품들을 덮고 있는 낡은 겉장을 벗겨내고 그 의장을 주의 깊게 살피면 그에 깃들어 있는 빛을 더욱 잘 볼 수 있다.

과거 토양을 딛고 솟아나기 시작한 새로운 양식(樣式)의 싹은 비록 많은 시간이 지났을지라도 낡지 않았다. 오히려 최근 유행하는 양식을 바라볼 때보다 더욱 새로운 기운을 느끼게 해 준다.

3. 인생을 탐구하려는 예술가의 의욕

－ 김동인의 단편소설

소설가가 세상에 내놓은 이야기는 사실이 아니라 지어낸 것이기에 오히려 놀랍고 재미있다. 종류도 참 여러 가지다. 밤하늘에 떠 있는 별만큼 많은 이야기가 있다. 작가가 다루는 주제(主題)가 그만큼 다양하기 때문이다. 이 말은 인간 삶은 단순하지 않고 매우 복잡하다는 뜻이기도 하다. 작가가 꾸며 낼 수 있는 이야기는 수없이 많고 앞으로도 늘 그럴 것이다.

소설가로서 김동인은 많은 이야기를 지어냈다. 주제가 거느린 폭과 층만 따지다면 김동인만 한 이가 없을 듯하다. 이 점은 오래전에 공인되다시피 한 사항이다. 김동인이 주로 관심을 기울인 부분은 여러 계층에 속한 사람에서 건져 올린, 보편된 삶과 변화상이 깃든 사건이다. 여기에 종교, 아름다움에 서린 뜻을 추구한 이야기가 있고, 주로 해방 전후에 발표한 작품에 나타난 민족의식도 눈여겨볼 만하다. 「젊은 그들」(1929－1931)을 비롯한 장편소설 열일곱

편에는 민족이 어떻게 살아가야 할까 하는 문제를 싸고돈 관심이 잘 드러나 있다.

그런데 이렇듯 다양한 면모를 낳은 여러 주제의식 가운데 가장 밑바탕에 깔려 있는 것은 무엇인가? 어떤 요소가 작가 김동인의 원질을 대표하나. 한마디로 그것은 인간과 삶의 보편성을 좇고자 한 열정이다. 여기서 '보편성'이란 말 그대로 인간이 사는 곳 어디에서나 발견되는 공통된 행동양식을 이르는 말로서 기계 같은 진리보다는 동감 어린 진실을 뜻한다.

소설가로서 문단에 나올 무렵(1919년) 김동인은 소설가라는 자기 인식이 퍽 뚜렷했다. 당대 조선 사람에게 던진 글에서 그는 사상과 감정을 표현하고 전달하는 데에 소설이 매우 뛰어난 효용성을 지닌다고 확신했다. 이는 문학청년으로서 간직한 열의와 직결된다.

> 나는 「논문보다 소설을 닐거라」하겠소. 그것은 소설이 논문 ─ 철학적이나 사회학적 ─ 보다 귀하다는거시 아니고 다만 아래와가튼 이유가 있을뿐이오. ─ 논문에 一行이면 다 쓸 철리를 소설에서는 몇 항 혹은 幾卷에야 쓴다. 그러니 따라서, 논문에서는 아라보기 어렵든 ─ 아직 발달되지 못한 단순한 머리에는 ─ 句 라도, 소설에서는 자연히 머릿속에 드러와 배긴다 함이오. 소설작가의 표현하랴든 철학사상, 사회학사상이 부지불각중에 독자에게 알게 된다 함이오. 차차 이러케 되어 소설을 온전히 이해할 때에는 으리는 소설 ─ 이왕은 극히 천하게 보든 ─ 의 얼마나 위대하고 숭엄한 거신지를 알게되겠소.(김동인, 「소설에 대한 조선사람의 사상을……」, <학지광> 18호, 1918. 8)

진리를 전하는 효용에서 철학이나 학문을 크게 능가하기에 소설은 위대하고 숭엄하다고 못 박고 있다. 이러한 판단과 신념을 가지고 있었기에 김동인은 소설가로서 스스로 긍지를 일으켜 세우고, 앞으로 펼칠 작가 행보를 떠받칠 커다란 자부심을 키워 나갈 수 있었을 것이다. <창조> 동인이 펼친 문학 활동이 지닌 의의를 추어올리면서 전대 문학과 엄연히 다르다는 점을 강조한 다음 글에서 이러한 자부심은 더 커진다.

> 춘원까지의 문예에 있어서는 소설의 흥미를 그대로 「이야기의 재미」와 「연애 혹은 情事의 재미」로써 빚어보려 한 데 반하여 『창조』에서는 「리얼리즘의 실현」이야말로 소설의 최고흥미라 하고 「이야기의 흥미」를 거부하여 버렸다. 이리하여 지금까지 소설 내용에 대한 정의를 뒤집어 놓은 한편 조선문학이 쓸 文態를 비로소 만들어 놓았다('춘원연구', 1935).

선배 이광수의 문학성을 일방으로 규정하고 자신들이 한 모범을 열어 보였다고 했다. 이 말은 불필요한 오만으로 보일 수도 있다. 그러나 김동인은 신진 작가로서 의욕에 가득 찬 마음으로 새로운 문학 신념을 밝히고 있다. 통속 재미를 좇아 줄거리에 매달리는 방식으로 지어낸 이야기보다 실제 삶에서 건져 올린 사실을 추구하는 작품을 써내는 것이 소설가의 임무라고 김동인은 생각했다. 다음 글을 보면 '있어야 할 것'이 아니라 '있는 것'을 추구하려고 소설을 쓰노라고 밝히고 있다.

> 소설의 취재를 구구한 조선사회 풍속개량에 두지않고, 인생이라 하는 문제와 살아가는 고통을 그려보려 하였다. 권선징악에서 조선사회의 문제 제시로 – 다시 一轉하여 조선사회 改化로 – 이러한 도정을 밟은 조선소설은 마침내 인생문제 제시라는 소설의 본무대에 올라섰다('근대소설고', 1929).

김동인이 선을 보인 '현대 감각' 안에서 소설가는 이야기를 만드는 사람이 아니라 삶을 관찰하고 기록하는 사람이다. 작품에서 문제를 제시하는 기능을 강조한 것은 주제를 구체성 있게 그리려고 순수 상상력을 여는 것보다 사실 탐구를 우선시하는 태도이다. 소설은 인생을 표현하는 아주 효과 어린 예술 갈래지만 어디까지나 진실을 파악하는 데에 목적이 있다고 김동인은 굳게 믿은 것이다. 그렇다면 보편된 인생 진실을 발견, 전달, 인식하면서 보람이나 재미를 느끼는 작가와 독자야말로 김동인이 인정할 수 있는, 진정한 자격을 갖춘 현대 소설가요 현대 독자일 것이다.

젊은 소설가 김동인이 삶의 진실을 전파하겠다는 의욕과 역량을 가장 또렷하게 모은 작품이 바로 「감자」(1925)다. 이 작품은 한 여인의 타락(墮落)을 그리고 있다. '가난하지만 정직한 농가'에서 자란 시쳇말로 '보통여자'였던 주인공 '복녀'가 막가파식 창녀로 변하여 간 과정을 담고 있다. 그래서 작품의 주인공은 어떻게 보면 '복녀'라기보다는 그녀가 치러낸 타락이다. 작가는 마치 육하원칙을 애지중지하는 신문기자처럼 처음부터 끝까지 무미건조한 어조로써 이 과정을 서술했다. 이 점이 동시다 다른 작품과 구별되는, 이 작품만이 지니고 있는 고유성이다.

> 빈민굴 여인들은 모두 다 지원하였다. 그러나, 뽑힌 것은 겨우 50명쯤이었다. 복녀도 그 뽑힌 사람 가운데 한사람이었다. ……(중략)……
> 「복네, 얘 복네.」
> 「왜 그럽니까?」
> 그는, 약통과 집게를 놓은 뒤에, 돌아섰다.
> 「좀 오너라.」

그는, 말없이 감독 앞에 갔다.

「얘, 너, 음－⋯⋯데 뭐 좀 가보디안캇니?」

「뭘 하려요?」

「글세 가면 알디?」 ⋯⋯(중략)⋯⋯

「보네, 도캇구나.」

뒤에서, 이러한 고함소리가 들렸다. 그의 숙인 얼굴은 더욱 밝아케 되엿다. 그날부터, 복녀도. 「일한하고 공전 만히밧는 人夫」의 한사람 으로 되엿다.

다른 부분에도 이러한 서술 양상은 즐비하지만, 이제 곧 몸가짐 도 마음도 모두 변하려는 찰나에 있는 '복녀'를 그린 이 대목에서 독자는 보고(報告) 또는 보도(報道)라는 목적 행위에 충실한 추적 자의 눈길을 느낄 수 있다. 화자(작가)는 자신이 들이대는 렌즈에 잡힌 대상이 어떤 속을 지니고 있는지 가치관은 어떠한지 그리고 대상이 처해 있는 상황의 분위기는 어떤 빛인지 따위에는 관심이 없다. 다만 대상이 시간의 날개 위에서 어떠한 경로를 밟아 어떻게 변해 갈 것인가에만 신경을 기울이고 있다. 글을 쓰는 목적과 자세 가 이렇다 보니 시간이 흐르는 순서에 그대로 의존한 구성을 꾸며 내고 있다.

이렇듯 사건과 인물을 보고 좋으니 어쩌니 따위 말로써 선호(選 好)를 가르지 않으니 퍽 과묵하고 무사 공평한 듯하다. 독자와 대 화도 나누고 자기 의견도 교환하려는 지면을 몇 곳에 열어 놓아도 좋으련만⋯⋯ 그런 것에는 아예 취미가 없을뿐더러 적극성 있게 독자와 교감하고자 하는 의지도 없어 보인다. 이러한 객관 태도가 말하자면 당시 「감자」에만 나타난 고유 개성이다. 그런 면에서 다 음과 같이 설명조로 된 부분은 차라리 생략했으면 좋지 않았을까 여긴다.

복녀의 도덕관 내지 인생관은, 그때부터 변하였다.

그는, 아직껏, 딴 사내와 관계를 한다는 것을, 생각하여 본 일이 없었다. 그것은 사람의 일이 아니오 짐승의 하는 짓으로만 알고 있었다. 혹은 그런 일을 하면 탁 죽어지는지도 모를 일로 알았다.

그러나 이런 이상한 일이 어디 다시 있을까. 사람인 자기도 그런 일을, 한 것을 보면, 그것은 결코 사람으로 못할 일이 아니었었다. 게다가, 일 안하고, 돈 더 받고, 긴장된 유쾌가 있고, 빌어먹는 것보다 점잖고 ……(하략)……

주인공 '복녀'의 마음속을 직접 설명한 이 대목을 보면 이제까지 끌어온 객관 관찰에 어린 묘미가 깨진 듯하다. 시원하게 치닫던 속도감에 제동이 걸린 탓이다. 그러나 '복녀'의 변화를 앞에 두고 이러쿵저러쿵 나쁘니 좋으니 하는 도덕 심회를 드러내지 않았고 선호 감정을 덧붙이지도 않았다. 이 정도야 독자가 사정을 잘 이해하도록 돕고자 최소한으로 제공한 정브라고 봐주면 그만일 것이다.

아무튼 가난한 여자가 아니 여자가 몸을 팔아 돈을 벌고 그 맛에 취해 창녀가 된다. 이것을 흔히 개춘이라고 하는데, 매춘이야말로 인간 세상 언제 어디에서나 충분히 일어날 수 있는 일이다. 「감자」는 이러한 보편문제를 그려내고자 기획한 한 젊은 소설가의 탐구심이 거둔 산뜻하고 구체성 어린 산물이다. 이같이 결론을 내리는 데 위 대목이 걸림돌이 되지는 않는다.

문제는 '복녀'라는 여인을 어떻게 볼 것이냐에 있다. 물질이 뻗친 유혹 앞에서 타락하는 인간 '복녀'를 탓할 것이냐 환경을 욕할 것이냐 하는 것이다. 당시 조선이라는 공간에서 여자 홀몸으로 그것도 나이 열여섯에 개차반 남편을 만난 것은 치명된 악재다. 여기에 뒤엉킨 가난과 열악한 가정환경에 주목하여 중세에서 근대로 흘러온 문명사가 빚어낸 희생자로 그녀를 규정할 수 있다. 더불어 당시 사회상을 비판하며 '복녀'가 떠안은 기구한 운명을 논할 수도 있다.

그러나 객관 어린 관찰자의 눈으로 걸러보면 '복녀'가 펼친 행보는 스스로 선택한 것이다. '가난'과 '남편'은 외부 환경일 뿐이고 본질이 되는 갈등 요소는 물질 욕망을 부추기는 유혹과 그에 마주한 인간 성정(性情) 또는 본성이다. 「감자」는 물질 유혹에 맞닥뜨린 인간의 행동양식을 살피려고 세운 실험실인 셈이고, 추적자가 렌즈로써 펼쳐낸 지면에 새겨진 '복녀'의 타락은 실험 결과를 적은 보고서이다. 이것이 복녀이야기에 깃든 공식 의의이다.

돈에 넘어가서 도덕과 양심을 비추는 거울 앞에 눈을 감아버리는 습성은 인정하기 싫어도 언제 어디서나 흔한 인간 행동양식이다. 이 주장에 동의한다면 '복녀'의 타락은 진리는 아니라도 보편 진실을 그렸다는 결론을 무리 없이 받아들일 수 있다. 이것이 '복녀' 이야기가 지닌 알맹이다.

이야기 색깔은 많이 다르지만 이러한 탐구 정신에 따라 인간이 변해 가는 모습을 뒤쫓고자 한 작가 의지는 「벗기운 대금업자」(1930)에도 나타난다. 이 작품에서 마음이 한없이 무르고 약한 주인공 '삼덕이 부부'는 반대로 영악하고 모질기 짝이 없고 인정머리조차 없는 세상 사람들에게 부대껴 서서히 망해 가는 과정을 밟는다. 화자는 역시 그들 부부를 동정하지 않거니와 행동이 미련하니 어쩌니 하면서 비판하자고 덤벼들지도 않는다. 다만 그들이 몰락하는 앞뒤 흐름을 관찰, 제시할 뿐이다.

이와 같이 두 작품이 외부 요인에 부딪혀 변해 가는 인간 모습에 초점을 맞춘 결과물들이라면, 다음 작품들에서 작가는 마음 깊은 곳에 있는 또 다른 인간 속성을 탐구하고자 한다.

인간이란 겉보기와 다른 제2의 실체를 내면에 가지고 있다. 쉽게 말하면 내 안에 내가 모르는 또 다른 내가 있다는 것이다. 사실 우리는 오래전부터 이 사실에 이미 익숙하다. '열 길 물속은 알아도 한 길 사람 속은 모른다.'라는 속담이 있는데, 이 말씀이야말로 '내 안에 또 다른 내가 있다'는 사실을 은근히 깨우쳐 주는 시적 전언(詩的 傳言)이다. 우리는 이 속담어 여러 가지 주석을 갖다 붙일 수 있다. 만약 자신을 돌아보는 거을로 여긴다면 이 말은 한 인격체에 공존하는 '두 개의 나'를 목격한 명제가 될 것이다. 또 서양의 정신분석학에 쓰는 용어를 빌리면 이는 '무의식'이라는 영역 속에 잠들어 있는 자기를 밝히고자 하는 지혜이기도 한데, 이러한 시각으로써 인간 진실을 탐구하고자 하는 의장은 1920년대 소설 동향에서 그야말로 현대감각을 대표한다.

예를 들어 주인공 'K 박사'의 모순 어린 비위를 소개한 「K박사의 연구」는 인간이 지닌 이중심리를 다루고 있다. 'K 박사'는 인분(人糞)을 가지고 식량난을 해소해 보겠다며 똥으로 음식을 만들고 그것을 먹어주지 않는 사람들을 경멸하고 원망하지만 정작 자신은 똥 먹는 개(犬)를 잡아먹는 모습에 구역질을 한다. 지식인이 지닌 얄팍하고 허울 좋은 이중된 허위의식을 꼬집은 것이다. 그러나 수준이 아직 본격으로 내면을 탐구해 넌 묘미에 닿지는 못했다. 인간 내면 실상을 파헤치려 한 탐구심이 본질 속성을 살핀 차원에 이르러 좀 더 돋보인 예는 번안소설 「포프라」(1930)에서 건질 수 있다. 이 작품에는 성 욕망에 어린 인간의 이중성이 상징되어 있다.

주인공 '송서방'은 나이 마흔이 넘어서도 남의 집 머슴살이에 묶여 아직 장가도 못 든 위인이지만 마음이 착하고 성실하기가 비교할 대상이 없다. 법 없이도 살 사람 같은 그의 착한 마음을 마을 사람 모두 송해마지 않는다. 그가 키워 마을 전체에 퍼뜨려 놓은 포플러 나무처럼 그의 마음은 늘 푸르고 천사 같다. 그러던 그가 어느 날 우연히 성욕에 눈을 뜨게 되면서 극악무도하고 잔인하기 이를 데 없는 강간살인자로 변하고 만다.

> 낮에는 그는 천연하였다. 정직하고 부지런하고 정돈을 좋아하는 그의 성격에는 조금도 흔들림이 없었다. 그러나 낮을 지배하는 신경과 밤을 지배하는 신경은 확실히 달랐다. 밤만 되면은 그의 마음은 흥분되며, 온몸은 학질 들린 사람 같이 떨리고 말았다.

친자식처럼 포플러를 가꾸는 '송서방'의 마음은 성욕을 채우려 희생자를 쫓는 '송서방'의 악마 같은 욕망과 대비되어 있다. '송서방'의 안과 밖에 각각 들어앉아 있는 이 두 성향은 낮과 밤, 천진난만함과 광포함을 대조한 것이면서 도덕과 욕망, 선과 악을 맞세운 것이다. 이는 양극화 현상으로서 작가가 파악한 인간 실상이면서 너나없이 우리 안에 도사린 이중성이다. 또 부끄럽다고 여길 만한 인간 허점이요 부정할 수 없는 인간 진실이기도 하다. 도덕이나 기타 문화기제 예를 들어 교회, 성당, 불당, 학교 따위가 이러한 생리를 효과 있게 조절해 줄 수 있을까. 그렇지 않다면 이중성이 쳐놓은 진퇴양난에 빠질 가능성은 우리 모두에게 언제나 활짝 열려 있다.

「광화사」(1938)에서 천하의 명공 '솔거'가 광란의 절정에서 살인자로 전락하게 되는 이유도 ㅇ와 비슷하다. 사람들 사이에 섞여 살 수 없을 정도로 흉측한 몰골을 가진 그가 세상에서 가장 아름다운 여인을 그리고자 하는 표현 극구를 불태우는 것은 보듬어보지 못한 어머니에 대한 그리움 때문이고, 이 그리움은 사실 마음껏 누려보지 못한 절대욕구를 예술에 투사한 마음이다. 정상인처럼 성욕을 누릴 수 없는 그는 어머니를 그려 그 공백을 메우려 한 것이다.

모성을 목표로 한 절대미 추구가 치열하면 할수록 그것은 그에게 결핍된 욕정의 폭이 얼마나 크고 깊은 것인지를 증명할 뿐이다. 성관계를 맺고 난 뒤 소녀의 얼굴에서 어머니를 닮은(사실 이것은 그가 지닌 환영이 조작해 낸 허상일 뿐이지만) 천진하고 포근한 기운이 사라지자 미친 듯 소녀의 목을 졸라댄 것은 해소할 길 없는 성욕을 다스릴 유일한 가능성이 사라지자 자기를 보호하려고 본능으로 취한 행동이다.

이 돌발행동은 이미 오래전에 예견된 것이다. 그것은 두 개로 된 '나'를 지니고 살 수밖에 없고 그 둘을 화합하기가 진실로 힘든 인간 내면 진실이 잉태한 파국이기 때문이다. 예술가 솔거는 자기 안에서 점점 커다란 괴물로 자라나고 있는 또 다른 자기를 직시하지 못했던 것이다. 그가 비극 어린 종말을 맞는 것은 결국 구조에 있어 '송서방'이 보인 예와 다르지 않다. 두 사람은 인간 심리의 이중성을 탐구한 작가가 거두어들인 사람들이다.

대상이 무엇이든 '탐구하는 자세'는 이제 새삼스럽게 시비를 따지지 않아도 되게 소설가가 지녀야 할 일반 덕목이 된 지 오래다. 무의식도 상식이 되었고 무의식에 놓인 이중심리도 그렇다. 현대소설이 새로운 문을 활짝 열고 나타나기 시작한 신문학 초기에서 가장 또렷한 의식으로써 이 미개척 분야를 가꾸어 가려 한 소설가가 김동인이다.

처음에 얘기했듯이 객관성 어린 탐구자세가 김동인 문학세계를 이끌어 낸 유일한 특성은 아니다. 그리고 소설미학이 반드시 인생

보편 진실을 탐구하는 데에 이바지해야 한다는 법이 강제되어 있지도 않다. 오늘날 이러한 요소는 각 작가의 개성을 결정짓는 여러 양상 가운데 하나일 뿐이다.

다만 김동인은 이러한 개성의 일면을 우리 문학사에 정착시킨 소설가였다는 점을 기억할 만하다. 그는 젊은 작가다운 신념과 패기로써 인간을 탐구하는 자세가 어떠한 것인지 전범(典範)을 보였다. 김동인은 우리 문학이 현대성을 아직 완전히 갖추지 못했던 시절에 나타난, 보기 좋은 활기로 가득 찼던 추진력이었으며 원동력이었다.

4. 가난이 인체에 미치는 영향

- 최서해의 소설

'가난'이란 필요한 재화가 결핍한 상태를 뜻한다. 가난은 인간이 모여 살기 시작하면서 비로소 떠오른 문제로서 동서고금 없이 인간 공동체가 있는 곳 어디에나 있는 현상이다. 그리고 뜻은 간단하되 인간에게 미치는 영향은 여러 가지 양상으로 나타난다.

일제강점기 때 살 터전조차 잃고 많은 사람이 만주, 일본, 시베리아 따위로 먹을거리를 찾아 흘러 다녀야만 했다. 최서해 소설은 그때 이 땅에 퍼져 있던 가난을 '그린 것'이 아니라 '체험한 것'으로서 정평이 나 있다. 십팔 세 때(1918년) 발표한 시 몇 편을 빼고 최서해는 자기 문학을 전부 '가난'에 바쳤다. 최서해 소설을 통독하면 작가가 놀라울 정도로 폭넓게 가난을 체험한 것을 알 수 있다. 작가는 가난에 빠진 인간 실상을 여러 모로 비춰내며 가난이 인간을 허물어 가는 과정을 밝힌다.

가난은 재화가 결핍한 상태라고 정의했지만, 결핍은 다만 불편한 것일 뿐이라고 위로하며 무관심해질 수만은 없는 사례가 세상에는 많다. 첫째, 가난은 인간이 지니고 사는 인내심을 서서히 허물어 간다. 작품 「13원」(1925. 2)의 주인공 '유원'은 가난뱅이 이십 세 청년으로서 떠돌이 신세를 면치 못하고 있다. 어느 날, 생계를 꾸리려고 무명을 짜려 하니 돈 십삼 원만 보내달라고 어머니가 편지를 보내온다. 자신을 먹이기에도 심란하기 그지없는 그에게 돈 십삼 원이 있을 리 없다. 그러나 어머니의 절박한 사정을 누구보다 잘 알고 있기에 그는 낯빛이 파랗게 질리고 만다. 안타깝고 절망스러워 마음이 무너져 내린다. 평소 성실하다고 자기를 칭찬해 주는 직장 회계 K에게 그는 돈을 부탁한다. 자괴감이 그의 머릿속을 가득 채운다.

　　　……그 사람들 앞에서 자기의 구구한 사정을 꺼내기는 참으로 괴로웠다. 자기는 세상에 아무 권리도 없는 약하고도 천한 무능력자라는 모욕적 감정이 그의 의식을 흔들었다.

　　'유원'이 겪는 괴로움은 누구나 동감할 수 있는 딱한 상황이다. 결국 K가 호의를 베풀어 문제를 해결하지만 결핍에 따른 강박관념이 자기 비하를 거치면서 마음에 깊은 상처로 남는다. 어머니는 돈은 오지 않고 솜 장사가 찾아와 베틀에 불을 지르는 악몽에 시달린다. 이도 가난이 떠안긴 압박 때문에 황폐해진 마음이다.

　　가난 때문에 정신이 뿌리에서 흔들리는 폐해는 작품 「담요」(1926년 오월에 수필로 발표하고 1935년 오월에 소설로 재발표)에서 가슴에 든 피멍이 평생 잊히지 않는 상처로 남는 것을 보여준다. '나'는 호구지책에 허덕이는 사람이다. 어린 딸이 담요 한 장을 가지고 싶어 하지만 사줄 수 없다. 딸아이는 옆집 아이가 가지고 있는 담요를 늘 부러워한다. 어느 날 딸아이가 인두에 맞아 이마가 터지는 일이 생긴다. 자기 담요를 자꾸 만진다고 옆집 아이가 딸아이를 때린 것이다. 무능한 아버지인 '나'의 눈에 피눈물이 흐른다. 가슴이 미어진다. '나'는 곧바로 사 원 오십 전이나 하는 담요를 딸아이에게 사주고 만다. 아이는 기뻐하지만 사실 그 돈은 식구가 먹을 식량을 팔 피 같은 것이었다.

두 작품은 가난에 따른 결핍이 단지 불편에 그치지 않고 사람의 마음을 갉아먹는 매우 위태로운 것임을 잘 보여준다. 여기에 더해 작가는 '가난'에 항상 뒤따르는 고통이 있다는 사실을 이야기한다. 질병과 무지가 바로 그 고통인데, 특히 공교롭게도 가난과 늘 쌍을 이루는 질병은 살고자 하는 의욕을 무너뜨리고 생명력을 시들게 한다.

「8개월」(1926. 9)의 '나'는 10년이나 넘게 지병(위장병)을 앓고 있다. 병원에서 적절하게 치료를 받으면 곧 나을 병이지만 돈 이삼 원이 없어 싸구려 약으로 버텨 나가고 있다. 돈이 생기면 식구가 당장 일용할 쌀과 나무를 먼저 사야간 하기 때문이다. 그러던 어느 날 '나'는 잡지사에서 삼십 원이라는 목돈을 받는다. 밀렸던 원고료다. 아주 오랜만에 기쁨에 젖은 아내는 '나'에게 오 원 지폐를 쥐어주며 병원에 가보라고 한다. 그런데 병원에서 '나'는 8개월을 넘기기가 힘들다는 사형선고를 받는다. 병 요양을 할 형편이 도저히 되지 못하는 '나'는 그저 웃음만 나올 뿐이다.

　　……마음속에 어두운 무엇이 흘렀다. 의사의 사형선고가 우습고,
　　믿어지지 않고, 또 우리 처지에는 가당한 말이 아니라 하고 또 사람

의 목숨이 그렇게 쉽게 ……(중략)…… 세상이 우스웠다. 그것은 어린
애 장난 같았다.

세상이 우습고 어린애 장난 같다고 느끼는 '나'의 마음에는 삶에
향한 울분을 지나 생명을 어르는 자조가 뒤엉켜 있다. 이것은 물론
고뇌를 이겨낸 마음이 아니며 건전한 달관주의도 아니다. 아주 오
랫동안 이어진 가난에 따른 고통과 압박이 이제 고통을 배로 늘리
자 절망에 빠진 마음이 허무주의에 몰린 결과일 뿐이다.

친구에게 돈 일 원을 빌리려고 딸이 병에 걸렸다고 거짓말을 둘
러대고는 깊은 자괴감에 젖고 괴로움을 잊으려고 건강을 해치며
술을 마시는 「무명초」(1929. 8)의 '나'도 「8개월」의 '나'와 마음이
같다. 가난 때문에 아주 작은 희망조차 걸 수 없게 된 까닭에 허무
주의와 패배주의에 젖어들 수밖에 없고 결국 삶과 자기 존재 자체
가 하염없이 덧없다 여기기에 이른다. 이렇듯 희망이 완전히 사라
진 상황이 허무감으로 번져가는 가난의 해독이 「전기」(1929. 1)에
서는 아주 차갑게 가라앉아 있다. 주인공 '박인화'는 친구 '최일천'
이 갑자기 죽자 크게 충격을 받는다. '최일천'은 조실부모하고 평
생 가난하게 지낸 친구다. 형제들은 뿔뿔이 흩어졌으며 그도 내내
남의 집에 얹혀살았다. '박인화'는 그러한 친구가 죽음에 이르자
가슴을 가득 채우는 회한에 젖어든다.

……한평생 이렇게 쪼들리며 지내다가 빛발없이 끊어지는 것도 원
통하지 않은 바가 아니었다. 그러나 믿을 수 없는 그런 목숨을 가지
고도 내일을 바라고 애쓰는 인간들이 너무나 허수하게도 느껴졌다.

'박인화'의 마음속에 늘 무겁게 자리 잡고 앉아 있던, 나아질 희

망이 없는 가난은 갑작스럽게 찾아온 친구의 죽음 때문에 더욱 두드러지게 느껴진다. 그러나 그것은 울분이나 비탄 어린 몸부림도 되지 못한 채 허무가 엉긴 바닥에 차갑게 가라앉아 삶과 죽음을 거의 동일시하는 상태로 빠져든 것이다.

이렇듯 최서해가 기록한 가난은 단순하게 '불편할 뿐인 것'에 그치지 않는다. 인간 정신을 여러 가지 양상으로 파괴한다. 견디기 힘든 압박감이 마음에 지울 수 없는 상처를 주고, 인정과 우애를 훼손하며, 허무주의에 기운 인생관이 삶과 죽음을 똑같은 것으로 여기게 한다. 이러한 폐해들은 가난이 인간에게 미치는 영향 가운데 정신 차원 속한 것이다. 또 다른 작품에서 가난은 몇 걸음 더 나아가 생존을 위협하는 비극 어린 상황으로 이어진다.

그 비극이란 극단에 이른 내용으르서 탈가(脫家), 기아(棄兒), 살인, 방화, 광기(狂氣) 들이다. 여기에는 가난에 깃들어 있는 시대 의미가 배어 있으며 작가만이 보여주는 '기법 아닌 기법'이 드러나 있다. 먼저 가족 공동체가 파괴되는 현장을 보자.

작품 「향수」(1925. 4. 6 - 13), 「백금」(1926. 2), 「탈출기」(1924. 3), 「전아사」(1927. 1) 들에서 주인공들은 가족과 고향을 버려야만 하는 처지에 놓여 있다. 물론 가난 때문이다. 그러나 이국에서도 뾰족한 도리가 없기에 가난을 모면하지 못한다. 생계를 이을 길을 찾지 못해서 그들은 만주나 서백리아 따위로 떠돌아다닌다. 그리고 가장을 잃은 가정은 허물어진다. 「향수」에서는 주인공 '우영'의 어머니와 아내 그리고 어린 아이까지 몰살한다. 「백금」의 어린 딸은 병들어 죽는다.

가정은 인간이 피붙이와 애정을 나누며 인간다운 삶을 누리는 데 필요한 최소 단위다. 그런데 가난이 가정을 무자비하게 해체한다. 이렇듯 허물어진, '우영'을 비롯한 가족들의 처지와 삶이란 당시 유이민(流移民)이 떠안아야 했던 고난으로서 주권을 빼앗긴 민족 현실을 비추고 있다.

다음 「토혈」(1924. 1. 23 – 2. 4), 「박돌의 죽음」(1924. 5), 「기아와 살육」(1925. 6), 「홍염」(1927. 1)에서 주인공들은 극한에 이른 가난을 겪고 난 뒤 광기가 발작하여 환상과 정신 착란에 빠지고 결국 살인으로 치닫는다. 가난이 광기를 불러오고 몰인정하고 각박한 세태 인심이 도화선에 불을 붙인다. 가난한 자들을 억압하고 따돌리는 현실 앞에서 주인공들은 세상을 저주하면서 켜켜이 쌓인 고통을 폭발시킨다. 그것은 삶과 생명이 무너져 내리는 마지막 순간에 지르는 비명과 같다.

> ① 나는 눈물도 흐르지 않았다. 울음도 나오지 않았다. 닥치는 대로 쳐부수고 막 미쳐 뛰고 싶다. 나는 정신이 아찔하면서 숨이 꽉 막힌다. 「토혈」

> ② 소리를 지르면서 그는 벌떡 일어섰다. 그의 손에는 식칼이 쥐어졌다. 그는 으악─소리를 치면서 칼을 들고 내리찍었다. 아내, 학실이, 어머니 할 것 없이 내리찍었다. 「기아와 살육」

> ③ "이놈아! 내 박돌이를 불에 넣었으니 네 고기를 내가 씹겠다." 박돌어미는 김초시의 가슴을 타고 앉아서 그의 낯을 물어뜯는다. 코, 입, 귀…검붉은 피는 두 사람의 몸에 발리었다. 「박돌의 죽음」

이러한 광기와 살인은 중국인 지주에게 진 빚 때문에 딸과 아내를 잃은 「홍염」의 주인공 '문서방'에서 절정을 이룬다. 그는 중국인 지주가 사는 집에 불을 지르고 지주의 머리를 도끼로 내리찍는다. 이 현장에서 시뻘건 핏물은 억압 세력을 응징하고 있으므로 카타르시스를 가져오는 통쾌한 빛이 되기도 한다. 그러나 결국 가난이 광기 어린 살인으로 번진 예로서 인간을 짐승으로 전락시킨, 가난이 불러온 폐해일 뿐이다.

이제까지 겪은 가난과 비극은 다음과 같은 공통점을 지닌다. 첫째, 가난은 나 하나만이 아니라 나를 둘러싼 가족들을 비참한 최후로 몰아간다. 이는 가족 파괴 현상으로서 비극이 극대화하는 상황이다. 둘째, 작가는 가난한 이들이 내는 비명과 한숨을 '사실 그대로' 담아내려고 작가는 상황을 여과 없이 직접 옮겨 놓는 표현방식에 몰두하고 있다. 의성어와 의태어를 자주 써서 직선 어린 정황묘사를 이끌어 내는 문장이 주조를 이루는데, 가난한 희생자들이 흘리는 피와 눈물과 통곡이 얼룩지듯 작품 지면을 가득 채우고 있다. 이 얼룩들이야말로 최서해 문학에 어린 독특한 실감을 펼쳐 보이는 요점으로서 작가만이 지닌 '기교 아닌 기교'가 그려낸 것이다. 다음에 그 예를 간추려 보았다.

① "흑흑바……바……박돌아! 에고! 네 박돌아! ……(중략)……꺽꺽 흑흑……글세 무슨 명이 그리도 짜르냐? 에구!" 「박돌의 죽음」

② "무……무……문 좀……좀 열어 주 이익 흑흑 학범이 보러 왔소." 「기아와 살육」

③ ……주먹으로 윤호의 미간을 박으면서 발을 들어 배를 찼다. "아이구! 으응응 흑흑." 「큰물진 뒤」

④ 문서방은 땅에 쓰러졌다. "엑 에구 응응응……에구 장구재! 제
제……흑 제발 살려 줍쇼……응." 「홍염」

셋째, 사람을 덮친 비극은 망국민(亡國民)이 겪어야 하는 설움에
서 비롯한다. 「향수」의 '우영'이 그렇고, 중국인 지주의 개(犬)에게 물
려죽는 「기아와 살육」의 어머니, 중국인 지주에게 능욕당하는 「홍
염」과 「이역원귀」(1926. 11)의 조선 여인들, 마적떼와 맞서 싸우다
산화하는 「돌아가는 날」(1926. 12)의 '종범'들은 모두 나라를 잃고
이역에 버려진 사람들이다. 이역 땅에서 그들 망국민을 옹호하고
살펴줄 권력과 조직체가 있을 리 만무하다. 그들은 이민족이 들이
대는 폭압 밑에서 무방비로 죽음에 내몰릴 뿐이다. 최서해 소설 속
에는 이렇게 아프고 쓰라린 민족 상처가 짙게 배어 있다. 최서해
문학은 계급주의 경향보다는 민족주의 성향이 좀 더 짙다고 규정
한 견해들은 이 점에 초점을 맞추고 있다.

작가 최서해가 펼쳐 놓은 가난을 보고 들은 후 그 절박한 상황
에 충분히 공감하지만 문학 형상화 차원에서 거둔 성과가 약하여
아쉽다는 평가가 많다. 이러한 의견들은 대부분 작품 자체에 깃든
형식미를 중시하는 문학론을 바탕으로 깔고 있다. 감정을 직설로만
표출하는 글쓰기는 비록 진솔한 내용을 담고 있을지라도 경험을
아름답게 재창조한다는 예술의 기본 취지를 등진 것으로 여겨지기
십상이다. 최서해 소설에서 새나오는 숨 가쁜 신음소리는 말 그대
로 현장에서 취재한 것 이상도 이하도 아니다. 어떤 여과 장치로도
거르지 않은 날것 그대로이다. 그래서 이제 말한 상식론에 따르면
비판받을 여지가 있다.

그러나 가공하지 않은 생생한 체험 자체가 때로 가장 큰 폭으로 예술 형상화 효과를 거둘 수도 있다. 최서해 작품세계는 의식하지 않은 채 스스로 이러한 가설을 세우고 스스로 그 진실성을 입증해 보였다. 그가 펼친 문체가 아니면 그의 소설이 지니고 있는 진실과 호소력을 담아낼 방법을 찾을 수 없기 때문이다.

최서해 문학은 조금도 가감하지 않고 현실을 있는 그대로 옮겨 놓으려는 데에 충실했던 무기교가 낳은 세계이다. 투박하기 짝이 없는 이러한 글쓰기가 오늘날 소중한 성과로서 다가온다. 그리고 유일무이한 문학 자산으로 여겨진다. 그 이유는 작가 최서해만이 보여줄 수 있는 독보 어린 체험세계와 그에 그대로 충실한 문장에 어린 진정성(眞情性)에 있다. 이러한 효과는 최서해 소설이 거두어 들인 것이면서 당시 우리 민족이 겪어야 했던 가난이 고유하게 지닌 특성에서 저절로 우러난 것이기도 하다.

5. 증오심, 너희들을 죽이고 말겠다

- 박영희의 「사냥개」(1925)

1921년 시인 황석우와 함께 시동인지 <장미촌>을 발간하고 이
듬해 <백조> 동인이 되어 탐미(眈美)에 기운 낭만주의 시인으로
출발한 회월 박영희는 그 뒤 몇 구비에 걸쳐 변화한다. <장미촌>
에서 불과 사 년 뒤인 1925년에 그는 낭만주의에 젖었던 지난날을
뒤로 하고 신경향파에 몸담아 <개벽>지에 단편소설 「사냥개」를
발표한다. 이해에 김기진(金基鎭)과 함께 카프(KAPF: 조선프롤레타
리아 예술동맹)를 조직, 프롤레타리아 문학운동에 가담하여 지도층
인물이 되었고 극좌 평론을 쓰기도 했다.

그러나 1929년에 이르러 카프에 회의를 느끼기 시작하고, 카프
내에서 프롤레타리아 문학운동을 둘러싸고 이론이 대립하자 1933
년에 카프를 탈퇴했다. 이때 그는 "얻은 것은 이데올로기요 잃은
것은 예술이다."라는 유명한 말을 남겼다. 한동안 다시 순수예술에
기울었던 그는 일제 말기에 또 한 번 변한다. 1939년에 '조선문인

협회' 간사가 된 후 일본 북지파견군(北支派遣軍)에 종군(從軍)한 다. 1943년에는 '조선문인보국회' 총무국장으로 부임하여 친일문학 운동에 깊이 개입했다. 그때 그는 창씨개명을 했고, 그 이름이 '요 시무라[芳村香道]'로 전해지고 있다

「월광(月光)으로 짠 병실(病室)」은 일반에게 널리 알려진 시로서 박영희가 <백조> 시절에 쌓은 문학성을 잘 보여준다. 다음에 전 문(全文)을 보인다.

밤은 깊이도 모르는 어둠 속으로
끊임없이 구르고 또 빠져서 갈 때
어둠 속에 낯을 가린 미풍(微風)의 한숨은
갈 바를 몰라서 애꿎은 사람의 마음만
부질없이도 미치게 흔들어 놓도다.
가장 아름답던 달님의 마음이
이 때이면 남몰래 앓고 서 있다.

근심스럽게도 한발 한발 걸어오르는 달님의
정맥혈(靜脈血)로 짠 면사(面絲) 속으로 나오는
병(病)든 얼굴에 말 못하는 근심의 빛이 흐를 때,
갈 바를 모르는 나의 헤매는 마음은
부질없이도 그를 사모(思慕)하도다.
가장 아름답던 나의 쓸쓸한 마음은
이 때로부터 병들기 비롯한 때이다

달빛이 가장 거리낌없이 흐르는
넓은 바닷가 모래 위에다
나는 내 아픈 마음을 쉬게 하려고
조그만 병실(病室)을 만들려 하여
달빛으로 쉬지 않고 쌓고 있도다.
가장 어린애같이 빈 나의 마음은

이 때에 처음으로 무서움을 알았다.

한숨과 눈물과 후회와 분노로
앓는 내 마음의 임종(臨終)이 끝나려 할 때
내 병실로는 어여쁜 세 처녀가 들어오면서
당신의 앓는 가슴 위에 우리의 손을 대라고 달님이
우리를 보냈나이다.
이 때로부터 나의 마음에 감추어 두었던
희고 흰 사랑에 피가 묻음을 알았도다.

나는 고마워서 그 처녀들의 이름을 물을 때
나는 '슬픔'이라 하나이다.
나는 '두려움'이라 하나이다.
나는 '안일(安逸)'이라고 부르나이다.
그들의 손은 아픈 내 가슴 위에 고요히 닿도다.
이 때로부터 내 마음이 미치게 된 것이
끝없이 고치지 못하는 병이 되었도다.

1920년대 한국 낭만주의 시에는 눈물과 한숨이 가득하다. 이 시에서도 화자의 마음은 병들었고 미치려 하고 있다. '한숨과 눈물과 후회와 분노' 때문이다. 후회와 분노 때문에 슬프고 눈물을 흘려야 한다는데 무엇에 후회하고 왜 분노하는지 알 수 없고 그래서 슬픈 까닭도 알 수 없다. 아주 순수하게 그냥 슬플 뿐이다.

그러나 시에 나타나 있는 또 다른 언어를 살펴보면 화자의 마음에서 쏟아져 내리고 있는 감정이 마냥 무절제하지만은 않다는 것을 알 수 있다. 화자는 한발 떨어진 자리에서 자기감정을 바라보고 있다. 예를 들어 마지막 연에서 가슴에 흐르는 달빛을 '세 처녀'로 빗댄 것은 소박하나마 지성 어린 표현이다. 화자는 그녀들이 각각 '슬픔'과 '두려움' 그리고 '안일' 따위 몇 가지 감정을 도맡도록 한다. '월광으로 짠 병실'은 그 자체로 아름다운 곳인데, 이곳에서 '한숨과 눈물과 후회와 분노'가 '안일(安逸)'이라는 객관화 된 심리 상태로 접어든 것이다. 특히 '이때로부터'라는 시간 개념을 반복 서술한 것은 화자가 대상에 빠져 자기를 완전히 잃지 않고 있다는 증거가 된다. 얼핏 보면 감정을 주체하지 못한 것 같지만 화자는 자기 마음이 어디로 어떻게 흐르고 있는지 들여다보고 있는 것이다. 그러나 달빛과 사귀어 더욱 슬퍼진 마음이 이제 미쳐 버리려 한다고 한다. 그런데 그것은 '끝없이 고치지 못할' 병이다. 결국 화자는 끝이 어딘지 모를 것 같은 감정 과잉에 머물러 있는 것이다.

　이렇게 고개를 들어 오직 달빛에 마음을 적시던 시인이 땅과 사람을 향해 시선을 돌려 신경향파로 전향한 것이다. 이 시는 이러한 변화가 시작된 분수령이다. 「월광으로 짠 병실」을 넘어 박영희는 시에서 소설로, 미칠 것 같은 달빛 공간에서 공동체 공간으로, 나 홀로 걷는 해변에서 시장거리로 발걸음을 옮겨 놓았다. 감정 과잉에 탐닉하던 취향과 버릇을 버리고 이제 사회관계 차원에서 인간과 삶, 시대를 관찰하기 시작한 변화가 낳은 작품이 단편소설 「사냥개」다.

　그러나 이 산문 속에 담긴 감정 구조는 시 「월광으로 짠 병실」과 크게 다르지 않다. 작품 내 모든 요소가 총합하여 좇는 주제는 오직 '증오와 적개심'에 집약할 뿐이기 때문이다. 그것은 '부자'와 '빈자', '가진 자'와 '못 가진 자' 또는 '빼앗은 자'와 '빼앗긴 자'가 부딪혀 빚어낸 결과인데, 증오심이 얼마나 강한지는 두 가지 사항에 초점을 맞춰 가늠할 수 있다. 하나는 (작가가) 주인공 '정호'를 바라보는 시각이고, 또 하나는 그의 죽음으로 이야기가 끝을 맺고야 마는 구조상 특성이다.

해학과 풍자는 우리 문화와 문학 전통에서 큰 줄기를 이어왔다. 풍자 정신은 피에 사무치는 사연도 웃음 안에서 감정을 처리한다. 이 유별난 습성으로써 증오 대상을 웃음거리로 빚어내는 재주는 우리 민족이 지닌 고유 성정이다. 이것은 마음 어딘가에 칼날을 숨기고 있으니 솔직하지 못한 감정 표현이라고 볼 수 있고 어쩔 수 없는 약자가 일보 후퇴하여 살아남으려는 처신이라고 규정할 수도 있으며 선과 악을 함께 보듬자는 좀 더 폭넓은 마음 씀씀이라고 여길 수도 있다.

그런데 소설 「사냥개」에 나타난 인간관계와 정서(情緒)는 이러한 전통과 처음부터 벽을 쌓고 오로지 증오로 시작하여 적개심으로 끝난다. 완전히 발가벗은 증오가 이 작품에 깃든 유일한 내용이다. 증오 대상인 늙은 고리대금업자 '정호'는 처첩을 넷이나 거느린 부도덕하고 탐욕스런 인물이다. 그는 지금 안방 금고에 들어 있는 돈 때문에 스스로 불안감에 휩싸여 있다.

> 이때에 밖에서는 별안간 개가 뛰어가는 소리가 들렸다. 정호는 그 순간에 그냥 쓰러졌다. ……(중략)…… 모든 사람이 정호를 욕하며 또한 그의 재산을 달라고 무섭게 졸르는 대신에 정호는 오직 이 사냥개를 의지하려 하였다. 그런고로 한꺼번에 오원을 쓰지 못하는 정호가 육십원이라는 거액을 내여 버리고 가장 용감하다는 이 사냥개를 산 것이다. 그에게는 그의 재산보호가 자기 생명의 즐거움이었고 또한 그것이 웃음이었고 또한 그것이 세상의 모든 것이었다.

이 영감을 쳐다보고 있자니 오직 재물에만 파묻혀 사는 편협하고 이기성 어린 태도도 거슬리지만 바람결에 들리는 소리에 그만 졸도하고 마는 옹졸한 배포가 더 꼴불견이다. 자신을 지켜 주리라 믿었던 사냥개가 자신을 물어 죽일 때까지 그는 온밤을 지새운다.

돈을 지키려고 발버둥을 치는 몸짓인데 한심해 보이기가 바보 같다. 영감이 펼치는, 상식에 밑도는 이러한 우둔한 행동은 대상을 보듬으려는 최소 공간은 남겨둔다는 풍자, 해학 정신과 소설가 박영희의 작가의식이 전혀 닿아 있지 않다는 점을 증명한다. 작가 박영희는 지푸라기만 한 에누리 한 올 없이 대상을 일그러뜨리려는 뜻에만 집중하여 상황을 세우고 인물을 묘사했다. 그 밑바탕에는 대상을 겨냥한 철저한 '증오'와 '적개심'만이 깔려 있을 뿐이다. 여기서 대상은 적(敵)이요, 적과 타협을 맺을 가능성은 전혀 없다.

이토록 순수하고 치열한 증오심은 '정호'가 죽음으로 생을 마감한다는 틀에서 또렷하게 완결된다. 야수성을 키워 집을 좀 더 잘 지키라고 자기가 오랫동안 굶긴 사냥개에게 '정호'는 목을 물려 죽는다. 눈에 띄게 잔인한 장면인데 여기에는 피맺힌 의식이 담겨 있다. 적과 정면대결을 펼치지 않고 제삼자인 '개'의 힘을 빌려 목적을 달성하고 있지만 이 대목에서 독자는 분명히 들을 수 있다. 이런 외침이다. "내가 너를 죽여 버릴 거야" 또는 "우리가 너희들을 없애버리리라" 따위.

동족을 향해 이렇게 외친 예는 적어도 1920년대까지 우리 문학사에서 흔치 않다. 그러나 이런 낯선 저주가 당시 서양에서 흘러들어온 이념 때문에 비로소 생겨난 것으로 볼 수만은 없다. 예를 들어 춘향전의 절정을 되새겨 보자. 권력자들이 벌여 놓은 기름진 잔칫상 앞에 시(詩) 한 편을 던져 악덕 탐관오리들을 벌벌 떨게 만든 이몽룡의 쾌거는 언제 듣고 보아도 즐겁다. 변학도의 죄상은 사실 자못 심각한 것이다. 선량한 시민을 불법 감금하고 유부녀를 성폭행한 혐의는 권력을 악용한 범죄이기에 죄질이 더욱 무겁다. 권력과 부를 독점한 세력이 약자인 민중과 백성을 이런 식으로 짓밟아 온 역사는 퍽 길다. 우리 역사에서 '근대'란 이러한 억눌림에 맞서 본격으로 체계 어린 저항을 하기 시작하면서 펼쳐졌다. 소설 「홍길동전」에 나타난 종횡 무진한 도술과 율도국 창건 그리고 동학농민항쟁 따위는 피할 수 없는 당연한 역사 흐름으로 받아들일 수밖에 없다. 정치와 경제는 물론 사상마저 중앙 권력에 눌려 있던 개인이 근대에 이르러 이제 진정한 삶을 찾고 역사 위에서 스스로 자신을 집중 조명하기 시작한 것이다.

따라서 '신경향파'니 '프로문학'이니 운운하면서 「사냥개」에 실린 증오심을 빌려온 남의 이념으로 세상을 바라본 결과물이라고 평가하는 관점은 옳지 않다. 이 작품뿐만 아니라 또 다른 신경향, 카프 문학을 따지고 살피는 자리에서도 소설 내적 구조가 허술하다는 것은 그렇다 치고, 세계관이 편협하고 천편일률성에 물들어 있는 점을 결정된 오류로 지적하여 시도와 발상을 무의미한 것으로 못 박는 시각도 올바르지 않다. 편협하고 생경해 보이는 증오와 적개심은 역사가 흐르는 가운데 피할 수 없이 드러난 것으로서 그동안 역사를 꾸며 왔던 수많은 사람이 흘린 피와 땀에 뿌리를 두고 있기 때문이다. 이런 의미에서 「사냥개」에 서린 적개심은 우리 민족이 오늘날에 이르려면 어떻게 해서든 겪어내고 타 넘어야 했던 마음의 상처요 분수령이었다. 「사냥개」 같은 작품은 이러한 작업을 떠맡았다는 역사 의의를 지닌다.

그런데 이렇게 역사 평가를 내렸다 해도 이 작품에 어린 정신은 결국 '내가 너를 죽이겠다.'는, 증오 어린 적개심 수준에 그치고 있어 끝내 유감스럽다. 모든 작품이 기어이 내비쳐야 하는, 강제 법

칙에 따른 의식 차원이 있지는 않다. 그러나 작품에 어린 인식은 시 작품 「월광(月光)으로 짠 병실(病室)」에 넘쳐 났던 '감정 과잉' 과 양상이 같다. 그러다 보니 문제 원인과 해결방안을 좇는 전망을 밝히지 못했다. 이것이 큰 결점이다.

우리는 지나간 민족전쟁이 어떤 전말에 따랐는지 잘 안다. 이 소설에 한처럼 맺혀 있는 적개심은 훗날 정당한 절차 없이 사냥개가 인간의 목을 뜯어 죽이듯 시퍼렇게 눈먼 죽창으로 계급이 다른 동족을 불문곡직 쑤셔댄 비극과 야만을 연출했다. 그렇게 한바탕 피바람을 불러오고 그나마 별 소득 없이 끝났다는 것이 6·25 전쟁에 어린 본질이다. 허망하기 짝이 없었다. 게다가 비극은 여운이 길어 아직도 수많은 사람이 괴로움을 겪고 있다.

이 작품 안에 들끓고 있는 증오심은 그래서 두 가지 뜻을 지닌다. 첫째, 30년대에 밀려든 피할 수 없었던 역사 흐름을 감당했다, 둘째, 민족이 장차 겪어야 할 가장 큰 잔혹사를 미리 내비친 단서 (端緖)요 그 바탕이다.

6. '나'에서 '우리'로 나아간 마음

 – 현진건의 「故鄕」(1926)

　이야기를 들려주겠다고 나선 화자 '나'가 첫머리에서 이렇게 말한다. '나는 나와 마주 앉은 그를 매우 흥미 있게 바라보고 또 바라보았다.'라고. 말한 그대로 '나'는 대구에서 서울로 올라오는 기차 안에서 만난 '그'를 보고 또 본다. 생전 처음 보는 '그'를 내내 관찰한 결과가 작품 줄거리면서 중심내용이다. '나'는 자기 사정을 말하려고 하는 게 아니라 '그'가 참 희한하게 생겼다는 사실과 그가 지닌 삶을 전하고자 한다.

　우리는 '나'의 옆에서 '나'의 눈을 빌려 '그'를 요모조모 뜯어보게 된다. 한 발짝쯤 떨어져서 '그'를 보니까 아무래도 좀 여유 있게 초점을 맞출 수 있다. 이른바 '일인칭 관찰자 시점'(나중에 이야기 끝에서 '일인칭 동조자 시점(?)'으로 탈바꿈하지만)이 지닌 효용 덕분이다. 아무튼 '나'의 뒤를 쫓아 '나'의 도움을 받으면서 악어 등에 올라서서 물을 건너는 악어처럼 '그'를 자세히 보자.

‘그’는 한마디로 튀는 사람이다. 일부러 그렇게 하려고 해도 힘들 만큼 자기만이 감싸 안은 개성이 뚜렷하다. 우선 옷차림이 그렇다. ‘동양 삼국 옷을 한 몸에 감은’ 차림새는 도드라진 꼴불견이다. 게다가 중국어와 일본어를 곧잘 주절대는데, 맞은편 의자에 앉아 있는 중국인과 일본인에게 차례로 수작을 건네는 주변머리는 ‘나’가 보기에 역겨울 따름이다. 여행을 하다 보면 도중에 가끔 만나는, 어디선가 한 번 마주친 적이 있는 것 같은 ‘그’는 첫눈에 보기에도 주는 것 없이 재수가 없다. 그래서 ‘나’도 쌀쌀맞게 그를 피해 버린다.

그러나 이 ‘왕재수’를 바라보는 ‘나’와 우리(독자)의 눈길은 곧 새 빛을 띠지 않을 수 없다. 중국인도 일본인도 같은 겨레인 ‘나’조차도 대거리를 해 주지 않자 ‘잠깐 입을 닥치고 무료한 듯이 머리를 더억더억 긁기도 하며 손톱을 으로 물어뜯기도 하고 멀거니 창밖을 내다보기도’ 하는 ‘그’의 몸짓은 ‘그’가 원래 꾸밈없고 순박한 사람이라는 느낌을 강하게 풍긴다. 예민한 독자라면 눈치를 차렸을 것이다. 더욱이 찡그리는 표정일 때 한없이 쭈그러지는 그의 얼굴 가죽을 보면 ‘그’를 감싸주고 싶은 마음까지 생긴다. 겉늙어 보이는 주름살에는 아직 자세히는 모르겠으나 지난 시간에서 ‘그’가 치러냈을 온갖 괴로움과 슬픔이 굽이굽이 서려 있는 것 같기 때문이다.

이제 첫인상이 씌운 거부감은 어느 정도 스러진 셈이다. ‘나’도 독자도 ‘그’와 벗이 될 수 있을지 모른다. 사람이 사람과 진정한 소통을 이루어 모두가 하나가 되는 일은 퍽 감격스럽다. 이 감격이 더욱 큰 감동으로 이어지고 뚜렷한 의미를 지니려면 ‘그’가 건네는 사연을 필요한 알맹이로서 받아들여야 한다. 그것은 ‘그’와 ‘그’의 피붙이들이 겪어내고 그들이 모여 살던 마을에 닥쳤던 삶의 여울이다. ‘그’의 말을 전해들은 ‘나’의 설명에 따라 펼쳐진 속사정은 다음과 같다. 그대로 옮겨 새겨 보자.

  그의 고향은 대구에서 멀지 않은 K군 H란 외따른 동리였다. 한
백 호 남짓한 그곳 주민은 전부가 역둔토를 파먹고 살었는데 ……(중
략)…… 그러나 세상이 뒤바뀌자 그 땅은 전부가 동양척식회사의 소
유에 들어가고 말았다. ……(중략)…… 동척에 소작료를 물고 나서
또 중간소작인에게 긁히고 보니 실작인의 손에는 소출의 삼할도 떨
어지지 않았다. ……(중략)…… 그 후로 「죽겠다」「못살겠다」 하는
소리는 중이 염불하듯 그들의 입길에서 오르나리게 되었다. 남부여대
하고 타처로 유리하는 사람만 늘고 동리는 점점 쇠진해 갔다.

  일제강점기 때 세상이 바뀌어 나라가 일본에게 넘어가자 제일
먼저 허물어진 것은 바로 '땅'과 그 위에서 생활을 꾸려 가던 농민
이었다. 농민의 생명은 땅이니 땅을 잃은 농민이 삶을 부지하려면
또 다른 땅을 찾아 헤맬 수밖에 없다. '그'와 '그'의 부모도 고향에
서 밀려나 타지 서간도로 이주했고 그곳에서 굶어죽다시피 했다.
세상이 바뀌고 불과 수년 만에 일어난 일이다. 돌봐줄 이 없어 억
울하기 비할 데 없는 처지요 상황이었다. 이러한 어이없는 시대현
실은 '헐벗음'과 '쫓기어 감'이라는 낱말로 요약되는데, 어느 학자
가 학술 언어로써 담아낸 내용과 꼭 들어맞는다.

  일본은 한반도를 완전 식민지로 만든 후 식민지 경제체제를 확립
하는 방법의 하나로 무엇보다도 먼저 '토지조사사업'을 실시했다.
……(중략)…… 토지소유권의 조사는 토지에 대해 하나의 소유권만을
인정함으로써 배타적인 자본주의적 사유권을 법적으로 인정하기 위
한 것이었다. ……(중략)…… 또한 이 과정에서 신고주의를 채택함으
로써 까다로운 규정대로 신고하지 못한 농민들의 토지가 '국유지'로
편입되어 총독부의 소유지가 되었다.
  뿐만 아니라 궁장토, 역둔토, 목장토 등이 총독부 소유지화함으로

써 이미 민유지화하였거나, 특히 궁방에 투탁 혹은 혼입되었던 농민
의 땅이 총독부의 소유지로 편입되었다. 반면 마을이나 씨족의 공유
지 등이 유력자의 신고에 의해 사유지화했다(강만길, 「한국현대사」,
창작과 비평사, 1984, 90쪽).

소설과 역사, 두 개 글에 공통된 사연은 한일합방에서 1920년대
전후까지 조선 농민이 떠안아야 했던 고통을 가져온 사항 가운데
가장 결정되고 근원 된 요인을 더하지도 빼지도 않고 알린다. 그것
은 다른 민족에게 나라를 빼앗긴 우리 민족에게 밀어닥친 느닷없
는 변화로서, 1920년대 한국 사회의 밑바탕에 가로놓여 족쇄와 같
이 사람을 옭아맸던 정치, 경제 현실이다.

이 족쇄에 눌려 조선 농민은 조상 대대에 걸쳐 뼈를 묻어왔던
고향 마을을 잃어버렸다. 그 결과 사람이 살던 동네가 겨우 몇 년
만에 무덤으로 바뀌어 버린다는 기막힌 현상이 벌어진 것이다. '그'
와 그가 대표하는 조선 농민이 이러한 고난을 겪어내야 했던 것은
나라가 망하고 공동체 운영에서 본래 있어야 할 합리성과 정의가
모두 사라져 인간이 인간을 잡아먹는 사슬이 이 땅에 드리웠기 때
문이다. 이 작품은 당대 현실에 어린 이러한 폭압상을 짧지만 한
점 거리낌 없이 또렷하게 밝히고 있다.

'검열'이라는 말이 있다. 1960년대부터 80년대까지 이 말은 우리
문화, 사회 울타리 안에서 사람이 지닌 모든 표현 욕구에 압정처럼
꽂혀 있던 독소였다. 그때 자유와 정의를 앞세웠던 양심 어린 외침
들을 우리는 잘 기억한다. 그들이 불순세력에게 얻어맞고 끌려가고
죽음에 마주서야 했다는 사실은 기록으로 남아 있다. 수많은 대학
생과 재야인사, 굳이 그 이름을 들라면 시인 김지하, 소설가 남정
현, 사상가 함석헌…… 얼마든지 예를 들 수 있다.

60~80년대 동족 사이에서 관행이 이러했고, 20년대에는 자국 이익을 꾀한 이민족이 총과 칼을 앞세웠다. 이 소설이 발표되어 읽힐 수 있었다는 것 자체가 얼마간 놀랍다. 만세운동 뒤 일본인이 내세웠던 일본인이 문화정치라는 눈속임을 편 정세를 생각하면 이해가 되기도 하지만 뜻밖이라는 느낌은 다 가시지 않는다. 그만큼 작품 '고향'에 어린 사회 고발성에는 또렷하다. 이 짧은 작품은 그때 시대현실이 안고 있던 부당성을 정확히 지적한 끝에 일본인이 내민 부도덕하고 야만스러운 침략성을 정면에서 고발, 증언한 효과를 거두고 있다.

그런데 작품 속에 서린 이러한 가치가 눈에 들어오는가 하면 몇 가지 아쉬움을 함께 느낀다. 첫째, 소설은 문학이요 예술이다. 작가는 경험에서 얻은 깨달음과 떨쳐 버릴 수 없는 마음의 울림을 작품 속에서 말하려 한다. 그 '말함'은 '설명'이나 '정보 전달'이 아니라 '보여줌'이라는 마당에서 이루어진다. 주제를 전달하는 데에 작가는 말을 하지 않는다. 설명하지 않는다. 그는 그려서 보여준다. 독자에게 전하고 싶은 말이 있기에 작가는 사람과 상황과 사건을 만들어 낸다. 이것이 진실을 전하려 꾸미는 허구인 소설이 예술로서 바로 서고 대접받으려면 꼭 지녀야 할 대전제이며 기본 바탕이다.

그러나 현진건의 「고향」은 많은 부분을 설명에 기대고 있다. 이야기 중심은 '나'가 바라보는 '그'와 그의 부모들로 대표되는 당시 조선 농민들에게 닥친 참상이다. 그 참상의 앞뒤를 작가는 '나'와 '그'의 대화와 일방으로 전하는 '나'의 말로써 풀어낸다. 이 때문에 당시 역사 흐름을 집약하고 단면으로 이끌어 내어 정리한 미덕이 빛난다. 그러나 독자는 고통을 겪어내는 사람의 실황(實況)을 보고 싶다. 예를 들면 '그'가 살던 마을 풍경을 보고 싶고, 평화롭던 시절에 사람이 누리던 행복도 보고 싶다. 더 많은 동네 사람이 나와서 얽혀 들고, 그들이 서서히 다가오는 어두운 현실에 부딪치고 쓰러져 가는 과정을 목격하고 싶은 것이다. 작품「고향」은 이러한 일반 욕구에 호응하지 않는다.

둘째, '그'가 겪어야만 했던 비통한 민족 현실을 처리하는 감정 방식이 아쉽다. 이러한 민족 상황은 냉철한 현실감으로써 감당하고 결연한 의지로써 극복해야 할 것이다. 그러나 '그'와 '나'는 한숨과 눈물과 술 그리고 노래로써 마감했다. 이것은 중심에서 한 걸음 떨어진 패배자의 모습이며 미래 현실을 기약하고 전망하기 힘든 감정 상태이다.

이러한 아쉬움들을 이렇게 생각해 보자. 작가는 예술가다. 예술가는 예술가의 기본 덕목에 충실해야 한다. 그러나 예술가는 예술가 이전에 한 사람이다. 그 '한 사람'은 시대에 속하고 민족에 속한다. 민족 일원으로서 바라본 당대 현실이 예술가 덕목을 앞지를 수도 있다. 작가 현진건이 '그'를 통해 바라본 민족 현실은 작품에 내용이 드러나 있듯이 상식을 넘는 수준이다. 예술가로서 기교를 만지작거리기에는 작가 현진건의 마음에 그늘을 드리운 민족 현실은 너무나 어두웠다. 작가는 먼저 말하려 했고 전하려 했고 고발, 증언하려 했던 것이다.

두 번째 아쉬움인 패배자 모습 운운도 달리 살펴볼 수 있다. '술 마시고 노래하는' 광경은 깊은 마음이 넘쳐난 여울로서 '그'의 아픔과 상황을 깊이 동감한 결과이다. 예술가가 철옹성 같은 현실 앞에서 결국 무엇을 할 수 있는가. 시대 부조리에 부딪쳐 진정 슬퍼하고 절망하는 것이 어쩌면 예술가가 다다를 수밖에 없는 한계이면서 감당해야 할 본분일지도 모른다. 상황에 깊이 동감하는 마음을 한껏 표출하는 것이 예술가가 할 수 있는 또는 해야 하는 전부일 수 있다는 것이다.

이렇게 볼 때 앞서 말한 두 가지 실망은 작품 「고향」을 제대로 가치 판단하는 전제가 된다. 작품 특징인 설명에 의존한 집약성과 취흥에 의지한 감상 전개는 소설미학상에서 대전제들과 어긋나는 점이 있다. 그러나 이는 작가가 쌓은 깊이있는 현실 인식에서 비롯하여 피할 수 없이 다다른 기법이고 결과다. 결국 작가는 민족이 처한 상황을 옆으로 비껴가지 않고 정면에서 바라본 것이다.

식민지시대는 우리 근대사의 절대 암흑기였다. 그러나 우리 민족은 멸망의 밤으로 떨어지지 않고 살아남을 수 있었다. 그것은 극한 탄압에도 주체와 바탕을 잃지 않고 스스로 생명의 빛을 발했던 크고 작은 수많은 혼들이 있었기 때문이다. 「고향」에 스며 있는 시대인식과 민족의식은 그러한 초석들 가운데 우리 소설사 위에 떠올랐던, 작지만 아주 또렷한 빛이다.

7. 가난을 이야기하는 방법

- 현진건의 「운수좋은 날」(1924)과 주요섭의 「인력거꾼」(1925)

　1910년대에 들어서 일본인이 침략근성에서 뽑아든 화살을 조선 땅으로 돌린 것은 그들 나름대로 절박한 이유가 있었기 때문이다. 그것은 땅과 쌀이었다. 그 당시 일본은 세계침략에 눈먼 군국주의가 일찍이 자본주의와 산업화를 받아들인 결과, 농촌이 몰락하고 식량난이 심각한 지경에 이르러 있었다. 그리하여 백성 가운데 70% 이상이 쌀농사를 짓고 있는 조선은 그들에게 더할 나위 없이 입에 맞는 떡이었고 꼭 집어삼켜야 할 먹이였다.

　합방을 감행한 후 일본이 전국에 걸쳐 급히 농지를 정리하기 시작한 이유는 여기에 있다. 이어 산기증산계획, 일본으로 쌀 수출 따위 여러 정책을 강행하여 일본은 조선 농촌부터 우선으로 벗겨 먹기 시작했고 그 폐해는 여러 역사서에 기록되어 있다. 농민들은 찢어지게 가난한 '세궁민'과 거지로 전락해 갔고, 헤아릴 수 없이 많은 조선인이 가난에 허덕이는 굴레에 묶이게 되었다. 그래서 일제 삼십육 년을 논할 때 '가난'이 단연 중심문제로 새겨진다.

이때 가난은 인간 세상 언제 어디에서나 생겨나기 마련인 보편어린 가난이 아니었다. 조직과 강제에 얽힌 힘이 한꺼번에 모든 이에게 떠안긴 가난이었다. 이 가난 때문에 우리 역사는 '유이민(流移民)'이라는 애처로운 낱말을 새겨야 했는데, 당시 가난이 단지 먹고 살기 힘든 차원이 아니라 삶의 터전을 뿌리 뽑히고 만 가난이었다는 점을 이 말은 역설한다.

한쪽 눈을 감은 채 살고 싶어도 나머지 눈마저 가려 장님으로 숨어 산다면 모를까 동시대인으로서 그때 현실을 다 외면하지는 못했을 것이다. 수많은 시인, 작가가 가난을 문제 삼았다. 그래서 유독 이삼십 년대만이 아니라 식민지 삼십육 년 전체가 궁핍문학을 다진 세월이었다. 최서해와 강경애를 비롯한 많은 작가가 가난을 작품 속에 옮겨 놓았다. 여러 가지 악조건 속에서도 십여 년에 걸쳐 공력을 기울였던 카프 문인들도 이 문제를 어떤 방식으로든 풀어보고자 애썼던 사람들이다.

이렇듯 가난을 감당한 문인들이 보여준 필체는 저마다 달랐다. 가난은 가난이되 가난을 인식한 작가의식도 그것을 담아낸 주제도 기법도 달랐다. 이 가운데 현진건은 단편 「운수좋은 날」에서 그때 조선의 가난을 대표하였던 '인력거꾼'이라는 계층에 주목하여 사회 현실을 치열하게 파고든 작가의식을 보여주었다. 무엇보다 상황에 어린 실상을 깊이 있고 또렷하게 파헤치고 짚어낸 묘사력은 현대 소설을 완성한 지경에 이르렀다. 같은 소재를 다룬 주요섭의 단편 「인력거꾼」과 비교하여 살필 때 이 점은 좀 더 확실하게 드러난다.

주요섭의 「인력거꾼」도 가난한 사람들의 삶을 꿰뚫어보고자 한 주제의식이 돋보이는 작품이다. 작가의 의욕은 중심축 두 개를 거느리고 있다. 하나는 사회 중심에서 버려지다시피 한 계층인 '인력거꾼'의 생태를 살피는 데 쓰였는데, 그들이 몸을 담고 있는 주거환경과 식생활을 퍽 세세하게 옮겨 놓은 관찰력이 먼저 눈에 들어온다. 예를 들어 '도야지우리 같은' 잠자리에서 일어나 거리로 나온 주인공 '아찡' 앞에 펼쳐진 풍경이 다음과 같다.

> ……거리로 향한 왼편 구석에 널빤지 얼거리가 있고 그 얼거리 위에 원시적 기분이 농후한 검은 질그릇 속에 삐죽삐죽하게 콩기름에 지져낸 유재쾌(조반죽 반찬하는 떡)가 담뿍 꽂혀있고 그 옆에는 방금 지져놓은 먹음직한 쏘빵(떡)들이 불규칙하게 담겨 있는 위로는 벌써 잠코 밝은 파리 친구들이 몇 마리 달려 나와서 윙-하면서 이 떡 저 떡으로 돌아다니며 먹고 싶은 대로 실컷 그 고수하고 짭짤한 맛을 빨아들이고 있었다.

지면이 넉넉하지 않은 단편이라는 점을 감안할 때 이러한 묘사는 필요 이상으로 세밀하다는 느낌을 준다. 이 세밀함은 중국 상해 빈민가에 깃들어 사는 하층민이 어떻게 살아가나 하는 '사실성'을 좇고 있으며 이렇게 사실성을 추구하는 주제의식은 강렬한 고발의식이 뒷받침하고 있다. 작품 마지막에서 '……지난번 공안국조사에 보면 인력거를 끈 지 9년 만에 모두 죽지 않습니까?'라는, '아찡'의 주검 위에 던져진 공식 전언(傳言)은 '인력거꾼'만이 앓는 직업병이 끝에 다다르게 되는 비극을 보그하여 고발의식을 마무리한다. 비참하게 살아가는 인력거꾼의 생태를 펼친 대목은 퍽 충격이 커서 마치 '잠입르포'를 떠올리게 한다. 작가는 대상을 표현하려고 하기보다 실상을 반드시 '전달'해야겠다는 의지에 좀 더 충실했다. 여기에 더해 병든 빈자들이 무료병원에서조차 사회 보호를 전혀 받지 못한다는 막다른 상황을 고발하는데, 병든 인력거꾼이 '하나님이 밥 먹여 주냐' 하고 심정을 토해 내는 대목은 가난한 삶이 떠안은 절박함을 한 번 더 드러낸다. 이어 사회를 겨냥한 적개심과 가진 자들에 향한 혐오감으로써 계급의식을 표출하고 있다. 이 계급의식은 이념의 틀에 짜 맞추어진 것이 아니라 자연발생적인 것이다. 따라서 그에 맺힌 한이 되욱 절실하게 다가오고 고통받는 자의 내면은 좀 더 또렷하게 드러난다. 아래 문단을 보자.

> 그는 그런 천당에 가기 싫었다. 천당에 가서도 낮은 데 사람이 위에 가고 위엣 사람이 아래로 가지 않는다고 할 것 같으면 그런 데까지 다리 아프게 찾아갈 필요는 없는 것이었다. 차라리 괴롭더라도 이 세상에서나 쏘뱅이나 잔뜩 먹고 몸이나 성해서 석 달에 한 번 씩 갈보집에나 가면 그것이 더 행복이다 하고 생각했다.

이러한 반항심과 분노는 소외계층이 안고 사는 피해의식이며 궁극에서 작가가 집중하여 투영한 고발정신이다. 작가는 대상이 처한 심각한 문제 상황을 전하면서 그를 감싸 안은 동정심을 전하는 데에 성공을 거두었다. 그러나 예술 형상화라는 측면에서 만족한 수준에 이르지 못했다. 주인공의 절실한 내면을 들여다본 것밖에 나머지 부분에서 작가가 보인 서술은 관찰한 결과물의 속성을 기록하는 데에 집중한다. 또 주인공의 내면에 어린 계급의식이나 저항심리는 초보 수준에 따른 반발심에 그쳐 어떤 예정된 의식화를 좇는 과정으로 보인다. 주제의식을 구현하면서 작가는 적절한 상황과 인물을 빚어내려고 노력하기브다는 관찰하고 보고하는 논설 자세에 충실했다. 이 작품을 엮어낸 힘은 예술 감각이 아니라 투철한 사회의식과 그에 따른 관찰력게 있다.

현진건의 「운수좋은 날」도 인력거꾼의 가난을 그린 작품이다. 운수가 제일 좋은 날이 가장 비참한 날이 된다는 역설도 같다. 다만 「운수좋은 날」에서 그린 인력거꾼은 중국이 아니라 조선 도시 하층 노동자를 대표한다. 그리고 반전 구조에 실린 극적 긴장감이 풍부하고 인물을 구체성 있게 묘사한 솜씨가 탁월하여 주제 형상화에서 큰 성과를 나타냈다. 이 점에서 「인력거꾼」과 다르다. 이는 주인공 '김첨지'를 내, 외면에서 묘사한 장면에서 드러나는데 현대 소설 사상 가장 뛰어난 실감을 빚어냈다는 평가가 가능하다. 어느 운수 좋은 날 오랜만에 큰돈을 손에 쥔 '김첨지'가 선술집에서 하는 행동을 보자.

> 「네미를 부를 이 오라질 놈들 같으니. 내가 돈이 없을 둘 알고. 돈이 없는 줄 알고」 하자말자 허리춤을 흠칫흠칫하더니 일원 짜리 한 장을 꺼내어 중대가리 앞에 펄적 집어던졌다. 그 사품에 몇 푼 은전이 잘그랑하며 떨어졌다.
> 「여보게 돈 떨어졌네. 왜 돈을 막 끼얹나」 이런 말을 하며 치삼은 일변 돈을 줍는다. 김첨지는 취한 중어도 돈의 거처를 살피려는 듯이 눈을 크게 떠서 땅을 내려다보다가 불시에 제 하는 짓이 너무 더럽다는키 고개를 소스라치자 더욱 성을 내며
> 「봐라 봐! 이 더러운 놈들아! 내가 돈이 없나. 다리 뼉다구를 꺾어 놓을 놈들 같으니」 하고 치삼의 주어주는 돈을 받아 「이 원수엣 돈! 이 육시를 할 돈!」 하면서 풀매질을 친다.

작가는 '김첨지'의 마음속에 뿌리 깊게 도사리고 있는, 돈에 집착하고 한편으로 원망하는 이중심리를 보여 지난(至難)했을 가난과 그 때문에 황폐해진 마음을 감동 있게 그려냈다. 다음 장면에서 '김첨지'는 가난 때문에 평소 입에 대보지 못한 음식을 오늘 게걸스럽게 먹어댄다. 이는 순수한 욕구가 아니라 애처로운 호기로서

오랫동안 가난에 찌들어 살아온 자의 내면을 주의 깊게 바라본 작가가 깊은 공감하여 펼쳐낸 대목이다. 이 장면은 끝에서 또 다른 명장면들과 이어진다. '김첨지' 손에 들려진 설렁탕 한 그릇, 앓는 아내가 누워 있는 집 안에 들어섰을 때 '김첨지'를 끔찍하게 엄습하는 적막, 이미 숨을 거둔 아내의 부릅뜬 눈동자 따위…… 이 장면들에서 작가는 장면묘사가 거두어들일 수 있는 최대 효과를 얻었다. 작품이란 상황과 대상을 설명하지 않고 그려 예술성을 열고 완성한다. 「운수 좋은 날」은 현대소설 사상 이 대전제를 가장 빼어나게 실현한 전범이다.

두 작품은 시대에 어린 고민과 고통을 담아내고자 한 귀중한 노작들이다. 동족과 이웃에 투영된 진정한 마음이 그들이 지녔던 작가정신의 본질이다. 동시대에 함께 살아가는 가난한 사람들이 처해 있는 비참한 실상을 두 작가는 외면할 수 없었다. 그러나 상황에 대응하는 개성이 달랐던 까닭으로 진정성이라는 공통된 뿌리에서 파생된 줄기와 잎은 추임새와 빛깔이 다르다.

주요섭의 「인력거꾼」은 표현방식보다는 실상을 전달하고자 한 전달욕구에 치중한 결과물이다. 이 작품에서 비극 어린 현실 상황을 객관 되게 탐색하는 자세가 모든 가치를 아우르고 앞서간다. 작가는 상상력에 기대어 현실을 변형하거나 가공하지 않고 있는 그대로에 충실하고자 했다. 그 결과 실상을 담아낸 결과물로서 작품은 좀 더 직접성 있게 독자에게 내용을 전달할 수 있었다. 그러나 이러한 현실접근태도는 소설이 허구를 본질로 한다는 대전제에서 볼 때 어쩔 수 없이 창조성을 깎아내릴 가능성과 마주한다. 현실을 지향하는 열정이 외골수로 나아갈 때 예술이 관념을 담는 수단으로 자리 잡게 되는 현상을 가져올 수 있기 때문이다.

반면 「운수 좋은 날」은 삶과 시대를 바라보는 작가 안목과 의식 내용을 창작된 인물이 벌이는 행보 속에서 녹여내고 있다. 그에 따른 표현 효과는 가장 높은 예술 경지에 이르러 있다. 이러한 성과는 우리 소설 양식이 중세에서 현대로 넘어오는 과정에서 절실히 요구했던 주요한 미덕으로 꼽힌다. 현진건의 「운수 좋은 날」은 '세상과 인간의 삶과 역사, 시대, 현실이 있고 그리고 그와 함께 예술이 있다'고 아주 뚜렷하게 말하는 듯하다.

8. 태고(太古) 때 순정을 찾아서

- 이태준의 「달밤」(1933)

　석연치 않은 악습에 따른 결과였기에 새삼 떠올릴 필요는 없지만, 6·25 전쟁 뒤 거의 사십 년 동안 상허 이태준의 작품세계는 어둠 속에 묻혀 있었다. 1988년 해금이 되어 이태준의 작품은 널리 읽히기 시작했고 작가를 논의한 글도 많이 나왔다. 특히 1992년에 몇몇 국문학자가 결성한 '상허학회'는 작가 이태준에게 큰 관심을 기울여 많은 연구 성과를 쌓았다.

　이태준 논의는 작가가 활동하던 때부터 이미 있었다. 몇몇 부정론도 있지만 대개 절대 찬사와 긍정론에 기운 것들이다. 예를 들어, "인간상을 묘출하는 데 이태준만큼 명확한 수단을 가진 작가는 드물게다."(최재서, 「최근 문단의 동향 - 단편작가로서의 이태준」, 조광, 1937. 11)라는 평이나, "우리 문인 중에서 그 누구보다도 문장으로써 독자를 흡입한 분"(김기림, 「스타일리스트 이태준씨를 논함」, 조선일보, 1933. 6. 27)으로서 이태준을 바라본 의견 따위가 있다.

이러한 지적은 작품 「불우선생」을 논하면서 인물묘사 능력을 높이 평가한 조용만의 논의(「문학시평 - 문학에의 정열 기타 4」, 조선일보, 1933. 1. 28)와 더불어 작가가 인물묘사에 뛰어난 솜씨를 보여 근대단편을 완성하는 데 큰 몫을 했다는 결론에 이르고 있다. "김동인이나 현진건의 뒤를 이을 근대적 단편소설의 한 완성자"(김우종, 「한국현대소설사」, 1980, 243쪽)로 이태준을 규정한 논의도 이 연구전통에 닿아 있다.

평자들이 말했듯이 간결한 문장으로써 인물묘사에 주력한 솜씨는 이태준의 문학세계를 이루어 낸 핵심 요소다. 작가 스스로 이 점에 얽힌 문학 신념을 밝히기도 했다.

> 어렵게 생각할 것은 없다. 단편이란 소설 형태 중에서 인물 표현을 가장 경제적이게, 단편적이게 하는 자라 생각하면 고만이다. 인물, 행동, 배경이 전체적으로 균등하게 취급하는 것이 아니라 인물이면 인물에만 치우치게 해가지고 시간과 공감을 되도록 절약하는 것이다. 독자에게 단시간 내에 강조된 인생의 일단면을 보인다(이태준, '단편과 장편', 이태준전집 7, 서음출판사, 1988, 277쪽).

다른 요소보다 인물 성격에 초점을 맞춰 단편소설을 완성한다고 작가는 창작론(創作論)을 밝히고 있다. 이태준이 남긴 주옥같은 단편들은 이러한 작법에 따라 조탁한 결과인데 각 편에 담긴 생생한 인물묘사는 모두 인간의 참모습에 가깝다. 단편 「달밤」에는 이 효과가 또렷하게 나타나 있다.

사람이 사람을 웃기는 방법은 여러 가지다. 그 가운데 재치 넘치는 재빠른 말솜씨와 청중이 지닌 상식과 예상을 뒤엎는 반전 기법이 널리 알려져 있다. 추남, 기형 따위 특별한 외모를 들이대거나 바보스런 행동을 보여주는 것도 이에 못지않다.

「달밤」의 주인공 '황수건'은 전형 어린 바보로서 독자에게 웃음을 준다. 그는 생김새부터 퍽 남다르다. '빡빡 깎은 머리로되 보통 크다는 정도 이상으로 골이 크고' 더욱이 '옆으로 보니 장구대가리다.' 첫눈에도 두드러져 보이는 두상(頭相)에 걸맞게 말과 몸짓도 유별난데 우스꽝스럽고 한편으로 어이가 없다. 지능이 모자란 바보로서 그가 얼마나 빙충맞은 덜치기인지는 예를 들어, 화자 '나'에게 '그런뎁쇼 웨 이렇게 죄꼬만 집을 사구 와겝쇼 아, 내가 알았더면 이 아래 큰 개와집도 많은걸입쇼.'라고 주제넘게 참견하는 꼴이라든가, '신문 보는 집엔입쇼 개를 두지 말아야 합니다.'라고 자기만 편하자고 떠들어대는 주장에서 충분히 느낄 수 있다. 이는 전부 '황수건'만이 보여줄 수 있는 바보식 생각이요 말이다. 이러한 대목에서 작가는 탁월한 인물 묘사력을 일차로 보여준다.

작가가 내놓은 남다른 솜씨에 힘입어 '황수건'이 정말 어떤 사람인지 살필 수 있는 일화는 따로 있다. '황수건'이 학교 급사로 있던 때 얘기다. 그는 수업 시간에 맞춰 종을 치는 일을 맡고 있었다. 그런데 어느 날 종소리가 울리지 않았다. 한 선생이 살펴보니, '황수건'이 도학무국에서 시찰을 나온 사학관을 앞에 놓고 바보스런 만담을 늘어놓고 있었던 것이다. 나중에는 할 말이 없어 똑같은 일본말을 연습 삼아 되풀이하기도 했다. 종치기라는 자기 본분을 잊어버려 낭패요 사학관이 어이가 없어 크게 화를 내니 더 큰 낭패였다.

황수건은 모자란 꼴값에도 원래 사람과 말하기를 무척 즐긴다. 그 성품이 또 우습고 황당하다. 요즘말로 정말 못 말리는 그래서 짜증날 수밖에 없는 바보 속성이다. 버릇을 고치지 못해 그는 기어

이 급사 자리에서 쫓겨나고 만다. 아무리 악의 없는 행동이라 할지라도 이렇게 해서야 사회생활을 제대로 할 수는 없다. 수건의 성품을 천진난만하다 두둔해 줄 수는 있으되, 역시 자기밖에 모르는 철부지 어린이 수준에 머물러 있으니 사회 조직에서 기어이 제 한 몸 버텨내지 못한 것이다. 세상 사람이 그를 직장에서 몰아내고 무시하는 것은 당연하다. 냉정하지만 그것이 상식이고 인심이기 때문이다.

그런데 화자 '나'는 다른 사람과 뜻이 사뭇 다르다. 세상인심과 다르게 '나'는 그를 미워할 수 없는 사람으로 여긴다. 학교 급사에서 떨려나고 신문 보조배달원에서도 밀려난 그를 바라보는 '나'는 마음이 아프고 '그 당자와 함께 세상의 야박함이 원망스럽기도' 하다. '나'가 품고 있는 이러한 동정심은 종소리에 얽힌 두 번째 일화에서 비롯하였다. 그것은 어느 날 어떤 선생이 '황수건'에게 무심코 건네 농담 때문에 생긴 일화다.

> "요즘 같은 따뜻한 봄날엔 옛날부터 색시들이 달아나기를 좋아하는데 어제도 저 아랫말에도 둘이나 달아났다니까 오늘은 이 동리에서 꼭 달아나는 색시가 있을걸……"

그날 '황수건'은 오십 분 만에 쳐야 할 종을 이십 분 만에 또 삼십 분 만에 마구 쳐댄 황당한 희극을 연출한다. 선생이 무심코 내뱉은 농담에 크게 기겁을 해서다. 아내가 도망간다고 하자 바보인 그가 본능에 따라 제 나름대로 눈치를 차리고 스스로 불안에 빠진 것이다. 우습다기보다 애처로운 모습이다. 남들은 그저 우스워하지만 '나'는 '황수건'을 측은하게 여기고 그에게 어떤 인간미를 느낀다.
그렇지만 '나'가 '황수건'을 아끼는 진짜 이유는 사실 여기서 처

음 비롯하지 않는다. '나'가 '황수건'을 마음 깊은 곳에서 진심으로
위하는 까닭은 이에 앞선다. '나' 스스로 다음과 같이 설명하고 있
다. '나'가 바보를 좋아하는 까닭이다.

　　그는 아무 것도 아닌 것을 가지고 열심스럽게 이야기 하는 것이
　좋았고, 그와는 아무리 오래 지껄이어도 힘이 들지 않고, 또 아무리
　오래 지껄이고 나도 웃음 밖에는 남은 것이 없어 기분이 거뜬해지는
　것도 좋았다. 그래서 나는 무슨 일을 하는 중만 아니면 한참씩 그의
　말을 받아 주었다.

　바보 '황수건'은 언행을 애써 꾸미려 하지 않고 과장하지도 않는
다. 그래서 사람을 속이는 일이 없고 있는 것을 있는 그대로 얘기
하는 버릇이 몸에 배어 있다. 이것은 그만이 지닌 진솔(眞率)이다.
이 미덕은 아주 작고 하찮은 것에조차 재미를 느낄 줄 아는 풍부한
감성과 이어져 있다. 그리고 그가 관심을 쏟는 화젯거리는 어떤 이
해관계나 목적에 얽혀 있지 않고 투명하기에 애초에 어떤 근심도
긴장도 뒤따르지 않는 것들이다. '황수건'과 말을 나누고 나면 '나'
는 '기분이 거뜬'해진다. 이는 바보가 바보가 아닌 사람에게 미치
는 영향인데 이것뿐만이 아니다.

　　어느 하루, 나는 '평생 소원이 무엇이냐?'고 그에게 물어 본다. 그
　는 '그까짓 것쯤 얼른 대답하기는 누어서 떡먹기'라고 하면서 평생
　소원은 자기도 원배달이 한번 되었으면 좋겠다는 것이었다.
　　남이 혼자 배달하기 힘들어서 한 이십부 떼여 주는 것을 배달하고,
　월급이라고 원배달에게서 한 삼원 받는 터이라 월급을 이십여원을 받
　고, 신문사 옷을 입고, 방울을 차고 다니는 원배달이 제일 부럽노라
　하였다. 그리고 방울만 차면 자기도 뛰어다니며 빨리 돌을 뿐 아니라
　그 은행소에 다니는 집 개도 조금도 무서울 것이 없겠노라 하였다.

'황수건'이 지닌 포부는 물론 정상인이 지닌 생활감각에 바탕을 두지는 못했다. 미숙아가 펼친 철없는 바람일 뿐이다. 세상은 탐욕으로 가득 차 있다. 바보 아닌 사람들은 거짓말하고 과대 포장하는 일이 능사요 먹고살 것 이상을 좇아 탐욕에 물든다. 피곤한 의무감이 널리 퍼져 있기에 과도한 행동이 불러올지 모를 부작용과 불행에 빠질 위험성이 늘 있다. 이런 삶에 찌들 지친 눈으로 볼 때, 바보 '황수건'이 꿈꾸는 소원은 하잘것없다. 그러나 황수건 자신에게는 지상에서 가장 큰 행복이고 보는 이에게는 잃어버려서 다시 가질 수 없는 마음의 고향이다. 그의 소원은 소박함이 무엇인지 그 원형으로 일깨워 준다.

　여기에 '나'는 '황수건'이 보여주는 갸륵한 마음씨 때문에 그에게 더욱 빠져들 수밖에 없다. '황수건'의 처지를 너무 딱하게 여긴 '나'는 '황수건'에게 장사 밑천을 대준다. 그러자 '황수건'이 포도 대여섯 송이를 가져온다. '나'의 눈에 포도 대여섯 송이에서 은은하게 빛이 나는 듯하다. 그 빛은 은혜를 갚으려는 바보 황수건의 애틋한 마음씨다. 그런데 이 포도가 문제를 일으킨다. 이 포도는 그가 돈을 주고 사온 것이 아니라 남의 포도밭에서 몰래 훔쳐온 것이다. 포도밭 주인에게 목이 잡혀 끌려가면서 새하얗게 질려 버린 그의 얼굴색이 또 애처롭거니와 포돗빛과 대비되어 '나'의 기억에 오래도록 남는다. 이 포도 송이에 어린 진짜 가치를 알아주는 이는 화자 '나'뿐이다.

　　나는 그 다섯송이의 포도를 탁자 우에 얹어 놓고 오래 바라보며 애껴 먹었다. 그의 은근한 순정의 열매를 먹듯 한알을 가지고도 오래 입안에 굴려보며 먹었다.

이 작품의 마지막 장면은 유난히 감동이 짙다. 이제는 장사도 망한 지 오래되었고 진짜로 아내까지 잃어버린 '황수건'이 달밤에 혼자서 휘적거리며 걷고 있다. 입버릇이 된, 일본말로 부르는 노랫소리는 일절을 넘기지 못한다. 바보니까. 입에는 담배를 물고 있다. 전에 없던 버릇이다. 아무리 낙천 기질이라고 해도 모든 것을 잃은 지금 그도 마음이 몹시 상했나 보다……. '나'는 이렇게 생각한다. "사……게……와 나……미다까다메이……끼……까……" 하는 그의 목소리가 달빛을 받아 더 투명하게 그리고 처량하게 들리면서 그를 감싸 안는 '나'의 동정심이 한껏 깊어진다.

'황수건'이 바보라는 사실은 숨길 수 없고 모자란 지능은 분명히 약점이다. 그의 행동은 자기밖에는 생각하지 못하는 어수룩한 면이 다분하고 그래서 기쁜 마음으로 함께하기가 퍽 불편하다. 그러나 그는 순진하고 착하다.

예를 들어 1930년대에 들어 시절이 어려워지고 세상이 급변하는 속에서 사람의 '원래 모습'을 내세워 각박한 세태를 반성하고자 작가가 이 바보를 그렸다는 식으로 확대해석을 꾀하고 싶지는 않다. '황수건'은 다만 사람이 원래 가지고 있지만 일상에 가려 이제는 사라진 것 같은 마음을 보여주고 있다. 그것은 욕심이 없고 소박한 기쁨이 가득한 마음으로서 천진이 얼마나 아름다운지 일깨운다. 우리는 바보 속성 너머에 고이 간직되어 있는 소중한 마음씨를 보고 작품을 읽은 보람을 거두어들일 수 있다.

노래를 흥얼거리며 걸어오는 황수건 앞에서 그가 무안해할까 봐 나무 그늘에 몸을 감추는 화자 '나'의 마음도 퍽 아름답다. '황수건'의 마음과 함께 가슴에 간직하고픈 마음이다. 지금 2000년대에도 그들은 잊히지 않는 사람들이다.

9. 내 인생을 꾸미는 새로운 말솜씨

- 박태원의 「소설가 구보씨의 일일」(1934)

주인공 구보가 집을 나선다. 독자가 뒤를 쫓아간다. 그러나 명색이 주인공인데 그에게 별다른 일은 일어나지 않는다. 그는 어떤 사건에 휘말려들지도 않거니와 일을 꾸며 보려고 하지도 않는다. 그는 그냥 걷는다. 미리 정해 놓은 목적지도 없고 꼭 가보아야 할 곳도 없다. 정처 없이 걸으면서 그는 다만 생각에 잠길 따름이다. 소설 속에서 구보는 스스로 의식하든 못 하든 생각하려고 걷는 사람일 뿐이다.

이러한 구보가 지니고 있는 의식이란 첫째, 지향하는 목표가 불명확하다가 아니라 아예 없다시피 하다. 둘째, 깊은 외로움과 불안이 밑바탕에 깔려 있다. 셋째, 앞에 든 특성들이 모인 결과로서 그의 자의식은 거의 병든 상태다. 망연히 거리에 서 있는 그를 엄습하는 두통, 신경쇠약, 청력이상, 시력감퇴 따위 병리현상이 이 점을 증명한다. 이 현상들은 과장된 느낌이 있지만 구보가 겪는 마음의 고통을 적절하게 비유하고 있다.

어머니가 계신 집을 나서면서 구보는 오늘 즐길 하루치 산책을 시작한다. 어머니가 문제다. 어머니는 아들 구보가 어서 장가들기를 앙망한다. 어머니는 '동경엘 건너가 공부하고 온 내 아들이, 구하여도 일자리가 없다는 것이 도무지 믿어지지가 않는다.' 어머니는 아들이 그저 평범하고 행복하게 살기를 기원할 뿐이다. 구보는 어머니의 바람에 전혀 귀를 기울이지 않는다. 그 때문에 어머니는 늘 속을 끓여야만 한다. 인지상정이다. 그 마음을 잘 아는 소설가 구보는 그래서 괴롭다. 소설가는 돈을 잘 버는 직업이 아니니까.

종로로 정처 없는 발길을 옮긴다. 화신 백화점으로 스며든다. 여기에서 한 젊은 내외를 응시한다. 아이를 데리고 그들은 점심 식사를 즐기려 한다. 그들은 행복을 뽐내려 하는 듯하다. 아이를 키우고 있는 것으로 보아 거의 사오 년은 같이 살았을 텐데도 그들은 여전히 행복을 누리고 있다. 소박한 행복을 만끽하는 이들에 비해 자신은 참 초라하다고 구보는 생각한다. 구보는 '자기는 어디 가 행복을 찾을까 생각한다.' 그러나 찾을 수 없다. 그래서 그는 고독하다. 방황한다. 왜 그럴까? 생각해 보니, 역시 가난한 소설가이기 때문에 그런 것 같다.

외로움과 애달픔을 깊이 맛보고, 갈 곳이 없으니까, 사람들이 다 타니까, 전차로 이동한다. 그곳에서 한 여인과 마주친다. 자기와 맞선을 보았던 여자다. 여자를 보면서 예전에 여자에게 지녔던 이중 심리를 떠올린다. 그녀에게 적극성 있게 다가가지도 못하였고 그렇다고 완전히 단념하지도 않았던, 스스로 갈피를 잡지 못했던 마음.

별별 오만 가지 가능성을 떠올려 보면서 전전긍긍하기에 급급했던 자기를 생각하며 깊은 아쉬움을 지금 곱씹는다. '물질과 통속'을 어찌 감당해야 할지 그는 갈등한다. 이러한 구보를 소심한 인간이라고 따져야 할지 의식이 과잉 상태에 빠진 지식인이라고 질책해야 할지? 보는 사람이 알아서 판단할 문제다.

'맞선녀'를 쳐다보다 구보는 짝사랑했던 아름다운 '그녀'를 문득 떠올린다. 그녀는 기필코 다른 남자와 결혼했다. 나중에 그녀는 자식 사랑에 빠진 어머니로 구보 앞에 나타난다. 구보는 실망했다. 사 원 팔십 전짜리 '팔뚝시계'를 갈망하던 또 다른 소녀를 생각하면서는 자신이 어떻게 해야 행복해질 수 있을까를 구보는 또 고민한다. 모두 '물질과 통속'에 기운 사람들이라고 구보는 곱씹는다.

이렇게 두서없이 쏟아지는 옛 기억들 속에서 번져나는, 행복에 걸린 고뇌는 물론 구보 개인이 지나온 삶에서 건져낸 것들이다. 이렇게 물 흐르듯 생각이 펼쳐지는 가운데 또 한 여인이 떠오른다. 그녀는 '물질과 통속'에 찌들지 않았지만 결국 구보 곁을 떠나갔다. 잊을 수 없는 추억을 남기고 떠난 그녀를 생각하니 오늘따라 더 쓸쓸하다.

다시 거리를 거닌다. 황혼……거리에는 집으로 돌아가는 무수히 많은 사람이 있다. 거리의 여자들을 보고 그는 위태롭다 여긴다. 구보는 돌아갈 필요가 아직 없다. 다만 이 밤 '헤맬 거리와 들를 처소'가 그에게 있을 뿐이다. 그러나 외로움을 견딜 수 없으니 벗이 필요하다. 그래서 무작정 친구의 다료(찻집)로 스며든다. 친구를 만나 대창옥에서 설렁탕을 먹고 있자니 '물질과 통속'에 찌들지 않았던 여인을 그리는 추억이 다시 꽃핀다. 옛날 동경 유학 시절에 구보는 소설가다운 상상을 품고 그녀를 찾아갔다. 그녀와 꾸민 추억을 지금 소설가의 시선으로 걸러본다.

통속소설 줄거리 같았던 어떤 계기에 힘입어 그녀와 사귀었던 구보는 그러나 그때에도 끝내 인연을 맺지 못했다. 그녀에게는 약혼자가 있었고 도덕의식에 젖어 있던 구보는 그녀를 포기하고 말았던 것이다. 비 오던 그날 쓸쓸히 돌아서던 그녀의 마지막 뒷모습을 떠올린다. 추억은 쓰디쓸 뿐이라고 깨닫는다. 우유부단하고 솔직하지 못했던 과거 행동을 되살리니 짙은 회한이 주체할 수 없이 밀려든다. 그녀가 너무나 보고 싶다. 다시 광화문통을 걸으며 구보는 자기 마음이 연약한 것과 판단이 그릇된 것 그리고 금력(金力)이 빈약한 것을 탄식하다. 비 오는 거리에서 끝없는 외로움을 달랠 길이 없다.

구보가 내딛는 발걸음을 보며 우리는 한 사람이 내미는 솔직하고도 절실한 마음에 마주한다. 그리고 동감한다. 그의 고백을 살피자니, 소설읽기에 앞서 남이 하는 말을 듣는 재미와 보람을 거두어 들일 수 있을 듯하다.

그런데 공감할 부분이 희박한 어떤 이야기에 실망감을 감추지 못할 때 흔히 "지나치게 개인적이군요."라는 말을 한다. 이와 마찬가지로, 언제 끝날지 모르는 넋두리처럼 침울, 의기소침, 권태, 무기력이 가득 차 흐르는 구보의 한숨소리에 왜 귀를 기울여야 하는지 불만을 품을 수 있으리라.

이 점을 두둔하려고 예를 들어, "이런 이야기를 듣는 것은 어쩌면 한 독자로서 참 운이 없기 때문이겠지요."라고 한다면 말이 안 될 것이다. 그래서 세상을 바라보는 구보의 눈길 속에는 다음과 같이 개인 울타리를 넘어서 '우리들' 세상을 바라보려 한 몫이 있다는 사실을 살펴보아야겠다.

서울(경성)역 앞에서다. 구보는 맥없이 앉아 있는 지게꾼들을 보고 고독을 느낀다. 그래서 급히 사람이 많이 모인 곳을 찾아 발걸음을 옮긴다. 사람들이 살아 움직이는 모습을 보고 싶어서다. 역대합실로 들어간다. 그러나 그곳에서 구보는 다만 '군중 속의 고독'을 느낄 뿐이다.

> 그러나 오히려 고독은 그곳에 있었다. 구보가 한옆에 끼여 앉을 수도 없게끔 사람들은 그곳에 빽빽하게 모여 있어도, 그들의 누구에게서도 인간 본래의 온정을 찾을 수가 없었다. 그네들은 거의 옆엣사람에게 한마디 건네는 일도 없이, 오직 자기네들 사무에 바빴고, 그리고 간혹 말을 건네도, 그것은 자기네가 타고 갈 열차의 시각이나 그러한 것에 지나지 않았다. 그네들의 동료가 아닌 사람에게 그네들은 변소에 다녀올 동안의 그네들 짐을 부탁하는 일조차 없었다. 남을 결코 믿지 않는 그네들의 눈은 보기에 딱하고 또 가엾었다.

구보는 지금 서울에서 사람이 제일 많이 모이는 곳인 경성역 대합실에 서 있다. 경성역은 서울의 중심이다. 서울 거리에서는 섣불리 남에게 짐을 맡기지 말아야 한다. 서울 거리에서는 이것이 상식이다. 이 상식을 구보는 못마땅하게 생각한다. 과민하게 반응한다. 도시화, 20세기화에 따라 사람 사이에 신뢰감과 인정이 무디어져 가는 것은 어쩔 수 없는 현상이지만 구보는 슬퍼한다. 그는 역시 감수성이 지나치게 예민한가 보다. 현대는 병든 시대라고 선언하기까지 한다. 그의 눈에 병리현상이 펼쳐진다. 그는 사람들이 '부종과 전경부의 광범한 팽륭과 돌출한 안구와 바제도씨병'에 찌들어 있다고 진단한다. 병색을 이르는 이 낱말들은 구보가 저 홀로 위기의식을 느끼고 빚어낸 언어이다.

사람의 감정이 지나치게 화려한 수사의 옷을 걸치고 디딜 곳 없는 허공을 향하여 마치 넝쿨처럼 뻗어날 때, 감상주의(感傷主義, sentimentalism)로 빠질 가능성이 높다. 화려한 수사로 꾸미지는 않았지만 지금 구보는 세상을 바라보고 마음에 생긴 상처가 턱없이 깊어져 바로 감상주의 앞에 서 있다. 세상이 온통 병들었다고 여기는 있으니 과감하다고 여겨질 정도로 개성 어린 생각일 수 있지만 한편으론 감정이 넘쳐난 결과르 여겨지기도 한다.

그러나 '황금광시대(黃金狂時代)'라는 말에서 그가 지닌 현실안목은 어느 정도 현실성과 타당성을 띤다. 황금을 찾아 금광을 좇아 몰려드는 수많은 사람, 하루아침에 졸부가 속출하는 황금광시대. 범부는 물론 권력자에 시인, 평론가 같은 문인까지 꼬여들어 흘러가는 열광의 도가니 운운은 시대 조류를 사실(寫實) 차원에서 지적하는 말이기 때문이다.

그런데 이렇게 사실을 규정해 내는 안목은 그의 감성 세계 안에서 다시 병증 어린 혐오감으로 번진다. 구보는 '중학시대의 열등생'이었던 한 친구를 우연히 만난다. 그는 황금광시대에서 선두주자다. 그는 한 아리따운 여인을 거느리고 다닌다. 그 여인은 선두주자가 지닌 금력을 상징하며 구보 자기가 가지지 못한 행복을 또렷이 보여준다. 구보는 친구를 지나칠 만큼 혐오한다. 그와 그를 따르는(사실은 황금을 따르는) 여인 모두에게 혐오 어린 이빨을 시리문다. 그러나 한편 친구의 황금을 부러워한다. 구보의 자아가 분열되는 것이다.

이처럼 시대가 흐르는 길을 따라 시대정신이 놓인 한복판에서 제 나름대로 정신의 문을 활짝 열고 다가간 결과로 구보는 여러 고뇌를 기록해 나간다. 바야흐로 자본이 물밀듯이 몰려와 사람의 모습이 돈 앞에서 급히 초라해지기 시작한 20세기 문턱에서 피곤에 찌든 사람들을 연구한 결과가 구보의 의식을 채우고 있다. 그 때문에 그의 고독이 더 깊어진다. '여급'은 경성의 자본이 매춘을 체계화하여 빚어낸 계급으로서 이도 20세기 징후다. 그녀들을 바라보는 구보의 시선이 애처로운 빛을 머금고 있다.

> 구보는 고개를 돌려, 그의 시야에 든 온갖 여급을 보며, 대체 그 아낙네와 이 여자들과 누가 좀더 불행할까, 누가 좀더 삶의 괴로움을 맛보고 있는 걸까, 생각하여보고 한숨지었다.

이 대목에서 구보는 사회 전체에 퍼져 있는 가난의 굴레를 보았다. 그의 시선은 이렇듯 우리들이 당시 서울 거리에 담긴 실체에 다가가도록 비춰주는 한 투명한 렌즈로 작용하고 있는 것이다.

구보가 작가라는 사실을 우리는 알고 있다. 그는 언제 어디서나 본 것을 필기하는 습성이 몸에 배어 있다. 작품을 쓰려고 준비하는 것이다. 이제까지 드러난 구보의 심정과 의식 내용은 이러한 작가 습성과 깊은 연관을 맺고 있다. 그가 씹고 있는 쓰디쓴 고독과 고뇌는 '작가란 무엇인가?'라는, 자아 정체성을 탐구하는 사유와 직접 닿아 있다. 그래서 눈여겨볼 필요가 있다.

작가는 황금과 인연이 먼 존재다. 작가는 황금보다는 좀 더 값있는 무언가를 추구하는 순수한 존재가 되어야 한다. 작가는 눈을 똑바로 뜨고 세상을 쳐다보아야 한다. 이것이 구보가 지니고 있는 퍽 고전 어린 작가론이다. 그래서 구보는 어머니가 기원하는 소박한 행복을 받들지 못하고, 시인 친구가 시(詩)를 접은 채 밥을 벌려고 기자가 되어 세상 잡사를 넘나들어야 하는 현실을 보며 괴로워한다. 구보의 작품을 칭찬하며 원고료를 얼마나 받으시냐고 보험회사 외판원이 묻지만 '자기는 이제까지 고료라는 것을 받아본 일이 없어' 모른다고 잡아떼면서 불편한 심기를 드러내 보이는 것도 작가라는 직업을 신성시하는 버릇에 따른 오만이다.

그런데 세상이, 그가 떠돌아다니는 서울 거리가 지금 황금광시대로 치닫고 있다. 황금이 이곳저곳에서 쏘아대는 질펀하기 그지없는 빛을 쪼이고 있자니 구보는 박탈감을 느낄 수밖에 없고 고독은 좀 더 깊어질 수밖에 없다. 뭇 사람은 황금광시대가 펼치는 물결을 고이 타넘고 있다. 그들이 지닌 빛 좋은 자태를 까닭 없고 두서없이 혐오하는 마음도 이 고독과 관계가 깊다. 둘은 동전의 앞뒷면과 같다.

1930년대에 이 소설이 모던(modern)하다고 누군가 말했다면, 그것은 다른 무엇보다 이 소설이 지닌 새로운 기법에 초점을 맞춰 내린 평가다. 상식과 전통에서 벗어나 '가출 → 보행 → 회귀'라는 초간편 구조에 따라, 정처 없이 발길 가는 대로 한 사람의 의식을 서술해 간 방식은 당시에는 분명 과감하고 새로운 기법이었다. 이 소설에서 펼친 상황과 사건을 읽을 때, 인과관계를 따져 보아야 하는 긴장감과 부담을 독자는 느끼지 않아도 된다. 반대로 사건에 어린 인과관계를 따지는 데서 얻는 재미도 기대할 수 없다.

그래서 독특한 기법으로 써낸 이 소설을 '산책소설'쯤으로 불러도 좋을 듯하다. 사회문제를 다루든 개인사를 그리든 복잡한 사건에서 벗어나 주인공의 관념, 상념, 회한 따위를 직접 펼쳐내고 싶을 때 이 방법은 쓸모가 아주 크다. 작가가 쓰기에도 그렇고 독자가 읽기에도 뱃속이 편하기 그지없는 기법으로서 작가는 자기 자신과 세상에 대한 고유 감각을 사건과 인물을 창조하여서가 아니라 감상문 형식을 빌려 마음껏 풀어낼 수 있기 때문이다. 그래서인지 60년대에 최인훈과 90년대에 주인석이 이 묘수를 빌려 쓰기도 했다. 그러나 길거리(산책)소설의 의장(意匠)은 그래서 수필과 흡사하다는 지적을 받을 가능성이 짙다. 사건이 거느리기 마련인 기승전결이라는 굴곡을 마치 다리미로 쫙 펴놓은 것 같은 길 위에서 무풍산보(無風散步)를 즐기기 때문이다.

그렇다면 1930년대에 등장한 이 서로운 기법은 여러 모로 보아 자유로운 정신이 펼쳐낸 새로운 양식인가? 아니면 허구를 창조하여야 한다는 힘겨운 수고를 피해 가려는, 모던 풍(風)에 올라탄 간편화 전략인가? 이 질문에 답하려면 객관성에 따라 탐구하고 논리에 근거하여 규정하면서 어떤 뾰족한 결론을 내밀어야 옳을 것 같지만, 사실 꼭 그렇지만은 않다. 각자 보기에 따라 판단할 문제일 뿐이다.

작가와 같은 인물이라고 해도 무리가 없을 주인공 소설가 구보는 참 많은 얘기를 하고 있다. 그는 자기 자신은 물론 세상을 두고도 이것저것 할 말이 많다. 그래서 어쩔 수 없이 산책길을 선택했는지도 모른다. 그가 흘려보낸 하루데는 현재 그가 거느린 삶에 얽힌 모든 내용이 들어 있다. 쓰라린 상처만 남긴 사랑 그리고 현실, 행복들을 싸고도는 고뇌, 예술가로서 떠안는 쓸쓸함, 황금으로 덧칠되는 우리 시대 삶의 모습 따위가 뒤섞여 있다.

이러한 잡다성(雜多性)은 무엇에서 비롯했는가? 이는 인물 또는 작가의 삶을 현재 위치에서 총망라하여 훑어보고 싶은 작가 욕구가 빚은 결과다. 그리고 한 정신을 이루고 있는 총체성이란 대개 단일하고 일관성 어린 의미체계를 찾아 파악하는 것이 상식이지만, 서로 다른 여러 요소를 그대로 펼쳐내 정리할 수도 있다는 믿음이 그 욕구 밑에 깔려 있는 듯하다. 이러한 믿음이 산책이라는 좀 더 자유롭고 큰 틀을 필요로 했고, 이렇게 볼 때 구보의 행보는 무풍 산책을 즐기는 수필정신이 아니라 이전보다 더욱 넓은 장에 서서 인간을 탐구하려는 길이라는 의미평가를 받을 수 있다. 또 30년대에 우리 문학사에 새롭게 자리를 잡고 나타난, '나를 밝히는 새로운 말솜씨'라는 가치평가를 받을 수 있다.

그와 함께 산책하면 그의 삶 전체를 엿볼 수 있다. 구보라는 사람의 의식 안에서 '행복'과 '고독'과 '시대'는 각각 떨어져 있는 개념이 아니다. 그것은 구보라는 한 개 뿌리에서 뻗어 나온 가지들로서 서로 이어져 있다.

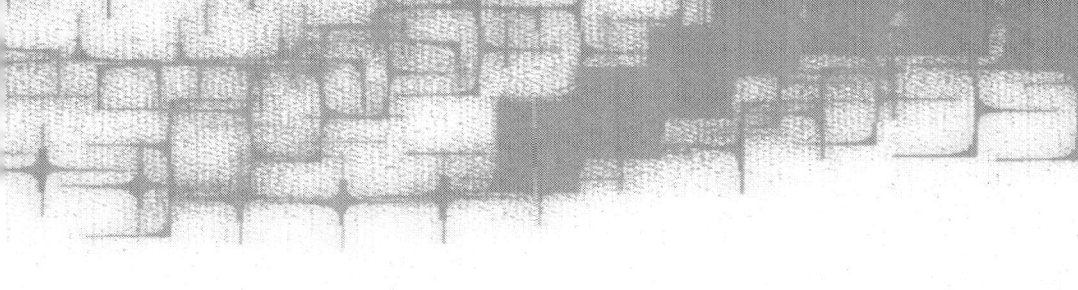

10. 이방인의 예언과 공포

    - 이상 김해경의 「날개」(1936)

1. 아름다운 서문(序文)

　시간이 지날수록 소설 「날개」를 다시 떠올려 읽게 된다. 순수한 개인 취향 때문이다. 좀 더 구체성 있게 까닭을 말하라고 하면 절반은 서문(序文)이 지닌 독특한 매력에 끌려서라고 하겠다. 「날개」 서문은 호소력이 뛰어나 아름답다. 30~40년대 근대소설사상 유례 없이 호흡이 길고 어조는 음산하기 짝이 없는 그림자에 잠겨 있어 호소력이 짙다.

　이 서문은 연구분체(聯區分體) 시문(詩文) 형식을 취하고 있다. 문장은 '……오', '……소' 따위 어미로 일관되어 있어 전체로 체념과 냉소가 어린 분위기를 자아낸다. 특히 한자어를 적극 활용한 점이 눈길을 끈다. 여기에 놓여 있는 한자어들은 관념어가 풍기기 마련인 고리타분한 냄새를 완전히 벗고 한 고유한 정신세계를 떠받드는 독자 시어(詩語)로서 충분히 거듭나 있다. 이는 작가 홀로 지닌 독특한 언어감각이 빚어낸 솜씨요 결과다. 또 '굿바이'라는, 그때로서는 퍽 전위성 어린 낱말이었을 이 외국어는 안개 아처럼 드리워진 죽음의식을 순간순간 깨닫게 하며 적잖은 충격을 준다. 한자와 영어…… 이렇게 서로 다른 층위에 속한 언어들을 뒤섞어 놓은 의장은 무질서한 것이면서 일상의식에 깃든 금기를 깬 비범한 언어감각이 아닐 수 없다.

지금 보아도 새로운 이 비범한 언어감각으로써 화자는 자기 삶의 정수를 제시한다. 그 요지는 '가증할 상식의 병'이라는 구절에 집약되어 있는데, 일반과 상식을 강렬하게 부정하는 자세라고 풀이할 수 있다. '여인과 생활을 슽계하오.'라는 구절은 소설의 서사 구조가 연애담이라는 사실을 알리며, 그 바탕 위에서 위트와 패러독스를 즐기고 기성품을 경멸하거 19세기가 남긴 모든 유품을 거부한다는 독백은 '내 비범한 발육을 회고하여 세상을 보는 안목을 규정'한다는 구절과 뜻이 이어진다. 상식에 찌든 상태에서 벗어나 새롭게 거듭나고자 다짐하는 것이다.

냉소와 체념과 죽음을 한데 섞어 펼친 이 이상스러운 읊조림에서 화자는 이방인 자질을 충분히 밝힌다. 오직 자신이 지닌 의식으로써 세상을 걸머지려는 정신, 독자의식(獨自意識)으로써 생의 첫 걸음을 내딛으려는 사람의 목소리가 음산하지만 아주 또렷하게 들려온다는 것이다.

그렇다면 이 죽음 어린 독백을 읊조리는 사람은 누구인가? 작가 김해경? 화자인 나? 굳이 따져서 일도양단해야 할 필요는 없다. 이 서문은 그저 한 이정표로서 허공에 떠 있는 모빌이라고 해두자. 작품을 읽는 동안 이 기구는 머릿속에서 쉼 없이 흔들린다. 서문이 비춘 강렬했던 인상을 간직하고 본문에 다가간다.

2. 세상을 다시, 새롭게 보기

일인칭 자술 형식(自述 形式)으로 된 본문은 주인공 '나'가 펼치는 독백이요 자기소개서다. 처음에 그는 자신을 둘러싼 주거환경과 사람들을 퍽 자세하게 말한다. 이는 자기소개에 따른 의례 절차이기도 하면서, 그도 피할 수 없이 '세상'에 묻혀 사는 존재라는 점을 인정하고 전제하는 것이다. 그러나 곧이어 그는 자신이 이방인이라고 여러 번 밝힌다.

> 나는 그러나 그들의 아무와도 놀지 않는다. 놀지 않을 뿐만 아니라 인사도 않는다. 나는 내 아내와 인사하는 외에 누구와도 인사하고 싶지 않았다.

> 내 몸과 마음에 옷처럼 잘 맞는 방 속에서 뒹굴면서 축처져 있는 것은 행복이니 불행이니 그런 세속적인 계산을 떠난 가장 편리하고 안일한 말하자면 절대적인 상태인 것이다. 나는 이런 상태가 좋았다.

서문이 선언문 같은 위용을 떨쳤다면 위 자술은 그가 꾸려 가는 생활상을 구체성 있게 말하여 그가 어떤 사람인지 알린다. 그는 씻지 않고 입지 않고 먹지 않고 결국 아무것도 하지 않고 가지지도 않는다. 요즘 말로 거지 아니면 노숙자다. 모든 소유관계에서 벗어나 있다. 이렇게 삶을 꾸려 가는 것이 가능은 하겠지만 누가 이러한 삶을 선택하려 하겠는가. 그가 지닌 삶의 태도는 넓은 의미로 반(反)사회이고 정확히 말하자면 비(非)사회이며, 행복개념 자체를 거부하고 진공상태와 같은 백지의식(白紙意識)에 스스로 안주하려 하니 공(空)사회이다.

그가 택한 생활 방식은 그가 벌이는 유희 행동에서 구체로 읽을 수 있다. 아내의 방은 그가 누리는 행동반경에서 가장 가깝고 유일한 현실 공간이다. 그러나 그가 아내 방에서 손에 넣는 물건 몇 개 ……돋보기, 거울, 화장품들은 현실 기능을 가지고 있지 않다. 그것들은 유아 심리에 파고들어 놀이 충동을 충족하는 데 쓰는 물건일 뿐이다. 원시 욕구를 환기하여 공사회성을 더 보강하고 그가 백지로 회귀한 상태라는 사실을 확실히 증명한다.

그렇다면 깊은 잠에 빠지려는 습성은 무엇을 의미하나? 그것은 '비범한 발육을 회고하여 세상을 보는 안목'을 세우련다는, 서문에서 밝힌 뜻을 실행하기 위한 시금석이다. '잠자기'는 '모태회귀(母胎回歸)' 성향으로서 선입견 어린 현실의식을 거부하고 아무것에도 구속받지 않는 텅 빈 눈동자를 열어보려는 몸짓이다.

이처럼 더럽고 위태롭고 고달파 보이는 생활과 행보는 의도했든 안 했든 세상을 원점에서 투명하게 바라보는 여백과 진공을 확보한다. 자신과 세상을 태초에서 다시 바라보는 '텅 빈 하얀 눈동자', 이 하얀 렌즈를 빌린다면 투명해진 안목으로써 세상을 달리 볼 수 있을 것이다. 이렇듯 '비범한(?)' 그가 아내와 함께 살아갈 수밖에 없다는 것이 진정 문제가 되는 현실이다.

3. 그녀와 '나'는 상극이다

그가 지닌 자질을 어느 정도 알았으니 소설의 중심 내용을 규정할 수 있는 일차 토대는 마련한 셈이다. 이제 그와 그의 아내가 맺고 있는 관계상을 살필 차례다.

둘이 맺은 관계는 얼핏 보면 참 이상하지만 일반 된 양상이기도 하다. 이상하다는 것은 둘이 한 지붕 밑에서 함께 살아가면서도 서로를 이해할 수 있는 길이 원천 봉쇄되어 있다는 점을 말한다. 그가 아내에게 다가갈 수 있는 방법이란 고작 돈 몇 푼을 던져주는 일뿐이다. 그러나 이 방법도 효능이 확실하지는 않다.

그녀는 어떤 뜻을 지닌 존재인가? 고전 속설에 잠깐 기대어 보자. 부부는 전생에 원수지간이었다고, 그래서 영원한 동지면서 적이라고. 그와 아내가 엮어내는 불일치는 이러한 전생론(前生論)을 반영한다고 생각하면 어떨까. 그는 앞서 아내와 자기는 '숙명적으로 발이 맞지 않는 절름발이인 것'이요 '영원한 평행선'이라고 냉소 어린 자탄을 던졌지 않았던가. 가장 가까이 있지만 오히려 적과 다름없는 존재…… 부부란 원래 그런 것이다. 그래서 일반 된 양상이라고 한 것이다.

이어 그녀를 한 상징으로서 읽고 싶은 욕구를 누를 길이 없다. 그래서 첫째, 그녀는 식민지 치하에서 신음하던 조선인과 조선 지식인 맞은편에 서 있던 세력이 아니겠느냐고 맞춰본다. 그녀는 밝은 공간을 독점하고서 그를 속여 약을 먹이고 그의 삶을 말살하려 한다. 둘째, 그녀는 인간 정신에 담긴 상극 요소 가운데 한 요소로서 감성을 누르는 이성, 권위, 법, 질서 따위로 해석할 수 있다. 불행하게도 인간은 완전 화합하지 못하는 상극 요소가 속에 동침하고 있기 때문에 내내 고뇌해야 한다. 이러한 운명을 '그와 그녀'는 상징하고 있는 것이다. 그녀는 질서와 규제를 총합한 문명세계를 대표한다. 인간의 원초 욕구를 억눌러 진보를 거듭해 온 문명이 쳐놓은 사슬에 묶여 그는 숨통이 막히는지도 모르겠다.

어떤 방향으로 해석하든 확실히 그녀와 그는 상극이다. 한 가지 더 염두에 둘 것은 그녀가 창녀로 그려져 있다는 점이다. 이는 그녀라는 존재 자체 또는 남편을 억압하는 몸짓이 어쨌든 부정한 자질이라고 판단, 규정할 근거가 되는데, 지금 결론을 내릴 필요는 없다. 그가 보이는 원초성과 맞부딪히는 또 다른 공간이 있기 때문이다. 그는 거리에서 헤맨다.

4. 그는 거리에서 헤맨다

그는 네 차례 거리에서 헤맨다. 이제까지 그가 걸어 다닌 거리거리를 눈여겨 살펴본 적이 있었던가? '거리'는 그의 삶을 이야기하는 자리에서 뜻밖에 중요한 '의미 공간'이다. 거리에서 그는 스스로 자기 고뇌를 응시하고 그 의미를 새기기 때문이다.

빛이 전혀 들지 않는 골방에서 그러했듯 거리에서도 그는 공사회성을 띠는 존재다. 그는 거리에서 사회성에 맞는 행동을 전혀 구사하지 못한다. 그가 이방인이라는 사실은 거리에서 더욱 두드러지게 증명된다. 거리는 아내의 방이 확장된 공간이다. 아내의 방을 포함한 거리 전체가 그의 존재성과 마주 대립하고 있는 상황에 그는 괴로워한다. 그리고 고백한다. 아내뿐만 아니라 거리 전체가 그와 마주선 '두 개의 태양'이요, '영원한 평행선'이라는 현실을.

그렇다면 이렇게 규정지을 수 있다. 그와 일심동체로 일컬어져 마땅한 존재인 아내…… 그녀는 그의 반이면서 그가 도저히 끼어들어갈 수 없는 세계 전체를 상징한다. 백화점 옥상에서 그는 그녀의 세계에 더 이상 융화할 수 없다는 사실을 토로한다. 새삼스럽게 자아를 인식하는 것이다.

> 나는 또 나 자신에게 물어보았다. 너는 인생에서 무슨 욕심이 있느냐고. 그러나 있다고도 없다고도, 그런 대답은 하기가 싫었다. 나는 거의 나 자신의 존재를 인식하기조차 어려웠다.

사회 존재가 지녀야 할 자질이 영점 상태라는 것을 재확인한 다음 그는 늘 그랬듯 유희 버릇에 다시 빠져든다. 어항 속에서 헤엄치는 물고기의 축 늘어진 지느러미가 몇 가닥인지 헤아린다. 이 행동이 세상에서 그가 감당할 수 있는 몫이다. 거리를 헤매며 세상에 섞여보려 했지만 그는 세상에 섞이지 못한다. 아내가 그랬듯이 세상도 그를 경계하고 거부한다. 아내가 창녀의 이미지를 뒤집어쓰고 있다면 거리는 다음과 같이 비춰진다.

> 거기서는 피곤한 생활이 똑 금붕어 지느러미처럼 흐늑흐늑 허비적거렸다. 눈에 보이지 않는 끈적끈적한 줄에 엉켜서 헤어나지들을 못한다.

이처럼 피곤이 극에 달한 거리는 또 온갖 '유리와 강철과 지폐와 잉크'가 부글부글 끓고 있는 공간이다. 이 소설에 어린 갈등구조가 그의 하얀 눈에 비친 대상과 그가 본질에서 조화를 이루지 못한다는 사실에 있다면, 이 '오탁의 거리'야말로 아내의 방에서 확장된 공간이 어떤 의미를 지니는지 규정하는 데에 결정된 근거를 준다.

5. 다가올 세기에 대한 예언과 공포

이제 이 '유리와 강철과 지폐와 잉크'에 주목한다. 이 품목들은 그가 백화점 옥상에서 전망하고 있는 현대문명을 상징한다. 달리 말해 다가올 새 세기를 가늠하는 삶의 방식, 구체성 있게 지적하여 자본주의와 그에 따른 물신주의, 도시화가 가져다줄 혼탁을 예보하는 징후이고 기호이다. 이 기호에 둘러싸인 채 오탁의 거리에서 사람들이 흐느적거리고 있다. 이 기호를 열거하여 그는 무기물로 가득 찬 세상에서 장차 인간이 누릴 소외 현상을 예언한다. 그의 고뇌 속에는 물질 체계가 인간의 삶을 필요 이상으로 압박하여 어느 구석으로 몰아가는 세상을 투시한 내용이 담겨 있는 것이다.

그래서 그가 드러낸 예언과 그에 따른 공포는 현대 문명의 본질과 정체를 남달리 비범한 폭으로 사유하고 내놓은 광범위한 현실 인식이며 시대와 역사 울타리를 지나 거시 안목으로써 문명사를 조명한 결과라는 뜻을 지닌다. 그렇게 볼 때 자아에 탐닉한 거칠 것 없는 강렬한 의식이 개성을 한껏 떨치며 엮어낸 전위예술품이라고 소설 「날개」의 가치를 매길 수는 있지만, 무의식이 잠겨 있는 해저(海底)쯤에서 알지 못할 기호를 조합하려 한 초현실주의의 산물이라고 할 수는 없을 듯하다.

그리고 현대문명을 비판하고 전위성을 좇는 미의식을 추켜세우기에 앞서, 그 바탕에 깔린 인간정신에 우리는 더욱 주목해야 한다. 그는 '흐느적 흐느적'하는 정신에서 '은화처럼' 맑아진 눈으로 세상을 꿰뚫어 보는 투명한 의식을 지니고 있다. 그것은 부정정신이다. 세상을 혼자 살아보겠다는 의지와 무엇이 되었든 남이 나에게 준 것에 기대어 살기보다 스스로 삶의 원리와 방법을 찾겠다는 뜻이야말로 그가 지니고 있는 중심 성정이다.

여기 한 사람이 살고 있다. 모든 이들이 그렇듯 그도 이 세상에 던져져 있다. 그러나 그는 정신이 자유롭다. 그는 혼자 살려 한다. 순수하게 자기 눈에 기대어 삶을 일구어 내려 한다. 이러한 '비범한 발육'으로써 세상을 보고 있다. 눈동자에는 전통도 역사도 습관도 끼어 있지 않다. 백지 상태이다. 20세기 초 일본인이 이 땅에 심어놓은 자본주의가 인간 생명을 근본에서 규제하는 거대한 틀로 다가오고 우리가 오늘날 현대문명 전반에 걸쳐 깊은 회의를 맛볼 것이라는 사실을 그가 그토록 또렷하게 내다본 것은 이러한 부정 정신에 따른 여백 덕분이다. 부정 정신으로 충만한 자는 고층건물 옥상에서 산꼭대기에서 지구 밖에서 세상을 내려다볼 수 있기 때문이다.

11. 고단한 시절과 아름다운 본능

– 이효석의 「산」(1936)과 「분녀」(1936)

1930년대 말은 조선을 침략한 일본이 통치 기술을 절정으로 끌고 올라가던 때다. 통치 기술을 구성한 토대는 당연히 '침략'과 '수탈'이었기에 수많은 조선인은 나락 같은 가난에 빠져 이모저모 고통에 시달릴 수밖에 없었다. 이러한 상황을 비판하고 일제에 저항하려는 의식은 너나 구별 없이 모든 조선인이 지녔던 마음이었을 것이고 당연히 그래야 했다. 특히 지식인은 역사의식과 시대정신에 바탕을 둔 사회인식으로써 지금 닥친 어려움을 감당하고 겨레가 맞이할 올바른 앞날을 적극으로 열어가야 할 의무가 있었다.

30년대 대표 작가 이효석은 단편 「山」을 썼고 주인공 '중실이'는 산으로 갔다. '지금 이곳'에 벌어진 현실 문제를 떠나 산으로 스며든 발걸음은 시대의식과 사명감을 중시하는 자세에 비춰본다면 못마땅하다. 그러나 이 발걸음을 특정 사시(斜視)로써만 바라보고 일방으로 재단할 의무와 필요는 없다. 공동체를 올바로 가꾸어 갈

정의와 양심을 세우려는 곧은 의식은 누가 뭐래도 귀하지만, 자연은 사람이 태어난 고향이다. 자연에 안긴 사람을 어제는 시대의식이라는 렌즈로써 바라보았다면 오늘은 인간 본능에 가닿은 눈으로써 느껴보자. 그것이 양다리를 걸친 어설픈 감상 행위만은 아닐 것이다. 먼저 작품 머리에서 전체 배경을 묘사한 가을 하늘을 쳐다보자. 퍽 아름답다.

> 돌을 던지면 깨금알 같이 오드득 깨어질 듯한 맑은 하늘. 물고기 등처럼 푸르다. 높게 뜬 구름조각 떼가 햇별에 뿌려진 조개껍질같이 유난스럽게도 한편에 옹졸봉졸 몰려있었다. 높은 산들이라 하늘이 가까우련만 마을에서 볼 때와 일반으로 멀다. 구만 리일까. 십만 리일까. 골짜기에서의 생각으로는 산기슭에만 오르면 만져질 듯하던 것이 산허리에 나서면 단 번에 구만 리를 내빼는 가을 하늘.

작가는 여기에서 산과 하늘, 그 전경(全景)을 실감나게 묘사하고 있다. 누구나 보고 느낄 수 있는 꼭 그 가을 하늘이다. 가을 하늘이 돌을 던지면 깨질 듯 하염없이 맑고 물고기 등같이 푸르다는 비유는 적절하면서도 생생한 표현이고, 가을 하늘이 손으로 가닿을 수 없이 멀리 내뺀다는 느낌과 발상은 깊어만 가고 높아만 지는 가을 하늘을 요란한 수사를 늘어놓지 않고도 더할 나위 없이 효과 있게 담아내고 있다. 이것 이상 가을 하늘다운 가을 하늘은 없을 듯하다. 이 깊어질 대로 깊어진 하늘 아래에서 산(山)도 사람도 작은 '하나'이다. 주인공 '중실이'도 그가 스며든 산도 그렇다.

'중실이'가 마을에서 산으로 살아 숨 쉴 자리를 옮긴 까닭은 동네에서 얽혀든 사람관계 때문이다. 자기에게 신의(信義)를 다 지키지 않은 집주인 영감이 보인 괘씸한 행실이 우선 싫고, 첩을 두고 갖은 속을 끓이는 그의 꼴이 영 마음에 들지 않아서다. 마을에서 누리는 삶이 그는 도무지 편하지 않다. 그가 산을 찾아든 동기는 이렇게 특별한 것이 없다. 독자가 주의를 기울여 살펴보고 말고 할 또렷한 명분이나 동기가 없다.

예를 들어 정치 싸움에서 물러난 현자가 자연으로 돌아가는 버릇에 숨어 있던 상징 의미는 '중실이'가 스며든 산과 전혀 상관이 없다. 높고 험한 산을 바라보고 정복욕이 솟구쳐 자신의 한계를 시험해 보려는 등반가가 지닌 투지하고도 거리가 멀다. 또 만년설을 이고 우주 근원에 해당하는 진리를 머금은 성지로 추앙받는 고산(高山)을 찾아드는 구도자가 품은 숭고한 정신과 '중실이'의 마음은 땅과 가을 하늘만큼이나 떨어져 있다.

'중실이'의 산은 하늘 아래 산이다. 봄이 오면 진달래를 피우고, 여름이면 푸른 잎이 한껏 무성하고, 가을이면 낙엽을 떨어뜨리며, 겨울에는 흰 눈이 내리는 대로 고이 덮어쓰는 산이다. 자연 이법에 그대로 순응하는 야트막하니 말이 없는 산이다. 하늘이 부르는 소리를 듣는 순하고 소박한 곳이다.

그래서 '중실'에게 산은 덮고 자는 이불처럼 포근하다. 진수성찬은 아니지만 끼니를 잇게 하는 자그마한 밥상이다. 눈에 띄게 감칠맛이 나는 대목은 '중실이'가 산에서 거두어들이는 가지가지 혜택들이다. 그것은 산, 자연이 공짜로 펼쳐 놓아 주는 자가 임자인 그런 것들이다. 나무와 숲, 낙엽 냄새, 산불에 끄슬린 노루고기, 개꿀 따위는 누구에게 돈을 주고 사는 것이 아니다. 그런데도 하나같이 향기롭고 달다. '중실이'는 낙엽을 덮고 별을 헤며 잠든다. 밭을 일구고 눈여겨보아온 처녀 '용녀'를 업어올 꿈을 꾸지만 그는 마을 사람들 식으로 계산을 굴리지는 않는다. 그저 사람이 지닌 본능에서 비롯한 욕심 없는 욕심을 부릴 뿐이다.

중실이가 지닌 마음은 심각한 자연철학이 낳은 매듭이 아니고 뼈저린 회한이 빚어낸 결과도 아니다. '중실이'는 그저 한 마리 사람처럼 산으로 접어들었다. 자연의 품에 안긴 것뿐이다.

주인공이 여자로 바뀌고 사람이 많이 모여 사는 마을에서 일어난 일에 얽매여 있지만 작품 「분녀」의 주인공 '분녀'도 한 마리 '사람' 같다.

이 작품은 연애소설이다. 겉으로 보면 주인공 '분녀'가 일방에서 피해를 보는 사건이 이어진다. 그러나 사건이 빚은 결과에만 주목하여 그녀를 피해자로 결론지으면서 화를 내거나 동정심을 뿌리면 적절치 않다. 비록 강제로 인연을 맺기는 하지만 여러 남자와 성관계를 나누며 그녀는 외부 조건에 구애받지 않는 자기정체성을 세워 나간다. 독자는 이 의식에 주목하여 봉건 습성에서 여성을 해방할 실마리를 찾아낼 수 있다. 아니면 억압된 성욕을 분출하는 자유의지에 감상의 초점을 맞추어도 좋다. 성욕(性慾)은 '한 마리 사람'에게 가장 소중하고 긴요한 행복요건이고, 이 문제를 정면에서 다루고자 하는 의욕은 미래를 지향하기 때문이다.

그러나 이보다 좀 더 근원된 안목으로써 그녀의 행보를 살펴볼 필요가 있다. 가장 눈여겨볼 대목은 문면에 나타나 있는 그대로 '분녀'와 그녀의 남자들이 만나고 헤어지는 사연과 그에 따른 행동양식이다.

새삼스럽지만 남녀가 만나고 헤어지는 꼴에 얽힌 우리네 습성을 먼저 되돌아보아야 하겠다. 우리 사는 동네에서 연애는 기나긴 탐색 과정이기 일쑤다. 물론 다 그렇지는 않지만 번개같이 스치는 마음을 깊이 감추어야 할 이유가 많다. 열 길 물속은 알아도 한 길 사람 속은 알 수 없기 때문이다. 그래서 멀리서 바라보는 시간을 넉넉히 갖는다. 그리고 상대에게 던진 성의 어리고 애타는 추파가 무사히 전달되어 무르익어 갈 무렵 대개 '차 한 잔 하실래요.' 정도에 해당하는 기초언어에서 만남과 충돌은 비로소 본격화한다. 이제 내 생에 잠재되어 있거나 급히 엮어낸 일시 언어의 그물을 던져 감각, 가치관, 사상을 서로 주고받는다. 곧 여러 고비는 찾아오고 어떤 한계를 넘어 갈림길 가운데 한쪽을 선택하면 평화이든 고통이든 함께 걷는 길은 시작되는 것이다. 이때 평화를 보장하려고 흔히 '결혼'이라는 제도를 선호한다. 동서고금을 막론하고 가장 보편성 있고 확실한 보호책으로 여겨지는 이 풍습은 인간이 제도와 문명을 좇은 결과로 얻은 열매이다.

결혼 제도에 자신을 맡기려면 멀고 험한 길을 마다하지 않겠다는 각오를 다져야 한다. 이 제도에는 갖가지 이념이 얽혀 깃발처럼 휘날리고 있기 때문이다. 남녀가 원만하게 뜻을 맞춰 결실을 이루었다면 이에 따라 의무 사항이 생활 바닥에 늘 깔려 있어, 이를 어겼을 경우 '형법'이 걸림돌로 다가온다. '일부일처'와 '여성 순결' 따위는 수백 년간 이어와 아직도 유효한 대표 규약들이다. 이러한 규약과 전제가 우리 핏속에 면면히 흐르고 흘러 이제 뗄 수 없는 버릇이 되었고 당연한 행동 양식으로서 무의식 속에 등재되어 있다. 이것은 물론 인간다운 삶을 열려고 문화와 문명에 인간성을 맞춘 구색이며 질서의식에 따라 고상한 발자취를 추구하자는 이념이 빚어낸 결과이다. 그러나 더불어 '원래 우리 모습'을 가린 포장지이기도 하다. 정절을 잃은 어떤 여인은 왜 은장도로써 스스로 자기 몸을 찌르는가. 본능 어린 수치심과 깊은 상실감 그에 따른 분노와 두려움…… 때문이겠는가. 어쨌든 유사 이래 꾸준히 가다듬어 온 전통이 여인을 어떤 정점으로 끌고 갔을 것으로 짐작할 수 있다.

한편 2000년대에는 또 다른 애정관이 이미 오래전부터 세력을 얻고 있는 듯하다. 사람이 앞으로 나아가려고 발걸음을 떼어놓을 때 성(性)에 걸쳐진 모든 제재와 규약이 매우 이롭지 못한 걸림돌이 되는 현실을 못 견뎌 한 사람들은 일찍이 어느 시대에나 있어 왔다. 그들은 말한다. 성욕을 인내하고 제재하고 나아가 깎아내리려는 모든 이념은 진실이 아니라고. 성욕은 극히 자연스러운 인간 욕구이므로 이를 숨기고 제한할 아무런 이유가 없다고. 오히려 자유롭게 즐기고 적극, 능동성 있게 발굴해 내는 행위가 좀 더 인간성에 충실한 자세이며 현명하게 행복을 찾는 길이라고 그들은 주장한다.

이러한 주장은 아직은 다만 소문처럼 떠돌아다닐 뿐이지만, 꽤 많은 사람이 '순결'이라는 장애물 정도는 오래전에 넘어섰다는 것을 자주 기꺼이 행동으로 보여준다. 그들은 '일부일처'가 쳐놓은 금기도 필요에 따라 마음속에서 단번에 지워버린다. 어느 때 보면 우리 시대 우리 사회 우리 일상에서 이러한 감각은 소문이 아니라 이미 현실화된 지 오래인 듯하다. 법률과 문서로써 그 뜻을 환히 밝히는 것을 보수 세력이 적극 막아섰기에 구체제가 유지되고 있을 뿐, '성은 본성이다. 숨길 이유가 없으니 과거 습성을 극복하고 자유를 구가하자.'는 깃발과 부표는 쉴 새 없이 휘날리고 떠다닌다.

그런데 이러한 표어도 사실 성을 억압하던 옛 관습과 어떤 면에서는 크게 다르지 않다. 성과 성욕을 객관 대상으로 바라보고 앞으로 나아갈 길을 찾아 관념의 탑을 쌓아 올리기 때문이다. '성이란 이런 것이다. 그러니 이렇게 행동하자.' ……이 대목에서 진보성향도 순수 본성을 억압하는 또 다른 자물쇠와 같다. 이 점을 주목하자. 보수나 진보나 성에 관한 한 본능을 떠나 인위(人爲)에 매달려 있다는 사실을.

그렇다면 '분녀'와 그녀가 만난 남자들은 어떠한가. 첫 남자 '명준'과 '분녀'가 나누는 대화를 보자.

> 통의 것을 다 쳤을 때 다시 물을 길을 양으로 분녀는 명준의 뒤를 따라 도랑으로 내려 갔다. ……(중략)…… 명준은 손가락으로 물탕을 치며 낮이 부드럽다.
> "일하기 되지 않니?"
> 대번에 농조로,
> "너 어떤 놈에게로 시집가련, 박추한테라도."
> "미친 것 다따가"
> "시집갔니? 안 갔니?"
> 관자놀이가 금시에 빨개진 것을 민망히 여겨 곧 뒤를 이었다.
> "평생 시집 안 갈 테냐?"
> "망할 녀석."
> "난 이 고장에서 없어지겠다. 살 재미가 없어……(하략)……"
> "정말 가겠니?"
> "안 가고 무슨 수 있니? ……(하략)……"
> ……(중략)……
> "네 짓이었구나."

예민한 독자라면 도시 문명이 펼쳐 놓은 광장에서 보고 익힌 것들과 퍽 동떨어진 말과 몸짓을 이 공간에서 느낄 수 있다. 세련된 안목이 동감할 수 있을 문명 흔적이나 단서가 여기에는 희박하다. 무언지 꼭 꼬집어 말하기 곤란하면 그저 시골 촌 남녀들이 풍기는 냄새라고나 해두자. 좀 더 자세히 더듬어 보면 두 사람이 나누는 대화에는 남존여비 관념에 따른 남상여하식 어투가 안 보이고 결혼 따위 제도를 머릿속에 떠올린 끝에 팽팽해진 긴장감도 없다. 간밤에 자신을 강제로 범하여 성합(性合)했던 남자가 누구인지 밝혀진 순간에도 앞과 뒤를 재는 행동 양식이 펼쳐지지 않는다. 관습에 따른 의무감은 물론 수치심이나 상실감 같은 것은 둘 사이에서 전혀 기미가 보이지 않는다.

「산」에서 '중실이'의 삶과 행동을 어떻게 규정할 것인지 적절한 언어를 가지지 못했다. '분녀'와 그의 남자들을 볼 때도 이와 마찬가지다. 그들은 문명이 절대 영향을 미치는 울타리 밖에 사는 사람들이다. 그들은 땅이 준 욕망에만 충실하고 그 마음이 어떻게 흐르든 계산하지 않으며 인공이 빚어낸 관념을 첨가하지 않는다. 그저 좋아서 다가가고 욕망이 말하는 대로 미워하고 그리워한다.

이렇듯 문명, 문화의 세례를 받지 못한 꼴들이어서 거칠고 위태로워 보이지만, 미리 계산된 의지가 희박하고 오직 순수 천성에서 우러나오는 삶이기에 이들이 보여주는 언행이 바로 사람이 본래 지녔던 모습으로 여겨진다. 그렇다고 그들의 성품이 뛰어나고 우수하니 이제부터 본받기라도 해야 한다는 말은 아니다. 다만 크고 작은 이념과 규칙들, 함께 살아온 현장에서 질서를 유지하려고 짜낸 여러 몸가짐에 오랜 세월 몸담아 살아왔던 우리에게 이 사람들은 한적한 산속에 피어 있는 풀 냄새나 시골길가에 핀 들꽃 향기를 풍겨준다. 어떤 이에게 이 냄새는 퀴퀴하게 느껴질지도 모르고 그 누구에게는 구수하게 다가오기도 할 것이다. 현대미에 정착한 지 오래인 우리에게 이들은 금세기가 잃어버린 '옛 고향 사람'이 지녔던 모습을 일깨워 준다.

이렇게 생각할 수 있다. '중실이'나 '분녀'나 자연과 완전히 합일한 삶을 누리지는 못했다. 산속에서 혼자 살아간다는 속셈은 원래 현실로 가당치도 않은 것이기 때문이다. 그래서 두 사람이 보인 행동은 현실을 도피한 것이거나 원시와 문명 사이에 걸쳐진 묘한 절충안일 뿐이다. 또 작가가 품은 인간관은 서정성을 머금고 있지만 1930년대 민족이 한껏 고단한 시절에 피난처를 찾아 나선 끝에 이른 아름다운 본능의 세계로서 결국 시대와 현실을 애써 외면한 결과이기에 나라와 민족을 비껴간 무책임한 발걸음이 퍽 아쉽다고 투덜거릴 수도 있다.

그러나 '중실이'와 '분녀'의 삶과 그들을 창조한 작가의 의도를 일도양단하여 가늠하려 하거나 이에 따른 결론과 주장을 남에게 강요하는 자세는 19세기 사고방식일 뿐이다. 한마디로 옹졸한 감상 행위다. 무릇 진정 자유로운 안목을 가진 독자라면 제 나름대로 지니고 있는 관점에 따라 일관된 감각과 논리를 좇아 '중실이'와 '분녀'를 바라보고 고유한 결론을 각각 간직하고 있으면 그만이다. 다 독자 보기 나름이다.

12. 신(神)을 기리는 마음과 싸우는 모성(母性)

- 김동리의 「무녀도」(1936)

한 작가를 대표하는 작품을 가려 뽑고자 할 때 꼭 따라가야 할 강제 기준은 없다. 예를 들어 우연이든 아니든 사람들이 가장 많이 읽는 작품이 해당 작가의 대표작이라고 하자. 그렇다면 「무녀도」야 말로 작가 김동리를 가장 권위 있게 대표하는 작품이다. 널리 알려진 '민족문학론'에서 작가는 자신이 지닌 문학 사상을 또렷하게 집약했다. 그 요지는 한국인 고유의 정신 습성을 작품 소재와 주제로 삼아야겠다는 것이다. 이 문학론에 어린 의지와 의욕은 「무녀도」에 아주 또렷하게 나타나 있다. 그래서 작가를 대표하는 작품으로 「무녀도」를 꼽는다.

이 작품이 발표되었을 때 무격신앙과 무속인의 삶은 매우 새로운 소재요 주제였다. 무속은 민족의 뿌리를 형성하고 있는 인자지만 당시 '우리 것'에서 서서히 멀어지기 시작한 영역이다. 작가는 작품으로써 이 민족고유정신을 새롭게 떠올리려 했다. 「무녀도」를 연구하고 논의한 업적은 숱하게 많은데, 대부분 주인공 '모화'와 아들 '욱이'가 벌이는 갈등에 초점을 맞춰 의미를 살피는 논설들이다. 논자들은 대개 '모화'가 무속, 한국 전통, 보수, 재래, 동양들을 대표하며, '욱이'는 기독교와 외래 정신, 서양 세력 들을 상징하는 것으로 파악했다. 이렇게 신구(新舊) 갈등을 드러내는 주제의식은 당시 우리 민족이 몰락의 길을 걷고 있었다는 현실을 생각할 때 퍽 시의적절 했으며 현대소설사에서 의미 깊은 매듭으로 여겨진다.

갈등 내용을 어떤 각도에서 파악하든지 문제 중심에 서 있는 인물은 '모화'다. 마지막 장면에서 그녀가 죽음을 택하여 갈등에 매듭을 지어주기 때문이다. 예를 들어 '허무에의 복종이나 수락'(조연현, <한국현대작가연구>, 새문사, 1981, 192쪽), '자신으로 인한 모든 부조리들을 구속하려는 죽음'(유기룡, <한국현대소설작품연구>, 삼영사, 1989, 43쪽) 따위 규정들은 바로 '모화'의 죽음에서 작품 주제를 찾은 예이다.

사람의 일생을 몇 단계로 추려서 개괄할 때, 탄생과 죽음은 맨 앞뒤에 놓인 양극점이다. 그런데 이토록 중차대한 뼈대이지만 우리는 살아서 직접 이 부분을 경험, 인식할 수 없다. 세상에 나는 것도 죽는 것도 우리가 주관하는 사항이 아니기 때문이다. 이는 인생 구조가 내포한 가장 큰 자기모순인데, 이 불가사의 덕분에 사람은 끊임없이 끈질기게 인생이 무엇이냐고 따져 묻는다.

굳이 어떤 종교 신념에 따른 순환, 연계론 위에서 바라보지 않는다면 탄생과 죽음은 의미상 극단 어린 대조를 이룬다. 탄생은 시작이요 죽음은 끝이다. 탄생과 죽음 사이에서 정신과 육체를 조금씩 깎아가는 과정이 인생이라 할 때, 탄생은 그다지 중요한 요소가 아닐 수도 있다. '시작'은 중간과 끝이라는 시간대를 향하여 나아가면서 쉽게 잊히기 때문이다.

그러나 죽음은 다르다. 죽음은 눈앞에 다가와 있지 않은 이상 공포를 주지는 않지만 그렇다고 편안한 마음을 불러오지는 않는다. 죽음은 막연하게 '종말'이라는 인상에 휩싸여 있다. 차근차근 앞날을 계산하면 언제 다가올지 모른다는 미지성과 결코 피할 수 없다는 숙명을 본질로 하기에 두려운 것일 수밖에 없다. 그리고 인생에서 겪는 어떤 슬픔과 공포도 죽음보다 더 크지 않다. 예를 들어 '죽음보다 더 슬픈 이별' 따위 구절도 십중팔구 죽음이 그어놓은 슬픔의 선을 기어이 넘지는 못할 것이다.

한편 죽음을 '허무'라는 단어로써 헤쳐 나가려는 태도는 매우 일반성에 기운 자세다. 허무에 기대면 죽음에 깃든 공포를 퍽 누그러뜨릴 수 있다. 다른 세계로 가는 관문으로서 죽음을 인식하려는 자세가 있다. 이러한 의미 추구는 죽음의 공포를 극복한 것일 수도 있고 반대로 은폐하려는 기도일 수도 있다. 어떤 방향으로 죽음을 몰고 가든 '죽음은 끝'이라는 사실을 잊기는 힘들어 보인다. 죽음은 인간이 떠안는 모든 상황과 운명을 끝맺는 가장 권위 있는 종결 부호라는 사실은 늘 변함없는 것이다.

그래서 죽음은 일생의 무게를 모두 더한 것과 거의 같은 감정의 폭을 거느린다. 작품에서 '모화'의 최후가 흔히 볼 수 없는 높은 단계로 비장미를 빚어내고 있는 까닭은 여기에 있다. 유서 깊은 물결 속으로 스스로 잠겨 들어가는 '모화'의 몸에는 장엄한 비극성이 불러오는 아름다움이 서려 있다. 그녀의 몸이 '죽음'으로 향해 가기 때문이다.

그러나 이러한 감동이 밀려오는 까닭을 죽음이 지닌 원초 의미에서만 찾을 수는 없다. 작품을 읽고 느끼는 모든 정서 반응과 총체 의미는 작품을 이루는 전체 흐름 안에서 근거를 찾아야 하며 특히 인물들 간에 벌어진 갈등 양상을 주의 깊게 들여다보아야 한다. 「무녀도」에서는 모화가 죽음으로 걸어 들어간 이유를 먼저 또렷이 밝혀야 한다. 그래서 주인공 '모화'와 아들 '욱이' 사이에 있는 갈등을 눈여겨본다. 우선 갈등 주체인 '모화'와 아들 '욱이'가 각각 지닌 삶의 배경을 보자.

> 이 마을 한구석에 모화라는 무당이 살고 있었다. 모화서 들어온 사람이라 하여 모화라 부르는 것이었다. 그것은 한머리 찌그러져 가는 묵은 기와집으로, 지붕 위에서 기와 버섯이 퍼렇게 뻗어 올라 역한 흙냄새를 풍기고 집 주위는 앙상한 돌담이 에워싼 안의 공지같이 넓은 마당에는 수채가 막힌 채 빗물이 괴는 대로 일년 내 시퍼런 물이끼가 뒤덮어, 늘쟁이 명아주 강아지풀, 그리고 이름도 모를 여러 가지 잡풀들이 사람의 키도 묻힐 만큼 거멓게 엉기어 있었다. 그 아래 뱀같이 길게 늘어진 지렁이와 두꺼비같이 늙은 개구리들이 구물거리고 움칠거리며 항상 밤이 들기를 기다릴 뿐으로, 이미 수십 년 혹은 수백 년 전에 벌써 사람의 자취와는 인연이 끊어진 도깨비굴 같기도 했다.

귀머거리에다 벙어리인 딸 낭이'와 '모화'가 사는 집을 그린 단락이다. 불결하고 음산한 기운이 짙게 배어 있는 배경은 작품 전체 분위기를 신비로움으로 끌어간다. '모화'가 사는 세계는 '명랑한 찬송가 소리와 풍금 소리와 성경 읽는 소리와, 모여 앉아 기도를 올리고 빛난 음식을 향해 즐겁게 웃음 웃는 얼굴들'이 가득한 '욱이'의 세계와 명암으로 대비를 이룬다. 이 대조는 일부러 꾸민 것 같아 '그럴듯함'을 퍽 갉아먹는 부작용이 있지만 장차 두 사람이 겪

을 극심한 갈등을 예비하는 장치이다. 이와 마찬가지로,

　　모화는 사람을 볼 때마다 늘 수줍은 듯 어깨를 비틀며 절을 했다. 어린애를 보고도 부들부들 떨며 두려워했다. 때로는 개나 돼지에게도 아양을 부렸다. 그의 눈에는 때때로 모든 것이 귀신으로만 비치는 것이었다. 그것은 사람뿐 아니라, 돼지, 고양이, 개구리, 지렁이, 고기 나비, 감나무, 살구나무, 부지깽이, 항아리, 섬돌, 짚세기, 대추남가시, 제비, 구름, 바람, 불 밥, 연, 바가지. 다라끼솥, 숟가락, 호롱불…… 이러한 모든 것이 그와 서로, 부르고 말하고, 미워하고, 시기하고, 성내고 할 수 있는 이웃사람같이 생각되었다. 그리하여 그 모든 것을 그는 '님'이라고 불렀다.

에 나타나 있는, '모화'가 신봉하는 다신교와 그에 바탕을 둔 세계관은 전제 유일신만을 인정하는 '욱이'의 기독교 세계관과 대척 관계에 놓여 있다. 작가가 일부러 그렇게 꾸며 내고 그린 것이지만, 모자(母子)는 마치 하늘에 뜬 두 개 달(月)이 마주 보고 있는 것과 같은 틀 속에 갇혀 불화(不和)하고, 질이 전혀 다른 두 존재가 부딪힌 끝에 결국 파국을 가져오리라는 인상을 강하게 풍긴다.

　여기에서 만신(萬神)을 떠받드는 정신을 가진 '모화'가 굳이 '야소귀신'만은 거부해야 할 존재로 여기고 혐오하는 상황은 작가의 역사인식이 꾸민 대결구도로 볼 수 있다. 동서양이 누려온 이질 문화가 근대라는 시점에서 임전무퇴식으로 갈등을 겪었다는 사실은 상식으로 알고 있기 때문에, 두 사람이 빚어내는 갈등이 바로 문화 충돌이라고 해석하는 것을 독자는 별다른 이의 없이 받아들일 수 있는 것이다.

　그러나 보편성 어린 인간심성 차원에서 '모화'와 '욱이'가 빚는

갈등을 살펴볼 필요가 있다. 그들이 싸우는 까닭은 각각 자신이 신봉하는 신념체계에 절대로 충실하려는 마음에서 비롯한다. 이러한 마음은 인간 본성에 뿌리를 둔 이기심에 따른 것이다. 물질뿐만 아니라 정신 자산에도 맹목으로 집착하고 그것도 모자라 기어이 피를 흘려야 했던 지나간 시절을 역사는 기록해 놓고 있다. 한 치도 양보하지 않는 두 사람…… '모화'와 '욱이'가 지닌, 한 점 여백도 없이 이기심으로 물들어 있는 고정관념은 결국 비극 어린 절정에 다다르고 만다.

> 이때, 모화는 분명히 식칼로 욱이의 면상을 겨누어 치려하였다. 순간 욱이는 모화의 칼날을 왼쪽 귓전에 느끼며, 그의 겨드랑이 밑을 돌아 소반 위에 차려 놓은 냉수 그릇을 들어 모화의 낯에다 그릇째 끼얹었다. 이 서슬에 접시의 불이 기울어져 봉창에 붙었다. 욱이는 봉창에서 방 안으로 붙어 들어가는 불길을 잡으려고 부뚜막 위로 뛰어 올랐다. 봉창에서 방안으로 붙어 들어가는 불길을 덮쳐 끄는 순간, 뒷등어리가 찌르르하여 휙 몸을 돌이키려 할 때 이미 피투성이가 된 그의 몸은 허옇게 이를 악물고 웃음 웃는 모화의 품속에 안겨져 있었다.

어미의 얼굴에 냉수를 끼얹는 행위나 아들의 몸에 칼을 꽂는 행동은 모두 윤리가 세운 마지막 벽을 여지없이 허문다. 극단에 기운 이러한 반인륜 행동을 가능하게 한 원인은 '욱이' 쪽은 기독교, '모화'는 '무속'이다. 그리고 이어 두 사람이 떠받드는 신념체계를 무너뜨린 또 다른 인간 가치는 모자지간을 엮는 천륜이다.

이렇게 볼 때, 작품의 갈등구조는 이제 '욱이'와 '모화' 두 사람 사이에서 찾기보다 그들 각자가 지닌 정신세계 안에서 찾아야 한다. 먼저 모화의 갈등은 그녀 자체 내에 깃들어 있는 두 가지 속성인 신을 섬기려는 마음과 어미의 마음이 조화를 이루지 못한 데에서 온 것이다. 탄생과 죽음을 풀어히치는 열쇠를 쥐지 못한 인간으로서 신(神)은 그녀가 받아들인 절대 가치이다. 여기에 여성만이 지니고 있는 모성(母性)은 여성 존재를 결정하는 또 하나 절대가치다. 이 두 가치가 그녀 안에서 융화하지 못하고 충돌한다. 이것은 존재 기반 자체가 흔들릴 수밖에 없는 불안정한 상황이며, 그녀의 신이 이 불일치를 구제하지 못하였기에 아들을 죽음으로 몰아넣은 것이다. 그 결과 신을 믿는 마음은 무너져 내릴 위기를 맞게 된다.

아들의 죽음 후 모화의 굿이 신령함이 떨어진다는 설정은 서양 문화가 전통문화를 잠식한다는 해석이 가능한 대목이다. 그러나 좀 더 중요한 점은 '모화'라는 한 인간의 정신 안에서 신을 섬기려는 종교 심성과 새끼를 거두려는 모성이 심각한 갈등에 직면했다는 사실이다. 그래서 굿의 효험이 무너져 내리는 수순은 아들의 죽음을 비통해하는 모성의 회한이 부각하면서 신성(神性)이 모성에 패퇴한다는 결과를 암시하는 대목이다.

'모화'의 죽음은 그녀가 마지막 굿을 벌이는 대목에서 자살 형식으로 드러난다. 마지막 굿을 치르는 그녀는 비장한 모습을 띠지만 이미 전날과 같은 '무녀'가 아니다. 그녀는 무녀라기보다 한 '어머니'이다. 그녀의 죽음을 '초월', '재생'이라는 차원에서 따져 보려는 생각은 작품이 지닌, 아주 짙은 종교 색채에 잠긴 선입견이 불러온 부정확한 확대해석일 가능성이 높다. 그녀가 마지막에 물에 잠기면서 읊조리는 노래도 무가이기에 앞서 한 어미의 인간 정서가 깊게 스며 있는 자탄가일 뿐이다.

가지시라 가지시라 이수중분 백노주로 불러부소 우리성님 불러주
소 봄철이라 이 강변에 봉수꽃이 피그덜낭 소복단장 낭이따님 이내
소식 불러주소 첫가지에 안부묻고, 둘째 가지……

죽음에는 공포가 따른다. 이러한 공포에 맞서 종교 신념이 구원
에 가까운 위력을 발휘하는 것도 사실이다. 그러나 죽음이 떠안기
는 원초 공포에서 인간이 벗어나는 경우가 성(聖) 체험에만 국한되
지는 않는다. 당연히 보존하여야 할 근원 가치가 손상되었을 때나
삶이 떠받드는 최소 기반을 잃어버렸을 때에도 인간은 스스로 죽
음을 선택한다. 예를 들어 아주 가끔이지만 인간은 사랑이나 이념
따위를 좇아 죽음의 공포와 얼마든지 마주할 수 있다.

살펴본 갈등 양상에 초점을 맞추어 보면 '모화'의 죽음이 두 문
명이 충돌하여 빚어낸 몰락과 비극을 상징한다고 규정하기 힘들어
보인다. 그녀의 죽음은 일그러졌던 모성에 어린 깊은 회한을 인간
차원에서 매듭지으려 한 결과이다. 저버려서는 안 되는, 저버릴 수
없는 인간 가치를 저버린 인간이 땅에서 마음을 둘 곳이 없어 스스
로 걸어 들어간 끝에 맞이한 죽음이다.

물과 섞이어 사라져 가는 그녀의 몸은 아름답도록 슬프다. 그 까
닭은 첫째, 죽음을 거느렸기 때문이고 둘째, 무속에 깃들어 있는
신비감이 그녀의 몸에 서린 때문이기도 하다. 그러나 좀 더 진정한
이유는 그녀가 겪은 깊이를 알 수 없는 인간 갈등이 빚어낸 회한을
껴안고 죽음으로 걸어 들어가는 처연한 발걸음에서 찾아야 한다.
그 발걸음은 한 인간 어미가 내딛은 것이다.

13. 달(月)이 사람을 낳다

- 김동리의 「달」(1947)

　이 소설이 펼친 공간 안에서 사람은 달 아래에 산다. 주인공 '달득이(달이)'는 달이 낳은 사람이다. 그뿐만 아니라 달(月)은 모든 인간행동과 상황을 설명한다. 달은 존재의 근거이자 궁극이다. 이러한 구도와 설정은 작가가 신봉하는 자연관과 종교관에서 비롯한 것으로 보인다. 그러나 그 실체가 어떤 학술 분야에서 설명될 수 있는지 여기서 밝힐 일은 아니다. 여기는 소설공간이고 독자는 여기서 잠시 삶을 누리면 그만이기 때문이다. 달은 사람과 자연의 중심에 서 있으며 이야기의 시작과 끝을 알린다. 이야기 배경도 물론 달 아래 펼쳐져 있다.

　'예기소'에서 합친 서천 알천 두 갈래 물은, 금장나루를 지나자 다시 두 줄기로 흘러내리는 것이었다. 서쪽 넓은 바다으로 퍼져 흐르는 것이 흐름의 줄거리로 보아서는 역시 형산강 본류로 되어 있었으나, 그 수심에 있어서는 동쪽 줄기에 비길 나위가 없었다. 동쪽 줄기는

> 본디 바닥이 깊고 언덕이 높은퀘다 두어 마장 아래는 울창한 고목숲
> 이 가로놓여 있고, 그 숲 머리에다 보뚝을 막아서 짙푸른 물은 호수같
> 이 언제나 고요히 담겨 있었다.

달빛 아래 강물은 유유히 흐르고 고목나무는 울울하다. 물은 깊고 나무는 아주 오래 산(生) 것이다. 아주 강한 인상을 던지는 배경이다. 사람이란 강과 나무가 낳아 살게 한 존재이고 사람의 몸은 아주 작아 대자연에 깃들어 있는 듯하다. 나아가 산과 땅과 물과 달이 세상의 주인이고 사람은 그 아래에서 잠시 피었다 질 뿐인 듯하다.

이렇듯 강렬한 인상을 머금고 있는 시공간 아래에서 펼쳐지는 사랑이야기를 먼저 눈여겨보아야 한다. 대자연이 펼친 옷자락에 품긴 사람이 자아내기 마련인 갖가지 사연 가운데서 작가는 사랑이야기를 선택했고 그 전말 속에 사람의 일생을 요약, 제시하였기 때문이다. 소설이란 모름지기 주제의미를 완결하기에 앞서 고유한 아름다움을 한껏 발산하는 대목을 거느리기 마련이다. 이 작품에서 절정 지점은 바로 여기 소년과 소녀가 엮는 사랑이다.

'달이'와 '정국'의 사랑은 흔히 볼 수 없는 독특한 빛깔을 띠고 있다. 우선 십칠, 십팔 세 소년들이 펼친 사랑이다. 이들의 시간은 '부끄러움'과 '수줍음' 그리고 숨이 막히는 '설렘'으로 물들어 있고 수놓아져 있다. 이러한 감정은 어린이의 것이기에 한층 더 순수하고 감미로운 효과를 띠어 독자의 정서를 사로잡는 결정체로 놓여 있다.

> 정국은 또 고개를 끄덕였다.
> "사장님 지금 뭘 하고 계시노?"
> 달이는 한참 뒤에 숨을 쌔근거리며 또 이렇게 물었다.
> "주무신다."
> 정국은 의외로 침착한 목소리였다. 정국의 이 침착한 목소리에 용

기를 얻은 달이는 그때야 비로소 정국의 얼굴을 바로 바라다보았다. 다음 순간 그들은 어떻게 해서 입술이 닿게 되었는지도 깨닫지 못했다.

수줍음과 설렘이 첫 번째 아름다움이라면, 위에서 보듯이 이들의 사랑은 상대에게 무조건 몰입한다는 또 다른 특색을 띤다. 그들은 조금도 계산하거나 망설이지 않는다. 더불어 성인 세계에 걸맞은 관능미까지 어느 정도 수용하고 있어 더욱 눈여겨볼 만하다. 굳이 관능미를 지우지 않고도 더할 수 없이 깨끗하고 수줍은 이들의 사랑은 사람이 나누는 사랑에 어린 온갖 미학의 원형을 담고 있다.

이러한 사랑의 빛과 향기를 꾸며 낸 솜씨는 한국현대소설사에서 비교 대상을 찾기 힘들 정도로 개성 어리며 천의무봉하다. 너무나 뛰어난 서술이요 묘사이기에 작가가 어떤 신비 공간을 추구한 것이 아닌가 하고 느낄 정도다. 이 대목에서 작가는 다른 예술 장르가 따라잡을 수 없는 소설 특유의 미학 능력을 증명하였다.

그러나 사랑의 기쁨은 꿈결같이 지나가고 가녀린 빛처럼 곧 꺼지고 만다. 그것은 '달이'에 비해 성숙한 '정국이'가 자기 운명을 예견한 듯 흘린 말에서 이미 암시된다. 그러나 너무나 허망하게 끝난다. 아름다운 소년 소녀의 사랑이, 인간의 삶에 깃든 절정이 낙엽 한 장처럼 덧없이 지고 만 것이다. 이에 초점을 맞춰 세심한 주의력으로써 또 한 사람을 살펴보아야 한다. 바로 '숙희'다. 역시 어린 소년인 그녀는 땅 위 동네 사람이 지닌 삶, 심성, 사랑을 또 다른 각도에서 비춘다. '숙희'가 펼쳐 보인 삶, 심성, 사랑은 질투심으로 귀결하는데 모두를 죽음으로 몰아가는 직간접 동기로 작용하여 인간관계의 보편 양상을 보여주고, 이야기가 자칫 신비주의로 빠질 뻔했던 위기를 막아서 전설과 현실이 균형과 형평을 맞추게 했다. 인생은 하염없이 아름답지만은 않다. 시작이 있그 끝이 있으며, 기쁨과 슬픔, 아름다움과 추함이 함께하는 것이다. '숙희'는 이러한 현실을 일깨워 준다.

극에서 극으로 굴절되고 만 사랑에는 이렇듯 인간 본성이 모두 나타나 있다. 그래서 인생 자체를 표상하는 것으로 받아들여지는데 여기에 인생은 환희와 고통이 동전의 양면처럼 함께한다는 인식이 배어 있다. 이 인식은 세상에서 스러지고 말 사람의 운명이란 결국 덧없다고 역설하여 지상의 존재가 지닌 한계를 깨닫게 한다. 사람이 사는 세상은 아름답지만 결코 완전할 ꞏ 없으며 곧 스러지고 만다는 것이다.

두 어린 소년을 죽음으로 돌고 간 이야기 구조가 억지스러워 불만스럽지만, 삶이란 파고(波高)를 연약하기 그지없는 우리 인간이 차마 다 감당할 수 없다고 작가는 보았다고 풀이하자. 그렇다면 이것은 비극 어린 인생관이 아닐 수 없다. 그러나 쉽사리 부정할 수 없고 그 어떤 객관 사실 못ꞏ 않게 설득력이 있어 보인다. 마지막 귀결을 위해서 작가는 이러한 인생관을 또 다른 세계관에 잇는다. 그 중심에 달이 훤히 떠 있다

달(月)이 중심이 된 세계관은 '달이'의 어머니가 화랑과 성합(性合)하는 장면에서 구체로 형상화되어 있다. 아름답지만 덧없는 인간의 사랑과 달(月)이 '달이'를 낳았다는 세계관은 어떤 관계가 있는 것인가? 초점은 '달이'의 죽음에 맞춰진다. 이미 정해진 운명처럼 물에 빠진 '달이'의 몸은 밤하늘에 달로 솟아오른다.

　　　……숲 위에 둥실 올라온 달이 그녀의 얼굴을 정면으로 환하게 비

쳤을 때였다. 그녀는 갑자기 놀란 듯이 배에서 왈칵 뛰어 일어나며,

　　"아아, 저기 달이!"

　하고 목이 터지도록 고함을 질렀다.

　두 사람도 손에서 갈퀴와 노를 놓아 버리고, 무당이 손을 들어 가리키는 쪽을 얼빠진 사람들처럼 멍-히 바라보았다. 그 바다같이 깊고 어두운 수풀 위에 주름살 한 가닥 없이 활짝 핀 달의 얼굴은 과연 떠올라 있는 것이었다.

　'달이'가 이제 달이 되는 것은 자기 회귀다. 원래 자기로 돌아가는 것이다. 여기에 일반 개념에 따른 소멸은 없다. '달이'가 원래 달이었다가 물을 거쳐 다시 달이 되는 것은 죽음이나 끝이 아니라 영원한 과정에 따라 삶이 흘러가면서 거치는 한 매듭일 뿐이다. 이는 삶을 좀 더 폭넓게 인식한 결과로서 땅 위 세계관이 지닌 한계와 그에서 비롯한 비극을 떨쳐 버릴 수 있는 가능성을 지닌다. 의도했든 하지 않았든 이러한 세계관은 우선 인생을 읽어낼 길 하나를 열어주고 인간 세상에 어린 근원 고통을 어루만지기 때문이다.

　인생에서 희로애락이 펼치는 가파른 파고를 피할 수는 없다. 불현듯 태어나고 시간의 날개 위에서 소멸하는 수순을 밟아간다는 기본 구도가 불안과 공포를 가져온다는 것은 동서고금에서 공통된 인간 정서다. 여기에 정치, 경제가 강요하는 부담과 거미줄처럼 얽힌 인간관계가 자아내는 갖가지 회한은 땅 위에서 사람이 숨 쉬는 동안 늘 함께하기 마련이다. 이에 모든 고금의 지혜는 삶과 죽음을 연결시켜 해석하는 토대 위에서 삶을 위로하고 쉬게 하는 공간을 마련한 예가 흔하다.

　작품 「달」은 이러한 근원심성을 밑그림으로 삼고 있다. 그러나 틀과 과정은 절대자에게 기대 생의 고통을 보상받는다든지 천당이나 극락 같은 정토에서 새 삶을 일구어 낸다든지 하는 형태와 다르

다. 예를 들어 다리가 꺾인 자를 곧추 세우고 눈먼 자를 뜨게 하는 능력을 먼저 선사하고 이를 담보로 초월공간에서 모든 고뇌를 일시에 씻어주겠다는 환희를 약속하지 않는다. 다른 차원을 여는 힘겨운 깨우침 덕분에 얻는 극락도 열반도 아니다.

「달」에서 인간고뇌를 씻고자 사람이 내비친 행보는 세상을 벗어나고픈 몸가짐이 아니라 세상에 스며드는 몸짓이다. 그 길은 수직 상승이나 하강이 아니라 수평 이동이다. 사람의 삶은 결국 비극으로 종결되기 십상이되 그것을 넘어서려는 의지를 보이기보다는 순응하는 마음을 드리우고 있다. 초극(超克)을 꿈꾼 예가 아니라 순응하고 체념하는 삶을 세운 공간이라는 것이다. 꽃은 피고 또 지고, 사람은 자연에서 나고 사랑하다 죽어 다시 자연으로 돌아갈 뿐이다. 그 이상이 아니다. 고통도 욕망도 모두 제거된 상태다.

작품 「달」에 서린 세계는 현재 살아 숨 쉬고 있는'한국적인 것'은 아니다. 현재 우리 의식과 생활 전면에 나서 있는 정서를 채록한 것이 아니기 때문이다. 이 말은 서구화한 사고방식과 생활방식에 위압당하여 하는 발언일 수 있다. 그러나 작품 「달」이 여전히 '한국적'이라고 하면서 우리 정신사를 결정한 핵심으로 떠받들거나 소설사의 한 분수령이라고 고집스레 밀어붙이는 태도는 시대를 착오한 발상으로 여겨질 수 있다. 이러한 태도를 지양하고 전래되는 우리 고유의 정신이라고 의미 폭을 정제하여 이 작품을 간직해야 할 것이다.

작품 「달」은 이제는 사라진 우리 것이다. 그래서 낯설고 별나고 더욱 소중하게 다가오는 이야기다. 불현듯 우리 자신과 이 땅의 뿌리를 그리는 의식이 가슴과 머리에 찾아올 때, 모두가 찾아 들어갈 전설이 바로 소설 「달」이다.

14. 실상을 눈여겨본 귀중한 안목

— 채만식의 「맹순사」(1946)와 「논이야기」(1946)

그날이 오면, 그 날이 오며는
삼각산이 일어나 더덩실 춤이라도 추고
한강물이 뒤집혀 용솟음 칠 그 날이
이 목숨이 끊기기 전에 와주기만 할 양이면
나는 밤하늘에 나는 까마귀와 같이
종로의 인경(人磬)을 머리로 들이받아 울리오리다.
두 개골은 깨어져 산산조각이 나도
기뻐서 죽사오매 오히려 무슨 한이 남으오리까

그날이 와서 오오 그날이 와서
육조(六曹) 앞 넓은 길을 울며 뛰며 뒹굴어도
그래도 넘치는 기쁨에 가슴이 이어질 듯하거든
드는 칼로 이 몸의 가죽이라도 벗겨서
커다란 북을 만들어 들쳐메고는
여러분의 행렬에 앞장을 서오리다.
우렁찬 그 소리를 한번이라도 듣기만 하면
그 자리에 거꾸러져도 눈을 감겠소이다.

잘 알려진 시「그날이 오면」(심훈) 전문이다. 해방을 염원하는 마음을 이만큼 절실하고 애달프게 담아낸 시는 흔치 않다. 이민족에게 억압당하며 이어간 삶을 생각하면 죽음과 민족 해방을 맞바꾸어도 결코 아쉽지 않다고 토로하는 심정은 전혀 과장되지 않았으며 오히려 깊은 동감을 자아낸다.

치욕 어린 망국이 오랫동안 민중을 고통으로 몰아넣었으나 결국 해방이 되어 더할 나위 없는 기쁨으로 마무리 된 흐름은 근대사에서 큰 매듭이고 분수령이었다. 그러나 그 뒤 새 역사를 가꾸어 나가야 할 현실 마당에서 '그날이 오면'에 담긴 감격과 기쁨이 졸지에 무색하게 되었다는 것도 다 아는 사실이다.

예를 들어 1949년에 '반민족행위처벌특별위원회'가 뒤늦게 출범하여 야심찬 활동을 펼쳤지만 불과 일 년도 되지 않아 오히려 반민족 세력이 펼친 공세에 부딪쳐 철저히 무너지고 말았다. 그 부작용 때문에 지금도 우리가 여러 모로 어려움을 겪는 이 사건은 전말이 어처구니없고 허망하였다. 이 사건은 해방이 가져다준 기쁨을 한갓 쓸쓸한 추억으로 돌려세우며 민족의 삶을 다시 정체 속에 처박고만 현대 역사 구조를 또렷하게 상징한다.

해방 직후에 발표된 채만식의 소설「맹순사」와「논이야기」는 풍자에 어린 맛과 재미가 아주 도드라진 작품들이다. 그것은 작가 채만식만이 지닌 문장에서 비롯한다. 그러나 해방에 따른 감격에만 한껏 빠져 기쁨을 구가하자는 솜씨와 거리가 멀다. 반대로 해방이 가져다준 기쁨을 일그러뜨린다. 해방이 사실 허구라는 사실을 증명하고도 남을 상황을 들추어내고 있기 때문이다. 이 소설들을 직시해야 하는데 매우 껄끄럽고 황당한 이야기가 담겨 있다.

「맹순사」의 주인공 '맹순사'는 하방 전까지 순사 직에 몸담았던 사람이다. 해방이 되자 주위 시선이 두려워 바로 사직한 그는 자기 나름대로 청백한 순사였다고 자부한다. 순사로 봉직하는 동안 그가 사람들에게 받아먹은 뇌물은 고작 몇 원, 몇십 원 정도에 지나지 않았기 때문이다.

> 주위의 동간들은 가만히 눈치를 보면, 열에 아홉은 들뭇들뭇한 한 몫을 보고 늘어져 만 원짜리 집을 사느니, 오십 석 추수의 땅을 양주에다 사놓았느니, 상사회사를 꾸며 가지고 대주주가 되어 사직하고 나가느니 하였다. 맹순사는, 나도 제발 그런 거리가 하나 걸렸으면…… 하다못해 집 한 채 살 거리라도 좀 걸렸으면…… 하고 초조와 더불어 연방 그런 구멍을 여새겨 보았었다. 그러나 어인 일인지, 한 번도 걸리는 적이 없었다. 그래서 끝내야 쓰레기판만 뒤지다가, 소위 청백한 칼을 풀어 놓고 말았다.

주인공 '맹순사'는 한 수 높은 부패 순사에 자기를 비교하며 스스로 청빈하였노라고 여긴다. 이러한 자부심이 바로 풍자 대상이며 조롱거리다. '순사'는 일제 앞잡이로서 '맹순사' 자신이 고백한 것처럼 '불쌍한 사람들에게 못 할 짓 많이' 한 대표 친일계층이요 일제 앞잡이였다. 그런 그가 남들보다 덜 받아먹었으니 청백리라고 안심하고 흡족해하면서 세상을 바라보는 눈치는 한편으로 우스꽝스러운 속셈이며 또 한편으로는 얄밉기 그지없는 처신이다.

'제 집 계집'에게 뉴똥 치마 하나 마련해 주지 못하고 순사의 칼을 내려놓았다고 불평을 늘어놓는 아내와 '맹순사'는 특별히 악랄하여 증오할 필요는 없는 소시민들이지만 이기심이 가득 찬 속물들이다. 자기 한 몸 편한 것만 생각하며 지내는 그들의 속성은 민족의식이나 공동체의식과 처음부터 거리가 멀다. 새로운 시대가 열렸지만 그들은 이에 발맞추어 나가지 못한다. 그들은 시대가 변했지만 세월은 결코 변하지 않았다는 사실을 일차로 일깨우는 인물들이다.

그러나 호구지책으로 다시 순사 직에 복귀한 '맹순사'가 마주하는 현실은 그의 얄미운 처신과 의식이 차라리 '조족지혈(鳥足之血)'이라는 사실을 드러낸다. 그가 '팔 년이나 다닌 경험자라서, 그 경험을 증명할 만한 몇 마디 테스트를 하더니, 그 당장 채용이' 되었다는 과정도 어설프기 짝이 없지만 파출소에서 동료 순사랍시고 만난 면면들은 '맹순사' 자신이 보아도 어처구니없고 충격이 자못 깊다.

삼 년짜리 학교를 일 년 만에 작파하고 우미관에서 깡패 생활로 일관하던 '행랑아들 노마'가 그 한 사람이요, 그의 후임으로 들어선 '강봉세'가 그 둘이다. 특히 '강봉세'는 살인강도로서 '맹순사'가 반년이나 간수했던 자이다. 그런 그가 해방이 되자 당당한 경찰학교 졸업생이요 버젓하게 사령장까지 움켜쥔 순사로 둔갑한 것이다. 아연실색하고 혼비백산한 '맹순사'는 곧바로 사직서를 내고 만다. 그리고 말한다.

> "하기야 예전 순사라는 게 살인강도허구 다를 게 있었나! 남의 재물 강제루 뺏어 먹구, 생사람 죽이구 하긴 매일반였지."

'맹순사'에서 출발하여 '노마'를 거쳐 '강봉세'까지 이른 인물들은 각각 일정한 충격 효과를 지니고 차례대로 출현했다. 오랜 억압에 따른 질곡이 벗겨졌다는 것이 해방의 의미라면, 갑작스럽게 권력이 비어 사회가 극도로 무질서하고 혼란해졌다는 것은 해방에 따른 실상이었다. 이 실상이 '맹순사'가 지닌 어쭙잖은 의식에서 드러나기 시작하여 황당하기 짝이 없는 '강봉세'에서 절정을 이룬 것이다.

'맹순사'가 원래 성격이 태평하고 이기성에 따른 맹점을 겸비한 홍미로운 인물이라면, 「논이야기」의 주인공 '한 생원'은 그와 또 다른 색깔로 그려낸 풍자 대상이다. '한 생원'의 독특한 성격과 이력은 동네 사람들이 요약해 준 '한덕문이 길천이게다 논 팔아먹던 대 났구나.'라는 속담 아닌 속담에 집약되어 있다. 이 속담은 그가 스스로 빚어낸 사건에서 유래하였다.

그는 선대에게 물려받은 땅을 노름과 술로 갚아먹고 빚에 쪼들린 끝에 나머지 땅을 악덕 일인 ㅈ주에게 팔아먹는다. 그 돈마저 탕진하고 난 뒤 머쓱해진 그는 일본인들이 쫓겨 가면 팔아먹은 땅을 찾을 수 있을 것이라는 우스꽝스러운 주장을 떠벌인다. 삼십오년이 흐른 뒤 정말 일본인들이 물러간 것인데, 그는 옛 땅은 당연히 자기 소유가 되리라 믿어 의심치 않는다.

당장 눈앞에 어른거리는 계산에 매달려 일본인 지주에게 땅을 팔아치운 행위를 보면 이미 알 수 있지만, 그도 '맹순사'와 마찬가지로 국민과 민족의 한 사람으로서 가슴에 품음 직한 공동체의식이 애초에 없는 사람이다. 나쁘게 보면 무식한 농민이요 좋게 보아 그저 순박하고 평범한 민초이다.

그러나 '한생원'에게는 '맹순사'가 겪지 않은 뼈에 사무친 경험이 있다. 해방된 그 순간 벌어진 일화를 다룬 「맹순사」와 달리 「논이야기」는 해방 이전 구한말까지 거슬러 올라가서 이야기를 펼친다. 그만큼 역사를 담아낸 폭이 넓은 것이다. 구한말 동학 때, 동학을 했다는 누명을 쓴 '한 생원'의 아버지가 거의 죽기 직전 군수에게 땅을 바치고 겨우 살아난 일이 있다. 갖은 악행으로써 백성의 고혈을 짜내던 당시 권력자들이 저질렀던 횡포였다. '한 생원'은 이때 자기 나름대로 살피고 헤아려 얻은 국가관을 골수에 박아 놓는다.

> 원과 토반과 아전이 있어, 토색질이나 하고 붙잡아다 때리기나 하고 교만이나 피우고, 하되 세미 稅米: 납세)는 국가의 이름으로 꼬박 꼬박 받아 가면서 백성은 죽어야 모른 체를 하고 하는 나라의 백성으로도 살아 보았다.
>
> 천하 오랑캐, 애비와 자식이 맞담배질을 하고, 남매간에 혼인을 하고, 뱀을 먹고 하는 왜인들이, 저희가 주인이랍시고서 교만을 부리고, 순사와 헌병은 칼바람에 조선 사람을 개 도야지 대접을 하고, 공출을 내어라 징용을 나가거라 야미를 하지마라 하면서 뽑아대고, 또 일본이 우리나라다, 나는 일본백성이다, 이런 도무지 그럴 마음이 우러나지를 않는 억지춘향이 노릇을 시키고 하는 나라의 백성으로도 살아 보았다.
>
> 결국 그러고 보니 나라라고 하는 것은 내 나라였건 남의 나라였건 있었댔자 백성에게 고통을 주자는 것이지, 유익하고 고마울 것은 조금도 없는 물건이었다. 따라서 앞으로는 새 나라는 말고 더한 것이라도, 있어서 요긴할 것도, 없어서 아쉬울 일도 없을 것이다.

나라님이라는 존재를 아예 통째로 부정하는, 지난 한(恨)이 실린 이러한 장황한 사설을 듣고 득자는 '한 생원'에게 양가감정을 품기 십상이다. 그가 지닌 논리는 단순하기 짝이 없다고 우선 판단하리라. 그러나 그가 겪은 어처구니없는 권력 횡포에 초점을 맞춰 본다면, 그가 지닌 고집에 우리는 충분히 동감할 수 있다.

해방 후 이러한 국가관은 더욱 굳어지고 만다. 자신의 땅을 되찾을 수 있을 것이라고 철석같이 믿었지만 혼란한 틈을 타 모리배들이 간계를 부리고 국가가 예기치 않은 정책을 편 탓에 좌절되었기 때문이다. 그에게 나라는 다시 한 번 더 백해무익한 존재로 깊이 새겨지고, 이 배신감은 "독립됐다구 했을 제, 내, 만세 안 부르기, 잘했지"라는 탄식으로 절로 이어지고 만다.

'한 생원', 그가 품고 있는 마음과 생각을 보면서 독자는 우리 근대사 곳곳에 도사리고 앉아 고질병처럼 패덕을 일삼았던 반민중, 반민주 권력자들과 그들이 늘인 그늘 밑에서 신음했던 수많은 사람이 겪었을 고통을 다시 따져 묻게 된다. 그렇다고 해서 '한 생원'이 보여준 무정부주의 시국관이 비판 대상에서 벗어나는 것은 또 아니다. 단순으로 치달은 그의 이기성 어린 소유욕은 '맹순사'의 행동양식이 그러했듯이 허황되다.

결국 '한생원'도 '맹순사'도 다가오는 앞날에 마주 서서 얽힌 실타래를 풀고 공동체 차원에서 삶을 효율성 있게 이끌어 가고자 하는 현실 대안을 가지고 있지 못하다. 그들에게 이러한 자질을 원하는 것은 차라리 작품 외부에 떠도는 어떤 이념에 일방으로 기대어 턱없이 무리한 주문을 하는 태도이다. 그들이 역사를 정체(停滯)에 빠뜨린 근본 원인으로서 답답하고 그태의연한 성격들이라는 점은 부정하기 힘들지만 이들에게 지성 어린 잣대를 들이댈 일이 아니다. 이들은 다만 그때 실상을 그대로 그리려고 소개한 사람들이다.

이 작품들에서 작가는 인물들에게 퍽 남다른 시각을 투영하고 있다. 작가는 반(反)해방으로 흘러가는 현실을 제시하고 아울러 그 물결 속에서 주체성을 잃어버린 몸짓으로 떠다니는 사람들이 지닌 마음을 들여다보고 있다. 삶과 실상을 이루고 있는 여러 요소 가운데 어느 한 면을 골라 집중했다기보다는 양면(혹은 다면)을 함께 아울렀다는 점에서 이는 보기 드문 예다. 그래서 작품에 깃든 주제의식이 퍽 폭이 넓고 두텁다고 평가할 수 있다.

채만식의 소설은 재미있다. 다른 작가에서 볼 수 없는 문체가 주는 맛이 깊다. 그 맛은 알려진 대로 능숙한 풍자의 옷을 입고 나타나며 그 풍자가 거느린 희극 어린 장막 아래 주제의식이 놓여 있기 마련이다.

살펴본 두 작품도 예외가 아니다. 그러나 이 작품들에 나타나 있는 현실 동태는 비록 그것이 웃음 어린 미학에 둘러싸여 있지만 사실은 섬뜩하기 짝이 없는 것들이다. 나라가 백성을 볶아대며 등골을 뽑아먹는 작태는 지겹게 오래된 악습이요, 이민족의 등쌀이 사라진 후에도 개선은커녕 똑같은 현실이 되풀이되거니와 극단 어린 부조리 속에서 오히려 악화된다는 상황은 어이없고 소름 돋게 황당하다.

해방을 맞이하여 감격을 노래하는 것은 당연하다. 새 시대를 향한 열망과 희망을 담아내는 그릇도 급하게 필요하다. 그러나 냉철한 현실 파악도 중요하다. 여기서 '냉철한 현실 파악'이란 예를 들어, 감격에 들뜨거나 새로운 이념에 취해서 경직된 방향성을 강요하는 따위 고집과 거리를 두거나 그러한 습성을 극복할 때 가능하다. 채만식의 소설들은 구수한 입담에 섞어 해방공간에 벌어진 실상을 객관성 있게 담아내고 있다. 이러한 작가의식과 주제의식이야말로 어느 한쪽으로 무게추가 기울지 않은 공평한 것이기에 더욱 소중한 안목이다.

15. 다시 읽고 싶은 이야기

- 황순원의 산골소설들

1. 문학전집과 여행

「한국소설문학대계(전 60권)」,「한국근현대소설전집(전 50권)」따위 전집류와 마주한다. 방대한 체계로 꾸며진 책들이다. 여기에 실린 작가와 작품이 있고 선별 기준에 들지 못하여 제외된 작가와 작품이 있다. 그러나 사람들이 잘 읽지 않기는 그나저나 다 마찬가지인 듯하다. 유명 작가를 대표하는 작품으로 인정되어 교과서에 실리거나 권위 있는 문학상에 등극하거나 장사하는 사람들이 귀하게 여기지 않으면 소설 작품은 찬밥신세를 면하기 어렵다. 소설과 작가를 연구하는 특별한 목적을 가진 어떤 사람이 찾지 않는 한 도서 대출은 없는 것이다.

이 글에서 가치를 밝히고자 하는 황순원의 단편 소설 「산골 아이」(1940), 「솔메마을에 생긴 일」(1951년 2월), 「두메」(1952년 8월), 「불가사리」(1955), 「산」(1956)들은 모두 산골을 배경으로 한 이야기이다. 이 작품들도 예외가 아니다. 우리 대표 작가인 황순원이 남긴 귀중한 자산이지만 '대표작'으로 분류되지 못하였기에 일반 독자가 거의 알지 못하며 따라서 아무도 읽지 않는다.

그러나 어떤 계기에 따라 이 이야기들을 읽는다고 하자. 그것은 우연히 맛보는 신선한 여행길 체험이 될 것이다. 불현듯 이런 나들이에 오른다. 도시(都市) 한복판을 버리고 먼 길을 달려 강을 건너고 산을 넘는다. 지친 팔다리어 피로가 깊어지지만 뜻밖에 새로운 감흥이 새록새록 열린다. 그간 묻어두었던 원래 내 얼굴을 마주 대할 수 있을지도 모른다. 생활을 이어가는 격전지를 잠시 떠나 땅과 산과 하늘이 그냥 그대로 숨 쉬는 공간으로 가고 싶을 때 이 작품들은 적절한 여행지가 될 것이다.

2. 오지로 떠나다

「산골아이」의 첫 장을 열면 북국(北國) 오지(奧地)가 펼쳐진다. 먼 길을 지나온 독자는 이제 어느 깊숙한 산길로 접어들게 된다. 그리고 그곳에서 아주 귀한 사람들을 만날 수 있다. 작가는 절제어린 묘사력으로써 대상의 단면을 집약하여 그곳 사람들이 사는 모습을 실감나고도 구수하게 전한다. 다음과 같다.

곰이란 놈은 가으내 도토리를 잔득 주워먹고 나무에 올라가 떨어져 보아서 아프지 않아야 제굴을 찾아들어가 발바닥을 핥으며 한겨울을 난다고 하지만, 가난한 산골사람들도 도토리밥으로 연명을 해가면서 일간 가득히 볏짚을 흐트러뜨려놓고는, 새끼를 꼰다, 짚세기를 삼는다, 섬피를 엮는다 하며 한겨울을 난다. 산골사람들이 어쩌다 기껏 즐긴대야 정말 곰만이 다니는 산골길을 넘어서 주막을 찾아가는 일이다. 안주는 도토리묵이면 그만이다. 그러나 눈같은 것이라도 만나면 거기서 며칠이고 묵는 수밖에 없다. 옷을 입은 채 뒹굴면서. 그러느라면 안주로 주머니 속에 넣고 온 마늘이 체온에 파랗게 움이 트기도 한다. 그러다가도 집으로 돌아오는 길은 아직 숫눈길이어서 곰의 발자국같은 발자국을 내면서 돌아온다.

아주 짧은 몇 장면에 담긴 생활상은 도시 습성에 젖은 사람이 볼 때 새롭고 희한하며 '즐거운 충격'이 된다. 마음이 설레고 이어 의문 두 개가 떠오른다. 정말 곰이란 녀석은 나무에서 떨어져 볼까? 안주로 가져간 마늘이 파랗게 싹이 나도록 며칠씩 어찌 묵어갈까? ……그런데 정말 곰은 나무에서 낙하하여 '미련퉁이' 콩트를 완성하고, 그 곰처럼 느릿느릿 흘러가는 시간은 식물의 싹을 파랗게 키운다. 여기는 그런 곳이다.

곰이란 녀석이 벌이는 행동이 퍽 익살스럽다. 솔직히 사실은 아닌 듯하다. 곰이 지니고 있는 원래 생리에 작가가 상상력을 덧씌운 듯하다. 그런데 곰만 그렇지 않다. 사람이 살아가는 생태도 이와 마찬가지다. 겨울이 깊어지자 할 일은 없고 곰처럼 방 안에서 뒹굴며 시간을 보낸다. 그러다가 정말 곰관이 다닌다는 산길을 가끔 더듬는다. 그지없이 한가롭다. 비록 가난하게 살아가지만 이렇듯 무목여행(無目旅行)하는 삶에 깃든 여유는 평화롭게 느껴질 따름이다. 이는 우리가 목을 매고 사는 도시 생활에서 억지로 익힌 감각에 비교되어 느껴지는 한가로움이 아니다. 산골 오지의 삶은 원래 이렇게 여유를 바탕으로 한다. 가니 '여유'니 뭐니 하는 낱말로 잴 것이 아니다. 산골 사람은 그냥 이렇게 살아간다. 아무튼 이토록 평화롭고 한가하고 여유 있는 인간살이는 '눈(雪)을 만나면 주막집에 그냥 눌러앉는다.'는 풍속에서 완성된다. 눈이 오면 사람은 자연에 그냥 푹 파묻혀 버린다는 여기다.

이러한 살림살이가 '오늘 여기'를 떠나고 싶은 사람의 가슴을 가볍게 해 준다. 만약 '이런 곳이 지금도 있을까' 하는 생각이 든다면 그것은 단순한 호기심이 아니라 동경심이다. 이 오지는 사람과 자연이 하나인 곳이다. 욕망을 이루려는 열기가 사람의 몸과 마음이 안전하게 지내는 것을 위협하는 도시의 사선(死線)에서 시간으로 공간으로 아주 멀리 떨어져 있는 산골 오지…… 이곳이야말로 나도 모르게 가슴에 새기는 마음의 고향으로 다가오고도 남는다.

그러나 '오지체험'에만 탐닉할 일은 아니다. 소설은 이야기요, 이야기는 사람이 시작하고 사람이 마무리를 짓는다. 사람이 주인공이 되어 엮어낸다. 작가는 이러한 '사람'을 만들어 내는 일을 특기와 취미로 삼는 사람이다. 그러니 이제 작가 황순원이 소개하는 여러 사람을 만나 보아야 한다.

3. 오지에 사는 사람들 – 할머니, 어머니, 아버지

소설이 주는 감동은 '기승전결'로 펼쳐진 사건이 인과에 따라 낳는 진실에서 비롯한다. 그런데 「산골아이」는 짧은 정경(情景)들로만 꾸며진 이야기다. 만약 '덕어, 즉 존재'라는 공식을 인정한다면 작가가 내놓은 몇 개 낱말 자체에서 이 소설은 이야기 값을 찾는다. 여기에 군더더기 없는 간결한 문장이 낱말에 깃들어 있는 원초 감흥을 한껏 키워 전달한다. 그 낱말은 '할머니', '어머니', '아버지'들이다.

주인공 '아이'에 비하면 단역(端役)에 지나지 못하는 '할머니'는 그러나 그분만이 지닌 몇 가지 자태가 또렷하다. 첫째, 겨울이 찾아온 산속 오지 방 안에서 '할머니'는 손에 실을 감거나 며느리가 하는 다림이질감을 마주 잡고 있다. 당신은 늘 그곳에 그 자세 그대로 계신다. 가벼운 가사노동을 감당하는 '할머니'는 노년만이 보여줄 수 있는 안정감 있고 편안한 정서를 풀어낸다. 둘째, 눈 내리며 깊어가는 밤 아직 돌아오지 않는 아들이 무사하기를 기원하며 할머니는 밤을 지킨다. 늙은 모심(母心)에서 은은한 향기가 풍겨난다. '니 아바진디는 상게 안오니'라는 말씀은 피붙이를 영원히 돌보고자 하시는 마음으로서 사람의 근원 정서를 따듯하게 풀어낸다.

'할머니'가 지니신 매력 가운데 가장 큰 것은 당신 입에서 풀려 나오는 이야기에 있다. '할머니'는 유능한 이야기꾼이다. '할머니'의 입에서 흘러나오는 여우이야기는 적절하게 완급을 타면서 아이의 마음을 한껏 사로잡는다. 산골에 밤은 깊어 가는데 할머니와 아이가 심지를 돋운 등잔불 밑에서 이야기를 사이에 두고 마주한 정경(情景)은 훈훈하기 짝이 없다. 현대인이 이미 오래전에 잃어버린 광경이요 그래서 다시 찾기 힘든 고향 정취다.

아이의 '어머니'는 이 짧은 이야기 속에서 숨은 듯 그려져 있다. 워낙 말수가 적은 그녀의 성품은 간접화법에 실린 단 몇 마디 말 속에 함축되어 있을 뿐이다. '어머니'는 심지를 심하게 돋우는 아이를 가볍게 질책한다. 이 말 속에는 어려운 살림을 알뜰하게 꾸려

나가는 여인네가 평소 습성처럼 몸에 묻어둔 검소한 자세가 배어 있다. 또 '할머니 앞에서는 언제나 아버지의 말을 하지 않는다.'고 아이의 눈에 비친 것처럼 시어머니 앞에서 남편 얘기를 하지 않는다. 이날 밤에도 아내는 지아비를 걱정하는 기색을 입 밖에 내지 않는다. 무언(無言)…… 그러나 그것은 결코 무심(無心)이 아니다. '말이 없는 어머니'는 옛 풍습이 생 곳곳에서 여인에게 수동과 은일을 강요했던 시절 그에 따른 고통을 잘 겪어낸 여인네다. '어머니'의 모습은 그래서 미덥다. '어머니'의 마음속에도 아버지를 걱정하는 생각이 가득하지 않을까. '어머니'가 지닌 아름다움은 수많은 생각들 숨기고 살아온 여인네의 단아한 자태에서 잔잔하게 흘러나오는 빛이다.

그 모습이 직접 문면에 나타나지는 않았지만 '아버지'는 역동 어린 사람이다. 지난해 조섬을 들다 넘어져 허리를 다친 일이 그러하고, 오늘 짚신을 팔러 나가 밤늦도록 돌아오지 않는 사정이 또 그렇다. 가족이 누려야 할 의식주를 마련하느라 그러한 것이리라. 지금 아버지는 눈발이 쏟아지는 어두운 고개를 넘어오고 있다. 동시에 어미와 아내와 어린 아들의 마음속에서도 그는 힘겹게 고개를 넘고 있다. 아이의 '어머니'가 가난한 살림살이 안에서 가족을 살핀다면 아버지는 울타리 바깥에서 늘 고난스럽고 위험한 길을 걷는다. 그것은 오늘날에도 유효한 보편된 아버지상(像)이다.

이처럼 이 짧은 이야기에 등장한 인물들은 평면성을 넘지 못하지만 오히려 생생한 개성을 지니고 있는 듯 부조(浮彫)되어 있다. 이 가족이 한데 모여 울타리를 이룬 삶은 가난이 그 밑에 깔려 있어 한편 위태로워 보이지만 늘 포근하다. 그것은 여기에 모습을 비춘 사람들이란 각각 인간 가족 성원을 이루는 원형을 담아낸 그림이기 때문이다. 아버지는 아버지요 어머니는 어머니답게 할머니는 그대로 정겨운 할머니로서 모두 저 자리를 그득히 차지하고들 있다. 이들이 자아내는 정겨움은 우리 곁에 항상 있지만 우리가 늘 그리워하는 향수 어린 공간이다.

그래서 이 가족 구도가 형성하는 삶의 기류는 퍽이나 두텁다. 눈 내리는 겨울밤 아무도 오지 않는 오지에 깜빡이며 서 있는 오두막 한 채는 견고하다. 그것은 원래 태초부터 그렇게 있어온 그리고 있어야 할 사람의 터전이기 때문이다. 그 속에서 숨 쉬는 삶은 특별한 사건으로써 증명해야 할 필요 없이 진실하고 아름답다.

4. 아이의 꿈, 사람의 모습

이제까지 '아이'의 눈을 따라서 산골 가족을 만나 보았다. 사실 이곳에서 우리가 정말 눈여겨보아야 할 사람은 '산골아이'다. '아이'의 가족은 각자 원래 지니고 있는 아름다움을 잘 비추어냈다. 아이는 '사람'이 원래 어떤 심성을 타고났는가를 알게 해 준다.

아이는 도토리를 유일한 군것질거리로 삼는다. 살림살이가 가난하고 산골이라 그렇지만 '아이'는 워낙 공해에 찌들지 않은 것이다. 도토리를 먹으며 지내는 아이가 보내는 하루란 그래서 또 하나 소박하기 그지없는 생활 단면이다. '아이'를 보고 있자면 가난한 '아이'에게 느끼는 동정심이 우러나오기도 하지만 그보다는 인공에 오염되지 않은 살과 피가 풍기는 청정하고 싱그러운 향기가 더 많이 느껴진다.

‘아이’가 정작 즐기는 것은 할머니께 듣고 또 듣는 여우이야기이다. 할머니가 들려주시는 옛날이야기를 듣고 자라는 어린이란 앞서 얘기했듯이 정겹기 그지없는 고향 풍경이다. 옛날이야기에 온정신이 팔린 ‘아이’의 눈망울을 바라보고 있자면 이번에는 어느새 아이가 된 듯하다.

> 할머니는 정한 말로,
> ─사흘만 더 있었으믄 죽구 말껄 훈당 때문에 살았디. 그래 그 뒤
>   부턴 훈당 말 잘 듣구 공부 잘 해개지구 과거급데했대더라.
> ─그리구 여우새낀?
> ─거야 가죽을 벳게서 돈 많이 받구 팔았디.
> ─지금두 여우가 고운 색시 되나?
> ─다 넷말이라서 그렇단다.

이렇게 이야기에 쏙 빠져드는 ‘아이’가 제일 좋아하는 이야기가 있다. ‘여우고개’와 ‘반수할아버지’라는 전설 두 편이다. 할머니께 빌려 소설 속으로 끌어온 이 전설들은 긴장과 위험이 가득한 서사 구조로 되어 있다.

전설에 한껏 물든 ‘아이’가 꾸는 꿈길을 밟아보자. 그러면 ‘아이’의 마음속을 훤히 들여다볼 수 있다. 변화무쌍한 여우가 아이의 마음속에 들어앉아 있다. 도령을 홀리는 여우가 ‘아이’는 정말 무섭다. 급기야 여우가 꿈에 나타난다. 여우가 둔갑하여 예쁜 색시가 되었다는 사실을 알고 있다고 뻐기면서 ‘아이’는 그녀(여우)를 물리치겠다고 다짐하고 안간힘을 쓴다. 그러나 뜻대로 되지 않는다. 여우가 물려주는 구슬을 어서 뱉어내야 되는데, 되는데…… 그러다 ‘아이’가 매일 즐기는 군것질거리인 도토리가 여우가 입에 물려주

는 구슬이 되어 방바닥에 떨어진다. '아이'의 마음속에서 전설과 현실은 이렇게 경계를 허물고 섞여 있는 것이다.

전설과 현실을 구분하지 못하는 미숙함은 시간이 지나면 정정(訂正)될 것이다. 어른이 되면 '아이'도 현실과 사리분별에 눈을 뜨리라. 그러나 지금 '아이'의 정신세계는 현실 논리에 지친 어른의 마음을 맑게 한다. '아이'가 사람이 태초에 지녔던 순수하고 아름다운 상태를 불러일으키기 때문이다.

「크는 아이」라는 부제가 붙은 두 번째 일화에서 '아이'는 그를 둘러싼 사람과 얽힌 관계망 속에 선다. 그리고 외부로 향하는 마음을 드러낸다. '아이'는 조금씩 커가고 있으며 퍽 대견하다. 물론 그 속마음은 할머니도 어머니도 아버지도…… 아무도 모른다. '아이'가 지닌 갈등은 이번에도 저 홀로 꾸는 꿈의 세계에서 펼쳐지기 때문이다.

장에 간 아버지가 늦도록 돌아오지 않는다. 호랑이가 나타난다는 산막골을 아버지는 무사히 지났을까. '아이'는 혼자서 걱정이 태산이다. 가난한 등잔불이 타듯이 '아이'의 마음도 탄다. '아이는 왜 아직 아버지가 안 돌아오는지 모르겠다는 할머니도 언제든지 할머니 앞에서는 아버지의 말을 하지 않는 어머니도 자기처럼은 아버지 걱정을 않는 것 같아 못마땅하다.' 급기야 아버지를 기다리다 잠든 꿈속에서 호랑이가 아버지를 물고 간다. '아이'는 '눈이 뒤집힌다.' 호랑이를 쫓는다.

……아무러면 내가 널 놔줄 줄 아니? 네 허릿동강이를 끊어버리고야 말겠다. 그냥 호랑이의 허리를 죄어안는다. 백호는 죽겠다고 으르러으엉 으르렁으엉 운다. 속히 동네사람들이 올라와 백호 잡는 걸 봐 줬으면 좋겠다.

평소 '아이'답지 않게 백호의 허리를 죽어도 놓지 않겠다고 버티는 오기가 퍽 용맹스럽다. 이 가상하기 짝이 없는 용기를 보고 있으면 마음 깊은 곳에서 웃음이 나온다. 그 웃음은 기특하고 대견하게 '크는 아이'를 바라보는 기쁨에서 비롯한다. 다른 누가 아닌 아버지를 구하려고 절대 공포 대상을 끌어안는 몸짓은 인간 존재에서 피와 피가 맺은 연결고리가 얼마나 견고한가를 또렷이 밝힌다. 이 견고함은 이유 없는 아름다움이며, 인간본성이 거룩하고 고귀하다는 결론과 이어진다.

그런데 이 거룩하고 고귀한 속성은 절차탁마된 이성이 힘을 발휘하여 나타난 것이 아니다. 훈련받거나 도덕과 이념이 지시하여 나타난 후천성 운동도 결코 아니다. 소박한 옷을 입고 이 거룩한 몸짓은 온다. 아버지가 위급에 처한 상황 앞에서 아이가 보여준 민첩성에 주목하면 넉넉히 이 점을 알 수 있다. 용수철이 튀어 오르는 것은 용수철 자체가 지닌 본래 속성이다. 조금도 주저하지 않고 기꺼이 호랑이와 겨룬 아이의 용기도 이와 마찬가지다. 아버지를 위하는 갸륵한 마음은 아이가 지닌 근원 심성이고 사람이 지닌 본성이다.

아이가 꾸는 꿈은 '자식과 어버이'라는 인간관계가 어떤 것인지, 그 본질이 무엇인지, 둘 사이에 놓인 사랑이 어떠한지 탐색한다. 그 결과 아비와 자식이라는 피붙이는 서로 무한한 믿음을 주고받으며 절대 의존한다는 점을 밝혀 천륜이 왜 아름답고 소중한지 넉넉히 보여준다. 가난한 오지 사람들이 누리는 소박한 삶 속에는 영원한 마음의 고향이 자리 잡고 있는 것이다.

5. 변치 않는 타인

「산골 아이」가 피붙이에 서린 정을 불러와 인간 선성을 믿게 했다면, 「솔메마을에 생긴 일」은 타인과 타인이 얽힌 관계에서 이 점을 검증한다.

전형으로 향토색을 띤 농촌 마을에서 이웃하여 살고 있는 '송서방'과 '최서방'은 혈연으로 맺어진 관계는 아니지만 남달리 끈끈한 인력(引力)으로써 이어져 있다. 두 사람이 맺은 관계를 '우정'이라는 개념어로써 생각하면 어색하고 므색하다. 씨름을 한답시고 땀이 범벅이 되도록 곰같이 상대 몸을 밀고 당기며 나누는 정은 그들이 몸담은 향토색을 닮아 땅에서 식물이 피어나듯이 자연스럽다. 예를 들어 중세인이 마음에 새겼던 '交友以信'이나 '朋友有信' 같은 명제는 사람이 모여 살며 인간관계를 조율하려고 만든 이념이요 문화이다. '송서방'과 '최서방'이 맺은 교우(交友)는 이러한 성찰이나 자기 수련에 따른 몸가짐이 아니다. 그것은 투박한 그대로 애초에 아무 꾸밈이 없는 것이다. '지나친 접근은 오히려 실례'라는 따위 지혜로운 처신에 구애받지 않고 그들은 무조건으로 얽혀드는 것이다.

산림 감시원에게 쫓기다 쓰러져 피투성이가 된 '최서방'을 '송서방'이 업고 달렸다는 일화가 전설처럼 전해져 온다. 그들이 나누는 정은 소박하지만 절대 절명에 빠진 위기에서도 끈끈한 끈을 놓지 않을 정도로 뿌리가 깊고 넓은 것이다.

그런데 그들이 빚어내는 이야기는 그저 구수하고 무난하기만 하지는 않다. '화목 → 갈등 → 화해'라는 이야기구조에서 그들은 자못 깊은 대립에 빠진다. 여기에는 미묘한 인간 심리를 탁월하게 포착하면서 인간성을 진지하게 탐구하려는 태도가 서려 있다.

아주 절친한 사이라도 아주 작은 일 때문에 틈새가 벌어지고 자존심을 앞세운 옹졸한 처신 끝에 절대 위기를 맞이할 때가 가끔 있다. 한 줄기 바람에도 고개를 외로 꼬는 우리 심성이 대개 발단이 되어 문제를 일으킨다. 멀리 보면 피에 굶주려 왔던 역사가 그렇고 아집과 불화 때문에 정체(停滯)에 쉽게 빠져드는 현실 정치와 경제 흐름도 이와 마찬가지다. 개와 닭이 노니는 토속 시골 마을에서 펼쳐진, 어긋난 두 마음이 부딪히는 상황은 소박하고 일상 어린 다툼을 꾸며 낸 것이지만 인간 선택의 갈림길을 묘사한 장면이기에 긴장감이 어려 있다.

'송서방'과 '최서방', 불편해질 대로 불편해진 두 사람은 우연한 사건을 통해 다툼을 마무리하는 데 다음과 같이 선하고도 절묘한 인간 심리에 따른다.

> 송서방은 자기 집 쪽으로 천천히 걸음을 옮긴다. 사람놈이 고렇게 마음을 쓰다간 으레 그렇게 되는 법이지. 그래 닭만 그렇게 되리! ……그러다 그는 흠칫 놀란다. 가슴이 두근거려진다. 닭만 그렇게 안 되고 그럼? ………송서방은 가슴이 떨려옴을 느낀다. 그는 자기 집 가까이까지 다 왔던 걸음을 돌이킨다. 아무래도 누구에게 사과를 해야만 할 심정이었다.

미워질 대로 미워진 친구가 위험에 처한 앞에서 '송서방'의 마음에는 선악이 엇갈린다. 이는 인간 심리를 순간 포착한 대목인데, '송서방'의 마음이 어떻게 흐르고 있나 정밀하게 관찰한 작가의 시선이 퍽 탁월하다. 지금 이 순간 '송서방'은 선과 악이 갈리는 길 앞에 서 있다. 그가 어떤 방향으로 치닫느냐에 따라 피(血)와 정

(精)이 갈린다. 순박한 인정 세계를 회복하여 예전으로 돌아갈 것이냐 카인과 아벨처럼 더 짙은 분열로 가느냐이다. 이 긴박한 순간 '송서방'은 '최서방' 쪽으로 마음을 돌린다. 부들부들 떨리는 긴장감을 넘어선 마음은 인간 승리를 얻는다. '누구에겐가 사과를 해야 한다'라는 울림은 마음 깊은 곳 달리 말해 본성 밑바닥에서 솟아나온 목소리다. '송서방'이 내린 결단도 지성이나 논리 계산이 빚어낸 행동이 아니요 이념을 재고(再考)하여 얻은 반성도 아니다. 그것은 '송서방'이라는 사람이 태어나면서 지니고 나온 심성일 뿐이다. '송서방'은 태생에서 선성(善性)을 지닌 존재로 판가름이 난 것이다.

'최서방'을 습격한 살쾡이를 '최서방'과 함께 패대기치는 '송서방'의 행동은 흐뭇하기 그지없다. 그것은 산과 들에 배어 있는 자연스러운 생명처럼 영원히 아름다운 마음의 뿌리에서 우러나온 행동이기 때문이다. '송서방'이 지니고 있는 마음이 사람 마음이다. 이것이 복잡한 육법전서로써 간섭하고 중재하지 않아도 넉넉히 삶을 이어온 사람 모습이고 참모습이다. 작가는 이렇듯 인간 선성을 믿고자 한다.

6. 흔들리지 않는 성소(聖所), 산

산골 사람들이 이렇듯 선성을 잃지 않고 살아갈 수 있는 힘은 어디에서 나오는 것일까? 나머지 작품에서 작가는 답한다. 그것은 흔들리지 않는 성소인 산이 있고 사람이 이곳에서 살아가기 때문이다.

황순원 소설 공간 안에서 산은 흔들리지 않는다. 변함없이 거기 있었고 지금도 있으며 앞으로도 있을 것이다. 산골사람에게 산은 고향이며 그 불변 존재가 지닌 위용은 외부 세력이 침탈했다고 훼손되거나 굴복하지 않는다.

그런 의미에서 작품 「두메」는 성스러운 산이 인간 죄악을 단죄하는 내용으로 읽힌다. 성욕에 눈먼 한 여인과 그의 정부(情夫)가 저지른 살인이 산에 도전한 파륜이라면, 그들이 갑자기 내리는 눈 속에 갇혀 결국 산속을 벗어나지 못하고 죄상을 세상에 모두 드러내고 만다는 귀결은 인간악을 응징하려고 산이 내린 엄벌이다. 그 응징은 조용하지만 아주 단호하다.

「불가사리」에서는 산이 키워 낸 젊고 순수한 두 젊은이가 이기심으로 가득 찬 도시인과 마주하여 대결한다. 산골 오지를 누비고 다니는 장사치인 '복코'는 산골에서는 금처럼 귀한 소금을 미끼로 순박한 산골처녀를 꾀어 색주가에 팔아먹은 악한이다. 그의 마수에 걸린 '곱단이'가 위기일발 상황에서 애인인 산골청년과 함께 그를 통쾌히 물리친다. 이 권선징악은 산에 어린 슬기와 위엄이 또렷이 드러난 결과로서 우연이 아니라 필연이라는 해석이 가능하다.

한편 「산」에서는 산이 전쟁이라는 시대악과 부딪치는데 사람이 타락하여 내뿜는 여러 독소가 격렬하다. 고금(古今)에 치른 모든 전쟁은 참혹한 비극이었다. 전쟁이 허망한 까닭은 시간과 공간을 가리는 사리 분별력을 완전히 넘어서 사람을 살육한다는 데에 있다. 자의든 타의든 생명과 도덕을 배려하는 마음이 전무한 상황에서 사람을 죽이는 것이 전쟁이다. 전장(戰場)에서는 사람과 생명을 귀하게 여기는 가치관에 근거한 신념 따위는 휴지에 적힌 광고일 뿐이요, 살육과 약탈과 몰염치와 배신들이 판칠 뿐이다.

이러한 전쟁에 본의 아니게 휩쓸리게 된 주인공'바우'는 세상 문명과 완전히 단절된, 산과 같은 사람이다. 계절 색으로 가득 찬 산속에서 내내 바깥과 단절되어 살아가는 주인공'바우'는 전쟁과 완전히 떨어져 있다. 아버지는 멧돼지에게 받혀 돌아가시고 홀어머니와 함께 살아가면서 의식주에 필요한 모든 것을 오로지 산에서 얻는다.'바우'는 비행기를'커다란 날개 달린 물체'로, 총은'구멍 뚫린 막대기'로 여긴다. 그가 지닌 천진한 생리는 전쟁이 얼마나 인간성을 거스르는지 역설(逆說)로 증명한다. 그러나 이 순수무지한 청년이 결국 자신의 인간성을 지켜 나가는 것은 물론이요 타락한 끝에 스스로 멸하고 마는'전쟁인간들'(인민군 패잔병)의 행보를 압도하고 최후의 승리자로 우뚝 선다.

산골 사람들은 준엄하고 경쾌하게 또 가슴 후련하게 인간악을 응징한다. 이는 그들이 산골 정기 속에 존재의 뿌리를 두고 있기 때문이다. 이와 같은 상상력은 사람이 원래 선하다는 믿음을 작가가 집요하게 밀고나간 끝에 빚어낸 아름답고 견고한 바람이기도 하다. 사람을 타락시키고 악덕이 어린 구석으로 몰아가는 시대에서 악이 패배할 수밖에 없는 성소(聖所), 그곳이 바로 산골이라는 대전제가 모든 산골소설의 바탕에 깔려 있다.

7. 맺는 말 - 우리들의 초상

산골 오지 여행을 마치고 우리는 다음 질문들에 마주한다. '우리는 누구인가?', '우리는 지금 어떻게 살고 있는가?'

오늘날 삶은 자본주의를 기본 구조로 삼고 있다. 자본주의는 돈으로만 환산되는 욕망을 거의 무한으로 늘려나간다. 한 상품이 변종을 거듭하여 수십 계단을 펼쳐 보이면서 점점 더 높이 오르도록 사람을 부추기고 유혹한다. 카드 한 장이 뿌리칠 수 없는 매력으로써 또 다른 카드 수십 장을 강권(强勸)한다. 이러한 우리 시대 욕망 사슬은 다른 방식을 돌아보지 않는 맹목성을 본질로 한다. 오직 소유하려고 벌이는 행진은 그래서 끝없이 불안을 불러오고 욕망을 성취하려고 벌이는 싸움은 고통스럽다. 시대 첨단을 걷는다는 사람들이 저지르는 부도덕과 살인을 볼 때 우리 모두 공포와 낙담에 시달리지 않을 수 없다.

영화 「친구」에 모여든 800만 관객은 국민 대부분이 이 영화를 보았다는 점을 시사한다. 이 수치는 단순히 극장가 화제를 넘어 우리 시대의 내면을 해석하는 시선과 관련이 깊다. 이 영화의 정점이자 압권은 주인공이 38군데를 난자당하여 죽어가는 장면이다. 지난 수십 년간 폭력 영상을 연출하는 데 바쳐졌던 공력을 총집결한 이 장면은 세련되고 경악스럽다.

이제 폭력은 우리들 마음을 비추는 첫 번째 거울이다. 폭력은 급박하게 쫓길 때 싹트며 최악의 경우 생명 파괴로 떨어진다. 우리 시대 어린이들이 흡연과 폭력을 즐기는 것은 익숙해진 풍속이다. 그들은 쫓기고 있는 것이다. 그들이 숨 가쁘게 쫓기고 있다는 사실을 누가 모를 것인가? 폭력 영상이 난무하다 못 해 고도화되는 현상은 피폐한 마음이 치는 몸부림을 반영하는 것으로 일단 진단할 수 있겠지만, 사실 자본주의가 퍼트린 암세포가 밖으로 드러난 결과물이다.

오늘날 우리는 원래 모습을 잊고 산다. '잊고 산다는 것은' 완전히 잃어버렸다는 것은 아니다. 아직 우리는 파멸하지 않았다. 다만 희미해져 가고 있다. 하나를 얻으려고 다른 하나를 파괴하는 습성이 생활 원리로서 자리를 잡아 가고 있는데, 잃어버린 덕목 가운데 가장 중요한 것은 사람이 아름답다고 여기는 믿음과 자부심이다. 날지 않아 퇴화한 타조 날개처럼 우리는 우리 자신이 지녔던 순수와 사랑을 잊어가고 있다. '열심히 일한 당신, 떠나라.'는 광고문이 아니더라도 우리는 떠나고 싶다. 땅한 정신 속에서 벗어나 잃어버린 무언가를 되찾고 싶다.

사람이 자기 내면과 본성을 가늠하는 일은 시대변화에 관계없이 늘 치러야 할 숙제다. 황순원이 보여준 산골사람들을 다시 만나보고 싶고, 그들의 삶에 어린 마음을 들추어내고 싶은 욕구는 바로 여기에서 나온다. 황순원이 그린 사람들은 아름답다. 그들을 만나는 즐거움은 지난 풍물을 회고하는 취미가 아니고 오늘날 우리가 진실로 갈망하는 공간에 마주할 때 느낄 수 있는 기쁨이다. 우리는 다시 시작해야 할 시점에 놓여 있고 그들은 다시 시작할 빛을 머금은 근원이다. 그들은 인간을 옹호하고 인간성을 회복하는 데에 꼭 필요한 실마리이다.

16. 아주 먼 옛날에 살았던 여자 이야기

- 황순원의 「기러기」(1942년 봄)

'1942년 봄'에 세상에 나온 소설 「기러기」는 꼭 옛날이야기 같다. 아주 먼 옛날 할머니께서 화로에 담뱃재를 털어 가면서 들려주셨던 이야기 같다. 그래서인지 이야기 속에는 우리 옛 분들이 지니셨던 살림살이 도구들이 흙냄새를 풍기며 펼쳐져 있다. 「기러기」는 또 아름다운 설화다. 기러기가 나는 저녁 하늘은 아련하고 졸음에 겨운 여인이 희미한 등잔불 밑에서 바느질을 하고 있는 모습은 정겹기 그지없다. '한 여인이 견디어낸 힘겨운 삶'이라는 줄거리 자체가 다시 그리워지는 옛 정취로서 다가온다.

그런데 기쁜 마음을 가지고 이 옛 맛과 멋을 한껏 누릴 수도 있지만, 21세기 풍속에 충실한 어떤 사람은 주인공 '쇳네'의 몸에서 풍기는 퀴퀴한 냄새 때문에 어쩌면 도리질을 할지도 모르겠다. 「기러기」가 펼친 공간에서는 아직 어른과 아이를 또렷이 구별하고 남편과 아내를 엄격하게 가리는 것이 사람이 살아가는 법이요 구조이기 때문이다.

모든 소설 작품에는 삶을 각성하고 통찰한 내용이 밑바탕에 깔려 있다. 이것을 읽고 독자는 인생을 겸허하고 깊게 되새긴다. 지난날 여성이 걸머졌던 삶의 질곡과 함께 남성과 여성이 맺어온 관계성을 되새기며 얻은 어떤 깨우침이 소설 「기러기」에는 배어 있다. 옛 정취와 더불어 이 인간관이 「기러기」가 비추는 아름다운 빛을 내는 근원이다. 소설을 읽는다는 것은 당연하게도 작가가 내놓은 사람을 만나고 겪는 일이지만 남성과 여성이 어떻게 마주 서 있나 하는 데에 초점을 맞춰 등장인물이 지닌 특성을 살피는 눈이야말로 이 이야기에 깃든 아름다움을 바로 이해하는 길이다.

가장 먼저 눈길을 끄는 사람은 '호랑이영감'이다. 그는 주인공 '쇳네'의 아비로서 그녀를 세상에 낸 사람이고 그녀가 현재와 미래에 겪는 기구한 운명을 조장한 장본인이기도 하다. 그가 있어 이야기는 앞에서 뒤로 넘어가고 이어진다. 그는 이야기를 끌어가는 중심축이다. 이야기 흥을 돋우는 데에드 그는 같은 역할을 하는데 그 됨됨이는 한마디로 '전설' 차원에서 살아 있다. 그가 펼치는 행보가 다음과 같이 전해진다.

중년에 들어, 앞 개울둑 임자 없는 초평을 일구어 오늘날의 훌륭한 밭을 만들어놓은 사람이 쇳네아버지였다. 처음에 동네사람들은 모두 저 사람이 아무래도 미쳤거니 했다 사실 그것은 미친 사람의 짓이었다. 강 쪽으로는 강둑을 높여 웬만한 장마에도 물이 넘지 않도록 하고, 그 밑에다 제대로 낟알을 심어둘 수 있도록 만들어놓았을 때, 정말 동네사람들은 놀라는 데만 그치지 않고, 쇳네아버지에게 어떤 두려움까지 느꼈던 것이다.

땅은 거칠다. 산은 높고 험하며 물은 깊다. 거저 얻을 수 있는 먹을거리는 충분치 않다. 살아남으려면 사람은 열악한 조건에 부딪쳐야만 한다. 거친 땅을 갈아엎고 때로는 혹독한 추위를 맨몸으로 견디어내야만 한다. 출몰하는 맹수와 거대한 바위가 힘겨운 시련이기도 하다. 상상하건대 그 옛날 이 모든 위기와 장애는 거부할 수도 선택할 여지도 없는 생존조건이었을 것이다. 또 '강/약'으로 구분되는, 남성과 여성을 갈라놓은 생래상(生來上) 성 차이가 결국 상하(上下) 계급체계로 굳어진 원인이기도 하다. 거친 원시자연 속에서 고난을 견디기에 여자보다는 남자가 유리했으며 이것이 빌미가 되어 여자가 남자에게 복속할 수밖에 없었다는 것이다.

이러한 원초 조건 밑에서 '호랑이영감'은 강한 근력에 기초한 탁월한 추진력을 뿜어내는 사람이다. 그것은 땅에 목숨을 기대고 살아가는 사람들이 모여 사는 동네에서 더할 나위 없는 미덕이요 장점이다. 억새밭을 마치 등대처럼 지키고 서 있는 그가 입에 문 빨간 담뱃불과 그가 나타나자 혼비백산해서 달아나는 마을 사람들이 얽힌 일화는 그가 지닌 힘을 돋보이게 하는 전설이다. 그의 이름 석 자에 울던 아이도 울음을 그친다는 설정도 그를 경외감 어린 존재로 부각시킨다.

마을 사람들이 그를 경외시하는 것은 그가 땅과 싸워서 승리를 얻은 어른이요 거친 대지를 일궈낸 유능한 개척자이기 때문이다. 영토 늘리기에 골몰하고 이를 성취해 낸 능력은 땅 위에서 가장 요긴하고 소중한 그래서 존경받아 마땅한 미덕이 아닐 수 없다. 그러므로 단순히 악착같은 농사꾼이나 성공을 이룬 부농 정도로 그를 한계 지어서는 안 된다. 그는 땅 위에 우뚝 선 용사이며 남성이 중심이 된 가부장 사회를 오랫동안 이끌어 온 주역이다. 그가 지닌 이러한 남다른 개성은 남성이 지닌 보편 속성 가운데 강자를 지향하는 습성을 뜻하고 강조하는데 조가는 그를 내세워 남성을 규정한 재래 인식을 총합하고 있는 듯하다. 이러한 그가 딸이 누릴 행복이 아니라 땅을 제대로 관리하려는 목적에서 '소유물'인 딸 '쇳네'에게 데릴사위를 점지하여 그녀의 앞날을 좌지우지하는 것은 당연한 권리를 행사하는 행위인지도 모른다.

그러나 그가 일궈놓은 세계는 쇠락하고 만다. 두 아들이 저지른 패륜이 직접 원인으로 나타나 있지만 그의 성정과 의식 자체에 숨겨져 있는 인간 자질이 간과할 수 없는 좀 더 큰 이유이다. 땅을 다스려 부를 일궈낸 승리자요 권력자요 그래서 전설이 된 양상이 동전의 앞면이라면 뒷면에 있는 또 다른 자질은 무엇인가? 이 점에 주의를 모을 필요가 있다. 그것은 다음과 같다.

땅에 집착하는 마음은 결국 물욕(物慾)으로서 이 때문에 '호랑이 영감'은 피할 길 없는 파국으로 자지러든다. 초인에 가까운 근면성과 동네 전체를 울리는 목청도 결국 집착에서 나온 것들이다. 이 집착이 얼마나 강한지는 재산을 축낸 두 아들을 죽는 순간에서도 받아들이지 않는 대목에서 증명된다. 최후까지도 그는 사람을 낳아 기르는 아비로서 서 있기보다는 땅 위에 군림하는 권력자로서 버티기를 원한다. 땅에 집착하여 혈연을 누르고 아집으로 치닫고 만 것이다. 그가 숨을 거두는 장면은 권력자가 보이는 장렬한 최후지만 허망하고 쓸쓸할 뿐이다.

'호랑이 영감'의 일생은 전설 같은 매력을 지니고 있다. 힘은 미덕이었고 힘으로써 그는 아비와 남성으로서 최고 자리에 올랐다. 그러나 그에 따른 권력과 부는 화해와 공생으로 귀결하지 못하였다. 그보다는 배타성과 독점욕구로 흘러가 세상 사람들을 이롭게 할 기운이 되지 못한 것이다. '호랑이 영감'이 이야기의 중심축이기는 하지만 작품이 지닌 아름다움의 원천이 될 수 없는 까닭은 여기에 있다.

한편 '쇳네'의 삶을 더욱 기구한 구석으로 몰고 간 사람은 그녀의 남편이다. 처음에 착실한 농사꾼이었던 그는 장인에게 반항하는 마음을 이기지 못하고 무자비한 폭력으로 '쇳네'를 괴롭히는 패덕을 저지른다. 그는 '호랑이 영감'과 또 다른 아집에 사로잡혀 자신이 지닌 욕망만을 좇는 자다. 이러한 아집은 '쇳네'의 삶을 위협한다. 장인과 견주어지는 강자인 그는 결국 태어난 아기를 한 번도 들여다보지도 않고 가출해 버린다. 가족을 버린 행동은 아비와 남편으로서 지켜내야 할 직분을 저버린 패륜인데 '호랑이 영감'이 '쇳네'의 삶을 일방으로 결정해 버린 경우와 마찬가지로 무책임하게 권력을 행사한 것이다. 특히 봉건사회에서 가장(家長)인 남성이 일탈하면 가정은 파괴되기 십상이며 '쇳네'의 남편은 그 전형을 이룬다. 강하지만 그도 어리석은 사람일 뿐이다. 여기에 '쇳네' 오라비들도 똑같은 사람들이다. 노름에 빠져 아비의 재산을 서슴지 않고 빼돌리기까지 하는 그들도 욕망과 아집에 사로 잡혀 있다. 그들은 피붙이들이 모여 사는 공동체를 흐트러트리고 결국 파괴하는 일에 충실할 뿐이다.

'아버지가 시키는 일이니 따랐을 뿐, 그리고 보아 하니 아무개도 그랬으니 그럴 수밖에 없다는 생각으로 밤이면 남편과 함께 한자리에 들었을 뿐'인 주인공 '쇳네'는 남이 내린 생각에 몸을 맡기는 습성으로 길러져서 그 타성이 이제는 깰 수 없는 단단한 껍질로 굳어진 여자다. 그것은 전통이 강요한 삶의 조건이 날 때부터 그녀 어깨에 걸쳐 놓은 질곡이다. 그 실체는 '여자와 북어는 두드릴수록 맛이 난다.' 식으로 악의 어린 속설을 낳은 신념체계와 '삼종지도 (三從之道)' 따위 불평등 이념에 속한 구절로 축약된다. 다음 대목 은 아비가 죽고 남편과 오라비들이 그녀 곁을 떠난 뒤 아이를 바라 보며 '쇗네'가 마음속에 떠올리는 의식 내용이다.

> 그러나 쇗네는 혼자 이 언제 죽을지도 모를 핏덩어리를 의지하는
> 마음만으로 이제는 살아갈 수 있을 듯했다.

모든 남성이 아집에 기울어 가족과 인륜을 저버린 채 각자 길을 찾아 뿔뿔이 흩어졌 다. 친족공동체가 머물던 울타리가 깨진 뒤에 연약한 여인이 유일한 피붙이에 마음을 기대는 것은 인지상정으로 보아도 좋다. 그러나 아기에게 생을 의탁하려는 심정은 결국 악습 이 끼친 세례요 결과이다. 수동성과 소극성이 그녀의 핏속에 지울 수 없이 배어 있다는 것을 확인할 수 있기 때문이다. 그러나 다시 다른 면에서 볼 때, '쇗네'는 바로 이 피붙이와 교감을 나누어 무너 진 삶을 다시 일으키려 한다는 결론에 다다를 수 있는데, 이 점이 중요하다.

작품 「기러기」에는 강자인 남성과 약자인 여성이 맺고 있는 관 계상이 바탕에 깔려 있다고 했다. 이 밑그림은 삶을 깊게 통찰하면 서 잘 다져놓은 보도(步道)이다. 여기에 서서 볼 때 남성은 권력을 독점하고 여성은 그 권력이 강요한 노예다운 삶을 감당한다. 그 결 과 권력을 지닌 남성은 삶의 터전을 황폐화하고 결국 삶을 무너뜨 리는 것으로 드러났다. 그러나 어린 여성인 '쇗네'는 그렇지 않다.

이제 그녀가 이야기의 중심에 선다.

> 백날이 되어도 웃지를 못하던 애가 그래도 어르면 사람을 알아보
> 게끔 됐을 때, 쇳네는 남몰래 혼자 애를 어르다가도 문득 생각키는
> 것이 남편이었다. 이럴 때 남편이 있어주었으면! 자기는 아무래도 **좋**
> 았다. 열아홉에 벌써 생과부가 되었다는 말도 참을 수 있었다. 단지
> 애에게만은 아비 없는 자식이란 말을 듣게 해서는 안 될 것 같았다.

새 생명이 점점 꽃피는 모습을 보면서 '쇳네'의 의식은 변하기
시작한다. 아이의 생명을 보듬으려는 마음은 장차 그녀의 가족을
한데 모을 수 있다는 희망을 던진다. 이는 아직 비주체성을 떨쳐버
리지 못한 여자가 지닌 마음이 결코 아니다. 자기 충동과 이기심에
끌려 맹목 어린 아집을 내세운 끝에 폐허만을 남긴 남성들과 다르
게 그녀는 사람과 삶을 아우른다. 이것이 '쇳네'만이 지닌 힘이요
여성에 깃들어 있는 위대한 속성으로서 작가 황순원이 밝혀보고자
한 인간의 빛이다. 이제 그녀는 그 안에서 생명이 생겨나고 양육,
보존되는 돈독한 울타리가 된 것이다. 집을 나간 남편조차 장차 그
녀의 마음 안에서 삶을 이어갈 것으로 강하게 암시되어 있다.

아비에게는 일하는 도구로 남편에게는 한갓 '미물'로 통했던 그
녀가 다시 삶을 일으켜 세우고자 홀로 길을 걷는다. 그녀 자신도
놀라 마지않는 이러한 다짐은 장차 그녀의 가족을 이어놓을 감동
을 이루어 낼 유일한 동력(動力)이다.

여기에서 또렷이 짚고 넘어가야 할 점은 그녀가 지닌 포용력과
희생정신이 인간 고유 습성이라는 사실이다. 그녀가 펼친 아름답고
감격 어린 마음씨는 교육 혜택이나 지성 판단이 낳은 것이 아니다.
그것은 인간 심성에 고유하게 내재해 있는 미덕이다. 이 때문에

'쇳네'의 마음이 겉으로 드러나면 날수록 독자의 마음은 더욱더 따뜻해진다.

봄기러기가 되어 밤하늘을 나는 '쇳네'는 미래를 여는 하나밖에 없는 희망이다. 이 아름다운 마음이 이 작품이 말하고자 하는, 인간 존재에 어린 진실이다. 그것은 작가가 찾아낸 여러 인간 가치 가운데 가장 존중하여야 할 미덕이고 온기를 뿜는 진실이다. 냉혹한 진실은 당연히 온기를 지니지 못한다. 인간의 마음속 오롯한 그곳에 놓여 있기에 마르지 않는 샘처럼 생명을 보듬는 기운, 그 빛의 원천이 어디에 있는지 작가는 우리에게 알려주고 있다. 인간의 삶을 감싸고 관장하는 인간심성은 바로 모성(母性)이다. 이 작품이 꾸며 놓은 고유 공간 안에서, 마모되고 사라지려는 세상을 되살리고 보존하려는 절대 가치로서 모성은 그려져 있다.

그래서 소설 「기러기」는 고단한 삶의 여울목에서 우리가 다시 찾아 읽고 새로운 희망을 가늠할 수 있을 작품이다. 서로 사랑함으로써 시련이 닥친 때를 무사히 건너자는 간곡한 소망이 1942년 봄에 이 작품을 쓴 작가 황순원의 마음일지도 모른다.

17. 전쟁은 인간을 죽일 수 없다

- 오상원의 「유예」(1954)와 선우휘의 「단독강화」(1959)

인간 본성은 화합과 일치를 좇기보다 때리고 부수고 죽이기에 빠져드는 성향이 짙다고 한다. 이 주장이 맞는다면 전쟁은 인간 쾌감을 가장 높은 단계에서 자극하는 사건이다. 전쟁은 인간을 미치게 한다. 전장(戰場)에서 인간은 인간을 죽여야 한다는 오직 그 목표 하나만을 향해 내달린다. 이때 인간은 너나 할 것 없이 가장 치열하고 극렬하게 생명력을 내뿜는다. 전쟁은 인간 심성에 다다른, 악마성(惡魔性) 어린 해방이다.

한편 유추에 가까운 이러한 사유에서 벗어나 전쟁을 직시하면 전쟁은 한갓 인간사 최대 불행일 뿐이다. 인류사(史) 굽이굽이 언제 어디서나 터졌던 집단 살육이며, 모든 가치가 죽음 앞에서 일순간에 무화되는 괴현상이다. 특히 현대전은 가공(可恐)하다. 총과 포가 떨치는 위력에 비해 재래전에 따른 공포는 아주 소박할 지경이다. 앉은자리에서 수십, 수백 생명이 한꺼번에 소멸하는 일이 마치 일상처럼 벌어진다. 비극은 순식간에 펼쳐지며 그만큼 크고 처참하다.

6·25 전쟁 때 약 삼백만 명이 살육되었다고 한다. 국토는 다 이지러졌다. 1950년대 소설가들은 문학 속에 전쟁을 담아낼 수밖에 없었다. 그들은 미친 듯이 작열한 화약이 인간의 살과 피를 어떻게 갈라내고 심성을 어떻게 변형시켰나를 보기 싫어도 보아야 했다. 또 모든 현상을 일으킨 시발점인 이념에 서린 전후맥락을 따져 의미와 실체를 더듬으려고 고민해야만 했다. 이뿐만이 아니다. 전쟁이 펼친 비극은 너무나 크고 깊어 그 후유증을 감당하려고 그 뒤 우리 민족은 수십 년 동안 뒤척여야만 했는데, 그 흔적은 우리 곁을 떠나지 않을 이야기가 되어 지금도 남아 있다.

오상원의 「유예」와 선우휘의 「단독강화」, 이 두 편은 초점을 전쟁 현장에 맞춘 작품을 대표한다. 총알이 빗발치고 피가 뿌려지는 생생한 현장감이 지면을 채우고 있다. 주제는 모두 죽음이다. 이 소설들은 죽어가는 사람들을 이야기한다. 죽음 앞에서 전쟁과 싸웠던 절박한 사람들을 이야기한다.

두 작품에서 전쟁은 혹한과 흰 눈 속에 묻혀 있다. 그 안에서 병사들은 버려진 채 쫓기며 제거되어야 할 사물이나 짐승 같은 신세를 면하지 못하고 있다. 적진에 고립되어 생사의 갈림길을 헤매며 극도에 이른 피로와 추위와 굶주림에 시달리는 그들의 등에 적의 총탄이 날아와 박힌다. 이러한 절대 위협을 피하여 필사 도주를 계속하지만 그들은 시시각각 한 사람씩 죽어간다. 그들을 구원하는 손길은 전무하다. 이것은 전쟁이 인간의 목숨을 소재로 하여 연출한 전형된 '극한 상황'이다. 「단독강화」에서 각각 대오를 잃어버린 남과 북 두 패잔병이 굶주림에 떠는 대목은 막다른 구석에 몰려 난감하기 짝이 없는 상황이다.

　　……키 큰 편은 합성수지로 만들어진 조그만 숟갈을 통조림 속에
찌르더니 익은 솜씨로 한 숟갈을 퍼 입 안에 넣고 음미하듯이 씹었다.
　　키 큰 편이 하는 양을 본받아 한 숟갈을 입 속에 처넣은 가냘픈
편은 단김에 꿀꺽 소리를 내며삼키더니 부리나케 퍼넣기 시작했다.
　　그것을 보고 키 큰 편이 입가에 엷은 웃음을 지었다·
　　"하하, 역시 굶었었군·"
　　불시에 한 통을 비운 갸냘픈 편은 이번에는 낚아채듯 비스킷을 집
어 우적우적 씹었다.

　　그러나 이러한 장면은 극한 상황이 이제 시작하는 단계일 뿐이
다. 독자가 느낄 한계 상황은 「유예」에서 더욱 깊어져 극한에 이른
다. 진퇴양난으로 고립된 병사들이 하나씩 쓰러져 가는 장면은 전
쟁이 얼마나 허망한 비극인가를 그대로 보여주며 그 실체가 철저
하게 생명을 경시하고 파괴하는 죄악이라는 사실을 말하고 있다.

　　……소대원들은 뿔뿔이 헤어져서 먹을 것을 샅샅이 뒤졌다. 아무
것도 없다. 겨우 얼어빠진 감자 한 자루뿐, 이빨에 서벅서벅 얼음이
마주치는 감자 알맹이를 씹었다. 모두 기운에 지쳐 쓰러졌다. 일시에
피곤과 허기가 연덩어리처럼 내린다. 발가락마다 얼음이 박혔다. 눈
보라는 더욱 세차게 몰아치고 밤이 깊었다. ……(중략)…… 한 사람,
두 사람, 이 자연과의 싸움에 쓰러지기 시작하였다. 소대장님, 하고
마지막 한 마디를 외치고 눈 속에 머리를 박고 쓰러지는 부하들을
볼 때마다 그는 그 곁에 무릎을 꿇고 그 싸늘한 마지막 시선을 지켰다.

　　올가미처럼 목을 죄어오는 비극이 실감으로 다가오는 장면은 「단
독강화」에도 나타난다. 두 패잔병이 중공군에게 둘러싸여 총탄세례
를 받는 마지막 대목에서다. 초(秒)를 다투면서 다가오는 적은 죽음

이 점점 가까이 다가오는 것과 같다. 이렇듯 도저히 피할 수 없는 절체절명은 전쟁이 인간을 옭아매는 공포가 최대치로 치솟은 공간이요 시간이다. 이러한 처지에 놓인다면 극한 상황에서 인간은 어떻게 행동할 것인가라는 조로 인간의지(人間意志)를 사유하는 여유를 갖지는 못할 듯하다. 이런 경우에 사람은 한갓 벌레로 전락하여 급박하게 밀려드는 운명의 힘에 사로잡히지 않을 수 없을 것이기 때문이다.

특히 「유예」에서 적에게 생포된 주인공이 한 시간 후 사형당할 수밖에 없다는 대목은 죽음보다 더한 공포를 자아낸다. 이는 전쟁에 어린 악마성을 묘사한 장면 가운데 가장 또렷하고 날카로운 장이 되고도 남는다. '죽음대기자'를 응시하면서 작가는 희생자의 내면을 좀 더 깊이 파고들어 전쟁이 미친 짓이라는 사실을 고발하고 있다. '뼛속까지 얼음이 박힌' 상태에서 '전 근육이 경련을 일으키고', '몽롱하게 정신이 흐트러진' 채 감금당하여 한 시간 뒤에 다가올 죽음을 기다리는 소대장은 혼자 독백하듯 마음속으로 되뇐다. '아무것도 아니다. 아무것도 아닌 것이다.' ……이 애처로운 다짐은 무엇인가? 이는 이제 죽음 의식과 그에 따른 공포조차 무감각해진 지경으로서 전쟁이 구조와 질서를 온통 뒤바꿔 놓은 영혼이 자아내는 가여운 울음이다. 아니면 도저히 피할 수 없는 죽음의 공포에 적응하고자 몸부림친 애처로운 관념일 것이다. 전쟁이 내뿜는 독기 앞에 무릎을 꿇을 수밖에 없는 인간 심성은 '소대장님, 인제는 제 차례가 된 모양입니다.'라고 한 선임 하사가 내뱉은 한마디에 이미 드러났다.

그러나 전쟁이 저지른 폭력 때문에 곧 스러져 갈 운명에 처해 있으면서도 주인공들은 오히려 이 순간에 가장 인간다운 성정(性情)을 빛내고 있다. 이 역설 어린 면모는 눈앞에서 전쟁이 펼치는 비극을 참고 바라보아야만 했던 시간이 끝없는 공포와 불행의 늪을 지나 다다른 지점이다. 그리고 작품에 깃들어 있는 참다운 주제다.

「단독강화」의 두 주인공 '양'과 '장'은 선량한 사람들이다. 그들은 전쟁을 일으킨 자들이 아니라 전쟁에 내몰린 사람들이다. 비록 그들이 서로를 적대시하는 의식이 또렷하긴 하지만 그것은 조직이 물들여 놓은 습관일 뿐이다. 특히 나이가 좀 더 많은 '양'은 전쟁을 강하게 증오한다. 전쟁은 결코 그들의 것이 아니다.

> 그는 혼잣말처럼 중얼거렸다. 그 음성은 신음에 가까웠다.
> "정말, 그들을 죽이고 싶어."
> "예?"
> "전쟁을 일으킨 놈들을 말야."

생사 주도권을 쥔 '양'이 나이 18세에 전쟁터로 끌려나온 '장'에게 단독 강화를 기꺼이 제의하고 '장'도 이를 흔쾌히 받아들인다. 그들은 둘 다 전쟁에 억지로 내몰린 자들이고 둘 다 똑같이 전쟁을 혐오하고 있기 때문이다. 그들은 전쟁 때문에 짠 조직체에 속한 일원으로서가 아니라 한 자연인으로서 서로를 대한다. 그 마음은 "난 스물넷이다, 너보담 여섯 살이나 위야, 너한테 나 같은 형이 있을지도 모르고 나한테 너 같은 동생이 있을 수도 있어……"라고, 나이 많은 '양'이 어린 '장'에게 건네는 말 속에 또렷이 배어 있다. 이 말은 전쟁의 해독이 아직 그들의 인간성을 완전히 갉아먹지는 않았다는 사실을 잘 보여준다.

마지막 장면에서 총탄 속에 포위된 채 죽음을 바로 앞에 둔 상황에서도 두 사람은 자기 목숨을 앞세운 희생정신을 발휘한다. 이 결말은 감동을 몰고 오지만 사실 다소 현실감이 떨어진다. 그러나 그 몸짓은 전쟁이 저지르는 폭력에 부딪쳐 끝내 인간성을 꺾지 않겠다는 의지를 형상화한 것으로서 작품 주제를 완성한다.

앞에서 살폈듯이 「유예」에서 인간조건은 좀 더 긴박하고 절묘하다. 사람이 예정된 총구 앞으로 시시각각 다가서야 한다. 그러나 이러한 상황 아래에서도 인간 정신은 결연한 의지를 표출하는 모습을 갖춘다. 죽음 앞에 선 당당한 자세는 죽음의 공포가 결코 그들의 정신에 깃들어 있는 고귀한 성정을 손상시킬 수 없다는 점을 웅변한다. 총살대에 오른 청년이 내뱉는 일갈이 그러한 뜻을 담아 내고 있다.

> "생명체는 도구와는 다른 것이오. 내 이상 더 무엇을 말하고 싶겠소? 나는 포로가 되었을 때 비로소 내가 확실히 호흡하는 인간이라는 것을 알았을 뿐이오. 나는 기쁘오. 내가 한 개 기계나, 도구가 아니었다는 것, 하나의 생명체인 인간으로서 살아 있었다는 것, 그리고 인간으로서 살아 있었다는 것, 그리고 인간으로서 죽어 간다는 것, 이것이 한없이 기쁠 뿐입니다." 명확한 차가운 음성이었다.

이 또렷하고도 차가운 음성은 인간이 그 무엇에게도 주체성을 끝내 빼앗기지 않겠다는 의지를 밝힌다. '한없이 기쁘다'고 심정을 토로하는 것은 물론 전쟁에 반항하는 심리일 테지만 죽음 앞에서도 귀한 존재로서 지녀야 할 자세를 잃지 않겠다고 스스로 다짐하는 결의이다.

이러한 정신과 자세는 '모든 것은 인제 끝나는 것이다. 끝나는 그 순간까지 정확히 나를 끝맺어야 한다.'고 다짐하면서 형장을 향하여 똑바로 걸어 나가는 주인공의 정연한 발걸음과 '의지적인 신념으로' 차갑게 빛나는 눈동자에 집약되어 있다. 여기에는 인간성이 승리할 것을 믿으려는 작가 노력에 힘입어, 인간을 위협하여 그 영육을 한없이 오그라들게 한 죽음의 공포를 서글프지만 당당하고 아름다운 행보로써 마무리한다

> ……걸음마다 흰 눈 위에 발자국이 따른다. 한 걸음 한 걸음 정확히 걸어야 한다. 사수(射手) 준비! 총탄 재는 소리가 바람처럼 차갑다. 눈앞에 흰 눈뿐, 아무것도 없다. 인제 모든 것은 끝난다. 끝나는 그 순간까지 정확히 끝을 맺어야 한다. 끝나는 일초 일각까지 나를, 자기를 잊어서는 안 된다.
> 걸음걸이는 그의 의기처럼 또한 정확했다. 아무리 한 걸음, 한 걸음 다가가는 걸음걸이가 죽음에 접근하여 가는 마지막 길일지라도 결코 허트른, 불안한, 절망적인 것일 수는 없었다.

인간과 인간이 싸우는 것이 전쟁이다. 전쟁의 본질은 죽음이다. 어느 한쪽이 죽어야 전쟁을 몰고 온 동기와 명분이 매듭을 비로소 풀 수 있다. 그래서 죽음은 전장에서 일상이고 본질이다. 전쟁이 쳐놓은 울타리 안에 일단 속하게 되면 누구든 인간된 삶을 제대로 누릴 수 없다. 아니 포기해야간 한다. 이제 죽고 죽이는 일만이 남아 있기 때문이다.

그래서 전쟁은 인간과 인간이 다투는 것이지만 인간과 전쟁이 싸우는 것이라고 정의할 수도 있다. 이 이야기들에서 죽어가는 주인공들은 영원히 남아 지워지지 않을 깊고 넓은 상처를 떠안지만 전쟁은 인간이 존엄하다는 사실을 결코 소멸시키지 못한다는 주제의식을 밝혀 완성한다.

짧은 이야기지만 두 작품에 깃든 현장성은 퍽 돋보인다. 인간의 뒷덜미를 쫓는 극한 피로와 허기, 추위, 한 발 한 발 죄여오는 죽음의 공포가 실감나게 재현되어 있다. 이것들은 모두 인간이 견뎌낼 수 있는 한계를 넘어선 수준에 이르렀다. 주인공들은 이 극한 상황 속에서 처절하게 외로운 싸움을 진행한다.

죽음에 꿋꿋이 맞서 결연한 의지를 깃대처럼 꽂아놓은 작가들의 의장은 어떤 의미를 지니는가. 다음과 같이 정리한다. 첫째, 전쟁은 극복해야 할 인간 최대 오류다. 둘째, 극한 상황에 처해서도 이에 굴복하지 않는 인간 자세, 이것은 인간이 결코 잃어버리지 말아야 할 금과옥조이며 지상과제이다. 전쟁은 인간 영혼을 소멸시킬 수 없으며 전쟁에 따른 상처를 씻고 원점으로 회귀해야 한다는 뜻이 작가가 펼친 핵심 주제인 것이다.

18. 환부(患部)와 치부(恥部)

　－송병수의 「쇼리 킴」(1957)

　　전쟁은 맹목으로 치닫기 마련이며 광폭(狂暴)하다. 인간이 지닌
폭력성향이 극대화한 결과이기에 살인이 목적이고 본질이다. 살인
은 말 그대로 사람의 생명을 박탈하는 것이므로 전쟁은 인간이 빚
어내는 죄악 가운데 가장 큰 비극이다. 그리고 그 비극은 생명 하
나를 파괴하고 그치지 않는다. 전쟁이 끝난 뒤에도 아주 오랜 기간
동안 아니면 영원히 상처를 남기기 마련이다. 삶의 터전은 다 무너
져 내리고 폐허 위에는 막막하기 이를 데 없는 가난이 굴레가 되어
뒤덮인다. 거리에는 불안, 절망, 불신, 허무가 널리 퍼져 뒤틀어진
인간관계가 마치 전염병처럼 들끓는다.

　　'쇼리 킴', '까뗌 보이 까라' 따위 밑바닥 영어 나부랭이와 '찌라
싱', '쑈틀' 따위 하층민의 입을 떠난 비속어들이 지면 곳곳에 포탄
찌꺼기처럼 분분히 떠돌고 있는 이 작품이 배경으로 삼고 있는 곳

은 이른바 '기지촌'이다. 기지촌은 민족 전쟁 뒤 외국군이 이 땅에 주둔하면서 생긴, 전쟁이 만들어 낸 대표 이색 지대다. 여기에는 전쟁이 낳아 떨어뜨린 최대 피해자들이 마치 소잔등 위에서 앵앵 대는 파리처럼 이방인들 옆에 붙어 서서 위태롭게 연명해 가고 있다. 최대 피해자들이란 전쟁고아와 양공주다.

전쟁이 위태롭기는 누구에게나 마찬가지일 것이지만, 여자와 노인 그리고 아이들에게는 더욱 그렇다. 전쟁 때문에 부모를 잃고 아무도 돌봐주는 이 없이 떠도는 고아들이야말로 전쟁이 남긴 환부를 가장 극명하게 드러내주는 인간계층이다. 네 음절로 된 '전쟁고아'라는 낱말은 전쟁이 가져다준 비극의 파장을 충분히 담아내고 모든 슬픔을 집약하여 또렷하게 제유한다. 따라서 이 계층에 주목한 작가의 시선과 의장은 전쟁으로 이지러진 시대현실 가운데 가장 일반 되고 보편된 현상에 착안한 것이다. 작가는 전쟁문학이 치르고 감당해야 할 몫, 그 중심에 서 있는 것이다.

주인공 '쇼리 킴'이 바로 전쟁고아다. 이 아이는 '빨갱이가 쳐들어왔을 때 다락에 숨어 있다가 잡혀 간 아버지'와 '아기 젖 먹이다가 폭격에 무너진 대들보에 깔려 죽은 엄마의 얼굴'을 꿈속에서 보듬어야 한다. 앵벌이 조직과 고아원을 전전하던 그와 친구 '딱부리'는 자국민이 아닌 낯선 외국인들 주위를 맴돌면서 그들에게 기생할 수밖에 없다. 전쟁이 끝난 마당에서 이 땅에는 그들을 살펴줄 어떤 힘도 권위도 없기 때문이다. 이들이 머물고 있는 터전에 어린 생리를 관찰하고 묘사하는 작가의 능력은 놀라운 현장재생능력을 발휘하여 이색 지대를 생생하고 투덕하게 재현해 놓았다. 기구한 운명을 지닌 아이들이 매일매일 살아가는 생태를 포착한 대목들에서 그 필치는 빛을 발한다.

> 어느 캠프든 일 안 나간 양키들이 있을 게다. 마침 문 앞 첫째 캠프에서 떠들썩하기에 넘석해 봤다. 따링 누나의 단골손님인 놉보와, 한국말 잘 하는 떠버리, 그리고 딱부리놈이 언제 왔는지 셋이 얼려 지 아이 위스키를 마시고 있는 판이다.
> "할로."
> 하며 들어서니까, 놉보랑 떠버리랑,
> "웰컴, 웰컴."
> 하며 잡아끌어다가 다짜고짜로 술병을 안긴다. 이렇게 되면 이건 재미없다. 요전에 멋모르고 한 모금 마셨다가 목구멍이 칵칵 막혀 혼이 났었는데 또 이렇게 억지로 마시라는 덴 딱 질색이다. 게다가 딱부리놈까지,
> "야, 이제 오니? 까짓 것 아무 맛도 아냐, 어서 마셔 봐."
> 하며 덩달아 한술 뜬다. 그리고 자식은 술맛이나 아는지, 날름날름 받아 마시며 떠버리에게 한국말을 가르쳐 준답시고 '네 에미 ××' '네 애비 ××' 따위 쌍말만 지껄여 댄다.

아이들은 이방인들이 즐겨 먹는 독한 술에 절어 있다. 입은 싸구려 영어와 욕설로 버무려져 있다. 세상이 내버린듯한 동심이 비뚤어진 시간의 강에 잠겨 혼탁한 성인세계로 급히 빠져 들어가고 있다. 아무도 돌보아주는 이 없는 이 아이들은 희한한 자립 능력과 함께 쉽사리 꺼지지 않을 생명력을 갸륵할 정도로 보여준다. 그러나 그것은 그들이 어린이로서 받고 누려야 할 보살핌과 혜택에서 완전히 소외되었다는 현실을 일깨울 뿐이다. 이 장면에는 전쟁이 남겨 놓은 환부가 실오라기 한 점 걸치지 않고 완전 노출되어 있다. 낭패감을 지울 길이 없고 당혹감은 끝이 없이 다가오기에 씻어

내기 어려운 상처로 인식된다. 이는 전쟁 뒤 우리 역사가 겪어내야만 했던 공황을 목격하는 데서 오는 쓰디쓴 자극이다.

'쇼리 킴'과 동거하는 '따링 누나'는 전쟁 후유증을 대표하는 또다른 계층인 양공주다. 매춘은 가장 유서 깊고 비인간 된 인간행동이다. 태곳적부터 인간이 모여 사는 곳에서는 언제 어디서든 이루어져 온 인간관계가 매춘이라는 점에서 유서 깊다는 것이다. 또 정절에 관한 가치체계를 무너뜨려 인간이 고귀해질 수 있는 가능성을 무화(無化)시킬 뿐만 아니라 인간으로서 누려야 할 최소 존엄성과 고귀함을 버리는 일탈이기 때문에 비인간 되다 일컫는 것이다. 미군부대 앞에 토굴을 파고 웅크리고 앉아 미군들에게 몸을 파는 그녀도 전쟁고아처럼 전쟁이 남긴 부작용으로서 한때 이방인이 노리개로 주물렀던 이 땅의 여성사(史)를 새기게 한다. '양공주'는 영원히 남아 지워지지 않고 그 한을 풀어내기가 거의 불가능해 보이는 민족의 아픔으로 남을 단어다. '정신대'와 함께 '양공주' 문제는 우리 민족사에서 영원히 남을 치부요 환부인 것이다.

그런데 당장 활로를 찾을 수 없이 위태로운 상태에 빠져 있는 아이의 속살에 아직 천진한 구석이 살아 숨 쉬는 것을 보여주면서 작가는 상처를 더욱 아프게 조명한다. 상투성과 신파성이 어린 발상이지만 아이들은 어디까지나 희생자요 외부 시련 때문에 본의 아니게 때를 묻혔을 뿐이라는 사실을 작가는 또렷이 밝히고 싶어 한 듯하다.

알록달록한 꽃밭인지, 파란 잔디밭인지……? 그런 곳에서 따링 누나하고 '저 산 너머 햇님'을 신나게 부르는 꿈을 또 꾸었다. 예쁜 동 무들도 함께 불렀다.

이렇게 작가는 아이의 속을 들여다보고 있다. 이 대목에는 비참한 현장을 생생하게 그려내고 현실에 저항하는 의식을 드러내면서 더불어 비극 어린 환부를 치료하려는 뜻이 깔려 있다. 전쟁은 가족을 빼앗고 이방인이 점령지 뜰에 그를 위태롭고 외롭게 방치했으며 이제 이방인들이 퍼뜨린 저급하기 짝이 없는 찌꺼기 문화에 물들게 하려 한다. 그러나 그가 지닌 동심은 원형이 아직 살아 있다. 작가는 이 점을 밝히고 싶어 한다. 순수 동심은 불쌍한 양공주 누나와 평화롭게 살고자 한다. 이 마음은 마치 두꺼운 얼음장 밑에서도 꿈지락거리는 생명력과 같은 것으로서 전쟁 후유증을 헤쳐 나가는 미세하나마 빛나는 극복 의지이다. 이러한 주제의식은 이색지대에서 탈출하려고 아이들이 벌인 행동에서 한층 더 능동성 있는 희망을 불러온다. 아이들의 행보가 다음과 같이 정리된다.

이곳 양키부대도 싫다. 아노, 무섭다. 생각해 보면 양키들도 무섭다. 불독 같은 놈은 왕초보다 더 무섭고, 엠피는 교통순경보다 더 밉다. 빨리 이곳을 떠나 우선 서울에 가서 따링 누나를 찾아야겠다. 그 마음 착한 따링 누나를 다시 만날 수 있다면야 까짓 달러 뭉치 따위, 그리고 야광시계도 나일론잠바도 짬빵모자도 그따원 영 없어도 좋다. 그저 따링 누나를 만나 왈칵 끌어 안고 실컷, 실컷 울어나 보고, 다음에 아무 데고 오래 자리 잡고 '저 산 너머 햇님'을 부르며 마음 놓고 살아 봤으면……

두 아이가 서울로 향하는 마지막 장면에는 이 작품이 추구한 소망들이 포도송이처럼 알알이 맺혀 있다. 미국을 적대하는 마음, 인간 본성을 회복하고자 하는 동요 재창, 이 땅의 전쟁희생자들을 포용하려는 마음 따위가 드러나 있다. 그러나 '양키'가 아니라 동족(同族)인 절뚝이를 표적으로 삼아 그의 등에 칼을 꽂은 분풀이는 소극성을 넘지 못한다. 또 아이들이 나아가는 걸음에는 구체성 있는 희망이 착실하게 잉태되어 있지 못하다.

그러나 작가가 떠안은 고충을 이해할 만하다. 첫째, 미군을 이야기하면서 치열한 비판의식이 좀 더 곧게 뻗지 못한 점은 작품 외부에서 다가올 역학관계 때문이었을 것으로 여겨진다. 둘째, 수만 명이 죽거나 사라져 간 폐허 위에서 그렇게 쉽사리 희망을 찾을 수는 없었을 것이다. 작가가 지닌 능숙한 문장력은 독자에게 살아 있는 현실을 음미할 즐거움을 주기에 넉넉하다. 그러나 이 능한 솜씨가 그려낸 계층은 전쟁고아와 양공주다. 민족 전쟁에 따른 모든 고통과 악영향을 총 집약한 인물형을 그리면서 작가가 원만하고 만족스러운 대안과 결론을 당장 마련하였으리라고 믿는 것은 무리다.

역사는 거대한 물결로써 미증유한 비극을 불러왔다. 그 파장에 마주하여 작가는 순수한 인간성과 인간다운 삶을 지켜내고자 했다. 이 두 세력이 팽팽하게 맞부딪쳐 희망과 불안이 아직 뒤섞인 채 작품은 끝을 맺고 있다. 환부를 다스리고 치부를 씻어내 역사를 새롭게 일궈내고 다지려면 좀 더 많은 시간이 필요하였을 것이다. 1957년은 아직 폐허가 넘치는 시간이기 대문이다.

19. 산(山)에 서려 있는 치유력

　－오영수의 「메아리」(1960)

　‘개인 대 사회’ 또는 ‘개인 대 시대’가 겪는 갈등에 따른 고민과 문제 상황을 그리기보다는 사람이 머무는 또 다른 존재 공간 예를 들어 산, 바다, 사랑 따위에서 나타나는 개인 심회를 주로 담아낸 이야기를 통칭 ‘서정소설’이라고 부른다. 이 뜻에 따르면 「메아리」는 서정소설이다.

　이 소설은 처음부터 끝까지 ‘산(山)’이라는 공간을 중심 배경으로 삼는다. 그래서 꽃과 나무 그리고 그곳에 깃든 사람이 나누는 대화와 작은 몸짓, 그들이 사는 데 꼭 필요한 귀한 소도구 따위를 중심 소재로 삼아서 독자에게 전하고자 하는 감동을 이루어 내고 있다. ‘사계 순환’이라는 서사구조에 몸을 맡기고 흘러가는 삶을 음미할 때 독자들은 대자연에 새롭게 눈을 뜨고 그 포용력에 감격들게 된다. 그래서 더욱 이 작품을 서정소설로 보고 싶어진다.

　그러나 이 작품은 ‘산’을 주 무대로 하되 산에서 비롯하는 이야기는 아니다. 산에서 사람 세상으로 흐르는 빛에 어린 참뜻은 저 멀리 산 밑 사람들이 모여 사는 마을에서 빚어진 대비극에 마주하여 밝혀진다. 그 비극이란 바로 전쟁이다. 산으로 깃든 주인공들은 전쟁 특유의 파괴성이 철저히 짓밟아 놓은 사람들이다. 그들은 평지에서 더 이상 살 수 없게 된 사람들이다.

그래서 이야기의 초점은 산에 핀 꽃과 나무에서 풍기는 향기보다는 몰락한 사람들이 앞으로 맞이할 운명에 맞춰져 있다. 시대 사회상에 따른 고통이 회피 대상으로서 제거된 것이 아니라 오히려 산속에 묻혀 있는 것이다.

이렇듯 소멸에서 사연이 시작되었지만 이 작품은 '소멸에서 풍요로 이행'이라는 주제를 지니고 있다. 풍요의 메아리를 염원하고 기약하려 하는데 내용이 어떠한지 의미가 무엇인지 눈여겨보아야 한다.

주인공 '양동욱 내외'가 전쟁에게 받은 상처는 자못 깊다 못해 한이 서려 있다. 돈이 없어 '약만 쓰면 살릴 줄 뻔히 알면서도 그렇지 못해 아이까지' 죽인 것이 피난지 부산에서 겪은 현실상이다. 그들은 집과 일자리마저 잃어버린 뒤 이제 더 이상 버틸 재간이 없어 산속으로 깃들었다. 그런데 몸도 마음도 만신창이가 된 그들을 맞이한 산은 그들을 살게 한다.

첫째, 산은 그들에게 마음의 안정을 가져다준다. 이러한 치유력은 물론 조건이 없다. 산은 뿌리에까지 가닿아 마음에 어린 상처를 쓰다듬어 준다.

이렇게 산을 바라보고 있으면 마음이 한결 든든하고 미덥다. 산골에 들어온 것이 마치 고향에라도 온 것처럼 한결 마음이 흐뭇하고 너

그럽다. 산골에 들어오기를 열 번 잘했다 싶다. ……(중략)…… 동욱
은 산이 올 때마다 산의 생명감 같은 것을 느끼고 마음이 경건해진다.

여기서 '동욱'이 느끼고 받아들이는 산은 고요와 경건, 은혜와
생명력을 한껏 품고 있다. 그리그 이러한 미덕에 어린 빛과 온기를
여린 사람에게 한껏 베풀어 마지않기에 그들이 상처를 곧 치유할
수 있으리라 기대감을 가져오는 공간으로 서 있다. 그뿐만 아니다.
배타성 어린 소유개념과 완전히 무관한 산은 아무 조건 없이 발붙
일 땅을 주어 그들이 일하는 자로서 누릴 권리와 기쁨을 되찾게 한다.

비가 한 번 지나가자 감자도 움이 돋았다. 그와 함께 땅이 안보이
도록 풀도 성했다. 모두 작년 가을에 떨어진 풀들이었다. 동욱 아내
는 손끝에 잡히지도 않는 어린 풀싹들을 서캐 잡듯 하면서도 지루한
줄을 몰랐다. 해가 지고야 동욱이 먼저 괭이를 놓고,
"여보, 그 김 매려다 싹수 다 치겠소, 그만 일어나지!"
해서야 일손을 놓았다.

'인간은 일해야 한다.'는 말은 그동안 전쟁 후유증 때문에 그들
이 잊고 있던 소중한 명제요 격언이다. 인간은 육체든 정신이든 어
떤 노동행위로써 삶을 일궈갈 가치를 창출할 뿐만 아니라 자신의
존재를 느끼고 깨닫는다. 인간에게 노동은 살아가는 전제이고 의미
이며 하루하루 생활을 끌어가는 즐거움을 샘솟게 하는 원천이다.
노동에서 소외된 인간은 불행할 수밖에 없다. 말없는 산이 되돌려
건네주는 이러한 노동의 즐거움과 보람은 시간이 지나며 마치 메
아리처럼 흐뭇하게 번져가서 생활 터전은 점점 기름지게 자리 잡
혀 간다. '산나물에 밀가루를 섞어 끓인 죽'에서 시작한 먹을거리
가 '고사리, 더덕, 도라지, 산나물, 무, 배추, 파, 부추, 고추, 호박씨,

옥수수, 담배씨’ 따위로 다양하게 확장되는 과정은 녹색 어린 풍요로움으로써 그들 내외가 정상(正常)된 삶을 회복해 가는 시간이다.

여기에 장에서 바꾼, ‘남편 앞에 불쑥 내밀 담배를 생각해도 즐겁’고 ‘고등어 한 토막을 구워 놓으면 남편은 어떤 상을 할까 그것도 보고 싶은’ 동욱 아내의 마음은 살뜰하기 그지없다. 오랜만에 유별난 먹을거리를 앞에 놓고 즐거워하는 두 내외가 연출한 정경은 그 자체로 삶의 애환을 환기하면서 깊은 동감을 불러오며 우리의 감성을 더할 나위 없이 따뜻하게 데워준다.

이 작품이 지닌 서정 미학은 상당 부분 인간미에서 비롯한다. 그 가운데에서도 가난하고 원래 어수룩한 심성을 가진 여인인 동욱 아내가 그때그때 꺼내 보이는 순박한 마음은 이 소설이 지니고 있는 서정성을 기둥처럼 떠받친다. ‘산’이라는 거대한 바탕에 두 발을 디딘 이 착한 여인의 마음은 인간성을 크게 긍정하고 옹호하는 시선이 결집된 열매며 인간 구원을 꿈꾸려는 바탕이라는 의미를 지닌다.

‘먹고산다는 것’은 눈물겨운 질곡이면서 때로 경건한 삶을 이루는 기본 조건이다. 그동안 결핍되었던 이 전제를 어느 정도 채워가면서 그들이 전쟁의 고통 때문에 생긴 깊은 주름을 점차 펴 나가는 흐름을 확인케 하는 대목은 또 있다. 대자연의 품에 안긴 그들이 아무 부끄러움 없이 인간 본연에 따른 순수 욕망을 표출하는 다음 장면에서다.

> 그러면서 그의 아내는 아직 삿갓이 피지 않은 탐스러운 송이에다 코를 대고 냄새를 맡아 보면서 킥킥 하고 웃는다. 동욱이 건너다보고,

"뭐?"

"이거!"

하고 송이를 보이면서 더욱 킥킥댄다. 동욱도 따라 웃으면서,

"못되게시리!"

그러나 그의 아내의 눈이 자꾸만 부드러워진다. ……(중략)……

이런 일도 있다.

여름 동안은 매일같이 뒷개울로 땀을 씻으러 가게 마련이었다. 움막에서 훨훨 벗고는 앞만 가리고 그대로 올라간다. 언젠가는 동욱이 그의 아내의 등을 밀어주다가,

"요즈막 살쪘다!"

그러면서 궁둥이를 한번 찰싹 때렸다. 그의 아내는 킥! 하고 돌아앉으면서 동욱의 배 밑으로 마구 물을 끼얹었다. 그러나 동욱은 보란 듯이 그대로 버티고 섰다. 연거푸 물을 끼얹던 그의 아내는,

"어머나 무서라!"

그러고는 도로 돌아앉아 버렸다. 동욱은,

"임지한테 인사를 드리는 거야!"

"에구, 인사는 무슨…… 얌체 머리도 없이!"

이날 동욱은 기어코 알몸인 그의 아내를 업고 내려오면서,

"당신이 나를 업으면 어떻게 되지?"

"망측해라!"

산은 관대하다. 산은 그들이 벌이는 성희롱을 그대로 수용하여 다시 한 번 그들을 두텁고 따뜻하게 감싼다.

식욕과 성욕, 수면과 배설 따위는 인간 기본 욕구다. 사람이 모여 살면서 명예와 권력을 세우려는 심리 욕구가 늘 치열하게 돌출되지만 기본 욕구보다 덜 절실한 듯하다. 기본 욕구 가운데에서도 식욕은 생존 자체를 유지하려건 꼭 충족해야 할 욕구로서 가장 절실하다. 그런가 하면 종족 보존과 연결되어 있는 성욕을 실현하는 것은 인간을 인간답게 보이게 할 뿐만 아니라 다양한 전개 양상을 통찰하면 숨겨진 인간본질을 탐색할 수 있다. 문화는 성욕에 온갖

이념의 옷을 입히고 갖가지 도덕 의미를 가미하지만 이러한 후천 조작을 제거할 때 인간은 참모습을 띤다.

부부가 연출한 희롱은 꾸밈없는 인간성을 담아내고 있다. 소박하고 순수하며 티 없는 마음이요 행동이다. 오랫동안 금기시하였거나 잊고 지냈기에 이제 욕구를 좇는 곰짓은 솔직하고 적나라하여 독자의 심회를 다시 흐뭇하게 자극하며 인간 자유를 표상한다. 이 내외가 지금 누리는 기쁨은 그들이 건강한 사람으로 거듭났다는 것을 증명한다. 전쟁으로 크게 위축되었던 본성이 안과 밖의 상처를 어느 정도 씻어내고 후유증에서 벗어났다는 것을 알리고 있다. 이제 그들은 마음 깊은 곳에 찍혔던 아픔을 치료한 듯하다.

작품이 후반부로 흘러가면서 계절은 마지막 순환 단계를 향해 깊어진다. 먹을거리가 점점 풍성해지면서 그들의 살림살이도 날로 복잡해진다. 집과 방과 가축과 절구와 울타리 따위…… 생활에 꼭 필요한 소중한 것들이 점점 늘어나는 과정은 인간 회복 성과를 증명한다. 그러나 그들에게 아직 부족한 것이 있다. 바로 타인과 맺는 인간관계다.

안팎살림이 늘어날수록 그들은 사람이 그리워진다. 함께 살아갈 이웃을 갖고 싶은 막연한 그리움이 점점 커지면서 산은 인간을 포용하는 빛의 범위를 넓혀간다. 그래서 나타난 사람이 스님과 '동욱 내외'가 살 집을 지어준 '박씨' 그리고 '윤서방'이다.

이들이 등장하자 '동욱 내외'는 삶의 폭을 넓힌다. 사람은 뭐니 뭐니 해도 사람과 함께 살아야 한다는 명제는 평범하면서 절실한 바람을 담고 있다. 그것은 또 하나 본능 욕구이기도 하다. '동욱 내

'외'가 그들과 함께 살고자 희구(希求)하는 것은 물론 이러한 욕구를 깨달았기 때문이다.

그런데 그동안 그들이 적막하게 살 수밖에 없었던 이유는 '동욱 내외'는 물론 '박씨'와 '송서방'들이 각각 지닌 기구한 지난날 사연들 때문이기도 하지만 바탕을 이루는 것은 전쟁이다. '박씨'의 말이 이 점을 되새긴다.

> "그렇소, 사람은 뭐니 해도 사람끼리 사는 기요, 난리 전에는 골째기마다 사람이 살았소. 어느 글째기에 동네가 있고, 어데쯤에는 몇 집이 있거니 하면 마음이 든든하고 외롭지는 안했소. 하다못해 먼 불빛이나 개 짖는 소리만 듣고도 살 수 있었소. 난리 뒤로는 사람 새끼 하나 구경 못 하겠으니 멋 때문에 사는 건지 귀천이 없고 적막해서……."

'박씨'는 전쟁이 끼친 악영향과 그에 따른 고통을 진술하고 있다. 이제까지 자연의 품에 안겨 흐르는 계절을 순조롭게 누리며 살림을 풍요롭게 늘려가던 '동욱 내외'를 독자는 흐뭇하게 보아 왔다. 인간이 인위로 생산한 물질이 아니라 자연이 그들에게 내준 모든 물질과 그것을 감싸고 돌던 소박한 풍취는 이 소설을 서정소설로 보게 했다. 그러나 전쟁의 폐해는 결국 완전히 가릴 수 없으며 '박씨'가 꺼낸 말은 지난 상처가 남긴, 아직 채 아물지 않은 아픔과 불안을 되새긴다. 그 상처는 그들이 예전처럼 몸담을 인간 공동체가 아직 재건되지 않았기에 현실에서 엄연히 살아 있는 것이다.

이 아픈 매듭을 풀어내는 방법을 작가는 역시 소박한 인간미에서 찾아내고 있다. 결핍 현장에서 그들 산골사람들이 보이는, 사람을 그리워하고 배려하는 마음씨가 바로 그것이다. 스님과 '박씨'를 진심에서 우러나온 호감으로 대접하는 내외의 마음이나, 그들의 집을 정성을 다해 지어주는 '박씨'와 '송서방'이 보이는 자세, 홀아비 '송서방'의 짝을 찾아주려는 그들 세 사람의 애틋한 배려 따위가 소설 공간을 인간 선성으로 가득 채우고 있다. 특히 '명수엄마'를 그리는 '동욱 아내'와 지난날의 원수를 기꺼이 거두어들인 '박씨'의 마음은 그저 상처를 돌보는 수준을 넘어선다. 그 따뜻하고 절실한 마음들은 소멸된 것을 충분히 재생키 할 정도로 큰 값어치를 지닌다.

이 사람들이 보이는 됨됨이와 행동은 분명히 '아름다운 인간'을 믿는 인간관에서 비롯했고 전쟁이라는 미증유 환란으로 파괴된 비극을 어루만지려는 작가의식이 가장 밑바탕에 놓여 있어 가능한 것이다.

문학은 당대 현실을 작게건 크게건 반영하지 않을 수 없다. 단편 「메아리」에 어린 가치를 규정할 때 이러한 관점을 염두에 두어야 할 당위성은 얼마든지 있다.

작가는 그들 부부가 산을 찾아 발걸음을 놓도록 했다. 이 선택은 현실에서 도피하려는 태도나 스스로 도태되는 몸짓으로 볼 수도 있다. 또는 문명을 거부하는 삶을 예찬하며 전원생활을 지향하는 자세로 볼 수도 있다. 그러나 부부가 나아간 행보는 인간성을 회복하는 길로 향해 있다. 이 점을 인정하고 산과 어우러진 사람들의 얼굴을 쳐다볼 때 우리는 그들이 펼친 생활 궤적을 따라 알토란처럼 딸려 나오는 아름다운 인간 심성을 만나게 된다.

특히 6·25 전쟁이라는 민족 비극에 휩쓸려 깊은 상처를 입고 소외된 사람들에 관심을 기울인 주제의식은 현실에 소극으로 대응하는 것이 결코 아니다. 자연과 인간 근본으로 돌아가서 아름다운 존재성을 되찾고, 재활을 위하여 피가 원활하게 순환되기를 꿈꾼 의장은 오히려 50년대 전쟁문학에서 거두어들인 감동 어린 지혜이다. 이 작품에 그려진 인간회복은 현실을 비껴간 그림자에 비유되어서는 안 된다. 그보다는 현실 한복판으로 퍼져간 메아리로서 기억되어야 할 것이다.

20. 통분(痛憤): 죽을 때까지 싸운다

- 남정현의 「분지」(1965)

어떤 사람이 지난날 자신이 겪어야만 했던 아픈 사연을 건네 온다고 하자. 그 이야기에 가만히 귀 기울여 줄 성의는 어느 정도 다들 가지고 있다. 소설 「분지」의 주인공 '나'는 수십 년에 걸친 가족사를 털어놓고 있다. 길고 지루하다. 더구나 처절한 통분과 피눈물이 군데군데 흥건하게 배어 있다. 엽기성이 짙고 허황하기 짝이 없는 구석도 있다. 그래서 그의 눈을 똑바로 쳐다보기가 무척 부담스럽다.

그는 지금 죽음 앞에 서 있다. 죽음은 모든 절박을 마무리하는 절벽이요 끝이다. 차근차근 이야기 앞뒤를 더듬어 볼 것이로되, 그가 마주하고 있는 죽음은 어디에서 비롯한 것인가? 그가 겪은 사연은 어떤 골격을 지니고 있나? 이것부터 생각해 보려고 한다.

박두진 님의 시 한 편에서 생각할 실마리를 찾을 수 있을 것 같다.

아랫도리 다박솔 깔린 산 넘어 큰 산 그 넘엇 산 안
보이러, 내 마음 둥둥 구름을 타다.

우뚝 솟은 산, 묵중히 엎드린 산, 골 골이 장송들어
섰고, 머루 다랫넝쿨 바위 엉서리에 얽혔고, 샅샅이
떡갈나무 억새풀 우거진 데, 너구리, 여우, 사슴, 산
토끼, 오소리, 도마뱀, 능구리등 실로 무수한 짐승을
지니인,

산, 산,산들! 누거만년 너희들 침묵이 흠뻑 지리함즉
하매,

산이여! 장차 너희 솟아난 봉우리에, 엎드린 마루에,
확 확 치밀어오릴 화염을 내 기다려도 좋으랴?

핏내를 잊은 여우 이리 등속이, 사슴 토끼와 더불어
싸릿순 칙순을 찾아 함께 즐거이 뛰는 날을, 믿고 길
이 기다려도 좋으랴?
「향현」, <문장>, 1939. 6.

이 시에서 시인은 화염이 치솟기를 기다린다. 새로운 시간이 오
기를 바라는 것이다. 정녕 새로운 앞날을 좇는 희구가 가득하다.
그러나 슬프게 느껴진다. 피 냄새를 잊은 맹수들이 사슴, 토끼와
공존할 그날을 시인은 염원하지만, 이러한 바람은 그저 애잔할 뿐
이다. 차라리 지구가 멸망하던 모를까 여우 이리들이 살육 습성을
포기할 리는 결코 없을 것이기 때문이다.
　우리는 시인이 펼친 애처로운 희구를 바라보며 자연에 내재한,
영원히 지속할 한 개 이법(理法)을 확인한다. 그것은 약육강식이다.
그리고 인간 역사에서 이 이법이 그대로 점철되어 왔다는 사실을

새삼스럽게 깨닫는다. 강한 자가 아무 이유 없이 아무 죄도 없는 약한 자를 죽인다. 이것이야말로 침략과 살육 지배와 피지배가 뒤얽혀 있고 지우거나 바뀔 수 없는 영원한 구조 진실로서 인간사(史)를 지배해 왔다.

주인공 '나'도 아무 까닭 없이 쳐들어와 남의 안방을 무단 점거하고 피와 살을 요구한 이리 등속과 피치 못할 관계를 맺어 왔다. 그의 죽음은 여기에서 비롯한 것이다. 영원히 격리되어야 마땅하고 바람직한 족속들, 태어날 때부터 침략근성이 핏속에 가득한 이민족과 그는 부딪혀야만 했다. 이러한 현실에서 이야기는 시작하고 끝난다. 그리고 그것만이 전부다. 또 다른 긴 설명은 있을 수 없다.

그는 어처구니없게 뒤틀어진 기구한 운명 때문에 죽는 것이다. 결론부터 얘기하면 소설 「분지」는 미군(美軍)이 한민족을 침략하여 걸어놓은 저주를 성찰한 작품이다.

대가(大家)는 풍자를 구사하지 않는다고 한다. 풍자는 정도(正道)가 아니라고 여기기 때문이다. 언제 어디서나 점잖은 체모를 그대로 유지하고 존속할 가치와 명분은 분명히 있다. 그러나 사정이 다른 사람들이 있다. 한(恨이) 맺힌 사람들이다. 한이 맺힌 사람은 풍자를 가장 안온한 집으로 삼기도 한다. 풍자는 헛웃음이다. 현실이 너무나 기막혀 견디기 어려울 때 충격을 조금이나마 덜어보려고 또는 한에 겨워 차라리 웃어야 할 때가 있는 것이다.

그래서 그는 미군을 한껏 조롱한다. 반어와 과장을 섞어 침략자들을 웃음거리로 만들어 보려 한다. 그것은 온몸이 떨리는 분노를 가까스로 참고 이제 막 보여주기 시작한 저항이요 몸짓이다. 그는 자기를 박멸하려고 몰려온 미군을 바라보며 그들이 지닌 침략근성이 얼마만 한 부피와 크기와 무게를 지녔는지 가늠해 보고 있다.

> 자, 보십시오. 저를 상대로 한 저 삼엄한 무장과 경비를, 저의 이
> 주먹만한 심장 하나를 꿰뚫기 위하여 정성껏 마련해 놓은 저 엄청난
> 군비의 숫자를 말입니다. 지금 제가 숨어있는 이 향미산(向美山)의
> 둘레에는 무려 일만여를 헤아리는 각종 포문과 미사일, 그리고 전미
> 군(全美軍) 중에서도 가장 민첩ㅎ고 정확한 기동력을 자랑하는 미 제
> 엑스 사단의 그 늠름한 장병들이 신이라도 나포할 기세로 저를 향하
> 여 영롱하게 눈동자를 빛내고 있는 것입니다.

그가 풀어 놓은 고백에 맺힌 통한은 미군이 조국을 침탈한 순간
에 절정에 가닿는다. 여기서 어머니는 미쳐 돌아가는 희생자다. 삼
십육 년을 기다려온 수절이 물거품이 되었다. 온갖 고난을 참으며
견디어 냈던, 끝날 것 같지 않았던 압제가 드디어 막을 내렸다. 그
래서 새날이 온다는 희망에 부풀었지만 또 다른 침략자가 하루아
침에 그 희망을 무너뜨렸다. 인간이 견디어 낼 수 있는 분노가 극
한을 넘어선 지경이기에 어머니는 미쳐서 죽을 수밖에 없다. 그 광
경은 처참할 뿐만 아니라 엽기성으로 가득하다. 어머니는 우리 역
사요 조국일 것이다.

> 그리고 연방 무슨 소린지 모를 소리를 지르시며 사타구니만을 열
> 심히 쥐어뜯으시던 어느 날, 당신은 목구멍이 터져라 하고,
> "이 죽일 놈들아! 날 죽여다오."
> 애절하게 외마디 소리를 치시더니 영 눈을 감고 마셨습니다.

여기서 잠시 머물러 확실히 짚고 넘어갈 것이 있다. 광복과 함께
나타난 불청객 미군, 우리 힘으로는 도저히 어떻게 해 볼 수 없는

절대강자가 또다시 식민지 종속으로 우리를 내몰았다. 어머니의 음부에서 풍기는 퀴퀴한 냄새와 털을 쥐어뜯는 발광은 분명 일부러 골라 쓴 언어들이다. 비루하고 천박하며 혐오스럽기까지 한 표현이다. 가녀린 풍자 어조에서 말문을 열기 시작했던 그가 왜 이제 이토록 강렬한 혐오가 서린 지경으로 치달려야 하는가? 이유는 간단하다. 억울하고 절박한 마음이 땅과 하늘 끝에 가닿았기 때문이다. 달리 말해 보자. 이 과도한 언어들은 비도덕과 비상식을 본질로 하는 역사 구조 앞에서 그의 독백이 다다른 불가피한 벽이요 구석이다. 그에게 이 혐오스러운 단어들은 그의 통분을 표현할 유일한 언어인 것이다. 그의 몫인, 표현을 좇는, 역사를 향한 분노를 우리는 아래 시에서 되새기며 통렬하게 동감해 마지않는다.

이유는 없다—
나가다오 너희들 다 나가다오
너희들 미국인과 소련인은 하루바삐 나가다오
말갛게 행주질한 비어홀의 카운터에
돈을 거둬들인 카운터 위에
적막이 오듯이
혁명이 끝나고 또 시작하되
혁명이 끝나고 또 시작되는 것은
돈을 내면 또 거둬들이고
돈을 내면 또 거둬들이고 돈을 내면
또 거둬들이는
석양에 비쳐 눈부신 카운터같기도 한 것이니

이유는 없다—
가다오 너희들의 고장으로 소박하게 가다오
너희들 미국인과 소련인은 하루바삐 가다오
미국인과 소련인은 '나가다오'와 '가다오'의 차이가 있을 뿐

말갛게 개인 글 모르는 백성들의 마음에는
'미국인'과 '소련인'도 똑같은 놈들
가다오 나가다오
'사월혁명'이 끝나고 또 시작되고
끝나고 또 시작되고 또 시작되는 것은
잿님이할아버지가 상추씨, 아욱씨, 근대씨를 뿌린 다음에
호박씨, 배추씨, 무씨를 또 뿌리고
호박씨, 배추씨를 뿌린 다음에
시금치씨, 파씨를 또 뿌리는
석양에 비쳐 뿌리는
일년 열두달 쉬는 법이 없는
걸쩍한 강변밭갈기도 할 것이니

지금 남의 참외와 수박을
지나치게 풍년이 들어
오이, 호박의 손자며느리값도 안되게
헐값으로 넘겨버려 울화가 치받쳐서
고요해진 명수할버이의
잿물거리는 눈이
비둘기 울음소리를 듣고 있을 동안에
나쁜 말은 안하니
가다오 나가다오

지금 명수할버이가 멍석 위에 넘어져 자고 있는 동안에
가다오 나가다오
명수할버이
잿님이할아버지
경복이할아버지
두붓집할아버지
너희들이 피지도를 침략했을 당시에는
그의 아버지들은 아직도 젖도 떨어지기 전이었다니까
명수할버이가 불쌍하지 않으냐
잿님이할아버지가 불쌍하지 않으냐

186

두붓집할아버지가 불쌍하지 않으냐
가다오 나가다오

선잠이 들어서
그가 모르는 동안에
조용히 가다오 나가다오
서푼어치값도 안되는 미, 소인은
초콜렛, 커피, 페치코오트, 군복, 수류탄
따발총……을 가지고
적막이 오듯이
적막이 오듯이
소리없이 가다오 나가다오
다녀오는 사람처럼 아주 가다오!
김수영, 「가다오, 나가다오」, 1960. 8. 4.

읽을 만한 좋은 시를 가르는 기준으로서 '시적 긴장'을 종종 따진다. 시적 긴장이란 예를 들어 감정을 최대한 아껴 시어를 골라낸 끝에 시어와 시어 사이에 생긴 긴장감을 뜻하기도 하고, 그냥 단순하게 '최고조에 이른 감정이 집약된 상태'를 말하기도 한다. 두 번째 개념을 빌려 볼 때 위 시에 서린 시적 긴장은 '가다오 나가다오'라는 시어에 집중되어 있다.

시인은 애써 참는다. 그리고 말한다. 나가라고. 이유는 없다고. 시인에게 정말 말이 필요 없기 때문이다. 그 아래 이어놓은 긴 서술 내용을 숙고하면 알겠지만 시인이 겪은 일도 언어표현을 절한 상황이다. 시인은 절규조차 할 수 없는 분노와 슬픔에 휩싸여 있는 것이다. 그래서 단지 '나가라'고 짧게 말할 뿐이다. 이 단순 명료한 낱말이 지닌 울림은 소설 「분지」에서 어머니와 그가 뿜어낸, 미칠 것 같은 마음과 절실하게 닿아 있다. 이 마음은 반항이기 이전에 너무나 당연하여 지극히 소박할 뿐인 자기주장이고 요구다. 그러나 피에 눈이 먼 '이리 등속'이 준동하는 것이 현실이고 역사였다. 어머니 조국이 광기에 싸이는 것은 피할 수 없었다는 것이다.

그런데 통분에 휩싸인 그가 침략자들에 대한 성토에만 급급한 것이 아니라는 사실을 우리는 충분히 느낀다. 뜻밖에 그는 자신을 먼저 냉정하게 회고한다. 역사 주체로 서지 못하고 방황했던, 어리석었던 지난날 자신을 뼈저리게 반성하고 후회하는 심회가 곳곳에 깔려 있다.

> 정말 오물처럼 한 번도 제 것을 가지고 세계를 향하여 서 본 적이 없이 이방인들이 흘린 오줌과 똥물만을 주식으로 하여 어떻게 우화처럼 우습게만 살아온 것 같은 저의 이 칙칙하고 누추한 과거를 돌아다 볼 때에 말입니다. 제가 이대로 아무런 말도 없이 눈을 감는다고 한 번 생각해 보십시오. 결과가 얼마나 무섭겠는가를.

그리고 이러한 자기반성이 자기와 더불어 어머니 그러니까 조국과 민족 전체를 비판하는 의식으로 스며들어 가는 것을 우리는 또 본다. 이런 언술들에서 그는 조국과 민족이 벌인 지난 잘못을 질시하고 원망하는 마음을 굳이 숨기려 들지 않는다. 예를 들어

> ……하지만 저는 할 수 없었습니다. 무슨 일이 있더라도 저는 당신을 잊어야만 했으니까요. 그 길만이 제가 사는 길이었다면 당신은 노하시겠습니까. 그리하여 저는 제 의식의 밑바닥에서조차 당신에 관한 일체의 기억을 쓸어버려야만 했던 것입니다. 따지고 보면 천벌을 받을 놈이지요.

라는 진술은 어머니를 앞에 둔, 그야말로 만감이 교차하고 집약된 고백이다. 그의 마음속에는 어머니에 대한 동정과 연민과 원망과 질시와 극복의지 따위가 복잡하게 얽혀 있는 것이다. 아니면 현실과 역사를 애써 외면했던 자신이 한없이 비겁했노라고 되새기고 있는 것인지도 모를 일이다.

다음 절망에 이른 가운데에서도 그는 침략자들이 가져다준 현실 폐해를 조목조목 따지고 있다. 이 점도 새겨들어야 할 대목이다. 첫째, 미군의 성적 노리개로 살아가는 여동생 분이의 삶은 민감하고도 치욕이 어린 문제다. '양공주'라는 말은 우리 근현대사에서 '정신대'와 함께 씻어낼 수 없는 상처로 남아 있는 화인(火印)이기 때문이다. 좀 더 뜻을 넓혀 이해한다면 분이는 외세가 뻗친 착취구조를 상징하며 또는 미국에 종속된 우리의 마음, 의식, 사회, 국가, 민족을 은유한다.

둘째, 외세와 결탁한 반민주 독재 권력자들이 갖은 횡포를 일삼은 결과 민중이 소외되는 현상을 지적하고 성토하여 이 땅에 뿌리내린 침략의 염증이 아직도 계속 발병상태라는 것을 고발하고 있다. 셋째, 주체성 어린 현실인식과 역사의식을 잃어버리고 미국을 숭상하여 미국인이 되지 못해 안달하는 사대주의 습성을 꼬집는 대목은 내 살을 깎는 비판의식으로서 민중이 지닌 식민지 근성에 분노하고 있는 의식이다.

이상에서 볼 때 그가 펼친 언행은 정점에 다다른 분노의 외침이며 수십 년에 이른 우리 근현대사를 감당하려는 냉철하고도 총체성 어린 현실안(現實眼)이라는 것을 알 수 있다.

그러나 그는 비판에 그치는 자가 아니다. 그는 행동하려 한다. 저항하려 한다. 의식한 것이든 아니든 한국 땅에 내린 미국 여자를 강간하는 행위가 그가 택한 방법이다. 이에는 이 눈에는 눈이다. 치졸한 방법인 것 같다. 그러나 역시 글자 그대로 풀이할 대목은 아닌 듯하다. 이는 적이 지닌 실체를 또렷하게 깨닫고자 벌인 일종의 투쟁으로 보아야 할 것이다. 그도 어머니도 그의 누이도 모두 어설픈 설명 따위로는 감당할 수 없는 희생자이기 때문이다. 그의 의도와 다르게 전개되는 상황도 따지고 보면 어이없는 현실이 그에게 떠넘긴 결과 벌어진 돌발 상황일 뿐이다. 결국 야만스러워 보이는 이 삽화는 오랫동안 침략자들이 저지른 만행이 얼마나 어처구니없는 것인가를 되새기는 뜻과 효과를 지닌다.

마지막으로 상기하자. 그는 지금 한없이 외롭다. 그는 향미산에서 적들이 가져올 죽음을 홀로 기다리고 있다. 불과 몇 분 후에 닥쳐올 최후 앞에서 그는 혼자다. 어떻게 보면 그는 무모한 돈키호테다. 승부가 빤한 싸움에 자신을 걸어놓고 있는 형국이다. 그런데도 그는 싸우려 한다. 죽을 때까지 통분과 저항을 조금도 굽히려 하지 않는다. 독백에 서린 마지막 일갈에서 그는 오히려 발군의 투지를 불태운다.

　　앞으로 단 십 초. 그렇군요. 이제 곧 저는 태극의 무늬로 아롱진
이 런닝샤쓰를 찢어 한 폭의 찬란한 깃발을 만들 것입니다. 그리고
구름을 잡아타고 바다를 건너야지요. 그리하여 제가 맛본 그 위대한
대륙에 누워있는 우유빛 피부의 그 윤이 자르르 흐르는 여인들의 배
꼽 위에 제가 만든 이 한 폭의 황홀한 깃발을 성심껏 꽂아놓을 결심
인 것입니다. 믿어주십시오. 어머니, 거짓말이 아닙니다. 아 그래도

당신은 저를 못 믿으시고 몸을 떠시는군요. 참 딱도 하십니다. 자 보십시오. 저의 이 툭 솟아나온 눈깔을 말입니다. 글쎄 이자식이 그렇게 용이하게 죽을 것 같습니까. 하하하

그의 이야기 속에는 광복에서 시작한 이십여 년 세월이 축약되어 있다. 여기에서 작가는 외세의 본질 속성과 양공주문제, 외세와 결탁한 권력과 민중의 고통, 민중 속에 미신처럼 퍼져 있는 사대주의와 문화식민지주의 따위 우리 현대사의 맹점들을 모두 아우르고 있다. 이는 폭넓은 작가의식이다. 또 이러한 현실비판과 외세에 저항하려는 의지를 넘어서서 당대 기존 작가들이 보여주지 못한 또렷한 투쟁의지를 작가는 드높였다. 비록 무모한 면이 없지 않지만 목숨을 담보로 한 전투의식으로써 저항의지를 형상화하여 깃발처럼 드높이 휘날린 것은 쉽게 찾아볼 수 없는 희귀한 예이다.

세월이 흘렀으나 이 작품에 어려 있는 정신은 오히려 오늘날 더 깊이 재인식된다. 미국과 미군이 주도하는 세계화 전략이 지구촌 곳곳 가난하고 힘없는 사람들의 삶과 생존을 요즘에도 여전히 심각하게 위협하고 있기 때문이다. 우리 땅에도 미군과 이어진 고리에 따른 불합리한 삶의 양상과 부조리가 아직 가득하다. 미군과 관계를 맺는다는 것은 우리 삶을 결정하는 데에 가장 중요하고 민감한 현대사의 일면이다. 그러므로 이 작품은 꺼지지 않을 비판의 눈초리요 치열한 작가정신의 표본으로서 보존할 가치가 크다.

우리에게는 이러한 분노가 시퍼렇게 살아서 깃발처럼 휘날렸던 때가 있었던 것이다. 한 번 쓴 깃발은 장롱 깊숙이에 잘 간직해 두어야 한다. 그리고 필요할 때 다시 꺼내 휘둘러야 할 일이다. 홍길동의 후예라고 자처하는 청년이 펼친 의거를 보고 현실을 직시하

지 못하고 무모한 활극을 연출했다고 비난할 사람이 있을지도 모른다. 그러나 결코 물러서지 않는 또렷한 저항정신이 그립다. 망각과 타협을 좇는 요령만이 강물처럼 흘러가는 시간에서 굴욕을 거부하고 차라리 산화(散花)하고자 하는 마음이 때때로 새롭다는 것이다.

21. 광기에 대한 자성(自省)

- 박태순의 「무너진 극장」(1968)

　소설 「무너진 극장」은 감격 어린 작품이다. 달리 정확히 말하면 4·19혁명이 가슴 벅찬 감동으로 딜려든다. 부정한 정치세력이 끌어온 오랜 압제에 대항하여 시민기 스스로 봉기하여 이룬 혁명…… 이것이 4·19를 추스르는 개요이고 눈물겨운 것일 수밖에 없다. 국민이 나라의 진정한 주인이라는 유명무실한 대원칙을 올바르게 새긴 뒤에 주목한다면 4·19야말로 우리 최근 현대사에서 최고 정점이라는 사실을 인식할 수 있다. 이 소설은 4·19를 주제로 삼은 소설이다. 그래서 감격스럽다.

　단편이지만 이 작품에는 4·19라는 대사건을 총체 어린 안목으로써 바라보려고 한 뜻이 깃들어 있다. 시대를 응시하는 시선이 4·19가 몰아온 격랑뿐만 아니라 4·19에서 5·16 군사 쿠데타까지로 흘러간 내력까지 아우르고 있다는 점이 우선 눈에 띈다. 이는 역사를 멀리 내다본 안목이다.

작품 첫머리에서 작가가 그린 여러 장면은 당시 숨 가쁘게 펼쳐진 시간이 머금고 있던 정치, 사회, 심리 정황을 두루 살핀 효과를 거두고 있다. 현장을 그리며 작가는 당시 상황을 설명, 묘사, 논평하는 문장을 곳곳에 배열하였다.

주인공 '나', 그는 자문한다. "1960년대에 접어들자마자 일어났던 4·19사태에 대하여 우리가 갖는 정직한 느낌은 과연 무엇이었을까?"라고. 더불어 수많은 사람이 죽거나 중상을 입은 마당에서 정치세력들의 동향을 읽어보려 한다. 그러나 쉽지 않다. 한 치 앞을 예측할 수 없다. 또 부정 서력을 향한 분노와 시대를 가늠하려는 사명감이 가슴 벅차게 넘치지만 "앞으로 어떻게나 될 것인지?"라는 질문에 그와 친구들은 누구도 쉽사리 대답할 수 없다. 이렇게 도저히 풀어낼 길 없는 막연한 상태야말로 바로 당시 상황을 적절히 지적한 밑그림이다.

여기에 시내 요소요소를 점령하고 있는 무장군인들과 망우리 공동묘지에 거짓말처럼 솟아 있는 친구의 무덤, 대학교수단이 시위하는 장면들은 현장에서 느낄 수 있을 실감을 전한다. 그의 눈에 비친 대로 이 모든 상황을 받아들이는 감각은 오늘 저녁 하늘에 퍼진 노을이 '저 6·25전쟁 때에 코았던 불그스레한 처참한 빛을 띠고 있었다.'는 독백에 모여 있다. 죽음과 의혹과 저항이 뒤엉킨 당시 상황은 한마디로 처참한 빛을 띤 시간이었다.

이처럼 서두에서 적절한 양과 질로써 4·19를 조망하고는 있지만 이야기 초점은 '극장'이라고 하는 세부 지점으로 향해 간다. 이는 원거리에서 근거리로 시점을 이동한 것이다. 작가는 역사 대혁명이 꿈틀대는 현장 한복판에서 몸부림치는 군중을 직접 관찰하려 한다. 당시 실상을 어느 일정한 각도에서 자세히 바라보려 하는 것이다.

이윽고 밤이 되었다.

그는 그가 할 수 있는 일이 그저 술을 마시는 것뿐이라고 했지만 '수분기처럼 적셔지는 분노, 부정부패와 학정에 대한 씻을 수 없는 혐오가 한 덩어리로 뒤엉켜' 군중이 형성되고, '사슬에서부터 풀려 나온 짐승처럼' 그들은 '일종의 스케이프고트'를 찾아 어떤 부정부패자가 소유한 극장으로 몰려간다. 이제부터 좀 더 본격으로 혁명 실체와 그에 처한 인간을 탐구하기 시작한다.

'인간의 육신이 인내할 수 있는 한계를 온통 부숴 버리는 것 같은' 총소리는 혁명이 소용돌이치는 현장에서 겪는 물리 현상을 대표하고 상징한다. 그러나 살인을 부르는 음향이 지닌 위력을 넘어 군중은 계속 진군한다. 그 근인(根因)은 역시 악(惡)과 부정에 분노하고 부패를 혐오하는 마음이다. 이러한 군중의 움직임은 파괴욕구로 이어지는데 그의 내면을 들여다보면 욕구가 어떤 양상을 띠고 있는지 잘 읽을 수 있다. 다음과 같다.

> ……아니 그 모든 것에 앞서서 고고한 승리를 목전에 두고 있는 사람만이 가질 수 있는 크나큰 쾌감, 기막힌 흥분이 엄습해 왔다. 나는 무의식중에 앞에 보이는 물건들을 부수기 시작했다. 전신으로부터 알지 못할 힘이 솟구쳐 나와서 근육이 불뚝불뚝 일어서고 머리에 피가 몰려서 눈앞이 아뜩해 왔다. ……(중략)…… 사람들은 동물이나 내는 기괴한 탄성을 지르고 있었다. 그들은 눈앞에 닥친 무질서에 환장해 버려서, 마치 사회와 인습과 생활규범을 몽땅 망각한 것 같았다.

군중은 감정이 한껏 고조된다. 이 흐름을 누구도 막을 수 없다. 제어할 수 없는 분노로 격앙된 적대감은 쾌락을 동반한 파괴 본능으로 이어지고 이 본능은 다시 또 절망과 허탈감 같은 공포를 낳는다. 이어 이미 폐허가 된 질서의식을 제유하는 불빛과 음향에 접하고 더욱 큰 흥분과 소요에 빠져드는 군중은 이제 더욱 격렬한 파괴본능을 뿜어낸다. 작가는 말하고 있다. 아니 규정하고 있는 것이다. 이렇듯 상승효과에 따르는 심리구조가 바로 군중심리에 어린 실체라고.

작가가 내놓은 렌즈에 비친 '무너진 극장'은 그러므로 일반 된 흥분을 훨씬 넘어서 자기를 제어하지 못하는 환장이요 광기가 빚은 결과물이다. 그 절정에 서서 사람들은 '아무런 의미도 없는 원시인들과도 같이 깩깩 고함을 지르며 제멋대로 날뛰고 있었다.' 이러한 광경을 어떻게 진단할 것인가? 그는 다음과 같이 되뇐다.

> 아마 이것이야말로, 사람들이 불만스러워할 때 막연히 느끼는 그러한 방심상태일지도 모른다. 원시적이고 본능적인 무질서에로의 해방상태 ……(중략)…… 그러니까 데모의 바깥쪽에는 법률적인 것, 도덕적인 것, 종교적인 것, 심지어는 신화적인 것이 이를 지켜 주고 있을 것이나, 데모의 안쪽에는 이런 도취, 이런 공동 무의식이 잠재되어 있을 것이었다.

이렇게 군중을 응시하고 의미를 살펴보고자 하는 의식은 깊이 있게 현상을 파악하려는 의지다. 그리고 어떤 대사건이 거부할 수 없는 자장으로써 사람을 몰아가는 영향력에 수동으로 휩쓸리기를 거부하는, 주체와 합리 어린 자세이다. 이러한 탐구 자세는 광기 맞은편에 서서 자성의 몫을 마련하는 발판이 된다. 그는 내면독백과 같은 목소리로써 자성 어린 뜻을 펼친다.

> 사람들은 그 정치의 개선을 요구함으로써 그들이 갖고 있는 모든 부면의 개선을 요구할 권리를 가진 것처럼 생각하여 데모를 벌인 것

이나 아닌가? 그 데모는 궁극적으로 퍼져 나가 이와 같은 광란의 도 취에까지 이른 것이 아닌가?

군중이 극도로 흥분하고 파괴를 일삼는 행위는 결국 상황을 올 바르게 판단하지 못하고 착각에 빠진 데서 비롯한 것이 아닐까 하 고 그는 반성한다. 극장 바닥에 엎드려 공포로 밤을 지새우는 그의 머릿속에서 이러한 사유는 흥분일변도를 극복하고 다음과 같이 현 실감각에 이르게 된다.

나는 아득하게 느끼기 시작한 아픔과, 괴로움, 그리고 의욕만 가지 고 뛰어들게 된 우리의 이러한 현실 참여에서, 우리가 일종의 보상처 럼 받게 되는, 이 세상의 잔악한 진상을 생각하고 있었다. 파괴된 공 간, 정지된 시간이라고 어떤 시인은 말한 적이 있었다.

그리고 이 현실감은 희망을 가져다줄 새날을 생각하며 다음과 같 은 질문 하나를 내놓는다. '능히 무질서를 수용하며 그것을 승화시 킬 수 있는 새로운 질서는 찾아올 것인가?' 이어 아무것도 남아 있 지 않다는 또렷한 현실인식을 피할 수 없지만 이에 굴하지 않고 혼 란한 의식을 추슬러 파괴의 시간이 가져다준 행복의 의미가 얼마 나 고귀한 것인가 말하고 새날과 새 아침이 찾아오리라는 예감으 로 끝을 맺는다. 이러한 바람은 이날 밤에 벌어진 '위대한 무질서' 를 '한순간의 고립에 불과하다고' 비하한 또 다른 불순 정치권력집 단을 견제하며 미래예시로 나가는데, 마지막 문장을 새기면 다음과 같다.

그러니까 인생과 사회와 역사에 대한 우리의 시련이 도리어 그때 로부터 출발되고 있었던 듯한 느낌으로……

현상을 객관성에 따라 관찰하는 것은 산문이 고유하게 지닌 미덕이요 장점이다. 작가는 혁명에 어린 진상을 또렷이 살피고자 냉철한 산문정신에 서고 학구열 어린 안목을 더해 이 작품을 꾸며냈다. 그리고 이에 따른 인식과 각성이 4·19라는 감격의 뒷면을 들여다본다는 주제의식을 곧게 세웠다. 이러한 작가정신은 객관 정세를 살피는 데에 어느 정도 성과를 이루고 동시에 인간 내면을 탐구한 보람을 거두었다. 낡은 것이 무너지고 새것이 도래하리라는 열광 뒷면에는 계층 간 갈등이 복잡하게 얽혀 있고 파괴본능과 공포가 순환, 교차한다는 실상을 밝혔다.

한쪽에서 볼 때, 혁명 열기에 휩싸인 군중을 마치 자아를 잃어버리고 광기에 휩싸여 파괴만을 일삼는 무리로서 격하시켰기에 역사 현장을 가늠하는 시각이 형평성을 잃었다는 비판이 가능하다. 그러나 작가는 4·19 무렵에 펼쳐진 정세를 총체성에 서서 사유하고 있다. 여기에 세심한 안목이 지닌 공력을 더하여 감격스러움에 빠져 자칫 소홀히 여길 수 있을 내면 진실을 밝히려 노력했고 그 결과가 소설 「무너진 극장」이다.

삶의 실체와 진실을 밝히려는 객관 자세와 냉정한 정신이 우리에게 늘 필요하다. 역사 현장에서는 더더욱 그렇다. 이 점을 일깨우면서 자성 어린 객관 정신을 발휘한 본보기를 이 작품은 보여주고 있다.

22. 맞춤형 인간들에 스민 깊은 연민

- 김승옥의 「야행」(1969)

작가는 밤거리를 배회하는 한 젊은 여성을 뒤쫓고 있다. 그리고 끝에서 그녀가 헤매는 까닭과 목적을 필요 이상으로 또렷하게 못 박고 있다.

> 그러나 그 여자가 가장 두려워하는 것은 자기의 욕구를 그러한 의식(儀式)으로써 포장(包裝)하게 될까 봐 하는 것이었다. 막연하나마 그 여자는 자기에게 공포와 혼란이 없이 그것을 한다면 마침내 의식(儀式)만이 남게 될 뿐이며 그리고 그것은 파멸이라는 걸 알고 있었다.
> 그 여자가 바라는 것은, 그렇다, 파멸이 아니라 구원이었다, 속임수로부터의 해방이었다.

누구를 위한 것인지는 모르겠으나 작가 스스로 인물의 성격을 설명하여 주제를 정리하려는 자세가 현대 소설가에게는 일반 습성으로 굳어진 듯하다. 이를 독자에게 베푼 친절한 배려라고 칭찬해 줄 수도 있다. 그러나 위와 같이 대놓고 규정하려는 서술은 표현

욕구를 넘어 전달욕구를 내비친 것으로서 군더더기가 될 수 있다.

단편소설에서는 단일한 주제가 미덕이다. 한 주제를 향해 모든 요소가 집중해야 한다. 집중은 또렷함이다. 여기에 더해 평론가가 해야 할 말을 대신하여 독자 스스로 상상하여 작품을 읽어내는 기쁨을 반감하는 노골 된 의미 규정이 이런 식으로 더해진다면 작가의 진의를 파악하기가 그만큼 쉬울 것이다. 그러나 이 작품을 읽고 주제 초점을 찾기는 실제 그다지 수월하지 않다. 내용이 난해하기 때문이 아니다. 주인공 '그녀'가 지닌 문제성이 내뿜는 호소력이 너무 강하고 압도하는 비중으로 다가오기 때문이다. 그래서 '그녀'가 지닌 문제부터 살펴보아야 한다.

이 소설은 '거리 배회' 구조에 담겨 있다. 그 줄거리는 '일상 → 거리(밤) → 일상 → 거리(밤)'라는 시공간에 따라 펼쳐진다. 밤거리에서 그녀가 좇는 것은 이전 소설에 등장했던 거리 배회자들과 다르다. 그녀는 내면 상념 따위에 빠지지 않는다. 그녀가 걷는 밤거리에는 생면부지 남자들이 가득하다. 그녀가 원하는 것은 그들과 성합(性合)하는 것이다. 작품 발표 때에 일반으로 퍼져 있던 성의식을 생각하면 이러한 인물과 상황 설정은 도덕에서 일탈로 넘어가는 경계선에 아슬아슬하게 놓여 있어서 꽤 충격 어린 문제의식과 논란을 불러오기에 안성맞춤이었을 것이다. 그만큼 그녀가 내딛는 행보는 위태로워 보인다. 그녀는 어떤 남성이 자기에게 가까이 다가오기를 기다리고 있다. 자기 손목을 누군가 잡아주기를 바라며 밤거리를 거닐고 있다.

성(性)은 합(合)을 지향한다. 이는 불가항력에 가까운 인간본능이다. 문화가 성욕을 다스리려고 갖가지 제도와 금기를 내세우는 까닭은 공동체를 질서 있게 이어가야 한다는 지상명령에 있다. 그래서 그에 따른 강제력은 사람이 모여 사는 동네에서 번뜩이기 마련인 여러 권력 가운데에서도 퍽 강력한 쪽에 속한다. 이 힘은 때로 두 성을 계급이라는 틀에 묶어두기를 원하여서 한쪽 성(대부분 여성)을 억압하거나 양쪽 모두에게 힘겨운 질곡을 지우기도 한다. 그녀가 보이는 수동성은 이러한 맥락에서 살펴볼 수 있다. 예를 들어 다음 노랫말에서 그녀가 보이는 몸짓에 어린 의미를 읽어낼 수 있다.

> 한번쯤 말을 걸겠지
> 언제쯤일까 언제쯤일까
> 떨리는 목소리로 말을 붙여오겠지
> 시간은 자꾸 가는데 집에는 다와 가는데
> 왜 이렇게 망설이며 남의 애를 태우나
> 뒤돌아보고 싶지만 손짓도 하고 싶지만
> 조금만 더 조금만 더 기다려 봐야지

> 송창식, <한번쯤>(1974)

이 가사는 남성과 교접(交接)하고 싶어 하는 여성 심리를 애틋하게 그리고 있다. 이 가사 속에서 여자는 자신이 지닌 마음을 솔직히 드러내고 싶다. 그녀를 쫓아오는, 용기가 부족해서 아직 말을 못 걸고 있는 남성을 향해 뒤돌아서서 빨리 다가오라고 손짓하고 싶다. 그러나 역사와 전통과 풍속이 내리누르는 힘 때문에 그녀는 욕구를 일단 은폐하고 스스로 삼간다. 그녀는 길들여져 있는 것이다. 그녀는 기다려야만 한다. 일반 돈 관례대로 점잖고 수줍은 몸가짐을 유지하면서 전전긍긍할 수밖에 없다. 그녀는 어떤 남성이 두텁고도 얄팍한 문화 장벽을 깨고 용감무쌍하게 다가와 자신의 욕망을 해방시켜 줄 것을 앙망한다. 답답해 보이기도 하고 애처롭기도 한 이러한 떨림은 유구한 역사와 문화가 주조한 틀이 낳은 습관이다. 그리고 이 틀은 인간 외부에서 인간에게 스며들어 인간의 사고와 행동과 욕구를 내리누르는 비본질 된 규제이다.

비슷한 뜻으로 좀 더 본질 어린 각도에서 성합을 들여다보는 시각도 있다. 수동과 능동은 각각 여성과 남성이 지닌 본질성향이고 그 두 성향에 충실한 몸짓이 조화하고 일치할 때 진정한 행복에 이르는 길이 열린다는 주장도 있다. 삼국유사 권2 '수로부인조' 이야기에서 여성심리의 원형을 살펴보자.

용궁을 다녀온 수로부인

또 이틀이 지나자, 임해정(臨海亭)이 있었다. (그 곳에서) 점심을 먹고 있었는데 바다의 용이 문득 부인을 끌고 바닷속으로 들어가 버렸다. 공은 땅에 넘어져 주저앉았으나 아무런 계책이 없었다. 한 노인이 있어 말했다.

"옛날 사람 말에 뭇 사람 달은 쇠 같은 물건도 녹인다 했으니 이제 바닷속의 짐승이 어찌 뭇 사람의 입을 두려워하지 않겠습니까? 당연히 경내의 백성을 모아야 합니다. 노래를 지어 부르고 막대기로써 언덕을 치면 부인을 찾을 수 있을 것입니다."

공은 그 말을 듣고 따라 하였더니 용이 부인을 받들고 바다에서 나와 바쳤다.

공이 부인에게 바닷속 일을 물으니 부인이 대답했다.

"일곱 가지 보물로 장식한 궁전에 음식은 달고 향기로우며 인간의 음식이 아닙디다."

이 부인의 옷에서는 이상한 향기가 풍겼는데, 세간에서는 맡아보지 못할 것이었다.

수로부인은 용모가 세상에 견줄 이가 없었으므로 매양 깊은 산이나 못을 지날 때면 번번이 신물(神物)들에게 붙들림을 입었던 것이다.

이 이야기에서 강력한 세력인 용의 손아귀에 이끌려 환상 세계를 체험했던 부인이 보이는 반응은 상식을 깬다. 구사일생으로 살아 돌아온 그녀의 입은 모든 이가 예상한 것처럼 지난 악몽이 끼친 고통을 호소하는 꼴이 아니다. 반대로 그녀는 끌려간 세계에서 온갖 희열을 맛보았다고 자랑한다. 조금 성급하지만 결국 부인이 지닌 마음을 정리하자면 이렇다. 부인은 강력한 자가 내미는 인력(引力)을 그리워한다. 그리고 그 바람이 이루어졌을 때 비로소 진정한 기쁨을 맛본다. 이러한 해석이 틀리지 않다면, 부인의 언행은 가장 밑바닥에 놓인 수동지향성 여성심리(또는 피가학성)를 상징한다.

「야행」의 그녀 '현주'가 '문득 자기의 손과 사내의 그 땀에 젖어 미끄러운 틈으로부터 생명의 거친 숨소리가 들려오는 것을 의식'한 대목은 이러한 맥락에 비추어 살필 수 있다. 그녀는 망설이지 않고 강력하게 다가오는 남성의 힘을 그리워한다. 그녀는 그 인력(引力)을 찾아 헤맨다. 그녀의 '야행습성'을 일차로 이렇게 해석한다.

그런데 '현주'의 욕구가 여성만이 지닌 의존 습성을 반영한다는 주장은 오늘날 여성비하 발언으로 여겨질 소지가 매우 크다. 그러나 겉으로 드러난 '현주'의 행보는 그런 판단을 불러올 수밖에 없다. 그녀는 방황한다. 방황은 정처 없이 헤매며 돌아다니는 행위고 갈팡질팡하는 꼴이다. '현주'는 방황하는 가운데에 '남성'이라는 뚜렷한 목표를 가지고 있다. 강한 힘을 지닌 남성이 나타나야 그녀는 방황을 멈출 수 있다.

이러한 견해는 여성인 그녀를 설득력 있게 해석한 예로 여겨진다. 그러나 그녀의 행보를 오직 성(性)이라는 잣대로만 바라보고 그칠 수는 없다. 그녀가 벌이는 행동은 단순히 성적 욕망을 쫓는 맹목 된 몸짓으로만 보이지 않는다. 남성과 성합하여 그녀는 자기 내면에 사는 또 다른 인간 본성을 회복하려고 한다. 그녀가 벌이는 비도덕성에는 자기정체성을 확인한다는 절실한 동기가 숨어 있으며, 그녀의 야행은 '잃어버린 나', '새로운 나'를 확인하고 찾는 발걸음이다. 이 점을 무시할 수 없다.

그녀는 우연한 기회에 세상을 달리 보게 된다. 자기 몫으로 배당된 생활 울타리에서 어느 날 찾아낸 허술한 틈을 넘어 그녀는 세상을 바라보기 시작한다. 돈 때문에 위장을 해야 하는 세월에 권태를 느끼고 '더러운 것'으로 환멸하고 있던 그녀가 불현듯 맞이한 일탈에서 '생명의 거친 숨소리'를 들은 때부터 문은 열린다. 그것은 실용성은 없으나 세상이 원하는 맞춤형 틀을 깨고 일상의 권태 밑에서 잠자는 생명을 일깨워 주었다.

그 뒤 그녀는 변한다. 남편도 결혼도 빈틈없이 속이며 이 년 동안 버텨온 직장생활, 그 허위에서 그녀는 돌아온 것이다. 자기를 판박이 했던 규칙, 관습, 상식. 일상을 넘어서서 세상을 바라볼 새로운 눈을 가지게 된 점이 중요하다. 그녀는 이제 세상사와 인간을 투명하게 바라볼 수 있다. 그 눈을 지니고 거리에 나선다. 그렇다면 그녀는 투명해진 눈으로써 무엇을 보는가? 그녀는 남자들을 보고 거리를 보고 시대까지 본다.

> 그날 아침에 세탁소에서 찾아다 입은 듯한 외투의 밑자락이 사내가 괴로워서 뒤틀 때마다 땅바닥에서 이리저리 끌리고 있었다. 기름 칠하여 단정하게 빗어 넘긴 머리가 가로등의 형광빛을 받아 철사처럼 번쩍이고 있었다. ……(중략)…… 그 여자는 그들을 더 이상 보지 않고 지나쳤다. 그들에 대한 말할 수 없이 강한 증오심이 끓어올랐

다. 그렇다. 그 여자는 자기가 증오하고 있는 게 누군지를 알고 있었
다. 그 여자는 그들과 자기 남편을 구별할 수 없었던 것이다. 아마
그들의 옷차림 때문이었을까? 서울 중심지에서는 얼마든지 볼 수 있
는 월급쟁이들의 그 어슷비슷한 복장 때문에 그 여자는 잠깐 그들과
자기 남편을 혼동하였던 것일까?

서울 밤거리에서 비치적거리는 사내들을 응시하며 그녀는 '쓸쓸
한 느낌'에 깊이 젖어든다. 그것은 쓸쓸한 사나이들에게 품는 연민
이다. 그들은 '깃털을 몽땅 뽑아 버리고 빨간 물감으로 염색해 놓
은 수탉의 껍질'처럼 생기를 잃었고 획일화된 조직원을 제유하는
'누런 봉투'를 옆구리에 끼고 있으며 기름 바른 머리, 흔한 복장 속
에서 원시 생명력을 잃어가고 있다. 그들은 육교에서 그녀를 압도
했던 사내가 보여주었던 '거친 생명의 숨소리'를 가지고 있지 못하
다. 그래서 불쌍하다.

도시가 점점 거대해지면서 도시를 이루는 조직들도 거대해진다.
이윤 추구라는 자본주의 지상목표가 정점을 향해 치닫는 사회에서
거대 조직에 속한 인간들은 '맞춤형' 인간으로 거듭나게 마련이다.
'맞춤형' 인간으로 적응하면 사내들은 십중팔구 본능 어린 생명력
을 잃어버리고 그 위에 위선 어린 탈을 쓰게 된다. 그녀는 이러한
현대 흐름 속에 몸을 맡기고 빛을 잃어가는 남자들을 보고 있다.
그녀가 바라보는, 서울 밤거리에서 ㅂ틀대는 사나이들은 모두 '맞
춤형' 인간들이다. 그들은 자신과 자신의 남편처럼 허위와 기만을
일상으로 삼고 있으며 자신을 규정하는 울타리 밖으로 뛰쳐나가기
가 이미 불가능해진 듯하다. 이러한 통속성을 그녀는 강하게 혐오
하면서 동시에 깊이 연민한다.

그녀는 공포와 혼란이 뒤섞인 거센 바람소리를 듣고자 하며 남자들이 무사히 울타리 너머로 도망가기를 빈다. 그녀는 인간 욕구가 '기도해야 할 것이 별로 없음에도 불구하고 미사에 참석하는 신자들처럼' 의식화(儀式化)하는 것을 원치 않는다. 이것이 그녀가 지닌 진정한 속마음이고 작가가 그녀를 통하여 전하고자 하는 알맹이 주제이다.

현대인의 삶에 어린 편린과 속성을 그린 이 작품은 60년대 이후 점점 거부할 수 없는 힘으로 엄습해 오기 시작한 전체주의 양식을 조망하고 있다.

60년대는 자본주의 양식을 이 땅에 정착시키려고 도시화, 산업화를 목표로 권력집단이 맹목으로 박차를 가하던 시기다. 서울은 비대해지고 그 공간 안에서 삶은 목적지상주의 체제를 쌓기 시작했다. 그에 따라 한 목적에만 매달려 존재하는 조직이 절대 권위를 지니고 그에 절대 순응하는 것이 '살아가는 것'이요 상식이 되었다. 인간은 규격 속에 묻혀 한없이 작아지고 고유한 생명력과 개성은 새 날개처럼 퇴화할 수밖에 없었다. 그것은 사회가 개인에게 떠넘긴 일상 굴레가 인간 심신을 점점 위축시킨 도시 서울에 깃든 생태이다.

작가는 '한 여자'의 내면을 빌려 이 흐름을 파헤치고 있다. 그 시선은 그러나 담담한 응시나 냉철한 관찰이 아니다. 지적 성찰을 싸고도는 심회는 쓸쓸하기 그지없고 절망의 빛과 공포의 그늘이 짙다. 어둡고 무겁게 온 하늘을 뒤덮기 시작한 먹구름을 작가는 온몸으로써 전율하며 받아들이고 있는 것이다. 이 유별난 감수성은 대상 속성에 작가 스스로 깊이 감염된 결과이고 작가 김승옥만이 지닌 개성으로 거론되고 있다. 그리고 독자에게는 각성을 촉구하는 심각한 경고로 다가온다.

23. 돈(貨幣)에 얽힌 명(明)과 암(暗)

- 조해일의 「이상한 도시의 명명이」(1970)

돈은 '돌고 돌아서 돈'이라는 설(說)이 있다. 이 말을 풀어보면 이렇다. 돈은 사람과 사람 사이를 끊임없이 원활하게 돌아다녀야 돈이고 그때 비로소 돈으로서 값어치를 인정받을 수 있다. 돈은 원래 사회 구성원이 합의하여 만든 물건이다. 피가 잘 돌아야 우리 몸이 건강하듯이 이 돈이란 놈이 잘 돌아야 사회가 건전하게 유지, 발전할 수 있는 것이다.

소설 「이상한 도시의 명명이」는 돈을 소재와 주제로 삼은 작품이다. 말했듯이 돈은 공적 산물이기에 자세하게 논의하려면 경제학, 사회학 따위 학문 토대 위에 서야 마땅하다. 모든 이들이 잘살고 못 사는 결과가 걸려 있어 현실성 어린 문제이기 때문이다. 그러나 이 작품에서는 돈에 얽힌 문제를 따지면서 동화에서 틀을 빌려 오고 있다.

어떤 주제를 감당하면서 동화 자체도 아니고 동화 형식에 기대려는 마음에는 분명 어떤 특별한 뜻이 숨어 있을 것이다. 몇 가지로 유추, 정리해 본다. 첫째, 동화가 주는 부드러운 어감을 즐기기 위해서다. 둘째, 창 너머에서 방 안을 들여다보듯 유년의 렌즈로써 성인 세계를 바라보아 좀 더 객관성 어린 안목을 얻으려고 하는 것이다. 평소 현실 논리에 충실한 성인은 감각이 딱딱하게 굳어 있기 마련이다. 이러한 피로를 풀고 감성을 편안하게 하여 현실을 새로운 빛으로 바라보려 한다는 것이다. 이때 동화는 현실 대상을 좀 더 손쉽게 바라볼 수 있는 창구 구실을 한다.

이 소설은 이러한 효과들을 적극 애용하고 있다. 정치와 경제에 얽힌 심각한 문제를 풀어내면서 오히려 경쾌한 감각을 활용했다. 주인공 '명명이'가 주는 첫인상부터가 그렇다. 이름이 '明明이'다. 말 그대로 밝고 밝아 '명명이'는 아직 세상의 때가 묻지 않았으리라 여겨진다. 이 명명이가 사람처럼 말을 하고 하늘을 날아다니는 지갑을 타고 돈과 사람이 얽혀 있는 갖가지 생태를 관찰한다. 사회 초년생인 그가 지닌 맑은 눈에 그대로 비춘 세상 이야기가 바로 작품 내용이다.

이야기는 명명이가 스무 번째 생일을 맞는 날에서 시작한다. 그는 이제 바야흐로 성인세계로 편입되려는 찰나에 놓여 있는 청년이다. 구성원의 삶을 결정하는 당대 정치, 경제가 쳐놓은 자장(磁場) 안에 한 주체자로서 그도 참여하게 된 것이다. 그에게 주어지는 투표권은 이 점을 확인한다. 외삼촌에게 선물로 받는 지갑은 그가 성년으로 진입한다는 사실을 더욱 구체성 있게 알린다. 지갑과 투표권은 어린이가 이제 성인이 되는 것을 상징하는 비유물들이다. '스무 살'은 성인으로서 자립하고 주체자로서 독립한다는 것을 뜻

하므로 떳떳하고 가슴 벅차며 자랑스러운 순간이다. 그래서 지갑은
아름답다.

> 깊고 은밀한 광택이 마치 구름에 가리운 달빛처럼 그 표면에 은은
> 히 우러나고 있었습니다. 모든 훌륭한 물건들의 아름다움이나 빛이
> 늘 그렇게 은밀하듯이 말입니다. 명명이는 떨리는 손으로, 그것의 접
> 혀진 부분을 펼쳤습니다. 아, 이것을 무슨 냄새라고 이름지어야 좋을
> 까요? 코끝에 스며드는 이 향기를……

지갑이 이토록 아름다운 것은 명명이가 곧 누릴 밝은 앞날을 긍
정한다. '돈이 들어 있지 않은 지갑은 지갑이 아니란다.'라고 외삼
촌이 전하는 조언은 소유하고 획득해야 산다는 사회 구조와 현실
을 또렷이 인식하도록 암시, 촉구하면서 명명이가 성인이 된 사실
을 강조한다.

그러나 성인식에 즈음하여 미래를 내다볼 때 꼭 그렇게 밝지만
은 않다. '이애는 혼돈과 만나지 않게 되었으면' 하는 바람으로 명
명이라는 이름을 손수 지어준 아버지가 생일 아침 '명명이'를 바라
보며 짓는 '어떤 깊은 어둠에 연유하는' 웃음은 암울하다. 그것은
'명명이'에게 펼쳐질 앞날 자체보다는 그가 헤쳐 가야 할 삶의 여
건을 떠올릴 때 떠오르는 그늘로 보인다. 달리 따지면 아버지의 수
심 어린 표정은 '명명이'를 기다리는 정치, 경제, 사회 조건이 지닌
부정 요소를 어렴풋하게 암시한다. 아니나 다를까 요술 지갑이 터
진 입으로 말을 하기 시작하면서 암시는 현실로 나타난다.

지갑은 아직 혼돈을 경험하지 못하여 맑은 눈을 가진 명명이가
그리 마뜩하지는 않은 것 같다. 지갑은 그래서 그를 데리고 여행길

에 올라 그에게 세상이 어떤 실체를 지니고 있는지 똑바로 보여주려 한다. 지갑이 안내한 곳은 어느 낯선 도시다. 먼저 도시 전경을 개괄한다.

> 지붕도 없는 높은 건물들이 서로 키 자랑을 하듯 이상하고 커다란 도시였습니다. 미학은 안중에도 없다는 듯 역학에만 의존한 듯한, 놀랍기는 아름답다고는 할 수 없는 그 높은 건물들의 수많은 창문들엔 밤 깊은 시간인데도 전등불이 휘황하게 켜져 있었고(처음에는 이 큰 건물들이 모두 상(喪)을 당하지나 않았나, 하는 느낌을 받았습니다.) 사람들을 위한 것이 아니라 자동차들을 위한 것인 듯 보이는 튼튼하고 훌륭한 길들이 공중에 걸려 있었으며 대기 중에는 산소의 양이 지극히 모자란 듯해서 당장 호흡기 장애라도 얻게 될 것만 같은 그러한 도시였습니다.

사람이 살기에 적합할 것 같지 않은 이 이상한 도시는 아마 서울을 빗댄 곳이리라. 꼭 서울이 아니라면 산업화 사회에서 중심 주거지역으로 떠오른 '도시'를 대표하는 곳이다. 이 도시는 매연으로 가득 차 있고 그곳에 몸담은 사람들을 위해서 건설한 것이 아니다. 누구 조종하는지 모르게 공간 자체가 존재하는 목적에 따라 스스로 비대해지는 공간이다. 아두튼 도시는 '명명이'에게 마치 '침몰을 앞둔 여객선'으로 보이고 설리는 꿈이 꾸미는 밝은 미래와 그에 마주한 현실이 환상여행 속에서지만 서서히 명과 암으로 대비되기 시작한다. 이제 이 매캐한 도시 이곳저곳에 진을 친 사람들 면면을 바라보고 돈과 인간이 맺은 관계상을 중심으로 당대 사회학을 한 장 한 장씩 써 나간다.

첫 번째로 명명이가 목격하는 사람은 부패한 기업가다. 그는 밀

수로 사욕을 채우고 재산을 좀 더 불리고 유지하려고 부정(뇌물공
여)을 일삼는다. 그리고 궤변에 지나지 않는 자가당착식 가치관으
로 자기가 저지르는 악덕을 합리화한다.

> ······내가 어디 뙤놈이나 왜놈이란 말인가? 어디까지나 이 나라 기
> 업가 아닌가? 민족자본을 만들어나가는 과정에 약간의 경제외적인
> 수완의 발휘나 뭐 좀 순결하지 못한 방법의 동원이 있다해서 떠들어
> 댈 건 없지 않은가? 돈이란 게 본래 뭐 그렇게 순결한 물건도 아니
> 지 않은가? 돈에 순결한 척 했던 우리 옛 선비들은 어떠했는가? 부국
> 은커녕 국기나 제대로 보전했는가?

그가 읊조리는 독백에 귀를 기울여 보면, 그는 돈이 공동체 산물
이요 공동재산이라는 의식이 애초에 결여되어 있다. 게다가 떳떳하
다고 자부하는 배포가 실은 사회 전체를 떠받든 기반을 좀먹는다
는 생각을 전혀 하지 못할 만큼 맹목에 빠져 있다. 아버지가 '명명
이'에게 들려준 지나치게 솔직한 설명대로 이러한 사람들이란 '모
든 질 나쁜 능력을 뽐내어 돈을 모은, 그러면서도 용하게 사라지지
않는, 신기한 부자들'이다. 돈이 원래 순결한 물건은 아니라는 말과
생각도 재미있지만 이러한 부자들이 결코 사라지지 않는다는 지적
도 더 재미있다. 사회 현실을 아주 정확하게 관찰, 지적하고 있기
때문이다.

법을 어겨 공동체의 삶을 위협하는 암적 요소이지만 역설되게도
법이 도와서 영원한 생명력을 구가하는 자들······ 이들이야말로 침
몰 직전에 놓인 여객선 같은 이 도시에서 그릇된 사회 구조를 이루
어 가는 핵심 부품들이다. 그들이 있기에 사회에서 병리현상이 수
그러들지 않는다. 그들은 신기하다고 말할 수밖에 없도록 비리와

모순으로 가득 찬 인간 부류다. 이들을 직시해야 현실 구조를 정확하고 진실하게 판단할 수 있을 것이다.

다음 '은행가'는 또 다른 비리군(非理群)이다. 그도 사회 비리 구조를 형성하고 있는 중요 부품이고 악덕 기업가들과 연결되어 있어 비리 구조가 전체에서 어떤 실상을 지니는가를 좀 더 뚜렷이 알게 한다. 대출권을 행사하면서 기업의 공공성을 따지지 않고 자기에게 다가오는 이익 여부에 따라서만 그는 움직인다. 이러한 부패 은행가가 기업 중역에게 뇌물을 받아먹는 광경은 다음과 같다.

> 그러며 은행가는 먼저의 수표까지를 집어서 호주머니에 담았습니다. 중역은 조금 당황하는 눈치였습니다만 은행가는 못 본 척 시치미를 떼었습니다. 그리고는 만족한 웃음을 지었습니다. 그렇듯 웃는 은행가의 입 속에는 금이빨 두 개가 반짝반짝 빛나고 있었습니다.

반짝이는 금빛은 탐욕스러운 은행가에게 전매특허처럼 잘 어울린다. 은행가의 생리를 알게 된 '명명이'는 잠든 그의 얼굴을 보면서 짙은 혐오감에 빠지고 우울해진다. 그리고 머릿속이 혼란스러워진다. 아직 세상물정을 모르는 '명명이'에게 은행가가 저지르는 비리는 이해할 수 없는 충격으로 다가왔기 때문이다. 은행가는 사회 초년생 '명명이'에게 첫 번째르 사회 실상을 가르쳐 준 것이다. 그러나 그가 목격해야 할 사람들은 아직 몇 명 더 남아 있다. 다음에 찾아간 저택에는 한 경제학도가 고뇌 어린 한숨소리를 내고 있다. 경제학도는 자신에게 닥쳐온 한계 때문에 고민한다.

> 나 같은 경제학도로서는 아무리 씨름해본댔자 풀어낼 수 없음이

뻔한 정치적 사회적 여러 요인들, 이를테면 경제현상과 정치현상 사이의 묘하고 오랜 함수관계 같은 것들 ……(중략)…… 한데 그런 것들에 관해서 내가 할 수 있는 말은 무엇이란 말인가? 내가 발견해 낼 수 있는 해결점은? 제기랄! 내가 그런 것들에 관해서까지 부심할 필요가 없지 않은가? 그런 것들은 내 책임도 분야도 아니잖은가? 적어도 난 윤리학자는 아니잖은가? 그러나…… 제기랄, 그러나는 무슨 놈의 그러나, 다만 그렇지, 그래, 다 그렇다. 난 윤리학자가 아니다.

대학교수이며 도시개발위원회 경제담당 자문위원이기도 한 경제학자는 분명 사회지도층에 속하는 지식인이다. 지식인이란 사회 구조와 흐름을 전후좌우에서 가늠하고 또렷한 비판정신을 지닌 소수 사람이다. 그들이 올바른 말과 행동을 내놓아 시대를 이끌어 가는 지침과 귀감으로 바로 설 때 공동체는 건전한 삶의 방향을 찾아 나갈 수 있다.

그런데 명명이가 바라본 지식인은 자기 한계에 부딪쳐 방향 감각을 잃어버린 자일 뿐이다. 그는 지식인이 떠안아야 할 의무와 책임에서 비껴 나와 무력감을 드러내고 있을 뿐만 아니라 주어진 책임을 피하려 한다. 더욱이 그 과정에서 양심이 겪는 고통을 줄이려고 자기 역할을 축소시키는 최면을 스스로 걸고 있다. 이는 소심하고 자기기만에 빠진 이 시대 지식인을 비난하고 비판하는 쓴 소리이다. 이제 '명명이'는 세상 물정에 한 발 더 들여놓은 셈이다.

환상여행이 이어지는 길 위에서 '명명이'가 마지막으로 목격하는 광경은 돈이 잘못 흘러 다닌 끝에 생긴 비극을 보여준다. 이 장면은 '명명이'의 마음에 가장 큰 아픔으로 다가온다. 어느 가난한 젊은 부부에게 닥친 불행한 이야기이다.

매캐한 매연으로 덮인 거대한 빌딩 숲 아래 어느 구석에 박힌, '어둡고 불결한' 악취가 진동하는 집 안에서 젊은 부부는 힘겹게 살아가고 있다. 어느 날 아기가 급성질환을 앓는다. 그런데 부부는 단 돈 '오백 원'이 없어서 어린 생명이 죽어 가는데도 뜬눈으로 바라볼 수밖에 없다. 이는 절대 빈곤이 빚은 비극 어린 현장이다. 그리고 '명명이'가 보기 싫어도 보아야만 하는, 30년대 빈궁문학을 떠올리게 하는 눈물겨운 현실이다.

이 현실 속에서 '못 가진 자'가 지닌 삶과 희망이 가난 때문에 일순간에 물거품이 된다. 사회 전체에서 볼 때 이러한 비극은 분배 정책이 어그러져 생긴 양극화 현상이 얼마나 위태로운지 생생하게 그린 장면이기도 하다. 달리 말해 인간이 모여 사는 한 '돈'이라는 것이 잘 돌고 돌아야 모든 이가 행복해지는데 부패 세력이 이 흐름을 틀어막았기에 필연으로 부작용이 발생한다는 것이다.

죽어가는 아기를 끌어안고 젊은 엄마는 비탄과 절망감에 휩싸여 몸부림친다. 이 모습은 환상세계를 벗어나 현실감에 충실하다. 이 비극은 명명이 아버지가 내민 불길한 예감이 꼭 맞아떨어진 어두운 현실이고 때 묻지 않은 '덩명이'의 심성과 확실하게 대비를 이루면서 부각된다. 부부가 겪는 비극은 결국 앞에서 목격한 모든 부정, 부패, 부조리를 집약한 보고서이며 작가가 좇는 주제의식이 완성되는 지점이다.

처음 인간 세상에 등장했을 때 돈은 인간을 편리하게 하고 이로움을 건네는 물건이었다. 그러나 오늘날은 그렇지 못하다. 우리들이 몸담고 살아가는 복잡한 사회 현실에 따라 돈은 여러 가지 존재성을 띤다. 돈은 모두를 살리는 명약이다. 반대로 괴로운 족쇄이면서 때에 따라 심지어 목숨을 끊는 독약 같은 것이기도 하다. 이러한 현상이 발생하는 까닭은 여러 가지로 분석이 된다. 그 가운데 가장 큰 이유는 비정상이 되고 불순한 세력이 돈이 흘러가는 길을 여기저기에서 막는 현실 때문이다.

이 작품은 돈이 흐르는 길을 쫓아간 여행을 뼈대로 삼아 우리 사회 정치, 경제 현실에 어린 부조리와 폐해를 총체성 어린 시각으로써 그려내고 있다. 작가가 선택한 방법은 단면을 제시하여 본질을 함축하는 미덕이 아니라 현실을 구성하고 있는 양상을 폭넓게 관찰하는 것이었다. 이는 퍽 딱딱하고 까다로운 작업이었을 것이다.

그러나 동화라는 환상기법에 기대어 적절하게 흥미를 유지하며 시대 밑바닥에 놓인 암적 부패상과 그를 주도하는 여러 세력 그리고 잘못된 구조에 따른 부작용을 투명하게 담아내는 데에 작가는 성공했다. 마치 뒷주머니에 몰래 박혀 있는 지갑을 꺼내 그 속에 무엇이 있는지 고발하고 증언하여 실상을 숨김없이 보인 듯하다. 1970년 작품이지만 여기에 담긴 고발과 증언은 2000년대 현재에도 그저 유효할 뿐이다.

24. 1971년, 한 '서울 청년'에게 찾아온 비극

– 황석영의 「이웃 사람」(1971)

사람은 시간을 누리며 살고 시간에 기대어 산다. 시간은 거부할 수 없는 굴레요 사람이 제 나름대로 운명을 재는 잣대이기도 하다. 사람이 누리는 기쁨과 슬픔은 '시간'이 시작되고 이어져 끝나는 매듭에 따라 생겨나고 없어진다. 삶을 올바로 헤아리는 지혜를 얻으려고 역사를 연구하는 이유가 여기에 있다. 소설은 '시간이 담긴 뜻있는 이야기'를 만들어 삶을 읽고 이해하려는 예술 형식이다.

한편 우리가 몸담고 있는 사회를 이루고 있는 정치, 경제, 문화 현실은 우리가 지닌 몸가짐을 결정하는 가장 영향력 있는 요소로서 우리를 살게 하고 때로 우리를 못살게도 한다. 끊임없이 서로 화합, 순응, 갈등, 거부하면서 개인과 사회는 스스로 자기를 만들어 간다. 사회와 개인이 조화를 이루거나 대립하는 것은 불가피한 존재 현실이다.

그래서 '이야기'는 이야기를 지어내는 이들이 역사와 현실을 어떻게 만나느냐에 따라 골격이 결정된다. 예를 들어 단군 신화는 곰과 하늘과 마늘을 빌려 당대 정치, 경제, 사회에 얽힌 삶을 총체성 있게 읽어내려 했고, 어떤 과학자는 물체가 중력에 지배된다는 사실을 발견하여 세상을 읽어냈다. 이는 방향은 다르지만 모두 현실을 직시한 정신 산물이다. 이러한 태도는 현실을 건설하는 힘뿐만 아니라 미래를 지향하는 힘도 강하다.

이와 다르게 현실과 현상보다는 꿈에 기대는 자세가 있다. 사람은 현실보다 꿈을 먹고 산다는 주장도 있다. 신데렐라 드라마에 그토록 빠져드는 현대 여성이 지닌 버릇을 크게 탓할 일이 아닐뿐더러 한때 유행하는 수준을 넘어 이제 일상용품이 된 무협지와 판타지소설은 무료한 시간을 이겨내는 데에 자주 유용하다. '열심히 일한 당신, 떠나라'는 광고문에 서린 뜻도 현실을 떠나고 싶어 하는 생활인의 속사정을 급소처럼 찔러 들어간다. 현실 외면과 일탈로서 '비(非)유용, 비(非)건설'이라는 평가절하에 직면하기가 십상이지만 꿈을 밝히는 태도에는 현실이 씌운 굴레를 벗어난 시선이 열어놓은 아름다움이 가득하다. 서양 집시가 펼친 행보와 박목월 님의 '구름에 달 가듯이 가는 나그네'가 아름답고, 중세 몽유록계소설은 가상공간 속에서 사람이 편안히 살아 숨 쉬게 한다. 소월 님이 꽃 피운 산유화 옆에서 우리는 깊은 외로움을 머금은 절대미를 느낄 수 있다.

한국 사회에서 1970년대는 산업화, 도시화가 틀을 잡아가던 때다. 집권세력이 총력을 기울여 주도하였기에 변화의 폭과 속도가 비정상으로 크고 빨랐으며 현실이 사람에게 미치는 영향도 그만큼 컸다. 이에 많은 작가가 꿈보다는 삶에 미치는 현실조건에 깊은 관심을 기울여 사유하고 그 결과를 이야기로 빚어내고자 노력했다. 정치, 경제, 문화 따위 여러 요소가 얽혀 있는 시대 구조를 밝혀내고자 하는 안목이 이러한 작업의 토대가 되었으며 그 위에 현실이 안고 있는 문제를 제기, 비판하고 나아가 부정세력에 저항하려는 의식까지 펼쳐냈다.

소설 「우리 이웃」은 이러한 경향을 대표하는 작품이다. 1970년대 서울이라는 공간에 초점이 맞춰져 있는데 '옛날이야기'라고 불러도 좋을 듯하다. 소설 속 풍경이 지금부터 겨우 삼십 년 정도 떨어진 때 사실을 그린 것이지만 오늘날 생활감각에 비추어 볼 때 퍽 낯설기 때문이다. 주인공 '청년'이 서울역 앞에서 지게질꺼나 하면서 돌아다녔다는 것이 우선 낯설고 여러 소품도 마치 먼 나라 풍물 같다. 무엇보다 '청년'이 흘리는 넋두리를 듣고 있으면 그러한 느낌이 더욱 강하게 든다.

> 선생, 내 얘기를 듣고 계십니까? 그래 내가 아까 흔해빠진 얘기라구 그랬잖소. 지금이라두 당장 서울역 부근에 나가 보슈. 나 같은 놈들이 하나둘인가. 거기 막국수 좌판이나 순대 함지 곁에 잠깐만 서 있어 보슈. 웬 젊은 녀석이 다 떨어진 작업복에 아직도 나뭇결이 선명한 지게를 느슨히 걸쳐 메고 정작 사먹지도 못하면서 좌판 앞을 기웃거릴 겁니다. 뿐만 아니라 아주머니 영감 애새끼들까지 모두 철따라서 대처엘 왔다가 시골루 되돌아가는 사람들이 많지요. 시골이나 대처나 몸 붙일 데가 없지만 그런 짓이 몇 년이구 되풀이되다 보면 그것두 어엿한 생활이죠. 개중엔 나처럼 젊은 신세를 망쳐 버리든지, 계집년인 경우엔 대부분 작부나 갈보로 흘러 버립니다.

서울은 만원(滿員)이다. 통계청 연감에 따르면 해방 당시 서울 인구는 겨우 90만이었다. 그러던 것이 계속 증가일로를 걷다가 60

년에 240만을 넘어섰고 70년에는 550만으로 두 배 이상 폭발하듯 증가했다. 서울은 면적이 전 국토에서 1%에도 미치지 못한다. 이 좁은 지역에 전체 인구 가운데 3할 이상이 몰려 산다는 것이다. 이는 세계에서 비슷한 예를 찾기 힘든 기현상이다.

이 현상은 자본주의가 생활양식으로 굳어지기 시작한 일제 식민 지시대부터 시작됐다. 이때 자본(돈)을 획득하는 것이 최고 가치로 떠올랐고 이를 효율성 있게 얻고 지키려고 일등 가치들이 모두 서울(경성)에 집중하였다. 그래서 서울(경성)로 사람이 몰려든 것은 아주 자연스러운 추세였다. 해방 후 수립된 이승만 독재정권 시절에도 이 현상은 꾸준히 진행되었고 뒤이어 들어선 박정희 정권은 '독재'에 '군사'라는 수식어까지 붙인 맹목 어린 추진력으로써 개발 독재를 밀어붙여 오늘날과 같은 서울 모습을 축조하는 데 결정된 박차를 가했다.

이에 따라 산업과 도시가 가장 긴요한 현실 대안과 비전으로 떠올랐고 사람들은 농촌을 떠나 서울로 향했다. 막연하게 선망하는 대상으로, 가난에서 벗어날 수 있는 유일한 탈출구로 여겨지면서 서울은 커져만 갔다. 서울로 서울로…… 사람이 몰려들었다. 남녀노소가 따로 없이 민족이 대이동을 한 것이었다.

그러나 서울은 계획된 도시가 아니었고 삶이 보장, 약속된 땅은 더욱 아니었다. 서울로 흘러 들어오는 온갖 사람을 책임질 수 있는 힘을 서울과 대한민국은 전혀 가지고 있지 못했다. 공동체를 아우르고 보듬을 정치, 경제 능력도 없었고, 평등을 염두에 둔 도덕성 어린 행정 체계도 없었다. 서울로 흘러 들어온 사람들은 서울이라는 사고무친 공간에 그대로 내던져질 수밖에 없었다. 그래서 서울이라는 거대한 도시 곳곳에는 가난과 실업과 굶주림이 길바닥에 일상처럼 널려 있었다. 주인공 '나'는 서울이 한때 상처처럼 지니고 있던 이러한 열악한 공간성을 대표하는 사람이다.

독백체는 그리 흔치않은 형식이다. 이 형식으로써 작가는 땅바닥에 떨어져 산산조각이 난 거울 같은 젊은이를 이야기하고 있다. 독백자인 주인공 '나'도 시대가 마련해 놓은 성공 유혹에 끌려 서울이라는 신천지의 울타리를 넘은 수많은 사람들 가운데 한 사람이다.

그가 내는 독백 속에는 밑바닥 인생들이 내뱉는 거친 숨결이 그대로 드러나 있다. '좆같이'나 '씨발' 따위로 대표되는 욕지거리와 비속어는 카타르시스를 가져다줄 것 같은 이색 용어이다. 또 매혈과 매춘, 절도, 살인 따위로 이어지는, 밑바닥 인생들이 벌이는 행태는 자체가 흥밋거리이다.

그러나 이러한 요소들과 함께 그가 몰락해 가는 행로와 수순을 우리는 눈여겨보아야 한다. 그가 몰락해 가는 과정은 예컨대 '타락'이라고 부를 수 없을 듯하다. 그보다는 약간 어색하지만 '버려져 간다.'고 말해야 옳은 듯하다. 어쨌든 그 줄거리는 겉으로 '가난 → 구걸과 매혈(賣血) → 절도 → 매춘 → 살인'이라는 순서에 따른다. 각 구비에서 들려오는 독백에는 뼈에 사무치는 한이 서려 있으며 삼십 년 전 서울시 한 귀퉁이에 도사리고 있던 괴현상을 생생하게 전한다.

> 어느날, 나두 밥값을 딱 한번 구걸해 본 적이 있습니다. 빈 지게를 메고, 뭔지 다정하게 지나가는 내 또래의 젊은 쌍에게 옆으로 따라가며 수작을 건넸죠. 여자가 나를 힐끔 보더니 사지가 멀쩡하니 어쩌니 했던 것 같습니다. 좌우간에 그날 얼마를 적선받긴 했지만, 다시는 못할 짓이더군요. ……(중략)…… 니기미, 하지만 가끔 배고프고 추울 때 구걸할 생각은 꿀떡같이 떠오르데요. 하루를 살기가 이처럼 매정한데 아무리 부지런해봤자 흐망은 눈곱만큼도 없는 것 같습니다.

서울이라는 공간에서 그가 떠안은 가난은 혹독하고 나라님은 그 고통을 조금도 덜어주지 않는다. 허기와 구걸에 절어 목이 마른 그의 심정은 참담하기 짝이 없다. 그것은 '직업에는 귀천이 없다.'나 '노동은 신성하다.' 따위 격언이 어느 정도 배부른 자가 품는 명제이며 때에 따라 기만일 수 있다는 생각을 심어 준다. 좀 더 중요한 점은 사람이 지녀야 할 최소 자존심이 심하게 닳아가는 과정에 그가 놓여 있다는 사실이다.

'쪼록'이라 이름 붙인 매혈(賣血)행위에서 그의 삶은 한층 더 밑으로 무너져 내린다. 자기 몸을 빠져나와 대롱 속으로 흐르는 피를 바라보며 그는 '아 나도 사람이었구나.' 하는 비참한 자각에 빠지고 '미운 쪽이 너무 크고 잡히질 않으니 알 수가' 없다는 혼란에 휩싸인다. 그러나 이러한 자각과 의혹은 새로운 단계로 삶을 개선할 발판이 되지 못한다. 회복을 꿈꾸기에 그는 너무 지쳐 있고 그가 지닌 생(生)의식은 이미 절망에 이르러 있기 때문이다. 그가 매춘(買春)과 절도에 빠져드는 것은 결국 소외된 자가 자포자기로 정처 없는 발걸음을 떼어놓다 돌이킬 수 없이 깊은 나락으로 빠져드는 과정이다. 칼을 품은 그의 가슴에 한 줄기 회한이 밀려든다.

> 생각 속에만 — 아, 서울 — 하며 있는 게 아니라 서울은 분명히 그 수많은 사람들 하구 함께 있었지요. 그런데두 한편으론 서울은 상상 속에만 있었습니다.

이러한 마음과 판단은 서울에는 자신이 기댈 기반이 전무하다는 깨달음으로써 허망한 것일 수밖에 없다. 여기에서 그는 희망이 아예 없다는 사실을 처절할 정도로 또렷이 깨닫고 서울이라는 대도시에서 맛본 비정함에 저항하려는 마음이 복수심으로 굳어지는 단계에 이른다.

서울을 관통하는 쓰라린 자전거 질주로써 마감되는 그의 행로는 그러므로 '가난 압박에 따른 고통 → 인간으로서 지녀야 할 자존심 몰락 → 뿌리 뽑힌 자의 허허로움 → 소외된 자신 자각, 인식 → 서울에 저항하고 복수하려는 마음'이라는 과정으로 정리된다. 사람의 몸에 칼을 꽂아 넣고야 만 비극 어린 결말도 이 복수심에서 비롯하였다고 보아야 한다.

마지막에 눈여겨보고 초점을 맞춰야 할 소품은 자전거다. 그가 벌이는 자전거 질주야말로 그가 겪었던 짧고 고달팠던 전(全) 과거사와 온갖 심리를 한순간에 집중하여 효과 있게 드러내 준다. 이 대목에서 비극이 아름다움을 얻는 역설을 체험할 수 있다. 그가 지닌 비극이 비극미로 변한다는 것이다. 이 아름다움이 얼마나 처절한지 음미해 보면 작가가 집요할 정도로 깊이 인물을 이해하고 있다는 사실을 알 수 있다.

이 작품에서 대도시 서울에 적응하지 못하고 살인자로 전락한 한 젊은이의 마음을 추적하는 데에 작가는 매우 섬세하고 면밀한 관찰력을 보이고 있다. 작가는 그가 서울이라는 폭력 앞에 얼마나 무방비로 노출되어 있는가를 잘 보여주었다. 청년이 몰락한 과정은 사회에 적응하지 못한 개인이 자아를 잃어가는 현상으로 일단 정리할 수 있다. 그러나 이 불쌍한 개인사는 사회 현실을 직시한 바탕 위에서 써졌다. 그의 비극을 개인 운명 탓으로만 볼 수는 없다. 그가 지닌 가난을 바라보겨 예를 들어, 동화 속 배짱이가 부린 게으름 탓으로 돌리거나 '가난은 나라님도 구제할 수 없다'는 식으로 보편된 해석에 기대어 이해를 시도해 보려는 태도는 부당하다. 예수님, 부처님 따위 초월자가 건너 세상에서 원한을 풀어줄 문제로 보아서도 안 된다.

1970년대에 서울에서는 자본주의가 숙성하면서 물욕이 하염없이 부풀어 올랐고 물질만능주가 널리 퍼져 인간성이 상실되기 시작했다. 게다가 합리성 어린 분배가 이루어지지 않아 빈익빈·부익부에 따른 폐단이 절정을 이루었다. 이러한 서울에 휘둘린 그는 그때 도시와 농촌의 사이에 끼여 삶의 뿌리를 통째로 뽑혀버린 수많은 사람들 가운데 한 사람이다. 그가 몰락한 것은 우리 역사와 사회구조가 낳은 불행한 현상이다. 소설 제목은 그가 우리 옆에 살고 있는 이웃이라고 밝히고 있다. 그가 떠안은 비극은 결코 '남의 문제'가 아니라고 강조한 것이다. 그의 불행은 우리 이웃의 문제니까 바로 우리 문제고 서울에 깃든 문제일 수밖에 없다고 작가는 주장하는 것이다.

그가 스스로 인식했듯이 그는 서울 사람이기는 하지만 서울 사람이 아닌 서울 사람이다. 서울 거리에는 한때 이렇게 서서히 죽어간 이런 사람이 있었던 것이다. 그가 맛본 비극은 삶을 이루는 사회 조건이 빈약하기 짝이 없었던 삼십여 년 전 우리 현대사를 또렷하게 비추고 있다.

25. 두 번 가고 싶지 않은 동네 이야기

– 황석영의 「돼지꿈」(1973)

> 벌거숭이 붉은 언덕과 주택부지들이 펼쳐져 있고, 언덕 한가운데
> 에 굴뚝만 흉물스레 높이 솟은 기와공장이 홀로 서 있었다. 해가 저
> 물고 있었다. 기와공장의 굴뚝에서 솟은 불티가 어두운 하늘 속에서
> 차츰 선명하게 반짝였다. 언덕 아래로 빈터의 곳곳에 간이주택과 낮
> 은 움막집들이 모여 있었다.
> 강씨는 리어카를 끌면서 화학공장의 뒷담 옆으로 해서 회색 빛 폐
> 수가 늘 고여 있는 저지대로 지나갔다. 폐수 속에 높다란 쓰레기더미
> 가 군데군데 비춰 보였다.

　이야기가 시작되면서 펼쳐진 동네 풍경이다. 공장 굴뚝이 흉물처
럼 덩그러니 서 있고 밑에는 폐수와 쓰레기더미가 뒤엉켜 있다. 폐
수가 흐르는 천변을 따라 역시 쓰레기더미 같은 무허가 집들이 곳
곳에 퍼져 있다. 한 귀퉁이 어디쯤에 마을공동변소가 있다. 더럽고
위태롭다. 어쩌다 한 번은 몰라도 두 번 다시는 가고 싶지 않은 동
네다. 1970년대 무렵 서울 변두리에는 이런 동네가 수두룩했다고

한다. 도시 중심에서 밀려난 가난한 사람들이 그들끼리 모여 산 도시빈민가다.

소설 「돼지꿈」은 한 도시빈민가 한복판에서 실상을 생생하게 전하고 있다. 작품을 다 읽고 나면 마치 그곳에서 하루치 현장체험을 한 듯 실감이 묻어난다. 소설은 허구를 대전제로 하며 이 작품도 허구라는 사실을 모르지는 않지만, 상상력보다는 실제 현장 체험이 때론 퍽 의미 있고 좀 더 재미있을 수 있다는 생각이 들 정도이다.

사람 사는 동네 이야기기이다 보니 그렇겠지만 작가는 참 많은 사람을 소개한다. 우선 주인공격인 '강씨'가 등장한다. '머리가 희끗희끗한 오십대였으나 걸음걸이가 당당했고, 왕년의 목도꾼답게 어깨가 딱 벌어진' 그는 강냉이장사다. 그를 중심으로 하여 차례차례 등장하는 사람들 면면이란 '양아치 대장→ 동네 일수쟁이 영감→ 강씨의 처→ 강씨의 처남→ 동네 반장→ 포장마차 주인 덕배→ 라디오 행상→ 칼갈이 노인→ 공돌이(근호)와 공순이'들이다. 단편소설 한 편에 이렇게 많은 주연과 조연이 등장하는 예는 그리 흔치 않다. 동네에 깔린 전체 분위기를 살피면서 이 사람들이 살아가는 꼴에 주의를 기울여 봄 직하다.

이들은 한마디로 얘기해서 상스럽다. 더러운 동네 환경만큼이나 사는 꼴이 지저분하고 무엇보다 교양이라는 것과 애당초 벽을 쌓고 살아간다. 아버지 '강씨'가 한 대 쥐어박자 '아부지 개새끼야, 아부지 씨비씨비'라고 욕을 퍼부어 대며 어린 아들이 징징대는 장면을 보면 희한하다.

마침 아이놈이 방 문턱에 와 걸터앉아 칭얼대기 시작했으므로 강씨는 기세좋게 소리쳤다.

　'이런 상년에 자식, 죽구 싶어.'

　아이는 울음을 터뜨렸고, 강씨 처는 홑이불을 쓴 채로 중얼거렸다.

　'잘헌다. 참말 부자지간에 육갑 떨구 있네. 저 팔푼이 같은 새끼는 뭘 또 처먹지 못해서 칭얼대, 칭얼대길.'

　'그래, 네년의 새끼들은 다 잘났더라.'

　속된 말로 흔히 '콩가루 집안'이라 하는데 이 집안이 꼭 그렇다. '강씨' 일가가 보여주는 작태는 애와 어른이 따로 없다. '그 아비에 그 어미요, 그 자식'이라는 식으로 막가자는 버릇이 생활과 몸에 그대로 배 있다. 이렇게 무지막지한 분위기는 강씨 집안에 국한되지 않는다. 이 동네에 모여든 사람들이 다 그렇다. 교양은커녕 도덕하고도 그들은 완전히 쌍벽을 쌓고 살아간다.

　그들이 일용하는 언어 바탕이 우선 죄 그렇고 '강씨'의 딸 '미순이'가 처녀의 몸으로 아이를 밴 것이나 덕배가 운영하는 포장마차에서 음식을 먹고 달아나다 잡힌 공녀(工女)가 돈 대신 몸을 파는 행위들은 그들의 삶이 무(無)교양과 무(無)도덕을 일상화한 실태를 잘 보여준다. 공장 폐수와 쓰레기더미가 눈살을 찌푸리게 하듯이 그들이 지닌 이토록 저급한 생활약식은 혐오스럽지 않을 수 없다. 그리고 이러한 꼴이 앞으로 더하면 더했지 덜하진 않을 것이라는 생각이 든다. 그들은 구제할 수 없는 지경에 빠진 사람들이기 때문이다.

　그러나 무엇보다 위태로운 사실은 그들이 가난하다는 것이다. 차에 치여 죽은 개 한 마리를 가지고 그야말로 오랜만에 온 동네가 잔치판을 벌인다. 그들의 생활을 지배하는 것은 무교양에 앞서 바로 씻어내기 힘든 가난이다. 강냉이장사 '강씨'는 물론이고 쓰레기더미를 뒤져야 먹고사는 양아치들. 포장마차 덕배, 라디오 행상, 칼갈이노인 따위가 모두 하루 벌어 하루 먹을 수밖에 다른 도리가 없는 인생들이다. 그들은 힘겹고 고달프게 생존해 간다.

이러한 생태는 다른 이들에 비해 젊은 축인 공돌이 공순이(공돌이 공순이는 공장에서 일하는 젊은 남녀를 이르는 은어)들도 마찬가지인 듯하다. 밤샘작업을 앞두고 '덕배'의 포장마차로 몰려든 공순이들이 나누는 대화에는 그녀들이 어떻게 생활하고 있나 하는 것이 은연중 드러나 있다.

> '나 이번 달두 적자야, 큰일났어 얘.'
> '공장 관둘까봐. 언제나 견습 면하구 사원 돼보나.'
> '고향엔 이젠 못간다. 늬들 갈 수 있다구 생각해?'
> '앞으로 몇 년만 참으면, 기술이라두 배우잖어?'
> '기술 좋아하네. 그런 게 기술이면 밥짓는 것두 기술이구 연애하
> 는 기술이겠다 얘.'
> '그러엄. 기술이지……. 잘만 물어봐.'
> '홀에나 나갈까, 아니면 놈씨나 하나 잡을까.'
> '공돌이?'
> '개들은 안돼. 십 년 지나야…… 겨우 반장쯤인걸.'

그녀들이 주고받는 말 속에는 앞날을 설계하는 젊은이다운 패기와 희망은 희박하고 도덕 불감증만이 질펀하다. 작업장에서 손가락이 잘리고 받은 보상금으로 술이나 퍼마시고 앉아 있는 공돌이 '근호'처럼 이 젊은이들은 전혀 젊은이다운 모습을 지니고 있지 못하다. 그저 측은하고 안쓰러워 보일 뿐이다. 이러한 사정 밑바닥에는 역시 가난이 깔려 있다. 그들이 자포자기하고 도덕불감증에 오염된 것은 그들이 인갑답게 살 수 있도록 적절하게 노동의 대가를 받고

있지 못하기 때문이다.

그런데 가난과 가난이 낳은 무교양 밖에 또 하나 이 동네를 휩싸고 도는 암울한 분위기가 있다. 그들이 하루를 이어가는 삶의 터전이란 모두 무허가로 지은 것이라 언제 철거될지 모른다는 불안이 넓고 깊게 퍼져 있다. 그것은 바로 코앞에서 그들의 생존을 위협하는 조마조마한 현실이다.

> 사람들은 기와공장 아랫동네에 관한 얘기를 했다. 오늘은 한 점의 불빛도 보이지 않는 그쪽의 허허벌판을 그들은 가끔 두려운 듯이 바라보았다.

몰상식하고 천박한 언행이 밥 먹듯 벌어지는 동네의 삶이란 이렇듯 가난과 철거에 따른 위협 속에서 하루하루 절박하게 이어지고 있는 것이다. 앞날을 밝히는 진정한 희망이 그들에게 있을 리 없고 생활을 떠받드는 자부심을 찾기는 불가능할 수밖에 없다. 그들은 사회가 버리다시피 한 밑바닥 인생들이다. 따라서 그들에게 교양 있고 세련된 언행을 바라는 것은 무리다. 가난과 불안 그리고 자포자기 심정이 맞물려 돌아가니 그들은 내내 고달프고 힘겨울 수밖에 없다. 이 동네 사람들은 모두 절벽에 서 있는 것이다.

그러나 그들은 건강하다. 이 점이 사실은 이 동네 사람들에 깃들어 있는 참다운 실상이다. 비록 어려운 일상에 짓눌려 있지만 그들은 아직 병들지 않았다. 자포자기에 따른 그늘이 드리워 있되, 한번도 삶을 포기하거나 힘겨움에서 도망치려 한 적이 없다. '강씨'는 떡 벌어진 어깨로써 시들지 않는 활력을 상징한다. 그의 처도 오랜 기구한 운명을 치러낸 전력이 있거니와 이제 딸자식이 애비 없는 자식을 배고 들어왔다는 최악 상황에서도 생활 의지를 결코 잃지 않는다.

> 어쨌든 강씨 처는 마음을 정하자마자 한결 근심이 덜어지는 것 같기도 했다. 날마다 죽을 둥 살 둥 하면서 그래도 가난 때문에 온 가족이 뿔뿔이 흩어져야 할 위기를 몇 번이나 넘기면서도 용케 살아나왔던 것이다. 사람이 죽으란 법은 없으니까…… 어떻게든 되겠지. ……(중략)…… '언제는 돈 있어서 살았냐, 속아서 살았지.'

딸을 결혼시키려고 돈 계산에 속이 바쁜 그녀는 어머니만이 지닌 강인한 생활력이 여전히 살아 있는 사람이다. 그녀는 아들의 손가락이 잘려나간 것보다 산재보상금에 더 신경이 쏠린다. 무사히 딸의 혼례를 치러내기 위해서다. 이러한 태도는 상식으로 선뜻 동감하기 힘들다. 그러나 그것은 위기 앞에서 삶의 끈을 더욱 단단히 조이는 결연한 자세다. 그만큼 그들의 생활이 늘 절박하다는 사실을 다시 증명하는 대목이기도 하고 힘겨운 시간을 어렵게 견디어내고 이제까지 삶을 꾸려온 사람이 지니고 있는 잡초 같은 생명력을 잘 보여준다.

여기에 또 한 사람 또렷하게 건강한 삶을 보이는 사람이 양아치대장 '이씨'다. 그는 미혼모인 '미순이'와 결혼하고자 한다. 이는 쓰레기더미 같은 생활 속에서 발견하는 귀중한 새 출발이다. '미순이'를 설득하려고 그가 내미는 말에는 밑바닥 특유의 체취와 이력이 묻어 있고 우직한 그의 성품이 제대로 엿보여 재미있다.

> '안 그렇습니까? 기러기두 같이 날아가야 한다구, 우리 외로운 사

람들끼리 살아보자 이겁니다. 나두 안해본 것이 없이 갖은 풍파 끝에 서른 다섯이 되도록 마땅한 여자를 만날 수가 없었습니다. 허허, 인생이 뭐 중뿔난 거 있겠어요? 아까 돌아오셨단 말을 듣구, 첨엔 야속하기두 하구 화두 납디다만…… 결심했습니다. 사랑해선 안될 사랑이지만, 아기야 아무 사람의 애면 어떻습니까? 내가 애비 노릇하며 같이 키우지요.'

사랑해서는 안 될 사랑을 사랑한다는 말이 퍽 우스꽝스럽다. 그러나 같은 처지에 있는 사람에 깊이 동감하는 마음이 진하게 배어 있다. 추레하기 짝이 없는 현재지만 오히려 삶을 일으킬 근거로 삼겠다는 다부진 자세가 엿보인다. 이 용기가 바로 쓰레기더미를 뒤지며 살아가는 양아치 '이씨'가 지닌 건강함이다.

그런데 오늘밤 이 더러운 동네 전체에 이러한 건강한 기운이 흘러넘친다. 개고기를 익히면서 벌이는 한판 잔치 마당에서 작가는 사람들에게 활기를 불어넣고 살아 나갈 길을 찾아주려 무던히 애를 쓴다.

> ① 하천 건너편 빈터에서 모닥불이 타고 있었다. 마을 사람들이 사과 상자를 패어 살려놓은 불이었다. ……(중략)……불 주위에 모인 마을 남자들의 법석대는 스리와 낄낄거리는 웃음, 콧노래들이 들려왔다. 연기가 그치고 고운 화염이 솟아오르자 그들은 개를 불 위에 얹고 그슬리기 시작했다. 불이 있고, 술과 고기가 있으니, 그 주변은 자연히 싱싱한 활기가 돌게 마련이었다.

> ② 빈터에는 묘한 활기가 가득차 있는 것 같았다. 불이 모두 꺼져서 쇠솥이 차갑게 식을 때까지 그들은 노래하고 춤을 추고 주정을 했으며 핏대올려 말다툼드 하였다.

모닥불 같은 활기는 비록 오늘밤 잠깐 위안을 주고 마는 것일 수 있다. 그러나 동네 사람들은 마음껏 노래하고 먹고 마시고 소리 지른다. 마치 타오르는 불처럼. 이 불은 고달픈 삶에 어린 고통과 울분을 토해 내는 것이며, 척박한 생활 속에 건강이 깃들어 있고 그들이 분명 미래를 염원하고 있다는 사실을 드러내기에 충분하다. 또 모닥불 앞에 취해 쓰러진 가족을 제각각 부축하여 집으로 돌아 가는 마지막 장면은 그들이 세파에 시달려 움츠러들어 있을지언정 뜨거운 가족애를 저마다 지니고 있다는 점을 드러낸다. 잠옷 바람 으로 오빠 '근호'를 찾아 나선 '미순이'가 폐수가 넘치는 개울을 건 너뛰는 장면은 그래서 아름답고 감동이 어려 있다. 미혼모로서 위 태롭기 짝이 없던 그녀의 자태가 이제 편안하게 독자의 가슴속에 자리 잡을 수 있을 것 같다.

폐수가 한복판을 가로지르는 동네. 도시 변두리로 밀려나 눈물겹 게 열악한 조건을 감수하면서 하루하루 살아가는 사람들이 모여 사는 동네. 국토 개발에 따른 혜택과 무관하게 살아가는 사람들. 이곳이 어떤 곳인지 그 사람들이 누구인지 실체를 정확히 인식하 자면 먼저 70년대 사회 구조를 주의 깊게 연구해야 한다.

작가는 사회구조가 빚은 모순을 인식하고자 그 결과물을 마치 수집광처럼 늘어놓았다. 이 동네에 사는 사람들은 70년대를 대표하 는 도시 빈민이다. 그들을 누더기처럼 가난을 걸치고 살아가지만 그들이 농촌 사람과 또 다른 점은 터전으로 삼아 살아갈 땅조차 없 다는 사실이다. 이 위태로운 현실은 작가가 하층민의 삶을 관찰한 결과 추린 현실상 가운데 가장 큰 허점이다.

그러나 작품 지면을 채우고 있는 이야기 가운데 가장 감동이 되 는 부분은 밑바닥 인생 속에 숨 쉬고 있는 뜨거운 가족애와 동료애 그리고 인정(人情)이다. 삶의 조건이 열악한 아래에서도 그들은 살아가고자 하는 뜻과 그 뜻을 떠받치는 건강한 마음을 결코 잃지 않고 있다. 타오르는 모닥불 위에 그들이 지닌 생명력을 한 줄기 빛으로 연소시킨 작가는 남다른 뜻을 지니고 있는 듯하다. 그것은 서울 한 귀퉁이 어디에서 힘겹게 살아가는 소외된 인생들을 생각하는 작가의 마음속에 깃들어 있는, 하층민을 향한 두터운 연민과 동감이다. 이 작품이 감동을 주는 이유는 생생하게 현장을 묘사해 낸 재주와 더불어 사람을 바라보며 작가가 마음에 품은 이러한 애정 때문이다.

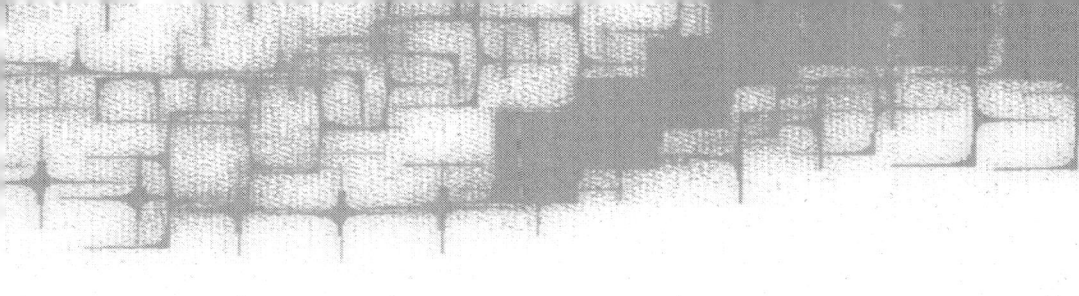

26. 추상같은 삶을 좇는 마음

- 윤흥길의 「하루는 이런 일이」(1973)

1. 사건의 개요

대학교수 송범섭은 '불의보다는 정의 쪽을 훨씬 더 사랑하면서 평생을 바르고 숫접게만 살아왔다고 늘 자부하는', 그래서 '선량한 시민'을 대표하는 사람이다.

그런 그에게 어느 날 한 청년이 느닷없이 협박전화를 걸어온다. 송 교수가 숨기고 있는 비밀과 맞바꿀 십만 원을 준비하라는 내용이다. 양심에 꺼릴 것이 없다고 자부하는 송 교수는 협박에 굴복하지 않고 오히려 협박자인 청년을 선도하고자 마음먹는다. 그러나 청년과 직접 대면한 자리에서 청년이 펼치는 결연한 공세에 점점 주눅이 들기 시작한다. 송 교수는 도둑이 제 발 저리듯 마음속 깊은 곳에 숨겨두었던, 지난날에 저질렀던 과오들을 실토하고 만다.

결국 송 교수는 청년에게 돈을 건네고 비밀이 든 봉투를 건네받지만 그 안에는 아무것도 들어있지 않은 것이다. 송 교수는 허탈하게 웃을 수밖에 없다.

가볍게 보면 이 일은 뜬금없이 벌어진 한갓 소동이요 엉뚱한 사기극일 뿐이다. 그러나 송 교수에게는 문득 날라든 돌멩이가 그와 그의 가족이 누리고 있던 평화와 고요를 심각하게 위협한 사건이다. 그리고 피해자에서 용의자로 또다시 피해자로 입장이 뒤바뀌어 가는 과정에서 그는 내면에 있는 자신의 참모습을 들여다보게 된다.

대상에 어린 실체를 폭로하고자 하는 열의를 동기로 삼아 이 작품은 써진 듯하다. 그런가 하면 송 교수라는 지식인이 우연한 계기로써 진정한 자아를 깨달아 가는 과정을 담고 있으니 교양소설이라는 면도 있다. 그래서 청년이 방문하기 전과 후에 걸쳐 송 교수가 드러낸 변화상에 주목해야 한다.

2. 송 교수는 누구인가

송 교수는 그야말로 '선량한 시민'을 대표하는 사람이다. 이 점은 이야기가 진행되면서 계속 반복, 강조된다. 대학교수인 그는 폭넓은 학식을 갖추었으며 원만하고 신뢰가 넘치는 인간관계 속에서 살아가고 있다. 친구들이 평하는 말에 따르면 그는 '법 없이 살 사람, 또는 털어도 먼지 안 날 세 사람 중의 한 사람'이다. 세 사람은 예수 그리스도와 성모 마리아 그리고 송 교수다.

그렇기에 처음 송 교수는 '양심과 지성으로 세상을 그저 올바르게만 살아왔다고 자부하'고 '인격과 명예에 치명상이 될 일금 십만 원 상당의 비밀이나 비위 사실이 과거 신상에는 물론이거니와 현재에도 있을 턱이 없다'고 스스로 확신하면서 청년이 내민 협박은 어림없는 수작이라고 일축한다. 그리고 교육자 양심을 일으켜 다음과 같이 결의한다.

> 상대방은 고학생을 자처하는 젊은 사람인 모양인데 어디까지나 교육자적 양심에 입각하여 비뚤어진 젊은이를 올바른 방향으로 훈도할 무거운 책무마저 자기에게 주어져 있었다. 통고했던 대로 이튿날 그가 정말 눈앞에 나타날 경우 송교수는 따스한 인간애와 차가운 논리를 겸용해 가면서 상대방 젊은이로 하여금 끝내 참회의 눈물을 흘리도록 설득을 펴기로 새로운 결심을 하게 되었다.

'교양인'과 '지식인'은 일맥상통하는 개념이다. 교양인이란 단지 많은 지식을 가진 사람을 가리키지 않는다. 그보다는 사람 사는 일에 이어진 수많은 경우를 두루두루 폭넓게 이해하고 있는 인격을 이른다. 정제된 도덕심과 예절 바른 행동을 겸비했고 눈앞에 떨어진 이익에 매달릴 수밖에 없는 생활 궤적 때문에 결국 이기성 어린 편협한 습성에 빠지지 않고(이런 계층을 소시민이라고 규정하자) 인간이 지녀야 할 기본 가치들을 잃어버리지 않는 사람이 바로 진정한 교양인이다. 여기에 지식인은 사회 전반 흐름을 정확히 바라보고 내면 구조를 읽는 능력을 함께 지니고 있다. 더불어 공동체가 지향해야 할 올바른 방향을 제시하는 창조성 어린 비판기능과 부정과 불의에 맞서 당당하게 이의를 제기하는 정의감을 실천하는 계층이다.

어느 시대 어느 사회에나 소시민과 지식인은 있기 마련이다. 지식인 계층이 건강해야 사회 전체가 건전해진다. 현대사를 이어온 여러 길목에서 우리는 이러한 사실을 확인, 입증할 수 있다.

모든 이들이 인정하지만 송 교수도 자기 자신이 학식을 두루 갖춘 교양인이요 양심과 정의를 고수하고 타인을 살피는 사회 연대감과 책임감이 투철한 지식인이라 여긴다. 말하자면 그는 공동체가 모범으로 삼기에 충분하게 바람직한 인간형이요 송 교수도 내심 동의한다.

이렇듯 은근히 추어올린 송 교수가 불의에 얻어맞은 일격 때문에 어이없이 무너져 내린다. 그가 지닌 온갖 미덕은 한순간에 뒤죽박죽이 되고 만다. 그가 이렇게 갑자기 쓰러진 이유는 어디에 있으며 작가가 굳이 이러한 돌발 상황을 꾸며 낸 뜻은 무엇인지 살펴보아야 한다.

3. 지식인의 허약한 모습

시련이 닥쳐야 비로소 사람이 지닌 참모습이 보인다는 속설과 믿음이 있다. 송 교수가 허물어져 내리며 뜻하지 않은 모습을 보이는 과정은 소설을 읽는 재미가 이어지는 대목들이지만 보는 이는 씁쓸할 따름이다. 그 씁쓸함은 그에게 실망한 데서 비롯하는데 시간이 흐르면서 점점 커져만 간다.

한 점 부끄러움이 없다고 자신하면서도 송 교수가 청년에게 건네줄 돈 오만 원을 미리 인출한 행동에서 실망감은 움트기 시작한다. 송 교수는 만일을 대비한다는 명분을 내세운다. 소중하고 사랑스럽기 짝이 없는 아내와 두 딸을 생각하고 '자기야 얼마든지 괜찮지만 자기 때문에 사랑하는 가족들이 틸끝만치라도 다치게 되는 날이면 그로서는 그것 이상의 괴로움이 없을' 것 때문이라는 설명을 한다. 이러한 변명은 얼마간 설득력이 있지만 그가 지켜오고 내세운 정도(正道)와 원칙(原則)이 어느 한 귀퉁이에서 금이 가고 있다는 의혹과 불만이 생기지 않을 수 없다.

또 청년이 나타날 시간이 점점 다가오자 사정을 가족들에게 알리는데, '그렇게 함으로써 나중에 가족들이 받게 될 커다란 충격을 미리 반감시켜 놓는 예방주사적 역할 외에 자기 자신도 여태껏 혼자서만 끙끙 앓아 온 말 못 할 고민을 여러 조각으로 나누어 가짐으로써 바늘방석 같은 십 분 동안의 기다림이 주는 정신적 고문을 가족들의 위로에 둘러싸여 다소곳이 견딜 수 있게 만드는 이중의 효과'를 바라는 마음은 어떻게 보아줄 것인가? 이 조치는 제 나름대로 현명한 판단을 내린 것이다. 그러나 다가오는 불안에 눌려 당당한 위풍이 위축되어 가는 꼴로서 이제 그가 지닌 또 다른 면모가 조금씩 드러나는 과정에 그가 들어선 사실을 반증한다. 소심하고 허술하고 허약한 양상으로 변해 가는 그가 약간 애처롭기까지 하다.

여기에 돈을 인출했냐고 아내가 묻자 송 교수는 자기도 모르게 거짓말을 둘러댄다. 이러한 순발력은 송 교수 자신도 모르고 지냈던 또 다른 자기 모습이다.

> 손까지 황망히 내저어 가며 송교수는 여전히 거짓말을 했다. 도대체 자기 자신도 이해 못할 일이었다. 가족을 보호하기 위한 조처의 하나로 부득이한 일이었다고 왜 솔직한 말을 못했을까. 아무 이유도 없이 쓸데없는 거짓말만 늘어놓은 자신이 더없이 비굴하게 느껴져 침이라도 뱉고 싶은 심정이다.

이 거짓말은 체면을 유지하려고 무의식에 기댄 자기보호본능이 즉각 발동한 결과이다. 이해할 여지가 없지는 않지만 지금껏 일상을 끌어온 자아를 그토록 쉽게 잃는 모습은 스스로 규정하듯이 '비굴'하고 '침이라도 뱉고 싶은' 혐오감을 불러일으킨다. 또 자신이 비굴하다는 사실을 숨기려고 가족에게 신경질을 부리는 단계에서는 그의 내면이 어딘가 텅 비어 있다는 판단이 선다.

그가 완전히 허물어지는 대목은 청년의 입에서 동료 교수들의 이름이 언급되었을 때다. 청년이 들이대는 당돌한 협박을 근근이 버텨가던 송 교수는 친구들의 이름이 거론되자 심하게 흔들린다. 나머지 힘을 모아 대갈일성으로써 청년의 요구를 거절하지만 그것은 패배자가 쓰는 마지막 안간힘일 뿐이다. 급기야 청년이 등을 돌려 결연히 돌아가려고 하자 송 교수는 무너져 내리며 청년의 바짓가랑이에 매달린다. 도둑이 제 발 저리는 형국이다. 이 대목은 대표 지식인인 송 교수가 지니고 있는 주체성이 얼마나 허약하냐를 투명하게 보여준다. 그가 지닌 급소가 어디인지는 청년이 꾸민 말에 잘 드러난다.

> 하지만 형법과 도덕관 사이 아주 어중간한 선에서 델리키트한 말썽이 생긴다면 문제는 달라집니다. 그토록 명망가요 인격자이신 선생님 신상에 이러이러한 비밀과 실수가 있었다고 떠들어대면 사람들은 귀를 번쩍 뜹니다.

청년이 내민 협박은 사실 일반론 수준에 지나지 않지만 의표를 찌른다. 이에 넘어간 송 교수는 이제 강요하지도 않은 자백을 제풀에 지쳐 뱉어낸다. 자백에 따르면 그는 작년 언젠가 한 불쌍한 소아마비 아이에게 폭력을 행사한 일이 있다. 무심한 돌팔매질에 개구리가 맞아 죽는다고 가벼운 마음으로 저지른 행동이 어린 소년에게 상처를 준 일이었다. 또 폭행당하고 있는 노인을 보고도 젊은이들이 휘두르는 위세에 눌려 노인을 구하지 못하고 내뺐던, 비겁한 나를 되새기게 하는 기억이 있다. 수년 전 스위스를 다녀오면서 날조하여 엮어냈던 '알프스 등정기'는 알량한 체면을 세우려고 꾸민 사기극으로서 내내 불쾌하기 그지없는 일이다. 그 밖에 정작 도움이 필요한 때 남의 시선이 두려워 친구 미망인의 사정을 외면했던 기억도 아쉬운 실수이기는 마찬가지다. 이 모든 과거사는 '마음의 저 밑바닥에서 양심의 한끝을 짓누르고 있던 사소한 비밀이나 실패담'들이다.

가장 실망스러운 것은 오해가 불식된 논문날조문제나 자기 믿음대로 옳지 못한 학생들에게 제재를 가해서 결국 오해를 샀던 일까지 마치 송 교수 자기가 잘못한 것으로 낱낱이 실토하는 자세이다. 그는 그냥 넘겨짚는 듯한 근거 없는 협박을 못 이겨 자아 주체성을 완전히 상실한 것이다.

어쨌든 마치 은폐되었던 뚜껑이 열린 듯 그간 숨겨 왔던 잘못이 다 드러났다. 우리는 송 교수를 다시 쳐다보게 된다. 그러나 정말 중요하게 여기고 재검토해야 할 것은 다른 데 있다. 그가 과거에 어떤 잘못을 저질렀느냐는 말하자면 두 번째로 중요한 사항일 뿐이다. 그보다는 그가 실토에 이르기까지 어떻게 처신했느냐 하는 과정에 좀 더 주목해야 한다.

애초에 작은 꼬투리에서 시작된 송 교수의 동요는 외부에서 다가온 아주 작고 교묘한 자극에 너무나 쉽사리 증폭되었다. 그 결과 그가 수년간 지식인으로서 쌓아온 공력은 결국 유리잔처럼 연약하다는 사실이 드러났다. '자기 양심에 자신을 갖고 사는 사람들이 거의 없다는 사실을 뼈저리게 재확인'한다는, 청년이 남긴 쪽지 속 전언(傳言)을 송 교수 자기가 스스로 실례가 되어 청년에게 거듭 확인시켜 준 셈이다. 이것이 바로 송 교수라는 사람을 등장시켜 작가가 확인하고픈 진실이다. 그리고 그것은 속이 텅 빈 가볍기 짝이 없는 지식인의 실체다.

4. 우리는 무엇을 바라는가

송 교수가 지난날에 저지른 과오를 줄줄이 늘어놓았지만 우리는 그를 비난할 수 없을 것 같다. 털어서 먼지 안 나는 사람이 송 교수라고 했지만 정작 털어서 먼지 안 나는 사람은 없다는 믿음이 사람을 가늠하는 일반 상식이요 정확한 현실 계산이며 안목이기 때문이다. 그래서 그가 내보인 꼴은 보기에 따라 매우 인간미 어린 고백으로 여겨지기도 한다. 그는 평범한 소시민으로서 우리와 크게 다를 바가 없는 사람이다.

송 교수에게 작가는 매우 큰 불만을 지니고 있다. 그가 지닌 약점을 파헤쳐서 그를 넘어뜨리는 수법이 가학성 어린 것으로 보이기까지 하다. 좀 확대해서 해석하면 작가는 그를 그려 동시대 지식인이 서 있는 존재기반이 빈약하기 짝이 없고 허위가 가득하다는 점을 조롱하고 있다. 또 그들이 흔히 내세우는 명분과 허명이 언제라도 비(非)양심과 비겁으로 들변할 수 있다는 사실을 공표하고 있다.

이러한 주장을 달리 말하면 다음과 같다. 어떤 위협과 압박 앞에 직면해서도 자신이 지닌 지조를 꿋꿋하게 지키는 지식인, 한시라도 타협하지 않고 굴복이란 아예 모르는 참다운 지식인을 작가는 그리워하고 있다. 작가는 추상같은 삶의 자세를 지닌 사람을 그리워한다. 추상같은 결기를 지닌 지식인…… 이 작품을 읽은 독자들도 대면하고 싶은 사람일 것이다.

27. 썩어가는 세상에 느끼는 환멸

- 김승옥의 「서울의 달빛 0장」(1977)

0장! 우리가 통상 숫자를 배열하는 순서에 따르면 0은 1에 앞선다. 0장은 1장이 비로소 열리기 전 단계다. 그러므로 0장은 이제 장차 펼쳐질 어떤 실체나 모습 뒤에서 그것을 전제, 암시하거나 대표하는 공간이다. 0은 시초며 출발이고 뒤에 나타나는 모든 현상을 관통하는 어떤 본질일 가능성이 크다.

김승옥 소설이 발산하는 정서는 감도(感度)가 높고 그만큼 호소력이 짙다. 작가가 독특한 색깔로 물들인 지면을 바라보노라면 색감이 몸 구석구석으로 스며들어 오는 듯하다. 언어가 내뿜는 파장은 불가항력이어서 무감각하게 비껴가기가 퍽 어렵다. 이러한 효과와 위력은 세상을 사유하면서 작가가 지니는 시각이 한 가지 색채에만 초점이 집중해 있는 데서 비롯한다. 그가 바라보는 세상은 한 가지로 짙게 물들어 있다. 「서울의 달빛 0장」, 이 작품에서 그 빛은 부패가 들끓는 소용돌이 안여 갇힌 자들이 혼란을 겪고 방황하면서 생겨난다.

이야기는 '결혼과 이혼'에 맞추어져 있다. 다시 말하면 한 남자와 한 여자가 만나고 이별하는 앞뒤 이야기가 줄거리와 구조를 이룬다. 한 남자는 주인공 '나'다. 그는 두 가지 성격을 지니고 있는 인물이다. 첫째, 그는 순진하다그 할 연애관을 가지고 있다. 여자의 '눈동자'에 반해 그녀와 결혼을 하기로 작정한 그는 현대판 '갑돌이'다. 그래서 그가 장차 구가하고자 하는 사랑은 어디까지나 순수한 사랑이라고 인정해 주어도 무방하다. 그리고 이 성정(性情)은 전통 어린 '순결이념'으로 중무장되어 있다.

한 여자는 그의 부인 '한영숙'이다. 그녀는 방송국 배우다. 더불어 창녀다. 인공유산 경험이 습관화된 여자다. 이러한 이력을 종합해 볼 때 그녀는 1970년대 현재 산업화가 무르익어 가고 있는 서울에 어린 특성을 상징하는 인물이다. 정신이든 물질이든 인간 생활을 구성하는 거의 모든 것을 상품화하는 데 차츰차츰 성공해 가고 있는 이 땅의 자본주의가 낳은 총아가 바로 그녀다. 만인을 겨냥한 누드집과 전라성교(全裸性交) 화보집을 장식하는 오늘날 연예인들처럼 그녀는 인간의 성(性)마저 대중에게 상품으로 내놓는 데 성공한 현대사회를 대표한다. 그녀가 대표하는 70년대에 펼쳐진 삶이 어떠했는지 본문에서 추려보면 다음과 같다. 썩은 냄새가 진동한다.

……무대에서는 텔레비전에서 본 가수들이 무식의 악취를 풍기며 슬픈 노래도 백치처럼 싱글싱글 웃으며 부르고 있고, 개그맨들은 어

젯밤과 똑같은 대사를 똑같은 표정으로써 씨부렁거리고 있다. 운동부족과 영양과다로 비만증에 걸려 있는 사내들은 넥타이 매듭과 허리띠를 헐겁게 풀어놓고 헐떡이며 맥주를 들이켜고 나서 한 손으로는 옆에 붙어 앉아 있는 호스티스의 허리를, 한 손으로는 자기의 뛰어나온 배를 슬슬 어루만지고 있다. 간신히 엉덩이까지만 내려오는 원피스 유니폼을 입은 호스티스들은 자기 사내가 술잔에서 입을 뗄 때마다 땅콩이나 북어포 조각을 사내 입에 넣어 주고, 가수의 노래가 끝날 때마다 눈은 딴 곳을 향한 채 무대 쪽으로 손만 내밀어 맥빠진 박수를 친다. 사내의 손은 탁자 밑에서 아가씨의 사타구니를 더듬고, 아이, 남들이 보잖아요, 빼내는 손끝에 묻어 오는 것은 냉중 특유의 썩은 냄새일 게 틀림없다. 썩은 냄사. 썩은 음부. 아내의 사타구니에서 풍겨오던 부패 그 자체. ……

서울 밤거리에 자리 잡고 있는 홍등가 풍경이다. 이곳에서는 먹고 마시는 동작이 삶을 이끄는 목적처럼 현란하게 들끓고 있다. 인간이 인간과 관계를 맺은 현상 밑에는 황금이라는 매개체가 유일한 본질처럼 깔려 있다. 현대소비사회에 깃든 속물성이 아주 깊이 퍼져서 이제는 되돌릴 수 없게 된 암세포같이 역한 냄새를 풍기는데, 아름다운 '한영숙'은 이러한 속성과 대세를 자기 몸에 구현하여 상징하고 있다.

이 두 사람이 만나 결혼한다. 그리고 곧 이혼이라는 수순을 밟는다. 둘은 거의 극과 극이기 때문이다. 갑돌이가 지닌 순수한 사랑이 고집하는 삶의 방식은 아름답게 썩은 그녀가 결코 수용할 수 없다. 이 지점에서 '그'는 갈등하고 방황하고 혼란에 휩싸인다. 그것은 당연하다. 이혼하고 일상을 기피하고 음주에 탐닉하고 그리고 끝없이 행진하듯 매춘(買春)하고…… 그러나 자기 얘기를 펼치고 되돌아보는 과정에서 '그'가 꿈꾼 사랑도 이기성 어린 독점욕이었으며, 순결을 부르짖은 이념도 이 독점욕에 속한 것이었다는 진실이 밝혀진다.

'그'가 지닌 욕망은 전통 이념이 남겨 놓은 초라한 흔적이거나 찌꺼기일 뿐이다. 시대 첨단을 걷는 '한영숙'이라는 상징체계와 조화롭게 어우러져 어떤 열매를 맺기는 애초부터 불가능했다. 물신화(物神化)된 그녀는 '그'가 기대그 있는 이념체계와 결별한 지 이미 너무나 오래이기 때문이다. 그래서 그가 격렬하게 일탈행위로 빠진 것은 성취할 수 없는 고집을 보상하려는 심리에 따른 행동이다. 오랜 방황 끝에 그 고집이 어떤 것인지 그 정체를 '그'도 다음과 같이 스스로 깨닫는다.

> '있다'는 것이 중요한 물체의 세계와 과거마저 소유하고 싶은 욕망은 동시에 성취할 수 있는 것인가? 아무래도 그것은 내 소유욕을 유발시키는 과거가 아내에게 없었어야 했고, 그것은 불가능한 것이었다.

결국 그와 그녀가 만난 것은 지나간 시절과 현재 도래하고 있는 세월이 어지럽게 섞인 현상이다. 이 두 세계는 전혀 어울리지 않는다. 효소를 너무 많이 머금은 밀가루처럼 부풀어 오르고 있는 그녀의 세계를 '그'는 이해할 수도 감당할 수도 없다. 갈등이 싹트는 시절이요 도덕이 부재한 공백기요 혼란과 방황이 무르익는 시간이다.

그런데 '그'는 역설 어린 귀결로써 결말을 이끈다. 이는 재미있는 마무리를 좇는 소설 기교에 크게 이바지한다. 그녀가 지닌 욕망체계에 강력하게 저항한 사람이면서 동시에 최대 피해자인 그도 돈으로 그녀를 잡아보려 한다. 그는 위자료를 건네면서 가끔 놀러 가도 되겠냐고 그녀에게 묻는다. 스스로 인정하듯이 '이제부터 다시 시작해 보자는 유혹'이다. 결국 '그'도 물질에 깃든 마력에 이미 중독이 되어 있는 상태라는 사실이 밝혀진 셈이다. 이 점이 바로

'그'를 가늠하는 두 번째 특성이다.

이 마당에서 물질만능주의 생태에 크게 저항하는 사람은 반대로 그녀 '한영숙'이다. 다음은 작품 구조를 좀 더 예술성 있게 가꾸어 가려고 작가가 일부러 마련한 장면이다. 반전 구조가 띄우는 충격이 큰 묘미를 전하면서 독자는 혼란을 일으키고 작가는 소설 공간에 가득 채워 넣으려고 한, 현대생활에 널리 퍼진 절망 어린 부패상을 완성한다.

> "고개를 젖혀."
> 손을 가져가려 하자 그 여자의 음성이 쇳소리를 냈다.
> "손대지 말아요."
> 방송극의 대사처럼 그것은 평범한 일상의 음색이 아니었다.
> "잠깐 고개를 젖히고 있어."
> 나는 약솜을 사기 위해 주차장 건너편에 있는 약방으로 달려갔다. 그 여자를 위해 어디론가 마냥 달리고 있다면 좋겠다고 생각했다. 달리고 있는 몸에 썩은 감정들이 달라붙을 자리는 없을 것이다. 그러나 약솜을 사가지고 왔을 때 그 여자는 없었다. 찢어진 통장의 종잇조각들만 마음의 쓰라린 파편으로서 땅바닥에 널려 있었다.

두 사람은 소통을 이루지 못했다. 두 사람은 가는 길이 서로 절묘하게 어긋난 듯하다. 그 이유를 어디서 찾아야 하는가. 그것은 황금만능주의를 향해 몰입해 가고 있는 70년대라는 시대 자체에서 찾아야 한다. 수백 년간 사람이 살아가는 지침으로 여겼던 기성 논리는 아직도 기반을 지탱하고 있고 삶을 깊이 간섭, 통제하고 있다. 그것과 질이 전혀 다른 산업논리는 이제 자기 논리대로 충실하여 무풍가도를 달려간다. 구시대와 신시대는 이렇듯 따로 겉돈다. 역사를 들춰보면 늘 그랬다. 다만 1970년대에는 부딪치는 각도가 너무 날카롭다.

　작가는 이 과도기에 어린 혼란상을 거미줄이 벌레를 움켜쥐듯 탐색한다. 탐색한 결과는 역시 흔란, 방황, 분열인데 썩어가는 세월과 세태와 시대를 상기시킨다. 부패와 혼란, 방황이 세상을 가득 채우고 있다고 얘기하면서 작가는 마치 절망으로 떨어지는 문턱에 서 있는 것 같다. '인간은 행복할 자격이 있는가?'라고 '그'는 자기에게, 작가는 동시대인에게 묻는다. 절망에 젖은 어조다. 이 세상이 그만큼 절망이 깊거나 절망의 씨앗을 뿌려놓고 있나 보다. 아니면 작가 김승옥만이 가지고 있는 독특한 감수성이 불안을 절망으로 바꾸어 놓은 것이든가. 독자가 고유하게 지닌 감수성과 판단력이 이 질문에 현명한 답을 각각 세울 것이다.

28. 흙내음 속에 닥친 변화

  - 이문구의 「우리 동네 정씨」(1978)

　'농촌'이라는 낱말이 언제 생겼는지 헤아려 보자. '농자천하지대
본(農者天下之大本)'이고 국민 가운데 70% 이상이 농민이었던 시
절(정확히 언제까지라고 규정하기 힘들지만 갑오경장 이전까지로
계산한다.)에는 굳이 '농촌'이라는 말을 실용(實用)할 필요가 없었
을지도 모른다. 한 개 낱말에 어린 의미는 전체 언어 구조 안에 속
하여 비로소 의미기능이 적극으로 살아난다고 볼 때, '농촌'이라는
말은 도시가 활발하게 개발될 무렵 쓰이기 시작하지 않았을까? 어
디까지나 아전인수 격으로 상상한다.

　우리나라 근대사에서 도시가 국가를 통괄하는 곳으로 자리 잡기
시작하면서 농촌은 점점 도시와 다른 특별한 지역이 되어 갔고 그
에 따라 한때 농촌에 유별나게 관심을 기울였던 것으로 보인다. 이
러한 배경 밑에서 농촌은 도시에 비해 무지(無知)하고 낙후되었으
니 어떤 깨우친 자들이 그곳에 사는 사람들을 선도해야 한다는 갸

륵한 참여의식이 열렸고 그 결과 가운데 하나가 바로 '농촌계몽소설'이다. 심훈의 「상록수」가 너무나 유명한 본보기다.

그런가 하면 도시가 대량생산하는 환멸을 눈치 채고 산과 나무와 물과 바람에 잠겨 자연에서 인간 본성을 만끽해 보고자 농촌, 그중에서도 전원(田園)을 찾아 나선 나그네들이 있었다. 이 사람들이 좇는 취향을 엮어낸 이야기 가운데 이효석의 「메밀꽃 필 무렵」이 그려낸 아름다움을 우리는 고전으로 손꼽는다.

그런데 앞의 두 경우는 작가든 그가 만든 인물이든 밖에서 농촌을 바라본 이야기를 채록한 예가 대부분이다. 이와 많이 다르게 실제로 농촌에 붙박여 산 사람들이 꺼낸 이야기도 있다. 이러한 작품에는 농촌 사람들이 쓰는 말과 생활도구, 풍속, 삶의 구조에 따른 애환들이 그대로 드러나 있어 농촌이 정말 특별한 구역이라는 점을 잘 보여준다. 그래서 도시 습성에 도통(道通)한 도시인에게 이런 농촌소설이 희한하고 새로운 세계로서 비춰질 가능성도 있다.

30년대를 보자. 김유정 같은 작가들이 벼린 공력을 통해서 우리는 당시에 살았던 가련하고 순박한 시골 사람을 만나볼 수 있다. 그 뒤 그들이 전쟁을 겪고 근대화를 향해 질주해 간 국가 체제 속에서 어떻게 변화해 왔는지는 다음에 등장한 작가들이 내놓은 탐색에 힘입어 알 수 있다.

1970년대에 작가 이문구가 펴낸 「우리 동네」 연작은 세 번째 유형에 속하는 농촌소설이다. 이 전통 속에서 한 이정표이며 총집결이고 최고봉이다. 문장마다에는 땅에 코를 대고 맡아보는 듯한 흙냄새가 물씬 풍기는데 수년간에 걸쳐 실제 농촌에서 살았던 체험에서 우러나온 것이라고 알려져 있다. 이 흙냄새 속에서 독자는 농촌 사람들의 생활감각과 갖가지 '시골스러운' 몸짓을 손바닥에 올려놓고 보듯이 느낄 수 있다. '백문이불여일견'이라 동네 사람 가운데 한 사람인 '정씨'를 만나보자.

언어가 정신을 담는 거의 유일한 수단이라면 사투리는 귀중한 민족자산이다. 중앙집권 시절 사투리는 변두리 것으로서 홀대받고 극복하고 철폐해야 마땅할 버릇으로 여겨졌다. 그런데 90년대 중반 이후부터 반대 현상이 나타나기 시작했다. 마치 이보다 더 특별한 재주가 없는 듯 사투리는 우대받고 있다. 사투리야말로 십분 발휘하고 싶은 개성을 확실하고 선명하게 표현해 줄 매우 효과 어린 도구로 자리매김이 되었다. 어떤 사람이 지닌 진면목은 대개 일정한 사건을 통과해 보아야 제대로 드러나는 것이고 소설은 이 점에 의의와 근거를 둔 예술이지만 인물의 성격이나 독특한 기질을 사투리만큼 생생하게 드러내주는 매개처는 또 없는 듯하다.

이렇게 주장하고 저렇게 설명할 것 없이 사투리는 더할 나위 없이 정겹고 구수하다. 「우리 동네 정씨」의 주인공 정씨의 입을 보면 꼭 그렇다.

이야기의 줄거리는 이렇다. 일손이 빠듯한 정씨가 고등학생들의 힘을 빌려 모내기를 마치려 하지만 영 뜻대로 되지 않는다. 새참으로 자장면을 찾는 녀석들을 감당하기가 수월치 않다. 육십 그릇 값이 부담스럽다. 더욱이 요번 단위조합장 선거에 출마한 김형각을 도와 선거운동원으로 활동하면서 이래저래 쏟아부은 돈 때문에 빚이 지천이요 그래서 돈줄이 영 막혀 있는 것이다. 김형각이가 당선만 되면 들이댈 몇 가지 청탁을 마음에 단단히 비끄러매고 있던 정씨는, 그가 돈에 매수당해 출마를 포기하고 정씨가 선거운동에 외상으로 써버린 선거자금까지 나모른다 하는 데에 깊은 배신감을 느끼고 있던 터라 더욱 뒤숭숭하다. 정씨가 어렵게 마련한 자장면 값을 치르고 돌아왔을 때 공짜 일손들은 이미 논을 떠난 뒤였고 자장면 육십 그릇으로 동네 이웃들이 잔치를 벌이고 있다. 정씨는 허탈할 수밖에 없다.

이 작품에서는 사건이 진행되면서 인물의 성격이 새롭게 드러나거나 또는 바뀌거나 하는 일이 없다. 인물들은 처한 상황에 부딪치고 반응하면서 그들이 고유하게 지닌 말과 몸짓으로써 각자 개성을 열심히 드러내는 데에 분주할 따름이다. 여기에 앞개울 시냇물처럼 자연스럽게 흐르는 사투리가 그들의 성격을 그대고 펼쳐서 그려 보인다. 그러니까 독자들도 사건 추이야 뒷전으로 밀어놓고 그들이 벌리는 입을 쳐다보면서 말에만 귀를 기울이고 있어도 우선 재미가 쏟아지니 그만이다.

그들 모두 사투리에 관한 한 원어민이요 달인들이지만 새참을 내놓으라고 유세하는 학생들을 제대로 다루지 못한다고 아내를 볶아대며 정씨가 터트리는 말본서부터가 들어줄 만하다.

"이런 엿장수 줬다 가재쳐 개 장수 줘도 션찮을 여편네 보게. 시방 학생애들 저러는 소리가 안 들려 그러구 자빠졌다 이게여?"
하며 정은 들어단짝 손에 짚히는 것으로 아내를 후려갈길 참이었으나, 마침 웅켜진 것이 대문 어리에 빗겨 세워놨던 넉가래 자루라 차마 내전지지는 못하고 눈만 지릅떠 부라렸다.

아무짝에 쓸모없다고 몰아세우면서 여편네가 자빠져 있는 꼴을 도저히는 못 봐 주겠다고 정씨는 일갈하는데 말투가 자못 상스럽다. 세련되지 못하게 화부터 앞세우는 품이 더러운 성질을 아무 때나 부리는 식이다. 그리고 아내에게 아무것이나 손에 잡히는 대로 휘둘러대고 싶다고 다부지게 이를 무는 마음씨는 어떤 악한(惡漢)이 되먹지도 않은 속셈을 펼치는 꼴이며 남존여비 악습에 아직도 물들어 있는 짜임새이다. 그러나 느끼기에 따라 정씨가 선보인 말투는 오랫동안 그가 벗하고 살아온 땅처럼 꾸밈이 없고 솔직하다. 투박한 맛이 넘친다. 아무튼 그의 입에는 그의 성질머리가 펄펄 살아 숨 쉬고 있어 무슨 말을 하든지 간에 실감 효과가 만점이다. 이것이 다 사투리가 지닌 힘 덕분에 거두어들이는 효과일 것이다.

여기에 더하여 정씨 마누라가 남편을 받아넘기는 말은 이에 못지않게 충청도에서만 맛보는 어감으로써 감아든다. 별 관심이 없는 듯 퉁하면서도 할 말은 조목조목 따져서 결국 다 하고야 마는 느릿느릿한 말투가 일품이다. 도회풍 어린 세련미가 꾸며 내는 포장지와 처음부터 사뭇 담장을 치고 있다.

> "잠깐 밭에 나갔다 온 새에 가이가 장병아리를 물어 쥑였길래, 계제 좋다구 발톱할래 온새미로 삶아 내갔더니 그 지랄 허구 자빠졌잖여. 선생것이 그 지경이니 그 밑엣 것들이야 오죽혀. 여기까장 오너서 짜장면 곱빼기나 내놓라구 부득부득 으기니, 저럴라면 숫제 구만 두구 가라구 혀. 적이나마 막걸리 한 말 노나 처먹었으면 고만헌 뱃구레에 요기나 됐으련만, 에─아니꼽살머리스럽구 즌접스러서……"

정씨를 보아도 그렇고 마누라를 훑어보아도 그렇고 그들이 쓰는 말 마디마디는 비록 의젓한 차원에 속하지는 못하더라도 무식해서 혐오스럽거나 부도덕해 보이거나 하지는 않는다. 보는 이에 따라서 다 각각 다를 것이기에 개인 감각을 강요할 일은 결코 아니지만 그들 입에 달라붙은 말투는 퍽 정겹고 그래서 가깝게 느껴진다. 무엇 때문일까? 그저 사투리가 고유하게 품고 있는 힘 때문이라고 말할 수밖에 없다. 약간 비약하면 오랜 세월 온갖 삶의 파고(波高)를 헤치고 살아온 끝에 여유와 해학 기질이 내면에 자리를 잡아 생긴 충청도의 힘인지도 모르겠다.

이러한 사투리의 힘이 정씨와 정부 귀숙엄마가 대낮에 정사(精事)를 벌이는 대목에서 아주 걸쭉하게 녹아난다. 다음과 같다.

> "급한 건 미숙아버지 사정어구. 이자두 못 받는 돈, 거시기두 읗이 주기 싫은 건 귀숙어매 사정이여."
> "이 날 가무는디 시방 거시기헐 새가 워디 있나, 이 철읗는 사람아."
> "날이 가물면 그 물두 마르간디."
> ……(중략)……
> "이 더위에 안 그래두 푹푹 찌는디 위치기 대낮부텀 군불을 때자는겨, 선풍기두 읗이."
> "배 위에 물수건을 착 걸구 수풍기(부채)를 슬슬 부쳐가며 때봐. 젠장 유부남이 과부헌테 배우네."

귀숙엄마의 '밝힘증'은 몰염치하고 뻔뻔하며 게걸스럽기까지 하다. 그러나 사투리가 까닭 모르게 정겨움을 가져오는 원천이라 여기고 들어보면 또 해학 어린 웃음 세계 안에서 넓게 포용할 수 있을 것 같다. 이렇게 겉모습이 무식하고 염치없지만 몸짓들이 정답게 느껴지고 아울러 자연스러운 사투리를 듣고 있자면 또 하나 어렴풋이 다가오는 느낌이 있다. 그들의 입과 마음이 퍽 건강하다는 것이다. 이 느낌은 화장술로 한 꺼풀 덮어 숨기거나 하지 않은 그냥 그대로인 어떤 실체를 볼 때 느끼는 감정이다.

그런데 사투리에 깃든 재미를 내내 만끽하면서 눈치를 챌 수도 있었겠지만 동네가 돌아가는 사정은 사투리만큼 그렇게 흐뭇하지만도 건강하지만도 않다.

동네가 변하고 있기 때문이다. 농촌이 변하고 있다. 농사를 짓는 정씨가 요즘 그토록 힘겨운 것은 농사일이 원래 그래서 그런 것 하고는 사정이 좀 다르다. 농사가 워낙 힘든 일이기는 하지만 봉사대라고 나온 학생들이 술 처먹고 자장면 타령이나 하면서 강짜를 부리는 대목이나 인솔교사라는 작자는 또 그대로 입에 바를 것에만 정신이 없는, 마누라가 하는 말 그대로 '지랄'을 떠는 풍속은 낯선 것이다. 이는 예전에는 어느 논바닥에서도 찾아볼 수 없었던 풍경이 아니었다.

상부상조하자는 두레정신에 비추어 보면 정씨가 한심해 마지않는 봉사대가 '지랄'을 떠는 것은 옛 공동체 정신이나 '농자천하지대본야'라고 일컬으며 농사를 신성시했던 아름다운 정신과 거리가 멀다. 이러한 작태는 농촌이 근대화되면서 풍습과 인심이 예전만 못 하다는 현주소를 가리킨다. 농민이 떠안은 수고를 덜어주는 게 아니라 오히려 어깨를 더 무겁게 하는 이러한 계산법은 결국 사납고 삭막해진 농촌 인심을 대변한다. 그런데 이 꼴사납고 지저분한 변모는 정씨 자신의 혀끝에 다다른 변화와 꼴이 같다.

그럼에도 불구하고 씀씀이는 여전히 줄여지지 않았다. 전에는 보리숭늉만도 못해 설탕으로 반죽하지 않으면 써서 못 넣겠던 커피가 혀끝에 붙은 뒤로는, 누가 사주면 단맛으로나 입에 대어본 청량 음료 따위에도 스스럼없이 돈을 헐게 되던 것이다. 남의 돈을 빌려서라도 주머니에 커피 몇 잔 값을 넣고 나서야 마음이 놓이고, 보리쌀 여덟 되와 맞바뀐다는 것을 번연히 알면서도 으레껏 가늠 없이 맥주로 입

가심을 해야만 기분이 거늑했으니, 주머니 지탱이란 아예 바라보지도
말 일이었다.

농촌이 변하고 있는 것이다. 숭늉에서 커피로 막걸리에서 맥주
로. 풀어서 말하면 도시 취향과 그에 따라 붙는 소비심리가 드디어
농촌에 정착한 것이다. 그리고 정씨의 혀와 마음에 의젓하게 자리
를 잡은 욕망 체계는 언뜻 보아도 거머리 같은 중독성이 있다. 이
마약 성분 같은 소비심리는 미꾸라지 같은 봉사대가 물 흐리듯 휘
두르는 이기성 어린 집단행동과 한통속으로 보인다. 여기에 더해
한층 심각하고 위험한 변화로 보이는 '선거바람'도 틀림없이 같은
기류를 타고 넘어온 변화상이다.

예전에 선거란 강 씨에게 '말조차도 무슨 일을 낼 소리나 들은
것처럼 떨떠름하여 듣기가 '영 어설펏던'일이었다. 그러나 농촌이
조직화되면서 불어닥친 선거문화 때문에 농촌 사람들 사이에 욕망
이 크게 엇갈리는 풍속이 쌓여간다. 선거란 원래 경쟁을 본질로 한
다. 제한된 권력을 놓고 벌이는 한판 승부이기 때문에 욕망이 크게
충돌하다 못 해 때때로 사생결단으로 치닫는다. 선의로 경쟁하느니
마느니 하는 말도 있지만 다 쉽지 않은 헛말일 뿐이다. 선거는 피
가 튀는 격전장(場)이기 십상이다. 조금만 눈을 뒤로 돌려 보면 안
다. 현대화 초기, 말하자면 이 작품이 나온 70년대 전후에 우리가
치렀던 선거들이란 뜬 눈으로 볼 수 없었던 복마전이었다. 이러한
부끄러운 선거문화가 바야흐로 시골구석까지 퍼지려는 찰나를
작가는 눈여겨보고 있는 것이다.

김병각이가 대의를 앞세우다가 뇌물을 받아먹고 꼬리를 감추는
작태는 새롭게 자리 잡은 선거문화가 어떤 실상을 지니고 있는지

즉석에서 보여준다. 그를 등에 업고 후사를 도모해 보려 한 정씨도 잘한 것은 없다. 그가 꾸민 어설픈 계산은 결국 제 꾀에 제가 넘어간 꼴로 끝났는데 별나게 변해 버린 입맛처럼이나 오염된 마음일 뿐이다.

이는 모두 뒤숭숭한 변화상이다. 농심(農心)이 본래 지녔던 순박한 성정을 잃고 흔들리고 있는 모습이다. 구수한 흙냄새가 변질되고 있다. 이렇게 어리둥절해진 농심을 그리면서 작가는 그들을 일방에서 두둔하거나 미화하지 않는다. 공평무사한 객관 자세로 그들을 바라본다. 오히려 어수룩한 척 의뭉스러운 그러나 결국 슬기롭지 못하게 꼴값하는 겉과 속을 웃음거리로 삼아 꼬집었다.

이 작품에 깃들어 있는 언어감각은 비교할 대상을 찾기 힘들게 뛰어나다. 노벨상(?)을 타기에도 충분하게 개성이 넘쳐난다. 이러한 특성은 우선 독자가 모국어에 어린 독특한 정감을 마음껏 누리는 기쁨을 준다. 이 모국어에 실어 작가는 우리 시대(1970년대) 농촌에 불어닥친 크나큰 변화상을 그려넣다. 그저 웃겨 보이기에 별거 아닌 것 같다. 그러나 우리 시대 한 대표 농민인 정씨가 떠안아야만 한 허탈감을 통해 거대한 먹구름이 온 하늘에 낀 것처럼 뒤숭숭해지는 세태를 작가는 크게 걱정하고 있는 것이다.

29. 성(性)에 얽힌 아름답지 못한 진실

- 이문열의 「익명(匿名)의 섬」(1982)

외출하기에 앞서 여성은 화장대 앞에 앉아서 퍽 긴 시간을 보낸다. 대부분 여성이 그렇다. 남성은 무거운 쇳덩어리를 들었다 놓았다 하면서 몸 이곳저곳 근육을 키우는 데 열중한다. 다 그렇지는 않지만 대부분 남성이 그렇다. 누가 '성(性)이란 무엇인가?'라고 직선으로 질문을 던지면서 대답을 강요한다고 치자. 방금 지적한 대로 여성이 화장하고 남성이 운동하게 하는, 인간 내면에 깃든 어떤 기운 또는 고유한 특성이 성(性)이라고 말하겠다.

그러나 좀 더 절실하게 여겨지는 성의 본질은 상대방 성을 향하여 미친 듯이 돌진하려는 힘 바로 그것이다. 솔직히 말하고 말 것도 없이 남녀노소를 따질 것도 없이 인간이라면 누구나 성욕을 만족하려고 최선을 다한다. 성욕은 마치 삶이 좇는 최고목표인 것 같고 대개 가장 강렬한 감정 반향을 일으킨다. 우리는 이 힘을 흔히 '사랑'이라는 말로 대접한다. 사랑이 세상에서 빚어내는 이야기는 땅에 사는 사람 머릿수만큼이나 많다. 성욕은 천사가 짓는 웃음, 눈물, 속삼임이 될 수도 있고 미친개가 헤벌린 주둥이에서 흘리는 타액이 될 수도 있다.

타액이 되어 땅에 구르지 않으려고 사람은 성욕에 항상 금기를 갖다 붙였다. 예나 지금이나. 삼척동자도 인정하는 사실로서 우리가 모여 살아가는 한 성욕을 제 마음껏 발휘, 만끽할 형편이 여러 모로 되지 못한다. 그래서 금기가 필요하다. 그러나 끓어오르는 성욕을 100% 완벽하게 통제하여 평화롭게 다스려 줄 제도는 없다. 이러한 사정이 인간 성욕에 관한 가장 기본이 되는 현실이요 진실이다.

그래서 욕구와 금기 사이에서 늘 방황하는 것이 어제도 오늘도 범문명인이 지닌 운명이다. 우리 동네에 공창(公娼)이 건재하고 비밀댄스홀이 숨어 있는가 하면 동네에서 멀리 떠나온 여름날 해변에서 갖가지 사연이 밤하늘에 뜬 별처럼 반짝이는 것은 금기가 짜 놓은 울타리가 순수 성욕을 미처 다 보듬지 못한 결과이다. 아무리 서슬이 퍼런 도덕도 체면도 성욕을 다 감당하기는 쉽지 않다는 것이다.

요즘에만 그런 것은 아니지만 금기가 세워놓은 벽을 깨고 욕구를 충족시키는 아슬아슬한 마당에서 대부분 사람은 자기 정체(正體)를 감추고 싶어 한다. 이는 인지상정이다. 소설 「익명의 섬」에서 이야기를 전달해 주는 역할을 담당한 화자이자 주인공인 '나'가 이 년 전에 겪은 일도 이러한 예에 속한다. '이 년 전에 겪은 일'이란 작품 본론이요 알맹이로서 '도대체가 우리 시대는 너무 쉽게 익명(匿名)이 될 수 있어서 탈이야'라고 한탄하는 남편의 지론에 맞서서 '무슨 반발처럼이나 떠오르는 옛일'이다. 시간이 많이 지났지만 그녀는 그 '옛일'을 지금도 남편에게 말할 수 없다.

스스로 털어놓는 과거지사에서 처음에 그녀는 믿음직한 관찰자 행세를 하지만 나중에는 피(被)관찰자가 되어 이야기를 완성한다. 피(被)관찰자 처지에 선 그녀를 통해 우리는 제도와 금기가 효과 있게 선도하지 못한 욕망이 기어이 분출하는 꼴을 보는데 퍽 전형성과 상투성에 따른다.

버스가 하루에 몇 번밖에 오지 않는 벽촌에서 여교사로 근무하는 '나'는 약혼자인 애인(지금 남편)과 사귀며 '이미 남자를 깊이 아는 여자가 되어 있는' 여자다. 어느 날 남편이 월남으로 차출되어 삼 년 동안 볼 수 없게 되었다는 소식을 전해 오자 '나'는 '마음뿐만 아니라 몸까지 타오르게 하는 세찬 그리움의 불꽃'을 피운다. 그리고 남편에게 과감한 편지를 띄운다. '단 한 번, 단 한순간이라도 좋으니 다시 한 번 그의 품에 안기고 싶다고, 다시 한 번 따뜻한 그의 체온과 뜨거운 숨결을 느끼고 싶다고. 무슨 수를 쓰든 꼭 한 번 다녀가 달라고'. 다행스럽게 출국 전에 한 번 들를 수 있겠다고 남편이 소식을 전해 오고, '나'는 일주일 동안 깊은 열망 속에서 그를 기다려 마지않는다. 그런데 이러한 간절한 바람이 헛되이 약속한 그날 남편은 끝내 그녀 앞에 나타나지 않는다. 이때 '나'에게 나타나는 심리, 육체 반응은 매우 격렬하다.

남편이 올 수 있는 마지막 날, 오후 5시 막차까지 그냥 지나가 버리자 나는 그 자리에 풀썩 주저앉고 싶을 정도로 허탈한 심경이었다. 결근이라도 하고 그가 있는 곳으로 달려가지 못한 것이 그제서야 뼈저리게 후회되었지만 이미 소용없는 일이었다. 그런데 한 가지 알 수 없는 것은 그런 허탈한 가운데서도 식을 줄 모르고 달아오르는 내

몸이었다. 아니, 그 이상, 남편의 품에 안길 것을 상상하며 보내온 지
난 1주일보다 그가 이제는 올 수 없다는 것을 뚜렷이 알게 되면서부
터 더 뜨겁게 달아오르는 것 같았다.

감당하기 불가능한 변화 때문에 그녀는 퍽 절박해 보인다. 이러
한 절박함을 풀어내는 길은 두 가지다. 현실 제약을 냉철하게 받아
들이고 포기하는 묘수를 찾든지 아니면 적절한 분출구를 모색하든
지. 그러나 지금 그녀는 이도저도 선택할 여지가 없어 보인다. 남
편을 만나고자 하는 바람을 성취할 수는 도저히 없고 그렇다고 포
기하고 체념하는 미덕을 발휘하는 것도 불가능하기 때문이다. 진퇴
양난이라고 할 수밖에 없는 아주 묘한 절벽 앞에 그녀는 지금 서
있는 것이다.

이렇듯 현실이 강요하는 제약을 털어버릴 수 있는 공간으로서
비밀댄스홀, 공창가, 어느 어두운 허변들이 지금 그녀에게 절실하
게 필요한지도 모른다. 그래서 이에 맞추기라도 하듯 절대 욕망이
순수하게 치솟고 있는 이 시공간에 또 다른 주인공 '깨철이'가 급
히 그러나 자연스럽게 등장하는 것이다.

또 다른 주인공이라고 했지만 작품에서 주제 초점은 사실 '나'보
다는 그에게 좀 더 집중해 있다. 아무튼 '깨철이'는 어떤 사람이고
그가 맡은 역할이 무엇인지 살펴야 한다. 그는 스스로 입을 열어
자기 정체를 밝히고 있다. 다음 장면에서.

> "험한 꼴로 하숙집에 돌아가기 싫거든 곱게 벗어."
> ······(중략)······
> "이 깨철이 다른 건 몰라도 언제 너희들이 나를 필요로 하는지는

정확히 알지. 지금 네 몸은 달아 있을 대로 달아 있어."

그 말을 듣자 이번에는 묘하게도 내 몸에서 힘이 쭉 빠졌다. 대신 잠깐 잊고 있었던 그 묘한 열기가 다시 스멀거리기 시작했다. 그런 내 귀에다 그가 다시 이죽거렸다.

"오후 내내 지켜보고 있었지. 정류소에서 안절부절 못하고 기다리고 서 있을 때부터⋯⋯."

그러면서 그는 능란하게 내 곳을 더듬었다. 그런 그는 이미 평소의 초라한 차림이나 추괴한 용므와는 무관한, 남자라는 하나의 추상이었다. 나는 차츰 몽환과도 흡사한 상태에 빠져들면서 모든 저항을 포기하고 말았다. 회상하기에도 민망스럽지만 어쩌면 그때 나는 당했다기보다는 차라리 그와 한 차례의 정사를 즐긴 것이나 아닌지 모르겠다.

위 장면을 자세히 뜯어보면 '깨철이'는 '나'의 약점을 야비하게 파고든 구원자라는 사실을 확인할 수 있다. '나'가 고백하듯 그가 저지른 행동은 '강간'과 '화간' 사이에 걸쳐 있다. 그는 상대가 가려워하는 곳을 정확히 파악하여 신속히 긁어주어 고통을 말끔히 해소시키는 역할을 담당한다. 그래서 '깨철이'는 퍽 현실성이 떨어지는 존재다. 이런 사람이 어디에 있겠는가. 그러나 허구 공간 안에서 그는 한껏 매력을 지닌 사람이며 다음과 같이 성격을 정리할 수 있다.

첫째, 절묘한 작명법을 동원하여 지은 듯 이름조차 흥미로운 '깨철이'는 진정한 강자(強者)다. 비록 마을공동체 울타리 안에서 빌어먹고 사는 거지이지만 그는 마을 한 귀퉁이를 완전히 장악하고 있다. 둘째, 그래서 그는 겉과 속이 완전히 다르다. 그에 따른 반전과 역설이 그의 온몸을 둘러싸그 있다. 셋째, 그는 자신이 꼭 필요한 사람과 시간대를 누구보다도 정확하게 포착하며, 욕망이 넘치되 행동을 절제할 줄 알고, 저지른 일을 두고는 완벽하게 입을 다무는 요령에 능통하여 자신의 존재성을 변함없이 이어간다. 이러한 요령은 마치 악마가 지닌 지혜 같은 것으로서 그가 성(性)을 운용하는 데에 진정으로 유능한 장인이요 선생(先生)이라는 사실을 증명한다. 그는 흔히 진정한 '꾼'에게 느낄 수 있는 노련미가 철저하게 몸에 밴 자다.

이러한 '깨철이'가 있기에 마을 공동체 사람들은 남녀 모두 성욕에서 움튼, 숨기고 싶지만 결코 숨길 수 없는 약점과 비밀을 해소할 길을 비로소 찾는다. '나'에게 그랬듯이 그는 마을여자들 모두에게 야비한 구원자이다. 다음에 그가 마을에서 차지하고 있는 미묘한 위치가 잘 설명되어 있다.

> 그러고 보면 그와 마을 사람들과의 관계는 확실히 묘한 데가 있었다. 남자들은 한결같이 그를 반편이나 미치광이 취급을 했지만 그 뒤에는 어딘가 그가 정말은 그렇지 않을는지도 모른다고 의심을 애써 감추려는 어떤 꾸밈이나 과장 같은 것이 엿보였다. 여자들도 그를 반편이나 미치광이 취급하는 것은 남자들과 다름 없었지만, 그런 그녀들을 지배하는 심리 뒤에는 어떤 보호 본능에 가까운 것이 있었다.

'깨철이'는 외면상 지저분해서 모두들 꺼리는 거지일 뿐이다. 그러나 마을에 꼭 있어야만 하는 역설된 존재다. 그는 모든 마을 아낙들에게 지금 꼭 필요한 사람이거나 지금은 아니더라도 언젠가는 꼭 필요할 가능성이 매우 높은 사람이다. 우리 주위에서 실례를 찾아보기 힘들어 보이지만 그는 우리 주위에서 너무나 많은 실례를 찾아볼 수 있는 비밀댄스홀과 해변, 사창가를 상징한다. 또 점잖은 풍속과 절도 어린 문화 때문에 어두운 구석으로 밀려나 있지만 절실하기 짝이 없는 성 욕망을 빗대고 있다. 그는 마을 아낙들이 공동으로 기르는 애인인 셈이요 한마디로 '필요악'이다. 그가 일하지 않고도 마을에서 충분히 끼니를 이어가는 것은 그가 거지이기 때문이기보다는 이러한 존재성을 지닌 덕분이다.

작가는 그가 지닌 가치와 효용성을 높이 평가하고 있다. 마지막 대목을 보면 '깨철이'에 깃들어 있는 위용을 당당하게 밝히고 있어 작가가 '깨철이'를 어느 정도 높이 평가하고 있는지 잘 알 수 있다. 작가는 반항 어린 자세로서 인간의 성욕을 바라보고 있는 것이다. 이는 도덕 굴레에서 퍽 자유롭다는 의미에서 경쾌하다.

> 그는 이내 고개를 돌려 비탈 아래 펼쳐진 논밭과 마을을 내려보았다. 그 땅 어느 모퉁이에도 그의 것은 흙 한 줌 없었고 그 집들 어디에도 주인의 허락 없이는 누울 방 한 간 없는데도, 마치 그 모든 걸 소유한 장자(長子)처럼, 제왕처럼.

이 작품은 인간의 성을 이야기하고 있다. 그러나 아름답고 낭만 어린 사랑 노래는 아니다. 인간의 성, 그 뒤안길을 탐구한다. 작품에 깃들어 있는 성의식을 대략 다음과 같이 정리할 수 있다. 첫째, 인간은 성욕을 완벽하게 조절하지 못한다. 둘째, 같은 이야기지만 '일부일처제'와 같은 문화 제도로써 욕망을 적절하게 다스리는 효과를 우리는 거두지 못한다. 셋째, 제도에 흡수되고도 남아도는 나머지 성욕을 어떻게든 해소해야 하고 사실 많은 이들이 온갖 눈치를 살펴 그 방법을 찾고 누리며 살아가고 있다.

그러나 '눈치'에 얽힌 인간행동을 그리면서 작가는 이렇다 할 선정성에 빠져들지 않았다. 성을 해방하자고 부르짖으며 요란한 정사(情死) 장면을 묘사하는 작품이 듣는 비방을 작가는 불러들이지 않았다. 그렇다고 숨겨진 인생 비밀을 얻어 들었을 때 느낄 수 있을, 수준 높은 쾌감을 독자에게 기꺼이 전해 주지는 못했다. 결국 인간이 지니고 살아가야 하는 약점을 들춰내고 있기 때문이다.

그 약점은 인정하기 싫어도 받아들일 수밖에 없는 부분이다. 인간 자질에 따라 성은 수만 가지 빛깔로 펼쳐지고 운용되기 마련이다. 성욕은 그저 아름다운 사랑으로 귀결하고 해야 한다는 예쁜 마음씨와 세계관을 지닌 사람에게 '깨철이'는 분명 마뜩하지 않은 존재이다. 그는 생활을 품위 있게 유지, 관장하는 질서를 세우려는 도덕률에 맞지 않는 자니까.

그런데 영혼이 육욕을 천시하는 성의식으로 가득 찬 독자라 할지라도 '깨철이'를 빚어낸 솜씨를 함부로 깎아 내릴 수만은 없을 것이다. 충분히 감추었다고 믿고 있는, 그러나 내 안에 늘 싱싱하게 살아 꿈틀거리기에 결코 부정할 수 없는 진실을 능숙하고 주저없이 들추어내고 있기 때문이다.

30. 주류에 반기(反旗)를 든 아주 또렷한 용기(勇氣)

– 이문열의 「칼레파 타 칼라 – 아테르타 悲史」(1982)

1. 유별난 주제의식

　이 작품은 기원전 번성했던 도시국가 '아테르타'를 한때 이끌었던 집정관 '티라나투스'가 몰락하는 과정을 원용하여 인간사를 조망하고 있다. '실로 어이없다고 밖에는 할 수 없는 발단'에서 시작하였으나 다시 원점으로 돌아가 주저앉고 만 혁명을 다룬 이 작품은, 정치 변혁기에 나타나기 마련인 인간 계층 거의 대부분을 해박하고도 치밀하게 그려 놓았다.

　'지식인'에서 시작하여 '실패한 정객과 비극시인 → 시민(도시빈민층, 농민, 영세업자, 매춘부, 극빈자) → 선동가 → 경찰과 군대 → 어용학자 → 혁명이론가 → 동조자와 야심가, 배후조정자 → 예술가들과 각종 경연 대회 심사위원들 → 애첩 → 새 권력자'라는 순서로 배열된 각 계층에 속한 사람의 생리와 심리를 파헤치는 데에 작가는 빈틈과 허점을 보이지 않는다. 가장 뛰어난 이야기꾼으로 일컬어지는 작가는 특유의 입담을 내내 선보이며 인물을 부각시키고 견고하게 짜진 구성 속에 각 계층을 질서 정연하게 늘어놓았다. 시대를 바라보는 안목도 시대를 구성하고 있는 여러 요소를 섬세하게 관찰한 결과로서 적절한 수준에 머물러 있다.

그러나 작가는 인간 심리에 어린 진면목을 꼼꼼하게 객관성에 따라 묘사하는 데에 주제 초점을 맞추고 있지는 않다. 이 작품은 빗대어 이야기하는 우화 형식을 취하고 있다. 우화는 바탕과 궁극에서 객관을 비켜간다. 우화는 비유법이기 때문이다. 또 작품 속에 등장하는 계층이 지닌 속성을 비판하면서 작가는 가히 공격 수준에 이르러 있다. 모든 이들이 열망한 상식을 때로 거스르며 작가는 자신이 지닌 독특한 시대인식을 또렷하게 밝히고 있다.

그래서 작가가 펼쳐놓은 허구를 읽으며 편안히 인간을 이해하는 즐거움을 누릴 수 있기보다는 작가가 지닌, 강렬하고 유별난 주제 의식에 내내 부딪히게 된다.

2. 바보들이 변혁을 이끈다!

역사를 바꾸고 정치를 변혁할 때 대다수 국민이 실세가 되어야 마땅하다. 소수 지식인은 대다수가 지닌 염원과 의식을 제일 먼저 표현하고 공고하게 다져 나가는 사명을 지닌다. 혁명은 국민과 지식인, 이 두 계층이 적절하게 조화를 이루고 협력하는 가운데 원활하게 실현될 수 있다. 이 주장을 혁명일반론이라고 해두자. 설화를 각색한 이 작품에서 사건은 한 지식인에서 발단한다. 작가는 그의 내면을 들여다본다.

> 배움이란 다소간 우리를 사려깊고 분별있게 만드는 법이지만, 또한 그 못지않게 우리를 필요없는 과민과 의심 속에 살게 하는 것도 사실이다. 소포클레스도 예외는 아니어서, 그 무렵에는 약간의 과민 증상을 보이고 있었는데, 특히 전날밤의 잠을 앗아간 것은 바로 그 지나친 민감에서 비롯된 어떤 의구(疑懼)였다. 혹시 그 자신이 압제받고 있는 것이 아닌가 하는.

작가가 제시한(정확히 말하면 주장하는), 지식인이 갖추어야 할 품성(정확히 말하면 지식인이라는 자들이 지니고 있는 품성이란)은 '과민'과 '의심' 그리고 피로에서 비롯하는 '민감'들이다. 과민, 의심, 민감…… 이러한 자질은 스스로 마음 안에 근거 없이 상대를 의심하는 싹을 트게 하고 비약 어린 사고를 한다. 여기서 작가는 점잖고 진지하게 대상을 설명하는 듯하다. 그러나 사실 이보다 더 체계 어린 독설을 찾아보기 힘들 정도로 작가는 상대(지식인)를 비꼬고 있는 것이다. 정확하게 사리를 판단하고 원칙에 서서 현실을 인식한다는, 지식인이 지닌 일반 미덕을 작가는 부정한다. 그뿐이 아니다. 지식인은 본질에서 우유부단한 존재에 지나지 않아 그들이 품는 인식이란 탁상공론에 머문다고 잘라 말한다.

> 물론 소포클레스의 혼란은, 그가 한 상류 시민으로서, 대체로는 의식주 따위 삶의 기본적인 조건에 구애됨이 없이 보다 고상하고 참된 것에만 쏠려 있다보니, 주로 도시 하층민의 참담한 삶에서부터 노정

되는 여러 실정의 증거에 어두운 데서 더욱 가중된 감이 없지 않다. 하지만 설령 그가 그런 것들에 정통해 있었더라도 곧 바로 어떤 단호한 행동에 들어갈 수 없으리라는 점에선 큰 차이가 나지 않았을 것이다. 행동은 대개 배움의 몫이 아니므로.

자기 신념을 행동으로 뒷받침하지 못하는 지식인은 존재가치가 약할 수밖에 없다. 작가는 지식인 소피클레스를 행동력이 부재한 운명을 타고난 인간쯤으로 여기고 있다. 작가가 보기에 그가 할 수 있는 일은 아무도 없는 새벽 산 위에서 의혹이 휘몰아치는 어정쩡한 가슴을 열어 '아테르타 시민들이여, 우리는 압제받고 있는 것이 아닌가!'라고 진실로 무책임하게 외치는 일뿐이다. 지식인은 평균 이하 인간으로 그려지고 있는 것이다. 이렇게 알뜰하게 평가를 절하하는 태도는 작가가 지식인 계층을 혐오하고 반발하는 수순이 보통을 넘고 있다는 것을 알게 한다. 작가는 지식인들에게 적대감을 가지고 있는 듯하다.

아무튼 말 그대로 '어처구니없는' 인물이 내뱉은 어처구니없는 일갈을 받아들여 혁명의 불길을 지피는 자들도 작가가 보기에 정상이 아니다. 그들은 실패한 인생들이다. 밀려난 정객이요 세상에서 외면당한 예술가인 그들은 아전인수에 가까운 사회 불만이 가득한 사람들로서 세상에 복수할 기회를 간곡히 노리고 있다. 혁명은 애매모호한 싹에서 움트기 시작하여 이제 이들 때문에 불순한 보상심리에 휩쓸리게 된다. 작가는 실패한 인생들을 이렇게 평한다.

그런데 관찰하기에 흥미로운 것은 그 무렵의 반티라나투스 이론을 주도한 계층이다. 이미 말한 대로 처음 티라나투스의 통치에 회의를 표한 것은 오랜 배움과 지적 연마를 거친 소피클레스였지만, 그는 다만 사변과 직관뿐 대국을 지도할 행동력이 없었다. 따라서 첫 번째 소요의 정신적인 지도는 소피클레스의 외침에서 깨어난 두 사람 — 실패한 정객과 불우한 비극 시인을 중심으로 이루어졌다. 둘 다 이성적이라기보다는 감정의 논리에 따라 움직이는 편이었는데, 그것은 그날 나타난 몇몇 선동가들에게 있어서도 마찬가지였다.

작가는 이들을 평하며 자기 나름대로 지니고 있는 유별난 신념을 드러내는 데에 조금도 주저하지 않는다. 혁명을 지핀 자들이 이성보다는 감정에 휘둘리는 싹을 지녔다고 한다. 그러나 정말 작가가 지닌 표현욕구가 과감하다는 느낌으로 다가오는 대목은 시민, 대중, 민중 따위로 불리는 대다수 사람을 평가하는 곳이다. 우선 작가는 보편타당한 군중심리를 퍽 깊이 있게 파악하고 있다.

원래 그런 내용의 외침은 시민들의 의식을 묘하게 자극하는 데가 있는 법이다. 때문에 아무런 선입견 없이 깨어난 사람도 한결같이 자기가 압제받고 있지나 않은가에 대해 생각하게 되었다. 어쩌면 그 같은 의구는 스스로를 자유민이라고 칭하는 모든 사람들의 의식 속에 잠재된 보편적인 불안과 의심일지도 모르는 일이었다. ……(중략)…… 거기다가 다중 속에서 안도하고자 하는 소수의 불안도 그들을 광장으로 끌어모으는 데 중요한 몫을 했다. 그러나 근본적인 신념이 없는 까닭에 광장이 절반 가까이 차도 늘어나는 것은 혼란의 웅성거림뿐이었다.

대중이 근본적인 신념이 없다는 지적은 쓴소리로 여겨 우리를 규정하는 숨길 필요 없는 자화상으로 충분히 받아들일 수 있다. 그러나 뒤이어 계속된 서술에서 작가는 지나친 톱날을 드러낸다.

① 법과 질서에 대한 죄의식이나 선천적인 나약함 탓도 있겠지만, 군중이란 원래가 그러했다. 이상한 정열에 휩쓸리면 성난 파도처럼 휩쓸려갈 수도 있으나, 일단 각자의 얄팍한 타산과 실리(實利)가

> 그 정열을 제어하게만 되면 가을벌판의 가랑잎처럼 흩어져 가고
> 마는 것이다.

> ② 그 사이에도 선동자는 계속하여 외쳐댔다. 군중이 되면 기억력도
> 나빠지는 모양이었다. 얼마 전까지도 자기들은 이 도시에 과연 압
> 제가 행해지고 있느냐 아니냐를 가지고 논란하고 있었다는 것도
> 잊고 군중은 차츰 동요하기 시작하였다. 투우사의 보자기가 황소
> 를 흥분시키듯 피는 언제나 군중을 앞뒤 없는 격정으로 몰아넣는
> 것 같았다.

군중은 '가을 벌판의 가랑잎'이고 피에 굶주린 황소다. 군중을
바라보는 고전 시각이라고 할 수도 있을 이 비유법에서 군중(민중)
은 무분별하기는 말할 것도 없고 주체성 어린 자각과 행동력이 없
는 우중(愚衆)일 뿐이다. 이 작품이 우화소설이고 내면 주제가 다
루고자 하는 대상이 당대 현실이라고 할 때 지식인에게 향했던 화
살도 마찬가지였지만, 대다수를 폄하하는 말을 이렇듯 또렷이 펼치
는 것은 작가가 지닌 신념이 보통 이상으로 비대하기 때문이다. 또
할 말은 기어이 하고 만다는 작가정신이 그만큼 투철하다는 증거
도 된다.

한편 작가가 투철한 전투의식으로 무장한 펜 끝을 들이대서 좀
더 깊은 상처를 내고 싶은 대상은 동시대 문인과 예술가들이다. 이
들을 비판하는 대목은 거의 침 뱉기 수준에 이르러 있다. 작가가
판단하기에 문인들은 제정신을 가다듬지 못한 존재들이며 예술가
들은 세속 욕구에 찌든 족속이다. 이러한 진술을 펼치면서도 작가
는 역시 치밀한 설명 자세를 잃지 않으며 다수를 무서워하지 않고
자기표현욕구와 자유를 거칠 것 없이 구가한다.

하지만 이들보다 관찰하기에 더욱 흥미로운 것은 또 한 부류 – 불우한 비극시인을 정점으로 소요의 지도층에 가세한 한 무리의 예인(藝人)들이었다. ……(중략)…… 주체할 수 없는 열정 때문에 종종 그들의 감정은 터무니없이 과장적이며 목소리는 지나치게 격앙되고 행동은 현실적이지 못하지만 그래도 진정한 시인의 일부임에는 틀림없었다. 거기 비해 다른 하나는 ……(중략)…… 그들의 관심은 언제나 세속적인 것, 즉 명예나 권력이나 부귀 같은 것들이었는데, ……(중략)…… 일시에 명예와 인기를 얻기 위해 그 고정된 주제(主題)로 달려든 것이었다. 그리하여 아테르타시는 한동안 연극인지 티라나투스의 화형식인지 모를 난장판과, 노래인지 욕설인지 아니면 정치적 선전구호인지 분간 못할 시낭송과, 음악인지 소음인지 구별 안될 만큼 시끄러운 악기소리로 악마구리 들끓듯 했다.

3. 사건의 본질은 우연이다

지식인과 민중, 두 중심 세력이 턱없이 근거 없고 허약한 존재라고 여기고 있으니, 정치 변혁이 순전히 우연의 힘으로써 굴러간다는 식으로 본론과 결론을 몰아가는 것은 당연한 차례일 것이다. 정치 풍파를 겪고 견고하게 구축된 한 정권이 송두리째 뿌리 뽑히는 마당에서 전말은 한 치 오차도 없이 우연으로 시작하여 우연으로 끝난다. 소피클레스가 지닌 병약한 의구심도 우연에서 싹이 텄고, 그가 외친 소리가 두 사람 귀를 거쳐 시민에게 퍼진 것도 그들이 불면증을 앓고 있었기 때문이다. 막연한 의혹에 사로잡힌 채 어정쩡한 상태에 머물러 있던 시민들에게 뚜렷한 적개심을 불어넣어 준 계기도 한 시민이 공권력에 쫓기다 땅바닥에 나뒹굴면서 우연히 상처를 입은 것이다. 이렇듯 역사가 우연과 돌발을 총합하여 진행된다는 안목은 과감하고도 독특하다. 인간의지를 거의 완전히 불신하고 폄하하기 때문이다.

우연이 꼬리를 물듯이 일어난 끝에 결국 공허한 원점 회귀로 비극이 막을 내리게 된다는 설정에서 이 불신과 폄하는 절묘하게 뒤섞여 결정체를 이룬다. 소설 끝머리에 등장하는 '미녀'와 그녀를 독차지하는 '막후실력자'가 그 결정체다. 여기서 '미녀'는 권력 또는 권력이 주는 단맛을 '막후실력자'는 새로운 권력 또는 새 독재자를 각각 은유한다. 이 돌발영상은 독자의 흥미를 크게 만족시키며 '혁명에서 정의는 없다.'는 정의(定義)를 완성한다. 말하자면 결정타이다. 이로써 작가는 자신이 지닌 가치관과 의지를 초지일관하여 서술한 셈이다.

4. 작가의 정체

이 작품은 80년대 초반 우리 역사에 깃든 격동기를 들여다보고 있다. '권력의 변화는 우연에서 시작한다.'와 '역사는 공전(空轉)한다.' 따위 한쪽에서 타당성을 지니고 있는 명제들을 작가는 애써 되새기면서 80년대에 살았던 민중, 지식인, 문인, 정치인들을 모두 불러 세워 그들이 보인 동향과 행동양식을 제 나름대로 평가하였다. 이 과정에서 작가는 뛰어난 관찰력과 통찰력으로써 대상의 내, 외면에 어린 특성을 잘 포착하여 제시하였다. 또 주제의식을 구현하고자 치밀하고 치열한 자세와 열의로써 문장을 이었기에 이 점을 높이 사고 칭찬하지 않을 수 없다.

그러나 타의 추종을 불허할 정도로 뛰어난 기교로써 구축된 이 '우화'는 지나친 폄하의식을 앞세운 나머지 뛰어난 관찰력이 지혜로운 비판 양상으로 발전하지도 끝맺지도 못했다. 비판은 비판이되 공동체에 어린 부조리와 약점을 진단하고 이를 염려하여 새 활로를 찾으려 한 고뇌로 귀결하지 못했다는 것이다. 그렇다고 비판자가 지닌 의식과 비판대상자가 거느린 삶을 '함께 아우르는' 풍자와 해학으로 나아가지도 못했다. 세련된 말솜씨로 옷을 걸치고 있지만 시작부터 끝까지 대상을 깎아내리려고 한 태도는 저급한 헐뜯기 수준에 떨어져 있다. 그래서 결국 이 작품은 시대를 진지하게 통찰한 산문정신을 보인 예라기보다는 적들을 공격한 보고서가 되고 말았다.

　무엇보다 독자가 지닌 상식을 크게 불편하게 한 점이 있다. 역사란 지식인이든 민중이든 그 누군가가 내비친 희망, 열정, 용기, 비장한 희생들이 토대가 되고 싹이 되어 조금씩 발전을 이루어 간다는 진실을 작가는 모른다. 어쩌면 어떤 열정에 스스로 갇혀 있기에 이러한 초보 진실을 보지 못한 듯도 하다.

　결론을 짓는다. 현대사를 이어간 한 격동기요 분수령이었던 80년대를 바라보는 작가의 시선은 어느 한쪽에 기운 편파 의식이 가져온 산물이라는 평가를 내리지 않을 수 없다. 작가는 이 작품으로써 동시대인에게 무차별한 공격욕구를 퍼부어서 개인이 지닌 어떤 피해의식을 앙갚음하려 한 것이 아닌가 여겨진다.

31. 우리들의 쓸쓸함, 절망, 길 막힘

- 임철우의 「사평역」(1982)

임철우의 소설 「사평역」은 곽재구의 시 「사평역에서」(1980)를 다시 쓴 작품이다. 다음은 시 전문(全文)이다.

막차는 좀처럼 오지 않았다
대합실 밖에는 밤새 송이눈이 쌓이고
흰 보라 수수꽃 눈시린 유리창마다
톱밥난로가 지펴지고 있었다
그믐처럼 몇은 졸고
몇은 감기에 쿨럭이고
그리웠던 순간들을 생각하며 나는
한줌의 톱밥을 불빛 속에 던져주었다
내면 깊숙이 할 말들은 가득해도
청색의 손바닥을 불빛 속에 적셔두고
모두들 아무 말도 하지 않았다
산다는 것이 때론 술에 취한 듯
한 두름의 굴비 한 광주리의 사과를

만지작거리며 귀향하는 기분으로
침묵해야 한다는 것을
모두들 알고 있었다
오래 앓은 기침소리와
쓴 약 같은 입술 담배 연기 속에서
싸륵싸륵 눈꽃은 쌓이고
그래 지금은 모두들
눈꽃의 화음에 귀를 적신다
자정 넘으면
낯설음도 뼈아픔도 다 설원인데
단풍잎 같은 몇 잎의 차창을 달고
밤열차는 또 어디로 흘러가는지
그리웠던 순간들을 호명하며 나는
한줌의 눈물을 불빛 속에 던져주었다.

　나지막이 시를 읊조리면…… 할 말이 너무 많은데 대합실에 모인 사람들은 다들 말이 없다. 창밖으로 내리는 눈만 하염없이 바라보고 있다. 말할 기운이 이제는 남아 있지 않아서인가. 그래도 어디론가 가야 하는데…… 그래서 기차를 기다리고 있는데…… 그나마 막차는 아직 오지 않고 있다. 밤 열차에 몸을 맡기고 어디로 흘러가야 할지도 사실 모른다. 앞날은 그렇게 불투명하다. '침묵'만이 또렷하다.

　사평역사에는 사람들이 모여 있다. 누구라도 그러하듯이 사람들은 각자 사연을 지니고 있다. 사평역을 감싸고 끝없이 내리는 눈처럼 그들이 품고 있는 이야기는 어딘가 가닿을 끝이 없는 듯하다. 춥고 어두운 사평역에 모여든 사람들이 남몰래 간직하고 있는 사연은 모두 슬픔에 겹다. 그 이야기와 사연을 하얀 평원 아래 묻을까, 난로 불에 태울까. 그들은 타오르는 톱밥 불빛 속에 기억을 던지고 있다.

그러나 하얀 눈으로 덮고 불빛에 던져 넣을 수만은 없을 것 같아서 우리 시대 한 소설가가 그들이 지나온 시간을 펼쳐냈다.

사평역에 특급열차는 서지 않는다. 사납게 내리는 눈 때문에 마을에는 버스조차 끊겼다. 대여섯 명 승객이 진을 치고 있을 뿐인 산골 간이역은 고립된 듯하다. 어둠이 밖을 삼켜버렸고 멀리 산모퉁이까지 휘돌아 보였던 철길도 눈(雪)과 어둠이 잘라먹었다. 그런데 기다리는 막차는 오지 않는다. 사람들은 대합실에 머물러 있어야만 한다. 그들이 잘 보인다. 아니 오직 그들만이 우리 시야에 가득하다. 사평역 대합실이란 그들이 서성거리고 움츠러드는 모습이 우리 눈에 꽉 차오는 공간이다. 오늘 밤 특별히 마련된 이 임시 공간이 마치 주인공인 것 같다. 톱밥 난로 불빛이 사람들의 얼굴을 빨갛게 물들인다. 그런데도 오히려 춥고 쓸쓸하다. 난로에서 멀리 떨어져 있는 사람도 있지만 그가 눈에 더 잘 띈다. 모두들 막연한 기다림 속에 젖어 있다. 심란하고 우울하다. 한 사람 한 사람에게 시선을 고정시켜 본다.

사평역을 관리하는 주인은 역장(驛長)이다. 그는 부드러운 눈길로 역사 안팎을 일일이 쓰다듬는다. 그의 손이 톱밥난로에 온기를 지핀다. 그는 톱밥이 부족하다고 염려한다. 그렇다고 미리 톱밥을 준비해야 할 의무를 지닌 부하직원을 책망하지는 않는다. 역원이라고 해야 자신까지 합해 기껏 세 명뿐이니 '서로 책임을 확실히 구분 지을 일 따위란 애당초 있을 턱이 없었다.'고 그는 생각한다. 전직원이 세 명뿐인 산골 간이역을 꾸려 가는 살림이 원래 그렇기도 할 테지만 역장은 퍽 너그러운 마음씨를 지닌 사람이다. 그가 풀어 놓는 넉넉한 마음이 톱밥난로를 따스하게 피우는 것 같다. 눈보라에 갇혀 쓸쓸하기 짝이 없는 고립 공간은 그가 있어 무너지지 않고 그나마 지탱해 나간다. 그가 사람들에게 베푸는 작지만 따스한 배려가 이야기 곳곳에 스며 있다. 역장은 이야기를 떠받치고 있는 온돌이요 아랫목이며 소설 공간을 지속시키는 울타리다. 그 따스함마저 없었다면 「사평역」은 오직 차가운 절망을 노래하는 시(詩)가 되었을지도 모른다.

십이 년을 교도소에서 산 '사내'. 이제 막 출감한 '사내'는 퍽 오랜 세월을 감방 안에서 흘려보냈다. 바깥 세계에 열려 있는 모든 것이 그는 낯설기만 하다. '빼앗긴 것은 흘려보내는지 모르게 보낸 지난 십이 년의 세월이 아니라, 오히려 그 푸른 옷과 잿빛 담벼락과 퀴퀴한 냄새들이 배어 있는 사각형의 좁은 공간일지도 모른다.'는 허망한 역설을 그는 곱씹고 있다. 여전히 무엇인가에 쫓기고 있는 것이다. 그가 왜 교도소에서 살아야만 했는지 아무도 모르지만 출옥한 지금도 그는 여전히 갇혀 있다. 쓸쓸하고 가여운 사람이다.

그러나 그에 못지않게 가여운 사람이 또 있다. 그의 감방동료 '허씨'다. 그의 이력도 또렷하지 않다. 다만 '난리 후에 사상범으로 잡혀 무기형'을 받았다고만 되어 있다. 이십칠 세부터 이십오 년을 감방에서 그는 살았다. '사내'가 출옥하던 날 그는 눈물을 글썽이며 그의 늙은 어미를 찾아봐 즐 것을 부탁한다. '사내'가 노모를 찾지만 노모는 이미 오 년 전에 세상을 버린 뒤다. 형제들도 다 흩어져 버렸다. 사실을 알게 된 사내는 방향감각이 한층 흐트러진다.

한 맺힌 자들에게는 환영이 보이는 법이다. '사내는 저만치 유리창 밖으로 들이치는 눈발 속에서 희끗희끗한 허씨의 머리카락이며 움 푹 패어 들어간 눈자위를 기억해내고 있다.'

사내는 '허씨'와 몸도 마음도 하나인 듯하다. '그의 고향은 본디 이북이었지만 피난 통에 가족들과 헤어져 집도 부모도 없이 떠돌 아다니며 커 왔던' 것이 그의 삶을 요약한 줄거리이기 때문이다. '허씨'와 '사내', 그들이 겪어낸 고난의 여울은 지금 창밖에 쉼 없 이 퍼붓고 있는 눈발과 같다. 삶이탄 이렇게도 하염없이 애달프다. 깊이를 알 수 없이 쓰리고 아픈 것이다.

말로 다하지 못하리. 그래서 눈은 이렇게 밤을 재촉하여 내리는 것이리. 그리고 눈 속에 묻어 말하리라. '정말이지 산다는 게 도대 체 무엇일까……'라고.

가장 유서 깊은 인간 직업은 매춘이라고 일컬어진다. 사람이 둘 이상 모이면 언제 어디에나 매춘이 이루어졌다고 한다. 그러니까 '옥자'를 그렇게 별다른 눈길로 쳐다볼 필요는 없다. 그녀 스스로 '부끄러움? 흥 그 따위 잊은 지 왕년이다. 실오라기 같은 팬티 한 잎 걸치고 홀랑 벗어제친 몸뚱이 하나만으로도 사내들 얼을 빼놓 기는 그녀에게 식은 죽 먹기'라고 자부하며 '적어도 신촌바닥에서 민들레집 춘심이하면 아직은 일류'라고 하는 직업의식이 엄연하기 때문이다.

그러나 생각하면 어처구니없는 일이다. 산골에서 고이 살던 소녀 가 이제 옷을 벗고 팬티 한 장으로 살아간다. 소녀가 술과 몸을 파 는 짓은 김유정 님이 그린 주막에 살던 작부가 보여주었던 소박한 행보가 이미 아닌 듯하다. 그보다는 게걸스런 자본 논리와 도시화에 비위를 맞춰 체계화, 집단화, 특수지역화한 매춘이 막 '향락산업'으로 전이되어 가려는 찰나에 펼쳐진 풍속으로 보인다. 깊고 깊은 산골에서 서울까지 거리가 참 유별나게 아득하듯이 서울에서 산다는 것은 이토록 유별나다. 그러니까 그녀가 삼 년 만에 귀향하면서 자신을 감쪽같이 위장할 수 있었다. 그녀는 지금 화장품 회사 사원이다. 누가 의심을 하리요. 철모르는 여동생은 자기도 회사에 취직시켜 달라고 매달린다. '춘심이' 옥자의 코끝이 찡하고 웃음이 씁쓸하다.

그저 술이 좋은 '춘심이'는 산다는 게 뭔지 모를 일이다. 그런 것을 생각하면 골치 아프다. 술이 취하면 울기도 하지만 그 이유를 또 모른다. 그래서 우리가 대신 그녀를 보며 물을 수밖에 없다. 산다는 게 정녕 무엇인지……. 한 시골 소녀가 서울로 가서 창녀가 됐다.

따스한 마음을 지닌 역장이 기억하기에도 대학생 '청년'은 산골이 배출한 유일한 국립대학생이다. 촌무지렁이 부모가 애틋한 희생과 기대를 청년 한 몸에 매고 있다. 청년은 그런 사람이다. 이런 그가 보름 전에 학교에서 제적을 당했다. 사실을 부모님께 알리지도 못하고 그는 지금 깃들일 곳 없는 서울로 다시 진입하려고 역사 창가에 붙어 있는 것이다. 그에게도 환영이 떠오른다. 내리는 눈송이들이 나비가 되어 쌓인다. '그래, 나비떼야. 활활 타오르는 불길 속으로 밤이 되면 미친 듯 날아 들어와 비명조차 지르지 못하고 타 죽어 가는 수많은 흰 나비떼……'라는 그의 상념 속에.

청년이 쓸쓸한 이유도 구체로 나타나 있지 않다. 다만 그는 한

마리 나비였을 것이다. 어떤 열정으로 순수하게 타오르면서 어딘가에 그는 부딪쳤던 것 같다. 그 결과 지독한 고독을 떠안고 공동체에 속한 일원의 자격을 박탈당했다. 벗들이 울분을 터뜨리고 과 지도교수가 울먹임 섞인 위로를 했지만 그는 어찌 할 수 없는 고독과 울분과 황망함과 절망을 모두 혼자 떠안아야 했다. 미친 듯이 혼자 웃다가 토하고 그래도 계속 웃다가 끝내는 울음을 터뜨리던 그를 보면 알 수 있다.

청년이야말로 갈 곳이 없다. 그는 '청색의 손바닥을 불빛 속에 적셔두고 아무 말도 하지 않는' 사람이다. 그가 무릎을 꿇고 난로 속에 톱밥을 집어넣어 피워낸 삐비꽃을 닮은 주황색 불꽃 속에 어머니와 아버지 그리고 벗들과 노교수의 얼굴들이 차례대로 떠오른다. '단풍잎 같은 차창들을 달고 밤 열차는 또 어디로 흘러가는 것일까. 그것이 마지막 가닿는 곳은 어디쯤일까.'를 골똘히 생각하는 그에게 불빛은 희망을 보여주지 않는다. 불빛은 고통이 잠시 아름답게 변조한 영상일 뿐이다.

사는 것이 무엇인지 청년도 아직 알 수 없다. 그가 젊기 때문일 것이다. 그러나 그가 방황하는 까닭과 실체를 파악하면 젊음만을 탓할 수 없을 것 같다. 그를 바라보는 역장은 그저 불안하기만 하다. 애처롭기 그지없다.

삶이란 필시 등뼈가 휘도록 일하다가 생로병사 하는 것일 뿐이라고 생각하는 농부, 산다는 것이 다만 허허한 길바닥 같다는 행상 아주머니들, 돈에 안주한 서울여자와 기구한 운명과 가난에 찌들어 피골이 상접한 사평댁 그리고 정말 아무것도 말하지 않고 아무 곳에도 정처가 없이 미쳐서 대합실에만 머무르는 광녀…… 이들은 모두 사평역 대합실 사람들이다.

그들이 지닌 사연은 깊이를 헤아릴 수 없이 기구하고 위태롭다. 오늘밤 하염없이 내리는 눈발만이 그들의 마음을 대신할 수 있다. 그리고 '사는 게 무엇인지'라는, 마음 깊은 곳에 내려앉는 깊은 회한 같은 질문만이 그들의 마음을 제대로 표현할 수 있는 언어다. 그러니까 꼭 대답을 원하는 질문은 아닌 셈이다.

슬퍼서 아름다운 사연들, 아름답도록 기막히게 애처로운 이야기를 사평역 사람들은 지니고 있다. 작가는 왜 이곳 고립된 산간벽지에서 이들을 만나려고 한 것일까. 역시 사는 게 무엇인지 생각해보고 싶어서였을까. 이게 가장 큰 이유일 것이다. 사람 사는 동네에서 우리 사는 모습이란 이토록 애끓는 슬픔이 끝없는 철로처럼 놓여 있는 것이 아니겠는가.

그런가 하면 이런 생각도 든다. 구체 경로를 밝히지 않았다 뿐이지 사람들이 지닌 기구함은 결국 우리 역사와 시대가 낳은 것이다. '허씨'가 그토록 오랜 시간 영어(囹圄)된 몸으로 지낸 것은 분단이 강요한 습성이고, 시골소녀가 환골탈태한 것은 서울을 키워낸 비만증이 밝힌 여러 병리현상 가운데 하나일 테고, 청년이 몰락한 상황은 반민주에서 민주로 이행하는 오랜 가시밭길에 무수히 널렸던 젊은 상처들 가운데 하나이다.

그렇다면 오늘 밤 사평역사에서 떠안은 '사는 게 무엇인지'라는, 만유에 보편하되 힘겹고도 막연한 질문에 답을 내며 우리는 뼈대 하나를 세울 수 있다. 다음과 같이 주장할 수 있다. 그들이 지닌 갖가지 사연과 아픔은 80년대 우리 사회가 떠안고 있는 상처라고. 아직 찌꺼기가 남아 있는 이념 독소와 오랜 버릇 같은 독재 그늘과 독재가 밀어붙인 도시화 산업화가 가져다준 병리현상을 오늘 대합실에 쭈그리고 앉은 사람들이 증명하고 있다고. 그리고 상처를 지금 당장 해소할 수는 없다고. 그래서 사평역에 어린 아픔은 바로 우리들이 지닌 쓸쓸함이요 절망이면서 길 막힘이라고.

사평역 사람들이 지닌 내력은 가늠하는 힘들고 고통의 끝에 닿아 있다. 고통은 한없는 애처로움과 쓸쓸함으로 타올라 결국 아름다운 불빛으로 빛나고 있다. 이 작품을 읽으면서 독자는 마치 뫼비우스의 띠에서 순환하듯 고통과 아름다움이 이어진 경계를 넘나든다. 이 묘한 아름다움이야말로 숨길 수 없는 시대 환부를 생생하게 간직한 작품 「사평역」에 깃든 탄력이다.

막차는 왔고 광녀를 제외한 사람들은 모두 떠났지만 어디로 갔는지는 쉽게 가늠이 되지 않는다. 80년대를 풍미했던 한 가객이 남긴 노랫말을 떠올리면 비관 어린 견해에 젖어든 감정과잉이 아닐는지.

'어둔 밤의 가운데 서있어 한 치 앞도 보이질 않아, 어디로 가야 하나 어디에 있을까 둘러봐도 소용이 없네⋯⋯.'(김광석의 노래 '일어나'에서)

32. 땅에서 하늘로 오른 사람, 생명들

- 윤후명의 「모든 별들은 음악소리를 낸다」(1983)

모든 별들이 음악소리를 낸다고 한다. '케플러'라는 천체물리학자가 한 말인데 주인공 화자는 이 말에 깊이 매료되어 있다. 작가는 이 문장 자체를 아예 제목으로 삼았다. 모든 별들이 제각각 나름대로 소리를 내고 있다. ……아름다운 발상이며 재미있는 생각이다. 얘기를 듣고 나서 불현듯 고개를 들어 별을 쳐다보게 된다. 아주 어두운 밤하늘이다. 혹시 별들이 부르는 노랫소리가 들릴까 귀를 세워본다.

그러고 보니 우리의 신경과 마음을 하늘에서 반짝이고 있는 뭇별들에게 보내려는 시도가 작품에 어린 중심의도요 주제인 것 같다. 아무튼 '모든 별들은 음악소리를 낸다.' 이 문장은 시적 상상력이 낮은 것으로서 일상 속에 마냥 엎드려 있는 우리 마음에 한 방울 청량수를 떨어뜨리어 준다. 제목이 그래서 그런가. 이야기 진행은 물론이요, 서사공간을 조성하고 구축하면서 예컨대 일화(逸話)를 인과성에 따라 연결하는 습관에 기대기보다는 물 흐르듯 이어지는 영상이 자아내는 율동에 따르고 있다. 화자는 상상력 가득한 눈으로 말(馬)을 쳐다보다가 아버지를 비롯한 가족과 주변 사람들 곁에 머무르며 지구와 별이 내는 음악소리에 귀를 기울인다. 다음 창밖에 버티고 선 폐마에 소스라치그, 이름 모를 여인과 스치듯 만났다 헤어진다. 마지막에는 우주를 걸어 다니는 사람처럼 별들 주위를 서성인다. 이러한 시선과 마음이 제 흐름에 따라 그때그때 포착한 소재들도 마치 밤하늘에서 별들이 흘러 다니듯 움직이며 이야기를 만들고 가고 있다.

높고 푸른 하늘은 언제나 아름답다. 여기에 밤하늘은 새로운 차원에 선 미학을 펼친다. 깊고 넓고 어두운 창공에 떠서 반짝이고 있는 별의 자태야말로 인간의 눈망을이 땅 위를 벗어나 높은 곳으로 솟아오르도록 이끄는 영원한 매체다. 그래서 별들은 수많은 빛과 사연을 머금고 있다. 그 사연이란 결국 우리 사람이 별에 매달렸던 역사에 따른 산물이다. 서정소설이 지닌 큰 미덕이 삶과 자연에 깃든 깊은 맛을 찾고 보여주는 데 있다면 이 작품은 별에서 그 미덕을 찾고 있는 것이다.

그러나 별이 떠 있는 곳은 하늘이고 화자가 숨 쉬고 있는 곳은 땅이다. 하늘에는 별이 흐르고 땅 위에는 우리 사람과 뭇 생명이 함께 서성이고 있다. 하늘에서 별이 흘러 다니는 것과 다른 유속과 항로로써 사람들은 생의 여울 속을 헤엄쳐 다니고 있다. 화자가 몸 담고 있으며 바라보고 있는 삶은 달리 말해 사람과 뭇 생명이 존재를 끌어가는 양상이란 그다지 유쾌하지 않다. 아니 괴롭다.

닭, 말, 개, 포도덩굴 따위 모든 생명이 모여 사는 범 생명체 공간에서 아버지와 아들은 제각각 지니고 있는 소리를 내기에 열중한다. 한 그루 포도나무를 가꾸어 무한히 열매를 거두어들이자고 꿈꾸는 아버지의 삶은 아들의 존재성과 부딪힌다. 그것은 '아들에 의한 아버지에 대한' 불만으로 해석된다. 땅 위에 사는 우리들의 말(言)로 '이유 없는 반항'에 해당하는, 아비에 대한 '나'의 갈등은 궁극에서 '나' 스스로 '이해할 수 없는', 어쩔 수 없는 삶의 기운과 같다. 결국 불행이요 좌절이다. 피할 수 없어 보이는 이 기(氣)의 흐름을 '나'는 이렇게 진단해 보기에 이른다.

어쩌면 어떤 사람의 분석대로 모든 아버지에 대한 모든 아들의 원초적인 적대감이 유달리 마각을 드러낸 것이나 아니었을까.

일상 언어습성 대로라면 '천륜'으로 설명되고 대우받을 아버지와 아들의 만남이 겉돌고 있다. 화음이 아니라 불협화음이다. 그뿐이 아니다. 어설프지만 요란하고 긴장감 어린 계획과 결단 끝에 폐마와 가족이 관계를 맺지만 이도 부딪침으로 끝나고 만다. 이 만남에는 친척에 얹혀사는 큰아버지가 지닌 약간 애처로운 속셈도 끼어 있고 무엇보다 온 가족의 생계가 걸려 있다. 보통 심각하고 의미 있는 관계가 아니다. 모두 폐마가 마차를 잘 끌어주기를 바라 마지않는다. 그러나 폐마는 주저앉고 만다. 폐마에게는 자신만이 지닌 삶의 굴곡이 있는 것이다. 폐마는 폐마 자신일 뿐이기 때문이다. 결국 불협화음이다.

떠돌이 청년이 보이는 행보도 이와 마찬가지다. 닭과 어머니와 나와 청년은 제각각이다. 닭이 횡사하고 청년이 욕망을 내비치고 청년을 감시하는 어머니의 눈길들이 서로 맞아떨어지는 일이란 없고, '나'는 청년이 벌이는 행동을 비밀에 붙인다. 청년이 지닌 고독을 누구도 알 수 없다. 이렇게 모든 생명들은 마치 허공에 떠서 제각각 흔들리고 있는 모빌과 같이 존재한다.

결정되는 삽화가 있다. 이름 모를 한 여인과 스치듯 만났다 끝난 인연은 '만남은 곧 헤어짐'이라는 몹시 낡은 격언으로써 인간관계를 재량하게 한다. 어두운 길 위에서 아무 말을 건네지도 않고 살을 맞부딪쳤던 관계란 세속과 상식의 울타리를 넘어선 순수한 감격일 수 있다. 그러나 그 감동도 역시 '우리 모두는 단지 스쳐가는 빛, 스쳐가는 소리에 지나지 않는 것이다'라는 단정 어린 명제에 못 박히고 만다.

땅 위에 사는 생명에 얽힌 진실이 이렇다고 작가는 아주 또렷하게 말한다. 사람의 욕망은 어떤 방식을 동원해서라도 기어이 삶을 꾸려 가고 그 때문에 땅 위에 사는 모든 생명은 어떤 관계 속에서 서로서로를 엮어 나간다. 이는 누구도 부인할 수 없는 아니 부인할 까닭이 없는, 세계에 깃들어 있는 진실이다. 그런데 이러한 의미에 서린 속살을 들추어 보자. 생명들끼리 맺은 관계망 안에는 갈등과 불화가 항상 엄존하거나 까닭모를 불일치가 여지없이 놓여 있다. 그리고 오직 '고독'이라는 말에 모든 상황이 수렴된다. 이 독특한 서정소설은 밑바탕에 그러므로 절망에 가까울 정도로 아주 차가운 세계관을 깔고 있는 셈이다. '나'는 이 점에 관련된 깨달음과 심회를 숨기지 않고 드러낸다.

모든 사람들은 하나의 별이었다. 우리는 영원히 서로 만날 수 없어서 어둠속에 눈빛을 반짝이며 알 수 없는 소리로 노래하고 있는 것이었다. 개도, 닭도, 토끼도, 돼지도 모두들 하나의 별이었다. 모든 생명은 하나의 별이었다. 그리고 그 모든 별들은 견딜 수 없는 절대고독에 시달려 노래하고 있는 것이었다.

마치 에덴동산에서 쫓겨난 인간이 자기 힘으로는 도저히 씻어낼 수 없는 약점을 지니고 살듯이, 땅 위에서 생명들이 짊어지고 가는 불협화음과 그에 따른 고통은 절대고독으로서 결코 피할 수 없으리라 '나'는 깨닫고 있다. 그리고 고통 어린 운명의 실체가 밤하늘에 뜬 별에 견주어지고 있다. 별은 고독을 표상한다. 그러나 별에 은유된 세계관은 별의 덕에 힘입어 높은 단계로 승화하는 구색을 갖춘다. 땅 위에 널린 고통이 별이 지니고 있는 아우라에 수렴되어 한계를 초월하는 색채를 띠게 되는 것이다. 그렇다면 인간존재가 땅에서 하늘로 상승하여 별이 되기만 한다면 모든 고통에서 순식간에 벗어날 수 있을 것인가. 그렇지 않다. 최소한 '나'는 아직 평온을 얻고 있지 못하다.

다만 별을 바라보는 눈망울은 땅 위에서 떠안아야만 하는 고통을 다스리는 몇 가지 방법을 얻는다. 독자는 여기에서도 상상의 눈길을 펴 볼 수 있다. 이는 독자가 지닌 당연한 권리다. 우선 땅 위의 외로움을 우주에 속한 외로움으로 끌어올려 고통을 넘어설 초월의식을 가져올 수 있다. 또 절대 고독하여 불쌍한 땅 위 만물을 감싸 안을 아름다운 사랑과 동정심을 불러올 수도 있다. 만약 이러한 해석이 제 힘을 발휘할 수 있다면, 이제부터 사람은 고통의 굴레에서 어느 정도 자유로울 수 있을지도 모른다.

아니면 이렇게 느낄 수도 있다. 땅 위에서 생명을 내리누르는 고통을 하늘로 끌고 올라간 별은 자체에 깃든 아름다운 빛으로써 고통을 어루만지는 것이 아니라 어두운 창공 한가운데서 슬픔의 실체를 더욱 도드라지게 하는 것이 아닌가 하고. 그렇다면 인정하고 싶지 않아도 별처럼 빛나는 슬픔을 직시하고 주인공 '나'처럼 눈망울을 촉촉이 적셔야 할 것이다.

33. 삶에 서린 고통과 구원 모색

- 조성기의 「통도사 가는 길」(1990)

1. 여행을 떠나다

주인공 '나'는 말씨가 겸손하고 다정하다. '배낭 하나를 어깨에 메고 훌쩍 여행길에 올랐습니다.' ……이렇게 존댓말로써 자기 이야기를 펼쳐 놓기 시작한다. 판사나 변호사, 목사가 되지 않고 작가가 된 것은 언제고 마음만 먹으면 이렇게 자유롭게 여행길에 오를 수 있기 때문이었다고 자랑한다. 그는 지금 여행을 하고 있다. 독자도 그를 따라 자연스럽게 여행길에 오른다.

여행이 다 그렇지만 특히 불현듯 감행하는 여행에 어린 기본 속성은 일상에서 벗어난다는 행위에 있다. 목적지는 정해져 있을지 몰라도 낯선 길로 무한 질주하여 얻는 새 기분과 지난 일을 되돌아보게 되는 각성효과가 참맛이요 생명이다. '통도사'로 가는 여정…… 그 나그네 길 위에서 무작위로 떠오르는, 삶을 이룬 여러 매듭을 들여다보고 끝에서 모든 것을 한 시점으로 귀결한다. 이것이 이 소설에 어린 구조이고 주제다.

그런데 '나'는 이번 여행길에서 으로지 휴식을 취하며 잠시나마 일상을 놓아버리는 망각을 누리려고 하지만은 않는다. 그는 '굴원'이 남긴 시집과 함께 길을 떠난다.

굴원은 기원전 사람이다. 춘추전국시대 초나라에 살았던 시인이요 정치가다. 시인으로서 그는 독창성 있고 개성 어린 시풍을 일으켜 후세에 큰 영향을 끼친 것으로 평가받고 있다. 그러나 정치가로서는 배신과 애증이 교차하여 고난과 회한이 계속 이어진 끝에 결국 자살로써 생을 마쳤다고 전해진다. '왜 하필 굴원의 시집을 들고 갔느냐구요 ……(중략)…… 무엇보다 내 마음의 상태 때문이라고 해야 되겠지요.'에서 은근히 실토하듯이 '나'의 마음속에는 지금 여러 가닥 실타래가 뒤얽혀 있다. '나'는 여행길에서 이 혼잡을 풀어내려 한다.

여행은 흘러가는 것이다. 그 물결 앞에서 회고에 빠져 마주하게 되는 가지가지 삶의 여울목. 그리고 드러나는 여러 진실. '나'가 지닌 것이며 동시에 독자 몫이기도 한 진실이란 무엇인가?

2. 삶을 지배하는 요소와 회한들

차창에 몸을 맡기고 '나'는 첫 번째 매듭을 꺼낸다. 자살 청년을 위로하고자 지난 어느 날 떠났던 여행길. 버스 안에서 옆자리에 앉

앉던 여인이 던진 말은 마치 선문답을 위한 화두와 같다. 대구에서 서울로 올라오는 길 내내 한 번도 말을 건넨 적도 몸이 닿은 일도 없던 그녀가 강남터미널에 도착하여 자리에서 일어나 나가면서 그를 돌아다본다. 그리고 처음이자 마지막으로 말한다. '감사합니다.'라고.

자다가 봉창 두드리듯 밑도 끝도 없이 튀어나온 '감사합니다.'는 무엇을 의미하는가? 선문답에서 가끔 쓰는, 초절정에 이른 은유, 상징법 같다. 그러나 상식으로 생각해 볼 때 그것은 무언(無言)을 기꺼이 감당해 낸 점잖음과 예절에 감사하는 표시다. 접촉에서 오는 불편을 면하게 해 준 것을 찬사하는 말인지도 모른다. 그리고 한 겹만 더 들추어내어 바라보면 영원한 평행선처럼 다른 존재인 남과 여 사이에 피할 수 없이 끼어 있는 긴장감을 확인케 한다.

'문화'라는 낱말에 어린 뜻을 새기며 생각해 보자. 인간 문화는 남녀 두 성(性)이 불러오고 매듭짓는 관계에서 시작되고 진행한다. 그런데 누구 잘못을 따질 일이 전혀 아니지만 두 성은 평화를 전제하지 못한 채 서로를 바라보기가 일쑤다. 평화보다는 욕불만, 소통 불가 따위에 따른 고통이 즐비하다. 세상이라는 황량한 벌판에서 이 고통은 여러 가지 유형으로 불안하게 얽혀들 수밖에 없다.

그래서 이름 모를 여인이 던진 선문답에 어린 비의(秘意)는 우리 삶 밑바닥에 깔려 있는 원초 공포를 말한 것이 된다. '나', 그는 삶에 맺힌 매듭을 풀려고 떠난 여행길 출발선에서 이렇듯 근원된 문제를 내놓았다. 조금 무거워 보이지만 전체에서 삶을 가늠하려는 깊은 안목이어서 친절한 안내로 여겨지기도 한다.

그가 가 닿은 곳은 어느 소도시 여관이다. 이곳에서 채집하는 사람의 소리를 들어보자. 자유로 포근해진 여행객이 누리는 객수(客

愁)와 달리 상업 정신으로 무장한 업주들은 혼자 있고 싶어 하는 '나'에게 쉽사리 자리를 내주지 않는다. 여기저기 헤맨 끝에 어렵게 다다른 여관방에서 '나'는 여관방에서만 들을 수 있는 소리를 피할 수 없다.

> "아흐 아흐 아아 아악."
> 윗방에서인지 옆방에서인지 아랫방에서인지 도저히 가늠할 수없는 방향에서 여자의 신음소리가 계속 들려왔습니다. ……(중략)…… 현대에 남아 있는 몇 가지 안 되는 원시의 소리들 중 하나가 바로 저 오르가슴을 선포하는 여자의 소리이지요. 진정 꾸밈없는 싱싱한 생명의 소리.

인간 성욕을 앞에 두고 설왕설래하는 각종 가치관 가운데 우리는 어느 하나를 배우고 익힌다. 일정 가치체계가 이끌어 가는 대로 한 몸짓을 지녀 대개 평생을 살아간다. 그렇지만 너와 내가 엄연히 다르다. 성욕에만 국한된 판단은 아니지만 문화는 은연중 권력이 되어 우리를 지배하고 그래서 우리는 어떤 판가름을 해야 하는 기로에 서도록 자주 내몰린다. 성욕을 감당하고 처리하는 문제에서도 어느 순간 찬반 또는 긍·부정을 갈라야 하는 이분법에 마주 서게 된다는 것이다.

여행객인 '나'는 욕망을 실현하며 얻는 쾌락이 절정에 다다랐을 때 사람이 내지르는 소리를 '진정 꾸밈없는 싱싱한 생명의 소리'로 여긴다. 성욕을 이렇게 보듬고 정의하는 것은 인간이 지닌 한계를 보듬는 마음인 셈인데, 선문답에 어리둥절했던 아까와 다르게 편안하다.

물론 앞으로 펼쳐질 모든 회한을 한 의미망으로써 묶어야만 하는 것은 아니다. 지금 그는 일상에 따른 여러 제약을 다 접고 떠나왔다. 매듭 하나하나마다 연관성과 체계를 따지자고 달려들 일은 아니다. 다만 이렇게 정리하고 넘어간다. 흘러가는 여로에서 성욕은 긴장과 쾌락 사이를 오가는, 인간이 짊어지고 가야 할 인생의 화물(貨物)인 듯하다.

여행길이 한 번 급물살을 탄다. 성욕이 비추는, 달고 쓴 물살은 반야심경에 깃든 인식세계에 부딪쳐 여울목을 이룬다. 다음 구절에서다.

> 그때 애써 떠올린 구절은 이러했지요. 무색성향미촉법. 특히 나는 무촉에 주의하였지요. 촉감이 없다. 감촉이 없다. 감촉 내지는 촉감이란 원래 없는 것이다. 그러므로 감촉했다고 느끼는 것은 허상일 뿐이다. 어떤 감촉으로 인한 미련 역시 미망일 뿐이다. 흔히 사랑이라는 것도 서로 감촉하려는 허무한 욕망에 불과하다.

성경이나 불경 같은 성스러운 책들은 탄생 과정부터 성스럽다. 범인(凡人)이 어설프게 해석하는 것을 허용치 않는다. 성자들은 가르친다. 성스러운 말씀이란 인간이 지혜를 짜내어 둘러놓은 울타리 바깥쪽에서 우리 앞에 나타나는 것이라고. 정말 그렇다면 우리는 모든 성서를 외경하는 대상으로 섬겨야 할 것이다. 이것은 성서와 인간이 만나는 일반 되고 정상된 방식이요 형태다. 그도 반야심경에 깃든 한 구절에 매달려 삶에 어린 얼룩을 다스리려 시도한다.

그런데 성서는 자체로 아름답고 영원한 빛을 머금은 가치체계일 뿐이다. 초월자나 성자가 특별한 은총으로써 거들고 나서지 않는 한, 인간 영혼이 그 빛을 온전히 받아들이기는 매우 어렵거나 불가능하다. 불경에 어린 뜻을 제 나름대로 헤아릴 줄 아는 그도 그렇다. 그는 자기 뜻대로 자기와 화합하려 하지 않는 한 여자를 향한 애욕에 시달리면서 지금 한창 방황하고 있다. '청음'을 '관음'으로 바꾸어 들으려는 지혜의 문턱에 이르기는 했지만 깨달음이 미숙하여 아직 애욕에 어린 고통에서 자신을 구하지 못하고 있다. 이 지점에서 여행길은 홀가분한 듯이 바래면서 고통 어린 색으로 물결의 빛이 바뀐다. 이제 그는 여행길에 오른 문제 인물로 떠오른다.

물결은 계속하여 흐른다. 그는 옛 기억으로 거슬러가는 시간 여행을 즐긴다. 그리고 어머니를 만난다. 어머니는 또 하나 아주 큰 여울목이다.

3. 어머니

지금까지 꺼내놓은 불안, 고통, 망설임, 떨림은 지나온 삶에 쌓여 있는 것들이다. 이제 기차역 플랫폼에 서서 그는 깊은 회한에 잠긴다. 그것은 시대와 역사의 수레바퀴에 끼여 고통스러운 시간을 겪으며 사람이 겪는 영역에 속한 것이다. 그리고 한 여인에게 집중하여 드러나는데 '삼십 년'이라는 긴 시간 속에 서려 있다.

지금에서 삼십 년 전이다. 그의 아버지는 전교조 사건에 휘말려 체포되어 서울로 압송된다. 지금 그가 서 있는 바로 이 기차역에서다. 아버지는 사회와 시대와 역사 한가운데에서 당신 나름대로 치열한 삶을 살았다. 그의 어머니는 지금에서 삼십 년 전 바로 여기에서 지아비를 가시밭길로 전송한다. 그녀는 망연히 서 있다.

어머니는 기차가 삼랑진역어 닿자 플랫폼으로 내려서서 멀어지는 아버지의 모습을 바라보며 손을 흔들다가 끝내 옷소매로 눈물을 훔쳤을 것입니다. 그러다가 문득 선로들 너머 저쪽의 창고 같은 구조물을 바라보았을 것입니다. 담쟁이덩굴이 막 기어오르기 시작하는 그 구조물을 보면서, 어머니는 틀림없이 형무소의 감방을 떠올렸을 것입니다. ……(중략)…… 이제 삼십 년이 지나 어머니가 아버지를 전송했던 그 자리를 내가 억겁 인연처럼 서 있게 되었습니다.

우리는 여기서 독자가 지닌 의무이자 권리인 상상력을 기꺼이 발휘할 필요가 있다. 바람(風)을 받으며 서 있는, 일시 정지된 한 어머니가 지닌 자태를 그려야 한다. 어머니의 모습은 아름답다. 황량한 역사에 홀로 선 어머니는 사람살이에 깃든 깊은 회한을 한껏 담고 있다. 한 사내의 아내로서 살고 한 자식의 어미로서 존재하는 그녀에게 시대가 떠안긴 무게를 가늠할 때 그녀의 영상은 생생하게 되살아난다. 어머니 가슴에 서린 심회는 인생 절정에 닿은 것이다. 앞에서 입에 올렸던 절실하고 고뇌 어린 여러 파편을 어머니는 모두 휩싸 안고 있다. 어머니가 어머니라는 존재가 여행의 중심에 놓이게 된다.

4. 성문(聖門)과 어머니의 유방

여행 막바지에서 그는 이제까지 늘어놓은 매듭을 푸는 데에 집중한다. 그것은 고통스러운 시간을 어떻게 구원하는가라는 주제를 구현하는 작업이기도 하다. 은시했듯이 그 실마리는 '無'와 '空'이라는 불교 언어에 놓여 있다. 좀 더 구체성 있게 살피자면 '通道'

를 '通道'가 아니라 '通度'라고 살피는 데에 단서가 있다.

고통과 번뇌에서 해방되어 홀가분한 세계로 나아가는 것을 뜻하는 거대한 '門'과 그 현판에 걸린 '通度'는 다음과 같은 의미를 전한다. 생에 어린 고뇌를 다스리는 방법은 어떤 고도로 정제된 실체에 다가가서 그것을 얻는 데에 있지 않다. 도(道)는 멀리 있지 않고 내 안에 있으니 도를 무거운 것으로 여기고 집착하면 또 다른 고뇌를 불러온다. 도는 지금 상태에서 '지금 현재'를 새롭게 인식하는 것이다.

그러나 이 소설이 좇는 주제는 불교가 아니요 부처가 가르치는 교훈도 아니다. 부처님의 가르침을 '空'으로 요약한 '통도사'의 정경은 구원을 매듭짓는 데 요긴한 소재요 그림으로서 효용을 십분 인정한다. 그러나 공 너머에 어머니의 유방이 놓여 있다. 이 점을 지나칠 수 없다.

여행길의 끝은 어머니가 거두어들인다. 역사가 몰아대는 황량한 바람을 맞받고 있던 어머니가 구원으로 가는 열쇠라고 작가는 말하고 있다. 그와 아버지와 시대와 역사를 모두 껴안고 서 있는 어머니는 이제 '공'조차 안고 서 있다. 이로써 새 삶으로 나가는 문은 열리는 것이다.

작가가 밟은 노정을 좀 더 이어보자. 우리 현대사를 가늠해 볼 때, 80년대는 유례없이 살인과 반목이 잦은 나날이었다. 벌써 옛날 일처럼 느껴지기 시작했지만 엄연히 기록되어 있는, 지울 수도 부인할 수도 없는 사실이다. 이십여 년 시간 동안 사람들은 극단 어린 갈등과 그에서 짜낸 피와 땀을 어렵게 마시고 새 시간대에 발을 들여놓았다. 그것이 2000년대이다. 이제 다른 길로 가야 한다.

2000년대를 여는 문턱에 서서 아주 숨이 벅차다.

새 시대와 새 삶은 '공'과 '유방'의 문을 지나서 열려야 한다고 말한다면 그것은 소설에 어린 주제를 또렷하게 새긴 안목이다. 결국 삶에 서려 있는 모든 고통을 가슴에 불러들여 어머니 마음으로써 보듬고 쓰다듬고자 한 기원이 여행을 떠난 궁극 된 목적이었던 것이다.

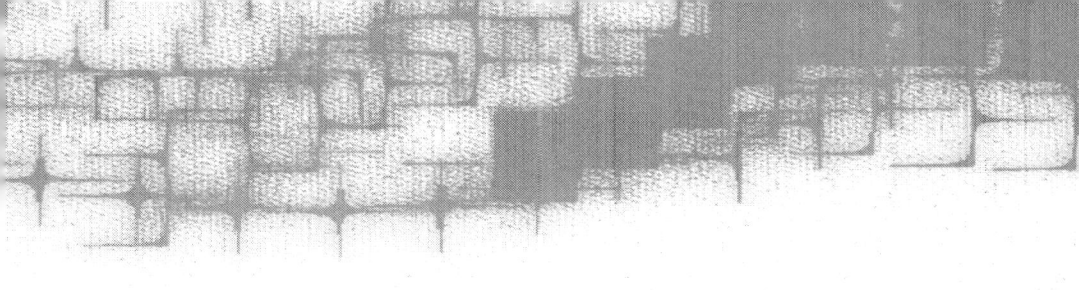

34. 사는 것이 참 내 맘 같지 않다!

- 오정희의 「옛우물」(1990)

    주인공 '나'는 오늘 아침 생일을 맞았다. 생일은 지나온 삶을 조망하기에 퍽 유리하고 알맞은 꼭짓점이다. 아니면 생일날 아침에는 누구라도 그간 흘려보낸 삶과 지금 거느리고 있는 생활을 돌아다보게 된다. 게다가 '마흔다섯 살'이다. 각자 느끼기에 따라 다르겠지만 인생이라는 틀이 지닌 전체 규모에서 보면 '45'라는 자연수는 전체를 절반으로 나누는 분수령이다. 지나온 시절은 지나갔으되 그렇다고 지금 당장 삶이 끝나지는 않았다. 이제 과거와 미래를 한눈에 담아낼 수 있을 듯하다. 그게 '45'다. 이 고갯길에 다다른 사람은 이제부터 생을 총체성 있게 바라보는 데 익숙하다. 이 작품은 '45'라는 숫자가 지닌 고유 속성을 풀어낸 소설이다.

    마흔다섯 번째 생일을 맞은 그녀(주인공 '나')는 오늘 아침에도 사람이 살아가는 기본 토대인 '친숙하고 익숙한 습관과 사물들 사이'에서 하루치 생활을 시작한다고 운을 뗀다. 이제 자신의 삶을 곱씹는 긴 회한이 펼쳐지기 시작하는데, 습관을 생각하며 열리는 첫 번째 소감이 이렇다.

> ……나는, 태어났을 때 사십오 년 후의 이러한 내 모습을 결코 상상하지 않았으리라는 생각을 잠깐 해본 것이 다르다면 다른 일이었을 것이다. 어느 해 이른 봄, 오늘과 별로 다를 것 없는 어느 날 나는 스물세 살부터 십년에 걸쳐 해거름으로 아이 낳기를 한 서른세 살의, 아마 그녀로서는 마지막 출산이기를 바랐을 여자의 자궁에서 벗어나 시간의 그물에 걸려들었다.

'시간의 그물' 운운은 인간이 탄생에서 종말까지 운명의 굴레에 종속되어 있다고 여기는 인식을 암시한다. 더불어 타율성에 따른 운명에 불만을 지니고 있다는 말 같기도 하다. 여인이 새 생명을 생산하는 일은 '한바탕 큰일'이요 '밤을 지샌 고통'이고 '영원한 암호, 비밀일 수밖에 없는 한 세계와 결별한다.'는 의미를 지닌 대사건이다. 하지만 누군가 우리를 세상에 던졌다는 사실이, 흔히 하는 말로 우리가 '던져진 존재'라는 사실이 그녀는 꽤 부담스럽다. 마음에 담긴 짐을 그녀는 숨기지 않는다. 이는 '생로병사'라는 기본 구조를 원망하는, 하소연할 길 없고 진부한 불만이다.

그러나 이 불만은 '한 사람의 생애에 있어서 사십오 년이란 무엇일까'라는 자성 어린 질문을 불러일으키는 근원이다. 지나온 생을 바라보는 그녀 마음에 불어닥치는 상상력은 화려하고 다양하다. 그만큼 지금 그녀는 뭔가 단단히 맺혀 있는 것이다.

> 나는 창세기 이래 진화의 표본을 찾아 적도 밑 일천 킬로미터의 바다를 건너 갈라파고스 제도로 갈 수도, 아프리카에 가서 사랑의 의

술을 펼칠 수도 있었으리라. ……(중략)…… 환생과 윤회에 대한 책을 쓸 수도 있었을 것이다. 납과 쇠를 금으로 만드는 연금술사도 될 수 있었고 밤하늘의 별을 보고 나의 가야할 바를 알았을지도 모른다.

사랑의 의술, 윤회에 대한 책, 연금술사…… 열거된 항목에 굳이 의미를 부여하자면, 이것들은 인간이 존엄하다는 사실을 증명할 수 있는 무한한 가능성이며 청춘의 푸른빛이 가득한 소녀가 품음 직한 아름다운 꿈이다. 한때 이러한 꿈을 꾸었을지도 모를 그녀는 그러나 현재 '작은 지방 도시에서 만성적인 편두통과 임신 중의 변비로 인한 치질에 시달리는' 평범한 주부라는 현실에 놓여 있을 뿐이다. 하늘을 날아다니는 기능을 잃어버린 새 '도도'와 자신을 동일시하는 그녀는 과거로 사라져 간 꿈과 현재가 강요하는 질서 사이에서 헤맨다. 스스로 양자를 모두 거느린 지혜를 가지고 있다고 자부하지만 그녀에게 꿈과 현실은 분명 따로따로 떨어져 있다. 살아온 세월과 삶이 참 내 마음 같지 않았던 것이다. 이것은 한(恨)에 가까운 정서다. 이 한이 그녀가 지닌 갈등 내용이고 소설에서 중심축이 되는 화두다. 그래서 이 장황한 수필 같은 소설은 삶에 어린 부정된 회한을 비추어내는 삽화들을 열거하는 데에 모든 지면을 쓴다.

한두 개가 아닌 일화는 이 독백서가 넋두리 감상문 차원에서 벗어나 소설 작품으로 여겨질 수 있는 최소 근거를 제공하는 소도구다. 그러나 비슷비슷한 내용을 반복하고 있어 작품 전체 분위기가 결국 난삽해지고 만 아쉬움이 있다.

첫째, 자랑스러운 영농후계자. 그도 살 만큼 산 중년이다. 지난날과 현재를 이제는 넉넉하게 함께 거느리고 있다. 그러나 전체를 조망할 때 희망 어린 삶과 좌절 어린 현실이 또렷하게 대치한다. 지난날에 거느렸던 꿈과 현실이 서로 정반대 방향으로 틀어져 있다. 그는 방랑하며 살고 싶었다. 그러나 지금 '집에서 이 킬로 반경을 벗어나면 심장이 뛰고 불안해서 안절부절' 못 하는 원거리공포증이라는 병에 걸려 있다. 스스로 말하듯이 역설 어린 결과다. 그는 인생이 역설로 가득하다는 사실을 알게 된 사람이다. 인생이란 내 뜻과 전혀 다르게 펼쳐지고 매듭이 지어지기 십상이다. 인생은 그렇다고 지난날이 그에게 증명해 주었다. 그러나 그는 '한 사람'이 지닌 불행을 증명하기보다 뜻대로 흘러가지 않는 우리네 삶의 실상을 밝히는 사람이다.

현실과 내면이 어긋나 생긴 그늘은 둘째, 찻집에서 바라본 한 남자가 발작을 일으키는 광경에서 되새겨진다. 그녀는 그를 처음 본다. 그래서 그녀는 자신의 눈망울에 비친 대로 그를 가늠한다. 전화 부스를 나서는 그가 '유리알처럼 무의미하고 건조하게 스쳐가는 혹은 자신의 내부를 들여다보는 눈빛'을 던진다고 그녀는 느낀다. 그가 그의 과거를 되짚으며 진땀을 흘리고 퍽 당황한 몸짓을 보인다고 여기는 의식은 모두 자신의 삶을 통해 한 사람의 삶을 들먹이는 시선이다. 그녀는 역시 마흔다섯 살 꼭짓점에 서 있는 여자다. 작가는 '분명히 설명할 수 없는 조바심'이라고 규정했지만, 그녀가 생면부지인 그를 뒤쫓아 간다는 부자유스러운 상황에서 마주하는 진실은 그가 발작 환자라는 사실이다. 그는 발작한다. 찻집에서 무엇을 애써 찾고 되새기고 있다는 느낌을 준 몸짓과 아주 다른 양상이다. 삶이라는 한 울타리 안에 공존하는, 떼려야 뗄 수 없는 두 극점 가운데 한쪽에 도사린, 일생을 떠안고 가야만 하는 불치의 고통을 남자는 보여준다. 인생은 그런 것이다. 발작과 평온이 공존한다. 유감스럽지만 완전하게 행복하지 못한 틀로 되어 있다. 그녀는 꼭짓점에서 이 사실을 확인한다. 아주 예리한 각이요 슬픔 어린 전망이다.

그래서 그녀는 엄격한 중간 평가를 내린다. 인생은 바보라고. 한 '바보'를 바라보면서 자기를 응시하면서 그렇게 느낀다. '바보'라는 낱말에 매달린 진부한 비유법은 불명확해 보이는 개념이기에 그녀가 치열한 탐구정신을 그만 거두어들인 듯하다. 바보를 바라보는 시선에는 생에 깃든 풀길 없는 원망과 한계인식이 짙게 배어 있기 때문이다. 아무튼 바보는 열심히 일한다. 끊임없이 살고 있다. 무엇을 위해서라고 말하기 힘들다. 그가 흘리는 땀과 피가 빛이 나지만 그는 현실에서 아무것도 얻지 못한다. 게다가 그는 자기 근거지가 서서히 사라져 가는 사실을 눈치 채지 못한다. 집이 철거되는 가운데에서도 그는 쉬지 않고 삶의 기운을 쏟아붓는다. 그게 바보의 실체다. '보이지 않는 끈에 매여 있는 것처럼 언제나 집 주위를 맴돌며 일을 하고 있'는 그는 마치 밤과 낮을 가리지 못하고 헛된 등정을 계속하는 시지프스 같다. 바보는 어긋남을 실증하는 실례다. 마모되어 가는 나를 잘 보지 못하고 나를 위하여 내 땀과 피를 연신 쏟아내는 시간이 계속 이어진다. 이것이 인생이라고 그녀는 깊이 각인한다. 이로써 자기 자신을 확인하고 있다. 인생은 참 뜻대로 되지 않는다는 명제를 변주하고 있다.

네 번째 일화를 꾸며 낸 주인공인 젊은 부부는 그녀에게 퍽 친숙하다. 젊은 시절 그녀가 거느렸던 일상을 젊은 주부가 그대로 재현해 보여주기 때문이다. 젊은 부부는 그녀가 소유하고 있는 집에 세 들어 살았다. 집이 두 채여서 남다르게 나만의 공간(이것을 그녀는 '작은집'이라고 부른다)을 차지하는 사치를 누리는 그녀가 찾아낸, 젊은 주부가 소유했던 가계부. 그들이 이사한 뒤 텅 빈 집에서 발견한 이 물건은 각자가 지닌 삶이란 남모르게 숨겨져 있다는 사실을 암시하는 소도구다. 그것은 가정이라는 조직 또는 삶의 형태에 따라 존재하는 보편된 일상을 비춘다. '두부 한 모, 꽁치 세 마리, 시금치 한 단' 따위가 날짜와 함께 꼼꼼히 적혀 있다. '미니카, 바나나 1킬로, 콘돔 한 박스……'라는 기록은 퍽 낯익은 흔적이다. 그리고 '오늘은 특히나 내가 참을 수 없이 싫어지고 우울하다. 비가 오기 때문일까. 어디론가 훌쩍 떠나고 싶은 마음뿐……'이라는, 젊은 주부의 내면이 발굴된다. 일탈 욕구가 깃들어 있어 위태롭다. 꼼꼼한 생활기록과 일탈…… 이 동전의 양면을 보고 어떤 심회에 다다를 수 있을까. 누구나 다 그렇게 살기 마련이라는 동감이나 묘한 안도감? 역시 별 수 없으며 풀어낼 길 없을 것 같은 허무의식? 무엇을 느끼든 자유지만 젊은 주부가 남모르게 고통의 강을 건너고 있다는 사실은 틀림없다. 모두 그렇듯이 그녀는 늙을 때까지 아마 그렇게 그대로, 던져진 동전처럼 굴러갈 것이다. 다시 확인한다. 삶은 그런 것이다. 판이하게 다른 요소가 붙어 있다. 그러니 어찌 내 뜻대로 내 희망대로 흘러가리오.

마지막으로, 과장된 몸짓을 톡톡히 동원하여 전후 사정을 그려낸, 남자와 나눈 사랑에는 매우 복잡한 마음이 엉켜 있다. 이 부분에서 그녀는 자신이 지닌 모든 회한을 가장 집중하여 풀어낸다. 특히 '어디로든지 사람 없는 곳에 가서 ……(중략)…… 모든 관계들에 대한 역겨움이 아니었을까.'라는 문단에 어려 있는 마음은 필요 이상으로 복잡하여 전하고자 하는 알맹이가 또렷하지 않다. 이 연애는 불륜이고 외도이다. 외도는 이중성에 따른 행동이요 자기모순이며 가치와 행동이 분열한 현상이다. 그런데 그녀는 지금도 이 연애사와 그 남자를 삶을 이루는 한 축으로 삼고 있다. 이 사실은 참 끈질기고 너절한 진실이며 결국 인성이 지닌(최소한 그녀의 경우에서는) 본질 된 불구성을 강하게 암시한다. 사는 것이 내 맘 같지 않다. 이것이 인생이다. 이 명제가 작품 주제로 굳어진다.

이제까지 약점을 드러낼 대로 드러냈다. 이제 위안이 필요하다. 그래서 '옛 우물'을 떠올린다. 금빛 물고기를 기다리던 마음을 다시 불러온다. 어떻게 생각하면 미련한 유아심리요 생산성이 없는 과거지향성이다. 그러나 근원을 되새기는 인식은 때로 소중하다. 삶을 떠받친 근본을 지키고 현재 상황이 지닌 칼날이 내 삶을 일방으로 깎아내는 것을 막아주기 때문이다.

그녀가 펼친 회고에는 총체성이라는 미덕이 어려 있다. 그러니까 회한이라는 말이 아무 무리 없이 느껴진다. 이 회한은 사십오 년을 살아온 자가 당연히 누릴 권리이며 결과물이기도 한데, 사는 것이 내 맘 같지 않다는 인식에 현재 닿아 있다. 그것은 찬반에 붙일 것 없는, 중년 여심(女心)에 밀려들기 마련인 한바탕 회오리다. 끝내 삶은 평안한 것이라는 신념 따위에 귀착하지 못한 점이 아쉽지만 '금빛 잉어'가 삶의 중심을 지탱하는 역할을 해낸다. 금빛 잉어가 사는 옛 우물은 여성인 그녀에게는 결코 멸하지 않을 존재 근원이다. 옛 우물에 서려 있는 유서 깊은 전설과 금빛 잉어가 그려내는 아름다운 몸짓과 빛깔은 지금 그녀가 지닌 삶의 처음과 중간과 끝을 모두 비추고 있다.

　물을 퍼낸 텅 빈 우물에 금빛 잉어는 보이지 않지만 그녀는 '맑은 물이 그득 고이면 금빛 잉어가 살리라는 생각을 버릴 수가 없었다.' 우물 속에 몸을 묻어 일찍 존재를 마감한 그녀의 친구도 그랬다. 그래서 우물은 작은 등대와 같다. 등대 불빛이 언제 꺼질지는 알 수 없다. 그에 상관없이 그녀는 사는 것이 내 생각과 일치할 그 어느 때를 기다린다. 이러한 바람은 스산한 정회가 가득한 작품을 써낸 작가가 지니고 있는 깊은 바람일 것이다.

35. 고도로 정제된 훈시 문학

- 이문열의 「시인과 도둑」(1992)

서문에 비친 내용은 나중에 본문에서 구체로 서술된다. 그런데 굳이 서문을 강조하는 서술태도에 서린 뜻은 무엇인가? 이야기 머리를 남다르게 꾸며 보자는 의욕이고 주제를 강하게 표현하고 전달하려는 뜻으로 여겨진다. 서문에서 작가는 김삿갓으로 추정되는 한 시인의 일생을 개념어로 가득 찬 토막들로써 정리해 놓았는데, 문장이 수월하면서도 한군데 빈틈없이 조리가 정연하다. '보수→진보→양비양시론→자연'이라는 차례에 따른 설명은 군더더기가 없다. 그래서 마치 잘 닦인 매끈한 간판을 보는 느낌을 준다. 작가는 독자에게 보이려고 이 간판을 첫머리에 못 박았다.

간판 아래 진열된 이야기는 제목 그대로 '도둑과 시인이 만나는 사건'이 골격이다. '도둑'은 어감이 듣는 이에 따라 심기를 퍽 거스를 수 있는데, 여기에서 그는 반체제 저항세력이요 기존 질서를 뒤

엎으려는 혁명세력이다. 그리고 도둑들의 의지를 고양시키는 시인의 노래는 '목적예술'을 제유한다. 이러한 해석을 좀 더 확대하면, 92년에 발표된 이 작품은 70년대에서 80년대를 관통하면서 '참여문학', '저항문학', '민중문학'들로 불리던 문학운동과 그에 투신했던 세력이 보인 전말을 옛이야기로써 빗대어 놓은 소설이라고 규정할 수 있다. 그래서 작가의 본심을 은폐하려 한 우화소설로 이 작품을 보아도 무방하다.

'일하지 않고 먹는 자, 생산하지 않고 쓰는 자'의 목숨은 거두어들여야 한다는 지론은 증오심과 피해의식이 잔뜩 서린 계급논리다. 요즘 어디에서도 정당한 것으로 받아들여질 수 없는 이념이다. 여기에 유혈충돌이 더 이상 지체할 수 없는 유일한 혁명수단이라는 급진된 투쟁론을 겸비한 자가 도둑 가운데 우두머리인 '제세선생'이다. 그가 주장하는 사상을 여기에서 면밀히 따져 시비를 물을 필요는 없다. 다만 그가 지닌 예술론이 문제로 떠오른다. 예술은 오직 사회진보와 혁명을 고양하는 수단이 되어야 한다고 그는 고집한다. 이러한 예술론은 부조리한 사회를 개혁하는 데에 문학을 바쳐야 한다고 믿었던 지난 70, 80년대 많은 문인들의 열정과 닮았다. 시인도 처음에는 이 예술론을 시인(是認)하고 실현 가능성에 희망을 걸어본다. 이는 상대가 지닌 뜻을 제 나름대로 충분히 이해하고 있다는 자기과시요 앞으로 반전을 꾀하려는 사전포석이다.

> (어쩌면 나는 그때 그 세계와 인식의 껍데기만을 훑고 지나쳤는지
> 모른다. 나는 부정과 거부의 열정에는 충실했지만 그 세계와 인식의
> 핵심은 거기에 있는 것이 아니라 오히려 내가 소홀히 했던 파괴와
> 재창조의 의지에 있는지도 모른다. 낡고 부패한 세상을 무너뜨리고

살기 좋은 세상을 여는 것 – 만약 나의 시가 그 일의 한 모퉁이라도 맡아낼 수 있다면 그것은 큰 쓰임이다. 그리고 그같은 큰 쓰임은 내가 지금 자연 속에서 찾고자 하는 몽롱한 그 무엇에 갈음할 수 있을지도 모른다……)

그런데 갈고 간 준비 끝에 결행한 혁명은 무참히 실패로 끝나고 만다. 여기서 실패를 가져온 빌미를 눈여겨보아야 한다. 혁명투사들의 사기를 한껏 고취시키고 적들의 간담을 서늘케 하려고 노래를 지어 불렀지만 그 노래가 오히려 실패를 가져온 원인으로 낙인 찍혀 있다. 시인이 지은 노래를 듣고 아군은 긴장감이 느슨하게 풀렸고, 거꾸로 적들은 간담이 서늘해진 덕에 경계심을 한층 북돋았다는 것이다. 목적문학이 지닌 실제 효용성을 작가는 다음과 같이 단정한다.

> 거기다가 그들의 패배를 한층 결정적으로 만든 것은 그들 자신의 질적인 변화였다. 미래에 대한 전망도 보다 나은 세상에 대한 환상도 없던 시절의 그들은 용감했다. 자포자기적인 흉폭성과 막연한 울분에 차 있던 무식한 산도적떼에 지나지 않던 그들은 그런 싸움에서 물불 가리지 않고 내다랐으나 제세선생의 이치와 시인의 감정으로 겨우내 세례 받은 그때는 달랐다. 이치를 따지게 됨으로써 스스로의 목숨까지 따지게 되었고 시인의 생산으로 감정을 다스리는 동안 어느새 문약이 스며든 것이었다. 그 겨울 내내 말로 너무도 많은 부자와 탐관오리를 죽여와 그 동안에 얻은 대리만족도 전 같은 용감성을 이끌어내는 데에 방해가 되었다.

시인의 노래가 순진한 사람들을 다 망쳐놨다는 식이고 오히려 결정된 방해가 되어 혁명이 실패로 돌아갔다고 설명한다. 이 주장은 잘 꾸며진 치밀한 사건 속에서 매우 그럴듯한 설득력을 얻고 있다. 작가 특유의 입담이 한껏 솜씨를 부린 덕에 이야기 앞뒤가 매우 정교하게 맞아떨어져 있기 때문이다. 그러나 냉정하게 재고할 때, 시가 혁명이 실패하게 된 직간접 요인이라는 결론은 반대를 위해 반대를 무릅쓰고야만 발상이며 목적문학을 어설프게 평가 절하한 주장이다. 노래가 사람을 믄약에 빠지게 했다는 지적도 그렇고 혁명가들을 막연한 울분에 싸여 있는 존재쯤으로 여기는 의식은 애초에 설득력이 없기 때문이다. 그래서 자신과 반대쪽에 서 있는 성향에 작가 개인이 지니고 있는 불만과 악감정을 드러낸 것으로 보인다.

언행에서 허세나 거드름을 찾아볼 수 없는, '그 표정의 깊은 물 속 같은 고요함이 오랜 세월을 걸쳐 닦아온 자신의 이념에 대한 확신을 싸늘하게 내비치는' 혁명의 우두머리가 실패자로 전락하고 만다는 결론에서도 같은 뜻을 엿볼 수 있다. 민중의 지도자를 실패자로 몰아가면서 작가는 일단 비범한 인물로 그를 추어올린 뒤 이어 바닥으로 떨어뜨리는 기법을 구사했다. 이는 매우 영리하고도 교묘하게 상대를 제압하여 기를 확실히 꺾어놓는 말솜씨이다. 젊잖게 펼쳐진 서술 밑바탕에는 이렇게 좀 더 높은 차원에서 상대를 깎아내리려는 뜻이 깔려 있는 것이다. 여기에 민중을 바라보는 시선은 설상가상으로 우중(愚衆)을 건너다보는 의식으로 초지일관한다. 작품 속에서 민중은 주체성은 굴론이고 진정한 용기와 투쟁심도 전혀 없는 바보들로 그려져 있다.

이제까지 추려낸 갖가지 의식을 정산해 볼 때, 작가는 혁명 세력과 목적문학론자들을 부정하고 혐오하는 마음으로 가득 차 있다.

서문에서 개념어로써 일갈했지만 민중문학과 참여문학 따위 목적 문학은 본질에서 '그늘 없는 양지가 어디 있고 속 없는 겉, 뒤 없는 앞이 어디 있는가. 세계도 인식도 겹이었고, 그 시비는 <지금>과 <여기>에서의 하염없는 노래에 지나지 않았다'는 것이고 '어느 쪽이든 편이 되지 않으면 허전하고 불안해 못 견뎌하는 그들의 의식'이 빚어낸 허구라고 작가는 단정하고 있다.

그렇다면 마침내 목적문학을 벗어나 반대편에 서게 된 시인 김삿갓은 어떤 길을 걸어가는가. 그는 현실과 세속을 초월하고 신비롭게 자연과 합일하는 길에 접어든다. 그는 땅에 얽혀 있는 모든 의식과 논리를 벗어나 인간을 구원하는 전형을 완성한다. 그리고 그것이 문학조차 초월한 진정한 문학의 길이요 완성이라는 주장을 은연중 펴고 있다. 시인이 역사와 현실을 벗어나 펼친 아름다움은 다음과 같다.

> 아버지가 새를 읊으면 새 중에서도 가장 고운 새가 날아와 지저귀고, 바람을 읊으면 바람 중에도 가장 시원한 바람이 불어와 그들 부자의 땀을 씻어주었다.

인간의 탈을 벗고 시인은 대자연 속으로 스며들어 갔다. 참 숭엄하고 요란한 결말이다. 반대세력과 자신이 크게 다른 점을 부각시키려는 욕심이 깔려 있기에 듣고 있자면 높은 곳에서 낮은 곳에 있는 무리를 조망하는 자가 지닌 시선이 느껴진다. 현대사에서 가장 암울했다고 일컬어질 한 분수령에 몸담고 살며 인간을 억압하는 사슬을 끊고자 죽음을 불사하고 정의를 구현하려 한 많은 정신이 있었다. 그들 앞에 이러한 세계관은 어떤 의미를 갖는가.

이 작품은 탁월한 이야기꾼으로 정평이 나 있는 작가가 특유의 솜씨를 한껏 무르익어 빚어놓은 소설이다. 이야기 자체가 재미있고 구조나 구성도 완성도에서 흠 잡을 데 없이 우수하다. 상대를 확실히 지목하여 일정한 뜻을 강력하게 전달하는 주제의식도 탄력이 뛰어나다. 그러나 갈등세력을 바라보는 의식은 정교한 포장기술을 한껏 동원했지만, 제세 선생과 마찬가지로 흑백논리 수준을 벗어나지 못했다. 말하자면 '순수 / 참여'라는 인식구도가 다만 '천재 / 바보'라는 단순 논리로 바뀌어 있을 뿐이다. 참여하지 않으면 문학이 아니라고 우기는 고집이나 참여하면 바보라고 내리깎는 우쭐함이나 모두 유치한 안목이다.

그래서 「시인과 도둑」, 가장 효율성 있게 순수를 외치고 있는 이 작품이야말로 미리 계산된 의도를 머릿속에 가득 채우고 어떤 목적을 좇아 한껏 달려간 문학작품이다. 순수성이란 애초부터 접어놓고 꾸며 낸 이야기요 결론으로 볼 때 하수(下手)에게 한 수 가르쳐보겠다는 경직된 과욕이 빚은 고도로 세련되고 정제된 훈시문학이다.

이 작품에 담긴 훈시 내용이 편벽되지 않은 다양한 인생관을 여는 데에 어떤 힘이 되었는지 모르겠다. 그러나 저항문학이라는 어려운 가시밭을 가던 이들에게 이와 같은 딴죽은 분명 일개 검불 같은 장애물로서 귀찮게 눈앞에 거슬렸을 것이 틀림없다.

36. 난해소설에 어린 의미

– 최수철의 「얼음의 도가니」(1993)

　'얼음의 도가니'…… 어감도 뜻도 애매하다. 선뜻 정겹게 다가오는 제목은 아니다. 얼음으로 만든 도가니라는 말 같다. '얼음으로 만든 도가니'라고 하면 뜻이 너무 흔하게 드러나는 투라서 소설 제목으로 적절하지 못할까. 어쨌든 도가니는 보통 용기보다 더욱더 치열하게 열(熱)을 받아들이고 간직한다. 그게 도가니가 지닌 쓰임이고 됨됨이다. 그런데 얼음으로 도가니를 만들었다니 도가니 구실을 제대로 할 수 없을 것이 뻔하다. 그렇다면 뭔가가 뒤틀어져 있는 셈이다. 작품을 읽고 전체 내용을 새겨보면 이 역설 어린 표제에 숨은 속뜻을 제 나름대로 알아낼 수 있을 터이다.

　제목만 그런 것이 아니다. 이 작품은 1993년에 아주 유명한 모(某) 문학상에서 대상을 받았다. 작가에게 상을 준 심사위원 가운데 한 사람은 '얼음의 도가니'라는 제목만큼 역설 어린 논조로 다음과 같이 평을 내놓았다.

최수철 씨는 지금까지 이상문학상 최종심에 올랐다가 아깝게 떨어지고 만 일이 다섯 번이나 된다. 아마 소설가로서의 정통성이 심사위원들의 마음에 걸렸었던 것 같다. 그러나 소설가는 위대한 사상이나 정의감을 가졌기 때문에 소설가인 것이 아니라 새로운 방식으로 이야기를 하고 있기 때문에 소설가인 것이다. 「소설은 종래의 소설에 대하여 항상 노(no)라고 말하는 양식」이라는 낡은 정의를 다시 들먹일 필요도 없이 소설가의 세계 개조는 바로 소설 양식의 개조를 통해서 이루어진다고 할 수 있다. 이런 관점에서 볼 때 최수철 씨는 실험 작가가 아니라 오히려 정통성을 지닌 소설가라고 해야 옳을 것이다(이어령, 93년 이상문학상 수상 작품집 심사평).

최수철의 작품이 정통성이라는 개념에 비추어 종래에 보아왔던 일반 방식이나 유행과 매우 다르다고 지적한 뒤 그래서 오히려 진정한 정통성을 지녔다고 필자는 추어올리고 있다. 실험성도 한 전통이라고 한 주장에 어느 정도 수긍은 간다. 그러나 최수철이 실험 작가가 아니라는 지적에는 온전히 동감이 가지 않는다. 평자가 말한 '정통성'이 정확히 어떤 내용인지는 알 수 없으되 최수철의 작품이 일반 독자에게 소통이 불가할 정도로 생소하고 어렵다는 사실은 부인할 수 없다.

작품 「얼음의 도가니」는 한마디로 이해하기가 매우 어렵다. 일반인은 물론이고 정규대학에서 문학을 전공하여 소설문학에 조예와 수련을 돈독히 쌓은 사람도 그렇다. 이 이야기에서 내 삶의 영역과 겹친 부분을 발견하고 소설이 펼친 개연성에 따른 감동과 재미를 느끼기는 웬만한 독자로서 무척 힘들다. 이 작품을 읽고 과연 몇 사람이나 책을 읽는 즐거움을 누렸을지 궁금하고 회의가 든다.

그러나 이 작품에 어린 난해함은 독자의 의식과 수준을 계도할 자격을 충분히 갖춘, 평균에서 적어도 몇 차원 정도 높은 위치에 있는 경지에서 비롯하지 않는다. 작가가 꿰뚫어보고자 한 삶의 국면도 이제까지 전혀 알려지지 않은 새로운 것이 아니다. 작품 내용이 결코 '경이로운 체험'에 따른 것이 아니라는 말이다. 이 점을 먼저 새길 필요가 있다. 이 작품에서 다루는 주제는 늘 듣고 써 오던 말로 '인간 내면'에 속하는 영역일 뿐이다.

　「얼음의 도가니」는 주인공인 소설가 임휘경의 삶을 얘기한다. 그는 그가 거느린 일상과 원만하지 못하다. 나라, 가족, 직장 따위 그의 환경을 구성하고 있는 주요 요소들과 심각하게 갈등한다. 게다가 자신이 지닌 갈등과 회의를 원활하게 처리하지 못하여 병적 고착상태에 빠져 있다. 그의 마음속에는 삶과 자기 자신에 대한 회한과 혐오, 분열의식이 가득하다. 도가니탕(湯)처럼 바글바글 끓고 있다. 그런데 도가니가 얼음으로 되어 있으니 마음에 서린 고통을 제대로 감당해 낼 수 없다. 난감하고 위태로울 수밖에 없다.
　겉으로 드러나는 행동을 보고 삶과 인간성의 진면목을 포착하려는 시도는 곧 한계에 부딪힐 수 있다. 일상 감각으로써 수용이 가능한 선을 넘어선, 마음 깊은 곳에 놓여 있는 고통…… 작가는 바로 이것을 묘사하려고 한다. 그리고 이 '내면'은 일상 언어로는 인간의 무의식을 도저히 담아낼 수 없다고 굳게 단정하고 철저히 개인성에 근거한 언어에 탐닉하고 만 시도가 빚어낸 내면과(사실 이런 시도는 우리 소설문학 전통에서는 퍽 드물지만) 엄연히 다르다. 작가가 탐구하고자 한 내면은 초현실이 아니라 현실 세계에 걸쳐 있는 사람 마음으로서 정통성에 속한 소재요 주제다.

그런데도 이 소설이 일반 독자에게 난해한 작품으로 여겨지는 이유는 무엇인가. 그것은 우선 이러한 작품이 자주 출현한 결실이 아니기에 낯설게 느껴지기 때문일 테고 그보다는 내면을 그려내려고 인간 삶에 기울인 탐구자세가 유난히 치열하기 때문이다. 남다르게 치열하다 보니 남다른 진지함이 돋보이고 이 진지함이 작가만이 지닌 '이해하기 어려운' 개성이 된 것이다. 대상을 꿰뚫어 보려는 또렷한 문제의식이 얼마나 진지한가는 예를 들어 다음 대목에서 잘 살펴볼 수 있다.

> 나는 두 눈에 힘을 그러모았다. 그러나 이미 때는 늦은 뒤였다. 셰퍼드가 머리를 내 쪽으로 들이밀며 입을 크게 벌렸고, 그와 동시에 나무토막처럼 빳빳해진 그 길고 축축한 혀가 꼿꼿하게 일어섰다.
> 「컹.」
> 쩡. 시야를 가득 매우고 있던 눈부신 설원이 쩡 소리를 내며 얼음판처럼 갈라졌고, 그 순간 거의 얼음과 유리로 변해 있던 내 몸 위로 뜨거운 쇳물이 부어졌다.

개가 '컹' 하고 짖자 설원이 '쩡' 소리를 내며 갈라지는 장면설정은 물론 현실에서 일어날 수 없는 현상이다. 내 몸 위로 쇳물이 부어졌다는 표현도 일상을 벗어난 서술이다. 일반 독자에게 이 비현실이 말하자면 어렵게 느껴지기 십상일 부분이요 불가해(不可解)로 다가올 대목이다.

이 효과음들은 자기 내면에만 빠져 원활한 사고 작용이 깊은 침체에 빠진 자에게 경종을 울리는 역할을 한다. 작가에게도 주인공에게도 독자에게도 이 소리는 내면 탐구를 위한 여행이 시작되었다는 것을 알리는 기호로서 아주 청명한 징소리와 같을 뿐이다. 이

효과음들이 난해하게 들리는 것은 그 음색이 유례없이 치열하고 진지하게 인간을 탐구하려 한 자세에서 나온 결과물이기 때문이다. 이 장치들은 불가해가 아니라 단지 익숙지 못한, 치열한 비유법일 뿐이다.

이 출발 신호에 이어 작품 지면에는 고뇌에 빠진 사람이 지닌 내면을 읽어내려는 노력이 빼곡하다. 눈으로 볼 수 없는 마음속 정황을 드러내려는 노력은 이 작품의 뼈대를 이루고 다음과 같은 장면은 내면에 서린 고통을 좇아 작가 나름대로 진지하게 꾸며 낸 보고서이다. 역시 낯설지만 난해하다그 지레 판단할 대목이 아니라 사람의 마음을 개성 있게 그린 그림이라고 보면 그만이다.

> 나는 벌떡 일어섰다. 그러나 이미 나의 몸은 자유롭지 않았다. 나 대신 능란하게 글자를 만들어 가던 타자기가 어느새 내 몸에 바싹 달라붙어서 함께 딸려 올라왔기 때문이다. 그러나 다시 보니 그것이 아니었다. 이미 내 몸의 일부가 타자기가 되어 내가 다리를 움직이려 할 때마다 덜그럭거리고 있는 것이었다.

여기에서 소설가 임휘경은 마치 몸이 사물의 일부가 되어 버린 듯 일상 습관에 빠진 끝에 원래의 나를 잃어버린 자아를 바라보고 있다. 그리고 '나를 둘러싼 모든 크고 작은 관계들 속에서 마비와 죽음의 냄새를 맡'는다. 그것은 시체가 사는 삶이며 자기는 일상이라는 방부제에 담긴 시체라고 그는 느낀다. 이런 내면사정은 엄살이면서 절실함으로 다가온다.

개인이 자기 성향에 묶여 그 한계를 차마 넘어서지 못하니 엄살이라 하는 것이며 이러한 엄살은 결국 과장을 부리는 것이니까 낯설음으로 이어지기 십상이다. 또 보편된 경험 세계를 비추는 것이기에 절심함이라고 하며 이러한 절심함은 문제의식을 공유하도록 이끌 수 있는 확률이 높기 때문에 치열한 탐구가 결실을 맺은 것으로 평가할 수 있다. 누구나 한때 그렇듯이 임휘경이라는 사람이 지금 매우 절심한 마음고생을 하고 있다……. 이렇게 이 장면을 이해하면 될 것이고, 이 장면이 엄살이냐 절심함이냐를 가름하는 주체는 독자 자신일 뿐이다.

무릇 작품에 어린 가치를 판단하는 것은 개별 독자가 지닌 고유한 몫이다. 독자가 매달려 찾아내려고 전전긍긍해야 할 고정된 정답은 없다. 엄정한 객관성에 따라 작품 가치를 재단하려고 시도하는 태도도 그에 따른 결과도 무의미하다. 예술작품은 살아서 움직이는 한 존재이기 때문이다. 어떤 작품을 읽든지 간에 독자는 자신이 지닌 가치관과 취향에 따라 내용과 가치를 판단하고 규정할 권리를 지니고 있다. 독자는 이러한 입지에 권리의식과 긍지를 가질 필요가 있다. 그런 의미에서 또 하나 예를 들어, 다음과 같이 중첩된 단어들로써 건져 올린 섬세한 심리는 내면을 성실하게 응시한 결과로서 깊은 방황에 빠진 사람의 속이 얼마나 혼란한가를 보여준 것으로 받아들이면 그만이다.

> 사물이 되어가는 고통은 실로 대단한 것이었다. 나는 아무것도 참을 수가 없었다. 더 나아가 나는 못 참겠다고 생각했다. 나는 참지 않겠다고 다짐했다. 하지만 나의 그런 고통을 아무렇지도 않게 치부해 버릴 때, 나 또한 내가 구체적으로 뭘 참겠다는 것인지 혼란스러워졌다. 그리고 그것이 바로 내가 프랑스로 간 이유였다.

이 밖에 환각에 가까운 심리동향을 탐구하려고 한 여러 가지 시도와 노력도 궁극에서는 대상의 실체에 좀 더 가깝게 이르고자 애 쓴 결과라는 차원에서 읽어낼 수 있다면, 우리는 이 작품이 뒤집어 쓰고 있는 또는 독자 스스로 자신에게 씌운 난해함의 굴레를 벗겨 낼 수 있을 것이다.

이 작품이 다루고 있는 주제 자체는 결코 유별나지 않다. 그것은 사람의 마음속일 뿐이다. 작가가 구사한 언어는 고통에 어린 진실 을 구체적으로 드러내고자 한 수고가 자연스럽게 길어 올린 말이 다. '열 길 물속은 알아도 한 길 사람 속은 모른다.'는 속담이 있다. 하필 남의 마음뿐이겠는가. 내 마음도 그와 마찬가지다. 때로 내 마음이면서도 내가 가닿기 힘든, 그래서 좀 더 주의를 기울이지 않 으면 그것이 있는지도 모를 그러한 우리 마음이 있다. 아주 깊은 곳에 담긴 마음…… 이것을 담아내고자 애쓴 새로운 내용과 형식 을 어렵게 여기는 것은 낯선 사물을 기꺼이 받아들이지 못한 결과 일 가능성이 높다.

내 삶이 그린 궤적과 비슷한 규모와 질량으로 그려진 사람과 사 건은 우리가 무리 없이 읽고 동감하고 그래서 일정한 즐거움을 거 두어들일 수 있다. 그러나 이러한 경우가 아닌 또 다른 감상의 폭 이 있다는 사실을 흔쾌히 인정해야 한다. 낯설음을 열린 의식으로 받아들일 필요가 있다는 말이다. 낯설음을 만난 그때가 오히려 새 로운 즐거움이 시작되는 시점이라고 여길 줄 알아야 원숙한 독자 가 되어 삶을 받아들이는 인식의 폭을 더욱 넓히고 공고하게 할 수 있다. 더불어 어떤 권위에 짓눌린 선입견도 큰 장애요소이니 될 수 있으면 빨리 걷어내야 한다. 이러한 독법이 소설 「얼음의 도가니」 를 제대로 읽어내는 길이 될 것이다.

37. 우리는 서로를 너무나 모른다

- 이응준의 「내 여자친구의 장례식」(1999)

　망가진 사랑 때문에 돌이킬 수 없는 절망과 처절한 고독에 빠진 사람이 있다. '이성(李城)'이라는 이름을 가진 주인공이다. '이성(李城)'…… 억지로 지은 듯 어설프고 멋없는 이름이다. 그는 작품 끝에서 '이제 나는 괴변의 추억을 곱씹으며, 매일 밤 악몽보다 어두운 잠자리에 들 것이다.'라고 되뇐다. 아주 또렷하게 자기 뜻을 밝힌, 저주에 가까운 미래 예언이다.

　이 저주 밑바탕에는 '세계는 허위와 착종으로 하얗게 바래져버렸다'는, 인간과 인간관계를 절망에 서서 바라본 인식이 깔려 있다. '허위와 착종'이라고 했다. 그는 남다르게 쓰라린 기억을 가진 퍽 불쌍한 젊은이인 듯하다. 아무래도 좀 지나치게 괴로워하는 느낌이 있기도 하다. 이 소설은 이 젊은이를 얘기한 작품이다.

　이 소설은 새로워서 즐겁다. 젊다. 이야기를 펼치고 꾸며 내는 여러 가지 장치가 그렇다. '내 여자 친구의 장례식'이라는 제목부터 역설 어린 분위기를 풍기며 뭔가 튄다는 느낌을 짙게 풍긴다. 이 제목이 그 아래 소제목을 여덟 개나 거느리고 있다는 점도 그리 흔치 않은 볼거리다. 큰 포장을 뜯자 속에 작은 포장지들이 계속 등장한다. 시시각각 새로운 화면을 제공하는 영사판처럼 겉으로는 독립된 작은 이야기들이 이어지는 이러한 구성방식은 이야기가 지루해질 염려를 사전에 막는다. 한마디로 재미있다. 물론 전통 어린 방식에 익숙한 독자에게 이야기 흐름이 토막토막 끊어지는 것이 방정맞아서 오히려 지루하게 느껴질 수도 있지만.

그리고 'What a wonderful world!'나 'Ernest Hemingway', 그리고 'Pablo Casals' 따위 영어 구문으로 보다시피 여기저기 칠을 해 놓았다. 좋게 봐서 퍽 신세대풍(風)이다. 나쁘게 보면 쓸데없는 겉멋만 잔뜩 든 것 같다. 아무튼 이러한 소제목들을 동원한 구성법을 들여다보면, 여느 작품들에 비해 현재와 과거에 걸쳐 여러 서사 단위를 훨씬 복잡하게 뒤섞어놓고 있을 뿐만 아니라, 처음부터 이야기를 두 개 이상 병치한 복합성을 아예 자랑으로 삼은 꼴이 과감하고 발랄하며 힘차다. 이 힘과 느낌은 90년대에서 시작하여 2000년대 현재까지 계속 흐르고 있는 새로운 현상으로서 전 세대와 구별되는 글쓰기 습관으로 볼 수 있다.

그 가운데 무엇보다도 짜릿하게 밀려드는 신(新)감각은 양치기소년을 '양치기소년의 몰락'으로 패러디한 대목에서 엿볼 수 있다. 다시 보자.

양치기 소년은, "늑대가 나타났다!"고 소리쳤죠. 오, 한데 이게 뜻밖으로 반응이 끝내줬던 겁니다. 마을의 거의 모든 사람들이 몽둥이를 들고 달려왔지 뭐예요. 하지만 결국 뻥인 거를 알고는 욕만 실컷 하면서들 돌아갔죠. 그 광경을 잠깐이라도 상상해보세요. 양치기 소년이 얼마나 고소하고 신났겠어요! 좌우간 이후에도 몇 번을 더 그렇게 구라를 땡기는데, 오, 이번에는 정말로 늑대 근마가 나타난 겁니다! 히껍한 양치기 소년은, 당근 소릴 질렀죠. "늑대가 나타났어요! 아악, 늑대라니깐!" 그러나 마을 사람들은 "저 씨발놈이 또 장난질이네!" 하면서, 신경을 끊었어요.

　바로 그 시각, 양치기 소년은 늑대의 아가리 사이에서 갈기갈기 찢기는 참이었죠. ……(하략)……

　'구라를 땡기는데'라든지 '늑대 근마', '당근 소릴', '씨발놈' 따위 어구는 어떤 의미로든 파격된 언어구사로서 말초 쾌감을 넉넉히 간질이면서 독자를 자극한다. 요즘 유행하는 가벼운 개그 조(調)다. 여기에 약간 의미를 더해 이 일화를 치켜세워 준다면, 생에 어린 진실을 제 나름대로 생생하고 충격 있게 담아내려고 은어에 접근하여 펼쳐 낸 black 코미디 정도라고 할까.

　아닌 게 아니라 이 늑대소년 패러디는 엽기, 발랄, 경쾌한 입담이지만, 그 속살에 서린 의미는 어디까지나 어둡고 심각하고 슬프다. 소년이 늑대 이빨 아래 서밀하게 찢기기 때문이다. 이는 새로운 의미를 선사한다. 양치기 소년이 구라를 땡긴 것은 재미 때문이 아니라 지독히 외로웠기 때문이라는 것이다. 하기야 양치기는 직업 속성상 외롭기도 하겠다. 늘 혼자이니까. 같은 직업은 아니지만 깊은 산속에 사는 산장지기들이 생각난다. 그들도 늘 혼자이니까 외롭고 무료해서 견디지 못한다. 좋은 경치도 한 번이야 좋지 눈에 판박이가 된 지 오래다 보니 이제는 그저 지겨울 뿐이다. 그래서 술을 마신다. 마시지 않을 수 없다. 코끝이 빨갛다. 어쩌다 기어 올라오는 등산객을 보면 그토록 반갑다. 양치기 소년은 산장지기보다

고독이 더하면 더했지 덜하진 않았을 것이다. 그는 '허구한 날 보이는 거라곤 푸른 하늘과 역시 푸른 땅, 그리고 하얗거나 검은 구름과 언제나 하얗게 징징대는 양들뿐이었어'라고, 제 나름대로 애로사항과 억울한 심정을 토해 냈다. 이 말을 들으니, '어쩌자고 저렇게까지 똑같이 초록색 하나로 되어 먹었노?(수필 「권태」)'라며, 산천초목에 눌러앉은 못 말리는 단일성에 절망 어린 원망을 드러냈던 천재 이상이 언뜻 생각난다.

어쨌든 양치기 소년은 자기를 규제하고 있는 오랜 고통을 죽음으로써 깨뜨린다. 발랄하게 빛나는 아이디어로써 가벼운 말장난을 꾸며 내고, 그러나 그 가벼움 속에 비장하고 무거운 해석을 끼워 넣은 것이다. 이것은 기존에 있던 동화를 뒤틀어놓은 비극 버전으로서, '이성'의 입을 빌려 의미를 정리하면 '거짓말쟁이가 될 정도로 누군가를 고독하게 만들면, 이런 불행이 생긴다는' 결론에 다다른다.

그렇다면 결국 문제는 양치기소년과 마을사람이 소통이 불가했다는 데에 있다. 마을사람들은 양치기소년을 알지 못한다. 그들이 아는 것은 그가 양을 지키는 책무를 밥그릇으로 가지고 있다는 사실과 요즘 거짓말에 능숙해졌다는 명약관화한 진실에 관한 것뿐이다. 그가 못 견디게 외롭다는 속사정을 알 리는 없다. 당연히 알 수가 없다. 그래서 그들을 탓할 일은 결코 아니다. 반대로 양치기도 마을사람들을 제대로 대했다고는 할 수 없지 않을까. 그들은 양을 지키는 일이 지상과제인 사람이다. 그래서 소년을 짱박아 놓았는데 내가 외롭다고 해서 재미난 구타를 되는 대로 땡길 일은 아닌 것이다.

이처럼 사회 통념과 끼리끼리 맺은 계약 관계에 따라 또렷이 그어진 선에 머물 수밖에 없는 인간관계, 그 한계 언저리에 주저앉아 있는 한 서로를 진정으로 이해할 길 없는 인간관계…… 이는 피할 수 없는 한계상황으로서 우리네 삶의 한 구석을 점령하고 있는 또렷한 현실이다. 이것이 말하자면 차갑기 그지없는 착종(錯綜)이다. 이 이야기에서 착종은 넘어서고 싶고 깨려고 하지만 쉽게 깨지지 않는 절망에 가깝다.

상호 소통 불가가 빚는 비극과 고통을 얘기하려는 작가의 의욕은 여기서 그치지 않는다. 양치기의 운명을 바꾸어 놓은 작가는 양치기 얘기를 각색한 '심병삼' 씨와 그의 추종자들을 똑같은 구도로써 바라본다. 커피감음회도 신세대풍 소품에 속한다. 이에 참여한 족속은 겉으로야 적절한 숭배 대상을 정점으로 한 끈끈한 응집력으로 연결된 듯 보인다. 그러나 서로에게 친구가 되고 서로에게 신뢰를 던지라고 '심병삼'이 아주 높은 톤으로 외친 것과 달리 그들은 사실 서로가 서로를 잠시 동안 이용하려고 모임을 존속했을 뿐이다. '심병삼'이 자살하자 이러한 기만성은 바로 드러나고 인간관계에 어린 진실이 얼마나 참을 수 없이 가벼운지 또렷하게 보여준다.
한편 '심병삼'은 자살한 것이 분명해 보이지만 이유를 정확히 알 수 없다. 파산 때문인지 엄청나게 많은 포르노 테이프가 증명하는 고독 탓인지 또렷하지 않다. 형사가 집요하게 캐보지만 역시 파악할 수 없다. 그는 죽었으니까. 그 말고는 그 누구도 그를 알 수 없다. '이성'은 '세계는 허위와 착종으로 하얗게 바래져버렸다. 아마도 그는 그런 것에 자연사했을 것이다.'라고 믿는다. '심병삼'의 죽음은 양치기소년의 죽음과 동일한 양상을 띠고 있다. '여러 가지 현상이 복잡하게 뒤얽힌 상황'을 또 한 번 예시한 것이다.

이야기를 지탱하고 있는 축인 사랑이야기도 이와 마찬가지다. 주인공 '이성'이 지닌 사랑은 발랄하고 경쾌하고 눈부시며 아름답다. 그 사랑이 얼마나 기발한가는 그가 그녀에게 바친 은색 갈치 열 마리가 뿜어내는 화려한 빛이 증명한다. 사랑은 미치는(狂) 것이라는, 사랑을 하면 온 세상이 달라 보인다는 인식론을 그는 지금 몸소 또렷이 증명하고 있다. 상대에게 열렬하게 몰입한 사랑은 그러나 상대 인간 '은희'가 일방으로 결별을 선언하여 산산이 깨지고 만다. 그런데 이유를 알 수 없다. 그녀가 남긴 것은 '기념식수'라는 불온하고 불명료한 말로 의미를 규정한 한바탕 섹스와 대중매체를 이용하여 불특정 다수에게 고한 이별사일 뿐이다. 애매한 이유로써 공중분해 돼 버린 열렬한 사랑은 허위와 착종현상에 매우 가깝다. 그 냄새를 아주 짙게 풍긴다. 이유를 알 수 없기 때문이다. '이성'은 '은희'를 '은희'는 '이성'을 알지 못하는 것이다.

다시 찾아온 그녀가 그를 갈구하는 장면은 그러한 허위와 착종이 연속되는 것이라고 볼 수 있고, '이성'이 증오와 사랑을 뒤섞어 그녀를 대하는 행동도 또 다른 차원에 뿌리 내린 허위와 착종이다.

> 우는 아이를 독 묻은 사탕으로 달래는 악마의 얼굴. 은희는 끔찍하도록 다정히 미소지으며 그렇게 묻는다. 나는 그것이 의미하는 바를 충분히 읽어낼 수 있다. 용하다 싶더니만, 겨우 여기서 무너지는 거다. 온몸에 우박 알갱이 같은 소름이 돋는다.
> 청년아, 무엇으로 네 행실을 깨끗이 하려느냐? 사악한 여인을 심중에 두었으매, 장차 닥칠 큰 낙심을 어이 할꼬?

중요한 대목에 다다르면 구체 되는 말을 '꼭' 피하는 것이 이 작가가 지닌 습관이요 소설을 쓰는 기법인 듯하다. '은희'가 죽는다고 설정을 하면서도 그렇다. 그녀가 왜 어떻게 죽었는지 알 수 없다. 그래서 그녀의 죽음은 양치기소년의 죽음과 같다. 생에 어린 고통과 남모를 사연을 홀로 싸안고 간 그녀는 아무도 모르게 죽어간 것이다. '나는 내가 버티고 선 시간을 알고 싶지 않다. 은희는 쓸쓸한 양치기 소년이고, 나는 아랫마을의 무심한 한 사람이었는지도 모른다.'라고 '이성'이 토해 낸 자백이 이 추리를 뒷받침한다.

산 자들이 떠안은 아쉬움 밖에 끝에 남은 것은 전화기에 녹음된 그녀의 목소리뿐이다. 여기에는 그녀가 꾸려 간 일상이 아주 다소곳이 정성스럽게 담겨 있어 놀랍도록 애처롭다. 이 작품에서 인물들이 지닌 존재속성을 밝히려고 작가가 짜낸 온갖 장치 가운데 가장 함축성이 짙은 구절이다.

> ─은희입니다. 어쩌죠? 지금 집에 없거든요. 삐─소리가 난 후에 메
> 모를 남겨주시면, 돌아오는 대로 연락드리겠습니다. 그럼, 그때까
> 지 행복하세요.
> ─삐이─익.

일상이 고스란히 배인 이 소박한 말 앞에서 이제까지 요란했던 사랑과 배신과 이별과 재회와 증오와 죽음들이 지닌 의미를 애써 캐내고 싶었던 의욕이 그만 굳게 입을 닫을 수밖에 없다. 허위와 착종으로 뒤얽힌 인간관계가 얼마나 허망했는지 여기서 밝혀지기 때문이다. 이 관계들에 서린 불쌍함과 초라함은 오랜 세월 일관성을 견지하고 버티어낸, 그래서 신화를 완성한 '카잘스'와 그의 가족이 일구어 낸 삶과 사랑이 곧고 매끄럽고 아름다운 것과 비교된다. 작가도 '이상'도 '카잘스'를 그리워하고 있다.

이 소설은 기이하고 어처구니없는 사랑이야기를 밑에 깔고 사랑의 실패로 황폐해진 한 젊은 영혼을 소재로 한 이야기이다. 그러나 단지 사랑이 지독하고 끈질기고 미묘한 속성을 지닌 점을 얘기한 것에 그치지 않는다. 그것보다는 '도저한 진실과 순결함'이 결여된 사랑과 인간관계를 말하고 보여주려 한다.

'은희'가 죽는다는 결론 앞에서 우리는 우리의 생을 되돌아본다. 이어 우리가 먹고사는 인간관계에 내재한 허점을 보게 된다. 그 허점이란 어쩌면 우리 스스로 은연중 공인하고 있는 사항 같기도 하다. 어떤 이는 지나가버렸지만 뼈저린 회한이 배인 시간을 소설이 비추는 거울 안에서 찾아볼 수 있을지도 모른다. 그러나 이 기이한 발상에 근거한 이야기를 굳이 어느 특별한 개인사로만 볼 필요는 없다. 만약 이 소설을 읽고 인물들이 떠안은 초라한 운명을 온전히 자기 몫으로 소화한다면, '도저한 진실과 순결함'이 결여된 우리 시대에 사랑과 인간관계가 얼마나 허약한가를 논하는 단계로 나갈 수 있을 것이다.

38. 우리 시대, 달콤 씁쓸한 편의점

- 김경욱의 「우체부와 올리비아 핫세와 로버트 레드포드」(1999)

　작품 첫 장이 이렇게 시작한다. '그녀의 가게는 편의점으로부터 동쪽으로 열다섯 걸음 떨어져 있다.'고. 편의점은 우리 시대에 등장한 신주거환경에서 중심에 서 있다. 24시간 편의점은 개별화된 생활양식을 떠받치는 편의를 영원히, 밤낮을 가리지 않고 십분 도모하는 유통구조를 앞에서 끌어가는 첨병이다. 이 편의점에서 열다섯 걸음 옆으로 비디오 가게가 있다. 아파트 단지를 끼고 있는 거리에는 '다림질하는 손놀림이 마치 록 밴드 드럼 연주자의 그것처럼 리드미컬하고 경쾌'하도록 개성이 만발한 주인이 운영하는 세탁소가 있으며 '나폴리 피자'의 종업원이 피자를 배달하려고 붉은색 스쿠터를 몰아가는 장면이 펼쳐진다.

　이 작품에는 24시간 편의점에 온갖 상품이 진열되어 있듯이, 오늘 우리들이 누리는 생활양식을 대표하고 반영하는 소품들이 여기저기에 놓여 있다. 콜라와 도넛, 편의점, 비디오 가게의 필름들, 신세대 세탁소 주인, 스쿠터를 타고 가는 나폴리 피자 배달원…… 고지서를 전달하는 우체부는 마치 영화 속에 나오는 인물처럼 젊다. 작품 속에 그린 거리는 이렇듯 21세기를 지향하고 있다.

이 거리를 배경으로 하여 그린 이야기는 사랑이야기다. 그리고 짝사랑이다. 짝사랑은 애달프고 아련하다. 대상을 깊이 알지 못한 상태에서 집중하는 사랑이기에 순수한 동경과 달콤한 미래에 건 희망이 충만하기 일쑤다. 짝사랑에 빠진 마음이 이 작품에 잘 포착되어 있다.

    거리에는 하나 둘 낙엽이 떨어지고 있다. 떨어지는 낙엽 위로 고
    추잠자리의 날개처럼 투명한 가을 햇살이 쏟아져내린다. 콜라를 마신
    후 나는 담배를 꺼내 붙였다. 그리고 천천히 자리에서 일어났다. 우
    체국을 나설 때보다 가방은 상당히 가벼워져 있다. 이제, 그녀에게로
    가는 것이다.

우체부가 비디오 가게 여인을 짝사랑한다. 그는 순수하게 설레는 마음을 지니고 있다. 몸과 마음이 다 가벼운 흥분으로 들떠 있고 달콤하다. 비디오 가게 여인, '올리비아 핫세'가 지닌 짝사랑은 당도가 좀 더 진하다. 대상을 싸고돌며 스스로 깊은 착각에 잠겨 있다. 남자의 자동 응답기에서 들려오는 목소리를 즐기면서 그녀는 자아도취에 빠져든다.

    그의 목소리는 생크림처럼 부드러웠다. 나는 수화기에서 들려오는
    그의 목소리를 들으며 그와 대화를 나누고 있는 듯한 착각에 빠져들
    곤 했다. 그는 늘 다정다감하게 이야기를 이끌었다. 그가 말을 할 때
    면 나는 턱을 괴고 말없이 그의 얼굴을 쳐다본다. 그의 콧날의 각도

와 웃을 때 희미하게 드러나는 눈밑의 주름, 이마 앞으로 쓸어내려진 머리카락의 미세한 움직임, 이런 것들을 나는 경이에 찬 눈빛으로 바라본다. 그는 내게 경이로움 그 자체인 것이다.

짝사랑에 빠진 사람이 지닌 심리가 어떠한지 이렇듯 적절하고 실감나게 집어내기란 그리 쉽지 않다. 그러나 작가가 짝사랑이 어떤 과정과 결말에 따르는지를 따지고 있지는 않다. '기승전결'이라는 수순을 밟아 사랑의 의미를 담아낼 어떤 명제를 얻으려고 노력하지는 않는다. 다만 각자가 지닌 염원에만 충실하고 각각 철저히 개별화된 삶의 동력을 지닌 우체부와 올리비아 핫세 그리고 로버트 레드포드, 이 삼자가 우연히 조우하는 장면을 순간으로 포착하여 이야기의 정점을 삼고 있다. 이 장면을 주목하자. 이 대목이야말로 울림이 강하다. 아련하고 아쉽고 달콤하고 씁쓸하고…… 짝사랑에 깃든 모든 정서가 이 한 지점에서 뒤엉켜 증폭한다. 그래서 마치 콜라처럼 톡 쏘는 호소력으로써 소설이 거두는 재미를 완성한다.

이러한 기법이 지닌 효용은 이 작품이 단지 '보여주기' 관례에 한껏 충실하다는 인상을 주는 선을 넘어선다. 우선 작가가 지닌 생각 저 밑바닥에는 '발단→전개→절정→결말'이라는 종래 서사 형식을 거부하고자 하는 부정의식이 배어 있다. 뮤직 비디오에서 한 장면을 끌어온 것 같은 이러한 영상 추구는 '신세대 기법'이라고 해도 무방하다.

세 사람이 지닌 정신세계가 절묘하게 엇나가고 있는 그림을 순간 포착한 대목이 이 소설에서 압권이라면 영상에 매달려 삶을 영위하여 이 장면을 기꺼이 연출한 세 사람에 우리는 마땅히 좀 더

주목해야 한다. 그들은 비디오에서 익힌 영상에 의존하여 상대방을
해석하고 받아들이는 묘한 능력(?)을 습성처럼 몸에 지니고 있다.
그들이 꿈꾸는 사랑은 자기 안이 아니라 밖에서 들어온 영상에서
움튼 것이다. 비디오 가게 그녀를 바라보며 우체부가 펼치는 상념
은…… '올리비아 핫세'라는 연출된 영상에 뿌리를 두고 있다고 우
체부가 독백한다.

> 나는 오른손에 쥐고 있던 편지를 그녀에게 건넨다. 그녀의 표정에
> 는 별다른 변화가 없다. 불현듯, 나는 그녀에게 편지를 쓰고 싶다는
> 생각을 한다. 올리비아 핫세를 닮은 당신에게, 라고 시작하는 편지를.
> 사실 그녀는 올리비아 핫세를 그다지 닮지는 않았다. 그러나 그녀에
> 게 보내는 편지의 서두는 올리비아 핫세를 닮은 당신에게, 라고 해야
> 만 될 것만 같다. 이유는 나도 알 수 없다.

'올리비아 핫세'가 비디오 가게에 자주 들르는 남자 '로버트 레
드포드'를 기다리는 마음은 영화 인상 속에 엮여 있다. 다음과 같
이……

> 내가 소피아 로렌이 나오는 영화 <해바라기>를 보는 이유는 따로
> 있다. <해바라기>를 보는 날엔 그가 비디오 가게에 올 확률이 높았
> 기 때문이다. 사실은, 확률이 높다기보다 <해바라기>를 보고 있으면
> 그가 나타날 것만 같은 예감이 주문처럼 강렬하게 느껴지기 때문이다.

마지막으로 로버트 레드포드가 자기 스스로 자기에게 거는 환상
같은 마법은 또 이렇게 영화 속에서 헤맨다.

> 나는 그 영화를 빌려보기로 결심했다. 그 영화를 다시 본다면 그
> 녀가 왜 내 곁을 떠났는지 알 수 있을 것 같다는 생각이 들었다.

우체부에게 그녀는 그녀가 아니라 '올리비아 핫세'다. '올리비아 핫세'에게 그 남자는 영화가 놓은 구름다리를 타고 나타나는 '로버트 레드포드'이다. '로버트 레드포드'도 떠나간 여인을 영화 속에서 다시 만나보려고 한다.

이렇게 비디오 속 그림은 엄연히 현존하지만 그 안에는 실제 사람 냄새도 살빛도 사람끼리 엮어내는 부딪힘도 아무것도 없다. 그러니 인간성을 가늠해 볼 수 있는 진정한 언어가 오고가는 일도 물론 없다. 사람과 사람의 삶이 장막에 가려 있는 것이다. 그 대신 비디오 가게에 가득 차 있는 테이프가 사람처럼 행세한다. 비디오에 가득 찬 영상이 사람처럼 걸어 다니고 사람의 마음이 그 영상에 전적으로 이끌리고 있다. 아파트 단지를 끼고 21세기 지향하는 이 거리에서는 그러므로 마치 실제란 없는 듯하다. 씁쓸하기 짝이 없다. 세 사람이 우연히 만나는 지점은 달콤 씁쓸한 짝사랑에 서린 묘미가 극대화하는 대목이면서 실재가 없는 인간관계에 어린 허구성을 한껏 부각시키는 장면이기도 하다.

자신이 몸담고 있는 세계에만 빠져 세상과 진정한 소통을 하는 힘이 허약한 시대, 사랑을 일구는 역사와 그에 따른 실체가 부재하고 이미지와 환상이 마음을 지배하는 시대에서 우리가 누리는 서정은 어딘지 불안하다고 작가는 말한다. 그러나 예를 들어 문명을 준열하게 비판하려고 이성 어린 판단에 바탕을 둔 논설 따위를 작가는 내비치지는 않았다. 역시 달콤 씁쓸한 언어를 진열해 왔던 문맥을 끝까지 이어간다. 그리하여 가상 인상에 함몰된 현실감각이란 다음과 같이 막연하게 불안하거나 불안하게 막연하다는 사실을 제대로 보여준다.

수혜, 수혜 맞지?

　　그러나 아무런 대답도 나는 들을 수 없었고 백 년 동안 계속된 침
묵만 이어지고 있었다.

　　'백 년 동안 계속된 침묵'이다! 이는 작가가 선택한 마지막 비유
어다. 참으로 끔직하다. 작가는 이 비유어로써 이렇게 말한다. 사랑
은 불가근불가원(不可近不可遠)이 아니라 어쩔 수 없이 서로 부딪
혀 나가는 것이다. 너무 많은 것을 얘기하지 말고 조금씩만 주고
조금씩만 받아들여 서서히 익혀가는 것이 사랑의 기교이다. 사람이
사람 냄새를 맡고 가까이 다가간 눈동자에 상대가 흘리는 땀방울
이 어려야 사랑 아니 인간이 인간과 얽히는 실제이다. 가상 세계에
바친 삶과 사랑은 인간이 부재한 허상으로서 백 년이나 이어질 침
묵만을 가능케 할 뿐이다……. 백 년 동안 계속된 침묵…… 비판
어린 논설을 대신한 이 몇 마디에서 작가의 웅변이 조용히 그러나
또렷이 들리는 것이다.

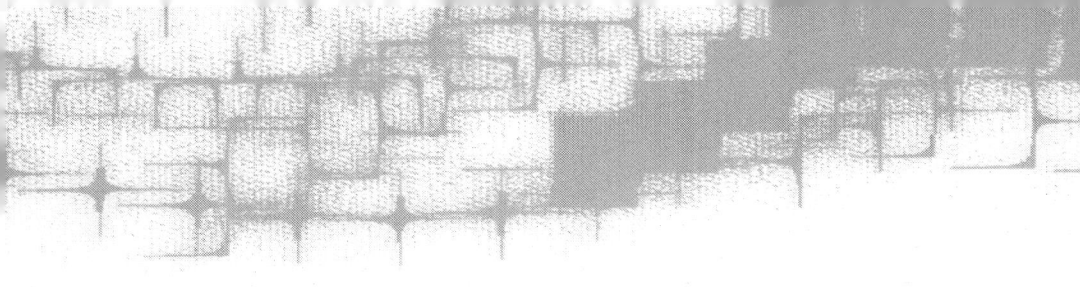

39. 사람이 지닌 온갖 덕목

　- 이인화의 「시인의 별」(2000)

　　　　예성강은 저녁 노을을 받아 아라비아 상인들이 파는 주홍빛 유리
　　처럼 빛나고 있었다. 짐배며 거룻배들이 머리와 꼬리를 잇대고 오가
　　는 강 어귀. 청색 깃발을 달아 세운 주막과 색주가, 요릿집들이 막
　　불을 밝혀서 저녁인데도 사방은 오히려 밝아지는 듯했다. 시시각각으
　　로 변하는 구름의 움직임에 따라 오가는 사람들의 얼굴이며 의복이
　　또렷하게 들어왔다. 어부들, 상인들, 몽골인들, 중국인들, 수레꾼, 뱃
　　사공, 관리…… 그 사이로 남자를 부르는 창녀들의 손짓, 장터 각다
　　귀들의 고함과 욕설, 기슭에 가까운 기생집에서 들려오는 연습풍의
　　가야금 소리, 음식을 끓이는 냄새가 섞여들었다.

　주인공 고려국 사람 '안현'이 거닐었던 포구를 그린 풍경이다.
수백 년 전 어느 날 붉은 노을이 눈앞에 선한 가운데 그때 그곳에
만 있었던 음식 냄새와 악기 소리가 분분하다. 외국인이 지닌 낯빛
도 각양각색으로 머리에 그려진다. 전체로 현장감이 넘치고 화면
가득한 역동성이 피부에 와 닿는다. 한 번 가보고 싶은 곳이다. 소

설은 허구를 대전제로 하고 허구이기 때문에 재미있지만 시공을 한참 거슬러 올라가 꾸며 낸 이러한 세계는 단편소설에서는 흔히 접해 볼 수 없는 옛 향기로서 퍽 귀하게 여겨진다.

이 고대풍에 물든 시공간을 재구성하려고 고서를 탐독하는 수고로움을 마다하지 않았다는 점을 작가는 스스로 밝히고 있다. 안현의 성품을 기술한 <동암집> 7권 <답권보>를 살피고 고려사 29권을 참조하였으며 에블리야 첼레비와 田村正明 따위 외국인 학자가 집필한 저서에서 직접 실마리를 찾고, '안현'이 남긴 시를 탐색하고자 <삼한시귀감>, <십초시>, <동문선>들을 살폈으며 무엇보다 안현이 쓴 「채련기」를 작가는 탐독했다 한다. 역사소설이 그러한 공력을 밑바탕으로 하듯 이 작품은 퍽 오랫동안 이어온 끈끈한 학구열이 빚어낸 노작이다.

현학 취향을 자랑삼듯 밝힌 것은 이야기에 어린 개연성을 음으로 양으로 보강하는 긍정 어린 효과를 낳았다. 그렇지만 이 작품은 역사소설처럼 공인된 역사 사실을 새로운 시각으로써 꾸민 이야기는 아니다. 다만 지난날에 살았던 한 인간의 일생을 재구한 어렴풋한 기록을 단서로 삼고 풍부한 상상력을 한껏 불어넣어 빚어낸 야사이다. 황량한 사막이 끝없이 펼쳐진 몽골 대평원에서 얻은 상상력을 알맹이로 삼아 작가는 작품을 써 낸 것이다.

그래서 이 작품이 건네는 재미 가운데 가장 큰 몫은 이국풍경이다. 예를 들어 정복자의 아들로서 야수 같은 행위를 일삼는 '이아치'가 있다. 그는 행동과 말이 무도(無道)하기 짝이 없는 점이 인상 깊고 몽골인만이 지닌 거친 생명력을 한껏 발산하는 매력이 풍부하다. 들쥐를 잡아 연명하는 충격 어린 생태를 비롯한 의식주 문화, 몽고인들만이 즐기는 말젖 축제 따위는 작품이 펼친 공간 안에서만 맛볼 수 있는 유별난 광경들이다. 그 밖에 방랑자 '안현'이 힘겹게 걸어가는 대륙 길목마다에서 마주하게 되는 곳곳이 모두 새로운 풍광이다.

그러나 '안현'이 걸어간 삶을 다룬 이야기이기에 뼈대요 정수를 이루는 것은 당연히 그가 펼친 인생 역정이다. 그와 그의 순결한 아내가 엮어내는 이야기에 어린 줄거리는 '잃어버린 사랑을 찾아 떠나는 여정'이라는 구조에 담겨 있다. 이는 매우 애절한 감성 세계로 독자를 빠져들게 하는 이야기구조로서 오래전부터 인구에 널리 회자되었다. 그래서 어디서 한번 마주해 본 듯한 느낌을 불러온다. 광활한 초원을 가로지르는 상상력이 이 무(無)독창성을 덮어 가려 주는데, 주인공 '안현'의 삶은 고난 어린 사랑의 대서사시에 바쳐진 것이며 그는 끝없이 찾아 헤매는 사람이다.

그런데 그가 힘겹게 버텨온 오랜 방황은 아내를 되찾겠다는 염원과 사랑으로 의미가 귀결하고 말 수는 없다. 밤하늘에 뜬 별을 쫓듯이 그가 갈구하는 가치는 사랑이라는 범주를 넘어선다. 그것은 더 넓게 인간이 가야 할 길, 운명 또는 인간이 추구할 수 있고 추구해야 하는 모든 덕목을 총망라하는 차원에서 살펴야 한다. 이(利)와 병(兵)이 중심이 되고 뭇 사람이 탐욕자사(貪慾自私)로써 살아가려는 풍조를 피해 가기 힘든 세상에서 '안현'은 대세를 거스른다. 그의 입에서 나온 언어로써 내용을 요약할 수 있다.

덕의 존숭과 부부애의 찬미. 아리따운 아가씨가 군자의 덕을 즐거워하여 화합하는 부부애가 세상 모든 사람들의 평화를 만들 수 있다는 절박한 믿음. 단 하루라도 나의 시가 현세를 넘어 그 믿음에 가 닿기를 원하지 않았던 때가 있었던가. 사랑을 즐기지만 음란하지 않는 부부의 유별함이 있어 부모와 자식의 친밀함이 있고, 부모와 자식의 친밀함이 있어 임금과 신하의 의르움이 있고, 임금과 신화의 의로움이 있어 세상이 바로 서게 된다는 그 말에 감격하지 않았던 때가 있었던가. 그러나……

강대국이 뒤에 버티고 서서 밀어붙이는 힘의 논리가 세상을 뒤덮고 있다. 그것은 요지부동하며 거역할 수 없는 동력이다. 당장 목숨을 위협하는 창과 칼이기 때문이다. 그러한 무력이 강요하는 굴레와 맹목성이 펼쳐 놓은 현실 명리와 욕구에만 매달리는 삶의 양식, 돌이킬 수 없을 것 같은 습관들. 그 정반대편에 시인 '안현'은 어렵사리 숨 쉬면서 생존하고 있다.

그러나 그는 인간이 걸어갈 수 있는 선하고 아름다운 길을 열고자 한다. 그는 숨이 가쁠 수밖에 없다. 좌절과 절망의 여울을 넘어 험난하기 짝이 없는 비극과 죽음을 불러오고야 말, 시인이 선택한 삶의 자세는 그러나 그로서는 피해 갈 수 없는 운명이다. 정신에 바탕을 둔 선(善)과 미(美)가 꾸며 내는 세계를 갈구하는 '안현'의 꿈은 작품 끝에서 비유 어린 형상화르써 예술성 있게 변주되어 절정으로 치솟는다.

　　안현은 땀에 흠뻑 젖어 잠에서 깨어났다. 비틀거리며 천막을 나서자 홀연 머리 위에 눈부시게 밝은 세계가 그의 시계를 가득 채웠다. 그것은 칠흙같이 어두운 밤하늘에 하얀 불꽃처럼 타오르는 별들이었다. 안현은 두 팔을 벌리고 찬 공기를 들이마시며 그 별들을 껴안았다. 오래 전에 잊어버린 그의 별, 멀고 외로운 젊은날의 별이 다시 보였다.

별이 어두운 밤하늘을 밝히는 그 빛에 따라 해석하자면 그가 아내에게 바치는 살의(殺意)는 배신을 응징하거나 화풀이를 하려는 뜻이 아니고 회한에 잠기거나 지난했던 인생을 건 한풀이에 따른 행동도 아니다. 그것은 그가 스스로 택한 지고한 목표를 향하여 나아간 한 점 망설임 없는 투신이며, 인간이 가야 할 길(道)을 밝히려는 자기결의를 다진 성스러운 의식(儀式)이다. 그러므로 죽음으로써 매듭이 지어진 그의 최후도 한 인간이 생을 완성한 순간으로 평가해야 한다.

인생이란 무엇인가? 인간이란 무엇인가? 인간은 무엇 때문에 살아가는가? 결코 저버릴 수 없어 인간이 끝까지 소중하게 지켜내야 하는 가치는 무엇인가?…… 이러한 질문들이 「시인의 별」, 이 비극 어리고 찬란한 사랑이야기가 밝힌 빛 심지에 박혀 있다. 도(道)와 욕(慾)이 심하게 겉돌고 충돌하는 오늘날 우리 시대와 동일한 구조를 가지고 있는 '안현'의 시대를 재조명하여서 작가는 오늘날 시인, 문인, 예술가, 지식인들이 무엇을 지향해야 하는지 묻고 있기도 하다.

이 질문에 구체성 있게 답을 내는 일이 궁극 된 목적일 것이다. 그러나 고난이 깔린 거친 땅을 다 지나서 인간이 가야 할 길이라는 근원 질문 자체를 밤하늘에 높이 쏘아 올려 한 점 별로서 빛나게 한 결의가 우선 중요하다.

'안현'이 몸담았던 시대 상황이 그러했듯 인간성 어린 질문 자체가 존재의미를 잃어가고 있는 오늘날 21세기이다. 숨이 끊어지려는 시인의 별, 어두운 밤하늘에서 이 별이 뿜어내는 빛을 다시 살려보고자 한 소망이 이 작품에 어린 열망이요 주제다.

40. 미래 공간에서 펼친 인간사랑

- 복거일의 「내 얼굴에 어린 꽃」(2003)

　자신을 비추어 볼 수 있는 도구로서 우리에게 가장 친숙한 물건은 거울이다. 거울로써 나는 나의 전면(前面)을 마주볼 수 있다. 그러나 평면에 비친 '나'를 넘어서 다면, 입체에서 '나'를 보고 싶은 욕구가 절실하게 밀려들 때가 있다. 그때 예를 들어 둥근 어항 속에 나를 놓아두고 유리벽 밖에서 '나'가 움직이는 꼴을 바라본다면 '나'가 좀 더 투명하게 다가올 것이다.

　우리가 살고 있는 지금 이 현실을 통째로 어항 속에 가두어볼 수는 없을까. 시간여행을 꿈꾸는 상상력으로써 뜻을 이룰 수 있으리라. 아주 먼 미래로 떠난다. 또는 아득한 옛날 신화가 숨 쉬는 세계로 거슬러 올라간다. 그곳에 서서 오늘을 바라보면 오늘을 지배하는 현실과 그에 따른 삶의 모습을 효과 있게 조망할 수 있을 것이다. 이는 미래나 과거로 흘러 들어가 고통스럽고 권태로운 현실을 잠시라도 잊어보자는 행보가 아니다. 오히려 현실을 명심해 보려는 뜻에 따른 여행이다.

소설가 복거일이 2003년에 지어낸 단편 「내 얼굴에 어린 꽃」에 어린 시공간은 아득히 먼 미래다. 우주 공간은 예전과 다름없이 광활하고 별들도 여전히 반짝이고 있지만 지금에서 1000년이라는 세월이 더 흘렀다. 아름다운 우주 공간에 떠 있는 목성과 그 주위를 맴도는 위성 가운데 하나인 '게니미드'. 그곳에는 인간과 로봇이 공생하는 현실이 펼쳐져 있다. '지금, 이곳'에서 충분히 멀고 먼 시공간이다. 그곳에서 가져온 개연성 어린 그림들은 하나하나 신기롭고 흥미가 만점이다. 그리고 내가 '나'와 '우리'를 명확하게 인식할 수 있도록 꾸민 어항 속 풍경이다.

이 작품을 우리는 '미래가상소설'이라고 이름 지어 부를 수 있다. 그러나 '공상'이나 '과학'이라는 말은 갖다 붙이지 말아야 하겠다. 이 소설은 환상 자체를 즐기는 재미나 과학 탐구(물론 이것도 재미를 불러오는, 충분히 의미 있는 요소지만)가 주는 보람을 추구하기보다 '오늘'의 인간과 현실을 반추해 보자는 마음이 빚어낸 이야기이기 때문이다. 기억상실증에 걸린 주인공 로봇 '지미'의 가슴에 맺혀 있는 그리움을 살펴보면 이 가상소설에 담긴 주제를 또렷하게 읽을 수 있다.

때는 2998년. 인간은 목성에 딸린 소행성 '게니미드'에서 로봇과 함께 어우러져 살고 있다. 어느 날 혜성 '라쉬드'가 소행성과 부딪치면서 생긴 파편 하나가 '게니미드' 행성과 충돌한다. 이 대참사에서 인간은 소멸하고 로봇들만이 살아남는다. 행성을 구하려고 작업을 수행하던 중 매몰되었던 '지미'는 삼십 년 뒤 구출된다.

사고 때문에 과거를 기억하지 못하는 그의 가슴에 그런데 무언가 알 수 없는 그리움이 밀려든다. 그것은 막연하나마 인간을 향하고 인간 주위를 맴도는 회한들이다. 이 회한을 더듬는 과정에서 주인공 '지미'는 인간 탐구가로서 다가온다. 그는 오랫동안 인간과 함께 살았다. 그가 지닌 눈으로써 우리가 인간을 보게 된다는 것이다. 그의 경험이 파악한 인간은 몇 가지 특성을 지니고 있다.

첫째, 로봇과 달리 인간은 유기체로 된 존재답게 얼굴에 나타난 삶의 이력을 응시하여 미래를 읽어내는 능력을 지니고 있다. 그러나 이러한 행동과 취향 뒷면에는 인간이 미래를 살필 지혜가 절대 부재하다는 운명과 한계를 스스로 인식한 데에 따른 조바심이 숨어 있다. 인간은 '합리와 비합리' 사이, '논리와 모순' 사이를 오락가락하는 불완전한 존재다. 둘째, 인간은 가치를 지향한다. 물질이 보상된다는 전제와 보장이 없이도 인간은 자신이 지향하는 가치를 성취하려고 때때로 목숨을 걸기도 한다. 이러한 성정이야말로 아주 먼 과거부터 인간을 '현재'의 인갑답게 만든 가장 주요한 천성이요 자질이다. 셋째, 이에 걸맞게 인간은 자신의 욕구를 이루어 내기에 충분한 사업 구상력과 힘을 소유하고 있다. 이 점은 정치, 경제, 문화예술에 걸친 모든 금자탑과 역사 업적이 증명하며 우리의 일상이 미래를 향해 나아가는 직접 동인이다. 넷째, 몇 개 긍정 어린 자질이 이룩한 빛나는 결과물에 둘러싸인 인간은 비정한 존재이다. 참사 현장에서 그들은 그들과 동거하는 로봇을 가차 없이 버렸다. 상황이 변하면 꼭 드러나고야 마는 이기성 어린 속성은 또 하나 은폐하긴 힘든 인간 본질이다.

지미가 관찰한 본성은 인간 기본 속성을 여러 면에서 조명한다. 인간이 지닌 장단점을 함께 아우르면서 인간 진실을 어느 정도 객관되게 밝히고 있다. 그러나 이는 관념 차원에서 인간을 탐구한 내용이다. 가상미래에서 비추어 본 상황이지만 현재 인간에 어린 실상이 중요하다. 인간은 순수한 희망과 원대한 포부와 건설 에너지가 충만한 존재지만 현재 '대참사'에 무너진 주인공일 뿐이다. 지하 벙커에는 그들이 죽어 생긴 시체가 즐비하고 언제 수습될지조차 모른다. 인간은 멸망했거나 그 목전에 서 있는 것이다. 이것이 작금에 벌어진 현실이고 작품 중추에 놓여 있는 위기의식이다.

그래서 관념과 이론이 중심이 된 인간진실보다는 일그러진 현실을 보듬을 수 있는, 좀 더 깊은 내면에 잠재해 있는 인간진실이 필요하다. 그것은 참사현장을 둘러보는 '지미'의 눈에 새롭게 비친 인간 모습과 앞서 얘기한 대로 그의 가슴에 서린 그리움에서 찾아진다.

이론은 정연하되 건조하고 관념은 올바르되 생생하지 못하다. 예술은 삶을 설명하지 않고 보여준다. 다음 장면은 예술이 펼쳐야 할 이러한 본업에 충실하다. '지미'의 눈에 가슴 저미게 애틋한 인간 모습이 어린다.

> 몸을 돌려 나오려다, 나(지기 – 필자 주)는 구석에 조그만 방이 있다는 것을 깨달았다. 찌그러진 문을 억지로 열고 안을 들여다보고서, 나는 흠칫했다. 거기 인간들이 방바닥에 쓰러져 있었다. 셋이었다. 젊은 사내, 젊은 여인 그리고 아기. 문간에 서서, 나는 한참 동안 꼼짝하지 않고 그들을 내려다보았다. 젊은 여인은 아기를 꼭 껴안고 있었다. 자기 몸으로 아기를 보호하려는 것처럼. 그리고 사내는 다시 그 두 사람을 자신의 몸으로 덮으려 애쓰고 있었다.

인간은 지금 '대참사'에 무너진 당사자이다. 이 비참한 운명을 여러 가지 의미로 규정할 수 있다. 항거할 수 없는 힘을 지닌 대자연이 내린 재앙으로 참사를 볼 때, 인간은 불쌍한 희생자이다. 과거에도 그랬고 현재도 그러하며 미래에도 그럴 것이다. 한편 이 재앙은 미래를 내다볼 지혜가 불완전한 가운데 이기심 가득한 탐욕과 희망 때문에 생긴 문명의 허점이 불러온 참극이기도 하다. 이러한 관점으로 판단하고 느낄 때, 참극은 형벌이고 현재 지탱하고 있는 문명을 비판한 형상화이며 미러 불안을 경고한 사건이다.

그러나 어떤 결론에 이르든 참극이 벌어진 현장 한가운데에서 부각하는 인간의 모습이 중요하니 그에 주목할 일이다. 최후의 몸짓이 꾸민 인간 형상은 아름답다. 마지막 순간 죽음에 따른 공포와 불안 앞에서 서로를 감싸고 있는 조형(造形)은 부성과 모성이 한데 어우러져 있어 성스럽기 그지없다. 부성과 모성은 인간이 지닌 근원 가치요 궁극 가치다. 인간 영혼이 어두운 빛에 잠식당하여 자체 내에 깃든 모든 긍정 가치가 허물어지고 소멸되었을 때에도 끝내 살아남을 성정(性情)이다. 그러므로 비록 죽은 몸들이지만 성스러운 기운을 간직한 이 화석은 인간이 아름다운 존재라는 사실을 또렷이 공표한다. 여기에는 인간 선성을 기리는 굳은 신념이 배어 있다.

'지미'의 마음은 이 믿음과 이어져 있다. 그의 눈에 비친 인간 모습에서 인간을 구원할 실마리를 찾을 수 있다. 시신 옆에 놓인 노래와 그가 지닌 기억 저편 꿈속 같은 공간에서 그를 향해 손짓하면서 달려오는 소녀는 인간 원형을 은유한다. 그것은 참사에 직면하기 전 인간이 지녔던 모습이다. 그 세계는 꽃과 소녀와 노래로 구성되어 있다. 아름답고 평화스럽다. 절절한 그리움으로써 세계를 품고 있는 지미의 마음 자체가 인간을 긍정하고 사랑하는 징표다. 다음 문단들에 '지미'의 마음이 집약되어 있다.

① 에어로크로 들어섰을 때, 화단에 물을 주던 부인은 거기 없었다. 물기를 머금은 꽃들이 대신 내게 인사를 건넸다. 나는 화단 앞에 멈춰 서서 그 꽃들을 새삼스러운 눈길로 더듬었다.

문득 내 가슴속으로 서늘한 무엇이 스쳤다. '지금 내 곁에 누가 있어서, 함께 이 꽃들을 바라보면, 얼마나 좋을까? 이 꽃들은 모두 부활한 인간들이니, 아무래도 나보다는 인간들을 반길 텐데.'

② 어쨌든, 나는 인간이 그리웠다. 아까 잠깐 기억의 수평 너머로 모습을 드러냈던 어린 소녀와 같은 인간 소녀가 지금 곁에 서서 함께 꽃들을 바라볼 수 있다면, 마음에 드리운 우울증의 짙은 그늘이 이내 옅어질 것 같았다. 마음을 시리게 하는 그런 그리움은 묘하게도 인간들이 언젠가는 이곳을 찾아오리라는 믿음을 한결 단단하게 만들었다. 그리고 우리는 여기서 서로 돕고 서로 부족한 점들을 보완해 주면서 조화롭게 살 것이다. 이 혹독한 외계에선 그 길밖에 없었다. 전생의 여기들을 품은 복숭아들도, 채송화들도, 팬지들도 모두 내 생각에 동의하는 듯, 나를 올려다보며 환한 웃음을 지었다.

그는 마음속 깊은 곳에 절실한 희구를 품고 있다. 그는 인간이 부활하고 재생하기를 염원하며, 인간 삶이 소망과 믿음으로 가득 차기를 바라고 인간이 단결과 조화를 덕목으로 삼아 살아가기를 꿈꾼다. 소멸하지 않을 불멸의 씨앗을 품고 있어 인간은 영원하다는, 그래야 한다는 신념으로 '지미'의 마음은 가득 차 있는 것이다. 이것이 작가가 인간을 탐구하여 밝히고자 하는 결론이다.

따라서 작품 주제는 '지미'의 얼굴에 서린 인간학에 집결되어 있다. 음유시인이면서 관상가인 로봇 '줄리어스' 박사는 지미의 얼굴을 바라보며 온갖 내용을 넉넉히 간파한다. 그는 '지미'의 얼굴에서 '꽃'을 본다. 대참사 때문에 고통스러워하는 '지미'의 '광물성 몸속'에서 꽃송이들이 뿌리를 내려 피어나고 있는 사실을 그는 본 것이다. 그는 말한다. '꽃은 생명을 뜻하죠. 꽃이 없으면, 우리도 없겠지요.'라고.

꽃은 생명이 가장 아름답게 피어난 존재다. 꽃은 떨어져도 씨앗이 있는 한 바뀐 계절에서 꽃은 영원히 피어날 수 있다. 이 꽃이 '지미'의 마음속을 거쳐 음유시인의 눈동자 속에서 영원한 가치로 재음미된다. 그리고 꽃에 어린 빛살이 노래로 변해 모든 사람의 가슴속에 울려 퍼져 존재 의의를 확장한다. 노래는 꽃을 찬양하고 아울러 인간 존재를 긍정하는 믿음을 아주 높이 불러일으킨다. 그리고 인간이 빛을 띠는 존재라는 신념을 찬양한다.

> 이롱고스 광장 뒤쪽 좁은 골목에서
> 채송화 핀 화단에 물을 주던 소녀가
> 나를 올려다보더니 물었네.
> "어디서 오셨어요?"
> "햇살이 오는 곳에서 왔어요.
> 우리는 모두 거기서 왔죠."

작가와 독자가 함께 여행한 광활한 우주 공간은 '현재, 이곳'을 떠난 공간이지만 '현재, 이곳'을 떠나지 않은 공간이다. 소설에 그려진 모든 미래 시간은 현재와 겹쳐져서 참다운 뜻을 이루어낸다. '대참사', 그것은 미래에 닥칠 인간 파멸을 우려한 상상력으로서 지나치게 불안에 떠는 기우일지도 모른다. 또는 우리가 몸담고 있는 현재에 어린, 대참사를 불러올 듯한 징후에 섬뜩한 경고를 내린다는 의미를 띠기도 한다. 이렇듯 인간의 삶을 깊이 우려하고 근심하는 상상력에서 우러난 것이지만, 시간을 초월하여 우리 가슴에 피어 있고 피어날 꽃으로써 인간 사랑을 노래하면서 이야기는 끝맺고 있다.

　조만간 인간이 로봇과 어울려 살면서 지구가 아닌 또 다른 별에 정착하리라는 상상력은 이미 상식 같은 공상 영역이다. 작가는 여기에 천 년 시간을 더했다. 목성에 딸린 위성 '게니미드'를 만들었고 우울증 로봇과 관상가 로봇들이 미묘한 심리전을 펼치도록 꾸며 냈으며 인간의 시체가 곱게 갈아져서 화단에 뿌려지는 장면을 연출했다. 이 정도면 작가가 지닌 상상력은 고유한 영역을 확보한 셈이다. 그 토대 위에서 작가는 현재 우리가 사는 세상에 대해 깊이 우려하는 마음을 드러냈다. 그리고 인간 사랑을 꿈꾸었다.

　일상을 접어놓은 어느 한가한 시간에 이 이야기를 손에 잡아보자. 조용한 외딴 나무 그늘 아래 앉아서 음미할 일이다. 우선 현재를 떠나서 지금 우리가 사는 참모습을 새기는 재미를 누려보아야 할 것이다. 다음 비극 어린 파멸 앞에 서 있는 인간이 원래 모습을 되찾기를 앙망하면서 인간을 죽음에서 꽃으로 환생시킨, 미래 공간에서 울려 퍼진 인간 사랑과 찬양에 공감해 볼 만하다.

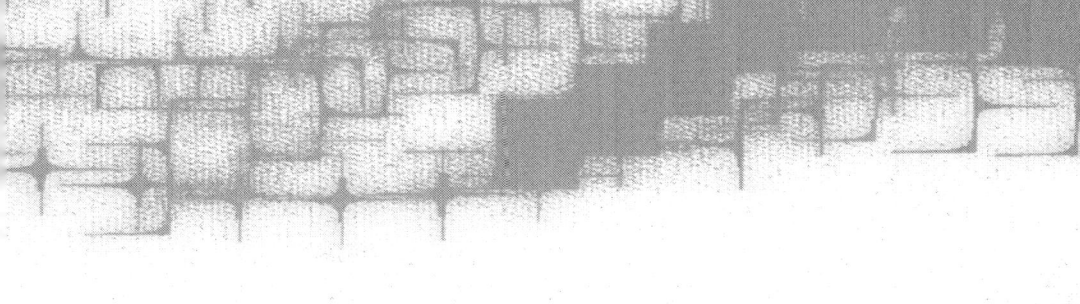

41. 엽기 살인행각에 어린 뜻

- 정이현의 「트렁크」(2003)

1. 긴박한 사건

한 여자가 있다. 잘나가는 커리어우먼이고 독신이다. 그리고 직장 상사와 은밀한 불륜관계를 맺고 있다. 그러나 요즘 새로 부임한 지사장을 만나기 시작하면서 직장 상사를 피하고 있다. 어느 날 그녀는 새로 구입한 자동차 짐칸에서 한 여자 아이 시체를 발견한다. 그 아이는 같은 사무실에 일하는 아르바이트생이다. 물론 그녀는 그 아이가 왜 자기 자동차 짐칸 안에 들어 있는지 전혀 모른다. 전날 밤 상사와 함께 시간을 보냈던 그녀는 그 사실이 폭로될 것을 두려워하여 시체를 땅에 파묻기로 결심한다. 직장 상사에게 도움을 청하지만 그는 공모를 거절한다. 그러자 그녀는 주저 없이 그를 살해하고 만다. 다음 날 그녀는 서울에 도착하는 본사 부사장을 배웅

하려고 공항으로 나간다. 아주 태연하게. 그녀는 새로 장만한 자동차를 퍽 마음에 들어 한다.

사건 전말이 퍽 엽기성을 띠고 있다. 그리고 허망하다. 동기가 빈약한 데도 조금도 망설이지 않고 신속, 과감하게 살인을 저질렀기 때문이다.

소설에서 구성은 작품을 실제로 세우는 틀이다. 사건을 좀 더 효과 있게 전달하려고 일화들을 선택하고 적절하게 배열하는 방법으로서 주제, 어조, 문체 따위 다른 요소와 긴밀한 관계를 맺는다. 「트렁크」에는 시간을 역행하여 장면을 배치한 대목이 몇 곳 있을 뿐 구성상 별다른 특징은 없다. 다만 사건을 이루는 각 매듭을 절도 있게 구분하여 시간별 일지(日誌)를 기록해 나가는 형식을 취하고 있는 점이 약간 특이하다. 이러한 구성법은 독자가 누릴 긴장감을 충분히 보장하고 사건이 어떻게 흘러가나 또렷하게 집약하여 보여 주는 데에 적절하다.

이 긴박한 살인일지에서 진범은 누구인가? 그녀의 행보를 정확하게 조사하고 현명하게 판단해야 할 것이다. 먼저 범죄를 가능케 한 정황 증거부터 살펴보자.

2. 첨단 언어들

사건에 어린 진실을 제대로 파헤치려면 먼저 주변 정황을 철저히 분석해야 한다. 그녀의 생활에서 범죄와 밀접한 사항으로서 살인의 냄새를 풍기는 사항은 무엇이든 주의를 기울여 살펴야 한다.

예를 들면 이런 것들이다. '지난 봄 석 달 동안 대기자 명단에 이름을 올린 끝에 구입한, 가장 아끼는 가방'인 '에르메스 가죽백', 지사장과 만찬을 즐기려고 내건 '타사키 지니아의 진주 목걸이와 귀걸이 세트', 우아한 고급 중국 음식점에서 맛보는 '오품 냉채와 샥스핀 수프, 간장 소스의 은대구 튀김과 안심 구이가 들어 있는 코스'요리 그리고 그녀의 옷장을 가득 메우고 있는 '대개 순모 백 퍼센트의 핸드메이드 코트' 따위다. 무엇보다 대한민국에서 소유자가 되기란 결코 쉬운 일이 아닌, 태기량 2,000cc를 자랑하는, 부드러운 애마 같은 '2002년형 EF 소나타 골드'에 주목한다.

상대성에 따른 감각에서 내리는 판단이지만 이것들은 모두 너무 비싸고 사치스러운 '상품'이다. 이 정도면 뭔가 톡톡히 대가를 치러야 얻을 수 있는 물질이다. 이러한 추측이 사실에서 완전히 빗나가지 않았다면 다음과 같은 추리가 가능하다. 이 상품들에 집착한 소유욕이 범죄 심리의 최하층부에서 일탈 행위를 부추긴 근원 동기로 작용했을 것이다. 그랬을 가능성은 매우 크다. 현대 자본주의가 세워 놓은 욕망 체계에서 고가(高價) 상품(이를 '명품'이라고 부르기도 한다.)은 대개 뿌리칠 수 없는 유혹으로써 군림하기 마련이며 그만큼 구매자의 소유욕을 강박하기 때문이다.

이에 더하여 'A4 용지 10장 남짓' 분량에 담긴 사건 현장에서 우리는 독자의 감각을 자극하는 또 다른 언어군(群)을 발견할 수 있다. 눈에 보이는 순서대로 열거해 보면, '휘트니스, 마케팅팀, 리다이얼 버튼, 로컬직원, 마인드, 론칭행사, 프로젝트, CEO, 뷰티에디터, 오디오 파워버튼……' 따위다. 이 낱말들은 일정한 물질을 가리키기도 하고 어떤 개념이나 상황을 의미하기도 한다. 일부는 외래어고 대부분 우리말이 아니라 순수 외국어다. 이 낱말들은 소설 공간 안 여기저기에 떠다니는데 배경도 인물도 사건도 아니면서 묘하게 독자의 정서를 자극하며 다가온다. 이에 익숙지 않은 개인이나 계층이 눈여겨볼 때 어쩌면 작품 주제나 구성보다 앞질러 의식을 어느 한곳으로 끌어모을지도 모르겠다. 어쨌든 그녀의 생활과 그녀가 저지른 범죄의 속성을 판단하려면 충분히 이해하고 넘어가야 한다.

단순한 장신구 같기도 한 이 낱말들은 대개 사무 용어들로서 범죄현장과 소설 공간이 이차 인간관계를 중심으로 하고 공식 관계 일변도로 나가는 냉정한 지역이라는 사실을 희미하게 암시한다.

작가가 일부러 깔아놓은 것이 확실한 이 언어들은 이렇듯 그녀 주변을 싸고돈다. 달리 말해 그녀가 몸담고 있는 세계를 나타내는 기호들이기에 현재 그녀의 의식과 생활을 은유하는 간접증거들이다. 그렇지만 아직은 정황 증거에 머문 자료들이다. 이를 근거로 결론을 세우려 한다면 성급한 자세가 되며 올바른 판단이 아니라는 평가절하를 면할 수 없다. 그러므로 그녀 자체에 좀 더 밀착하여 관찰을 이어가야 한다.

3. 그녀는 누구인가?

아지랑이처럼 그녀를 싸고도는 언어들을 간접증거로 삼아 이제 그녀가 내놓는 말과 행동, 이력 따위를 검토하여 그녀가 어떤 사람인지 최종으로 판단을 내려야 하겠다.

첫째, 그녀는 차 짐칸을 열지 않는다. 차는 앞으로 이동하려고 마련한 수단이다. 앞으로 나아가는 데에 직접 연관성이 없다면 비록 그것이 내 안에 존재하는 나의 일부라고 할지라도 현대인은 돌아보지 않는다. 이는 어느 세기 사람보다 전방에 전념하는 힘이 꽉 찬 현대인이 지닌 금과옥조다. 그녀도 '오직 앞만 보고 달려왔기'에, 앞만 보고 달리는 사람이기에 주변 상황과 나머지 다른 가치를 돌아보고 따질 일도 물을 필요도 없다. 한 가지 가치에 매달리는 태도가 습관이 된 오늘날 이미 오래전에 우리 눈에 익은 도시인의 고유 속성을 그녀는 알맹이처럼 지니고 산다. 그녀는 현대인을 대표한다.

둘째, 그녀는 늘 경쾌하다. 그리고 힘차다. 분당에서 강남으로 출근하는 그녀는 누구보다 먼저 사무실에 도착한다. '조금만 서두르면 하루를 훨씬 여유 있게 시작하게 될뿐더러 예기치 않은 것들까지 덤으로 알 수' 있기 때문이다. 그녀는 개인 용무에 공공 시간을 허비하는 회사 동료들을 경멸한다. 또 '커피 심부름 때문에 회사생활이 힘들다고 징징대는 여자들'은 '일찌감치 결혼정보회사에 가입하여 집에 들어앉는 편이 유익하다'는 주의(主義)를 지니고 있다. 이러한 가치관들은 공과 사를 또렷하게 구별해 내는 공정한 성품이며 건설과 진취를 이루려면 현대여성이 갖추어야 할 필요덕목이다. 그녀는 이러한 자질을 맹렬하게 좇는다. 이것은 앞에서 말한 '전방편향성'과 이어진 자질이다. 그래서 순수한 생래(生來) 성품이라기보다는 어떤 목적이 강요하여 갖춘 것이라는 냄새가 짙고, 그 목적에 맞지 않는 의식이나 가치는 철저히 외면하는 이기성 어리고 차가운 성향이 안에 도사리고 있으리라는 느낌이 강하다. 목적형 인간은 보편으로 냉혹하며 차가운 만큼 인간미와 거리가 멀다.

한편 '사회적 성공'을 유일한 지상 과제로 삼고 몸을 바치는 자세는 그녀가 지난날 겪은 이력에 그 뿌리를 박고 있다. 아르바이트생을 쳐다보면서 잠겨드는 그녀의 회한을 조사해 보자.

　　　소녀는 헤헤 웃었다. 칼라 프린터나 복사기처럼 조용히 시키는 일만 하는 아이인줄 알았는데 밖에서 보니 어린 태가 많이 났다. 저 나이 때 자신은 웃음소리를 갖고 있었던가. 잘 기억나지 않았다. ……(중략)…… 조수석을 돌아보았다. 무턱대고 길게 길러 포니테일로 묶은 머리, 군데군데 보푸라기가 일어난 더플코드와 가짜 프라다 백팩. 다시 그 나이로 돌아가라면 그녀는 단호히 고개를 저을 것이다.

　　소녀를 바라보며 그녀는 다짐한다. 궁색하고 초라했던 과거를 단연코 거부하리라고. 추억과 향수라는 말은 결코 존재하지 않는다. 그따위 구저분한 향기 따위는 원천 봉쇄해 버린 그녀의 의식구조는 오직 공리와 현실에만 집중한다.

　　그리하여 셋째, 유일 가치에 매달리는 생활, 균형과 조화에 깃든 묘미가 사라진 파행 어린 정신이 목적을 이루려 수단을 가리지 않는 행위를 불러왔을 것이다. 여성으로서 상품 가치를 지탱하려고 먹은 음식을 일부러 게위내는 행위, 정부(情夫)를 배신하는 냉혹함, 소녀의 죽음을 은폐하려는 시도, 살인 따위. 다음 문단에서 그녀가 현실에 얼마나 치열하게 몰입하고 집착했는지 잘 알 수 있다.

　　　……그러므로 그녀는 어젯밤, 세상을 납득시킬 만한 알리바이를 가지고 있지 않았다. 사흘 후면 신제품 발표 파티였다. 월요일 점심엔 인천공항으로 본사 수석 부사장을 마주 나가야 했다. 본사 최고위급 임원을 사박오일 동안 밀착 수행할 기회란 흔히 오는 것이 아니었다. 그녀는 최선을 다해 커리어를 쌓아왔다. 갈 길이 아직 멀었다. 판단은 순식간에 이루어졌다.

이곳은 갈림길에 선 그녀가 범죄 영역으로 접어드는 지점이다. 그녀는 과감하고 신속하다. 트렁크를 들여다볼 틈도 없는 일방 질주를 부추기고 결국 범죄세계로 나아가게끔 그녀의 등을 떠미는 또 다른 내면 동기는 다음에 드러나 있다.

> 원룸으로 이루어진 오피스텔은 실평수만 스무 평에 가까웠다. 월넛 자재의 원목으로 마감된 실내에는 가스레인지와 소형 냉장고, 원통형 세탁기 등의 기본 가전제품이 붙박이 되어 있었다. 재작년 이곳으로 이사올 때 꼭 필요한 종류로만 가구를 새로 마련했다. 이태리제 싱글침대는 헤드가 창가를 향하도록 배치해두었다. 맑은 날 잠자리에 들면 벌어진 커튼 틈으로 노르스름한 별이 올려다 보였다. 카드 할부는 아직 좀 남아 있었지만 42인치 디지털 텔레비전과 DVD플레이어 구입은 잘한 선택이었다. 섹스 앤 더 시티나 앨리 맥빌 같은 시트콤 시리즈를 빌려다보고 천연 아로마향 젤로 샤워를 하면 휴일저녁이 금방 지나고, 다시 한 주가 시작되곤 했다.

이로써 볼 때 그녀는 한마디로 취해 있는 사람이다. 살인을 기꺼이 감당하는 과감성도 속도지향성도 모두 만취상태에서 무의식이 탄력을 받아 빚어낸 결과에 가깝다. 이 탄성(彈性)은 물질이 가져다주는 안락, 그 단맛에 흠뻑 빠져든 나머지 의식이 마비된 정신이 지닌 속성이다.

원룸은 '혼자' 살거나 혼자 살기를 결심한 사람들에 맞춘 21세기식 신주거형태다. 이 폐쇄고립공간이 그녀에게 썩 잘 어울린다. 그 안에서 독자 세계를 구축하고 안주하는 현대인을 그녀는 대표한다. 물질에 안주하고 스스로 고립에 빠져든다는 두 가지 존재양상은 깊은 연관이 있다. 욕망이 안락을 낳고 안락은 이기성 어린 세계로 빠져드는 고립을 낳고 고립이 다시 새 욕망을 부추기고……. 이러한 연쇄반응이 증폭시킨 추진력은 스스로 제어할 수 없는 집착으로 귀결하는 것이다.

4. 결: 절벽 끝에 서 있는 사람

그녀가 스스로 그려낸 일그러진 초상은 사실 우리에게 퍽 낯익은 얼굴이다. 욕망에 사로잡힌 나머지 끝내 절벽 막바지에 서게 된 사람이란 오늘날 결코 희귀하지 않기 때문이다. 그녀의 모습은 바로 오늘날 우리들의 초상이라고 해도 틀리지 않다. 그녀는 '아기집 같은 동굴 속' 같은 짐칸으로 기어들어가 욕망을 좇는 무한질주가 가져다준 긴장과 불안의 끈을 이제 그만 놓고 싶다. 어디라도 '안온하고 조용한 곳'을 찾아가 쉬고 싶다. 그러나 이미 휴식은 불가능한 상태에 놓인 사람이 바로 그녀다. 선과 악이 갈리는 길에서 욕망의 단맛을 떨쳐내지 못해 악의 회로(回路)로 접어든 수많은 인간들이 끌려가 섰던 말로(末路)에 그녀는 지금 서 있다.

작가는 매우 꼼꼼하고 치밀한 필치로써 우리 시대 사람이 끌고 다니는 욕망이 어떤 실체를 지니고 있나 밝혀냈다. 그녀가 저지른 살인행각은 욕망이 인간을 얼마나 집요하게 몰아세우는지 잘 보여주고 있다. 작가는 그녀를 그려 우리 시대에서 휘날리고 있는 욕망 체계가 지닌 마력을 입증하고 있다. 물질을 지칭하는 온갖 외래어, 외국어들…… 우리 시대에 횡행하기 시작한 낱말들을 쌓아올려 만든 이 체계는 왠지 불안하고 위태로운 빛을 뿜어낸다.

그녀가 욕망을 좇아 무작정 달려가도록 몰아붙인 주범은 이 말들이다. 이 말들은 위력이 대단하다. 인간이 오직 일정 가치에만 집중하는 맹목에 빠지도록 홀리는 부적과 같다. 그녀는 범죄자이다. 그리고 현재 우리들이 그 속에서 살아가고 있고 살아가야만 하는 삶의 체제와 구조가 지닌 맹독성을 경고하는 일탈자이다.

21세기 물질세계는 인간욕망을 또렷하게 세워 결국 인간을 칼날 같은 절벽 끝에 세워 놓고야 마는 능력을 가지고 있다. 이 불안하기 짝이 없는 시대 징후를 작가는 예민하게 감지하고 있다. 그래서 여자는 범죄자이기보다 어쩌면 희생자인지도 모른다.

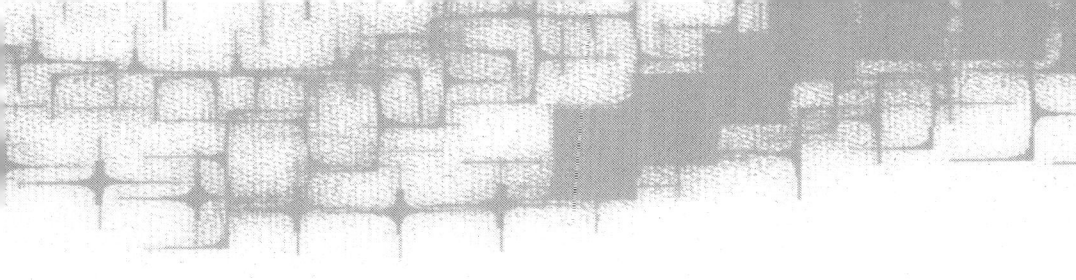

42. 부유하는 현대 욕망

- 정미경의 「호텔유로, 1203」(2003)

1. 흐르는 사람

사람의 몸은 70% 이상이 수분으로 채워져 있다. 움직이는 물주머니인 셈이다. 서투른 비약을 무릎 쓰고 계속 얘기하면 사람은 그래서 흐르는 존재다. 시간의 날개 위에 앉아 삶에서 죽음으로 흘러가는 존재가 사람이다. 사람의 마음도 무엇인가를 좇아 절로 흐르는데, 시대의 골짜기가 파놓은 물결을 따라 흐르기가 십상이다. '사람은 사회적 동물이다.'라는, 만고에 높이 빛날 현명한 '잠언'을 되새기자. 대하(大河)에 휩쓸리든 지류에 잠기든 운명과 생에 부딪쳐 제각각 지니는 습관은 모두 시대의 물결이 흐르는 방향에 따를 수밖에 없을 듯하다. 시대의 물결을 따라 우리는 노를 저어 가고 우리가 타고 있는 뱃바닥을 거센 물결이 늘 움켜쥐고 있는 것이다.

어느 순간 내 발바닥 밑에 깔린 뱃바닥이 생전 처음 보는 낯선 사물로 다가오기기도 하는데 그 위에서 어떤 역할을 지니고 어떤 위치에 서 있느냐는 저마다 다르다.

우리 시대는 어떤 모양으로 된 물결을 만들어 어떻게 우리를 끌어가고 있는가? 정미경의 소설 「호텔유로, 1203」은 이 질문에 대응하여 우리 시대 최첨단에서 찾아낸 전언이다. 누구보다도 치열하게 시대 물결에 휘말려든 한 여인의 내면이 부침하는 모습으로써 최첨단 물결이 뱃전에 부딪치며 뿜어내는 포말에 담긴 온도와 염도를 생생하게 전한다. 다시 말해서 우리 시대에 어린 삶의 모습이 어떤 색깔로 빛나고 있는지를 삶이 흘러가는 한 여울목에 집중하여 그려내고 있다.

우리가 눈여겨보아야 할 것은 그러므로 두 층위를 거느린다. 하나는 치열하게 꿈틀거리는 그녀의 내면이요 또 다른 하나는 시대 외압으로 작용하는 물결이 지닌 파동과 생리다. 그러나 이 둘은 칼로 금을 그어 경계 지을 수 있는 것들이 아니다. 마치 물이 섞이는 현상처럼 서로를 넘나들면서 삶을 기록해 가는 요소들이다. 앞으로 펼쳐질 시대의 빛은 두 요소가 한 몸이 되어 뿜어내는 것으로 보아도 무방하다.

2. 물결 위에 떠다니는 불안한 빛

책장을 한 장 한 장 넘겨보자. 각 쪽마다 우리 눈을 부시게 하는 물질이 저마다 빛을 자랑하며 반짝이고 있다. 그것들은 주인공 '나'

가 소유한 사물을 근원지로 하고 있다. 하나하나 그녀가 심혈을 기울이고 고혈을 짜다시피 하여 얻은 그것들은 우리 시대에서 소위 '명품'이라고 분류되는 특산물로서 대개 외국어로 이름 지어진 영광을 누리고 있다. 외국말이 첨단을 의미하는지는 따져 봐야 할 문제지만 아무튼 이 물품들이 그녀의 몸을 점령하고 있다. 그녀의 몸에서 빛나고 있다. 그 빛이 어디에서 어디까지 이어지는지 더듬어 가보자.

빛은 그녀의 왼쪽 손목을 점하고 있는 '무언가를 조잘거리듯 사랑스럽게 빛나는 것들이 테두리를 따라 빼곡하게 박혀 있는 타원형 자판'을 가진 시계에서 시작하여 '지중해 물빛의 파시미나'로 이어지고 '반원형의 토트백 → 멋진 신세계의 순환 시스템인 각종 카드 → 핑크빛 톱 → 변화를 경멸하는 심플함을 구현하고 있는 캐시미어 → 에게해 물빛을 연상시키는 스트라이프 셔츠 → 밤의 지중해 물빛을 닮은 바닥 위 진열장에 빼곡한 다이아몬드들 → 이번 시즌에 도착한 롤로피아나 수트 → 아는 사람은 한눈에 알아보는 바쉐린 콘스탄탄 → 매캘란1964 → 입으로 마시는 오르가슴이라는 로마네콩티 → 블랙 레이스와 시폰이 펼치는 빅토리아풍의 원피스 → 핑크빛 톱 → 포트넘앤메이슨의 애프터눈티'로 이어진다.

빛이 이루는 행렬은 아름답다. 그녀가 노를 저어 앞으로 나아가는 물결 위에서 깜박이기에 더욱 아름답다. 항해를 부추기는 기쁨이며 의미이다. 적어도 그녀에게는.

아름다움에는 여러 종류가 있다. 작품 문맥과 동떨어진 상상 세계지만 예를 들어 먼 옛날 어느 시골집에 살았던 할머니나 어머니의 손끝을 그려보자. 그녀와 온 식구가 깃드는 안식처인 단칸방과

방 안에 놓여 있는 그녀의 재봉틀을 덧그려보자. 그리고 재봉틀 하나에 의지해 평생 식솔을 먹인 그녀의 심경을 헤아려 보자. 그녀가 이끌어 가는 삶은 구조는 간단하다. 재봉틀, '이거 하나면'이 다였을 것이다. 궁상맞지만 소박한 세계다. 이제 화려하게 명멸하는 이 국풍 소유욕이 출렁이는 세계와 소박하고 궁상맞은 소유욕이 가늘게 숨 쉬는 세계가 각각 인체에 미치는 자극과 영향을 논해 보자.

어머니가 거느린 세계는 가난하지만 자족하는 미덕이 서려 있다. 그리고 소유와 물질에 어린 빛이란 모든 이가 누리는 삶을 충분히 감싸기에 흐뭇하고 가슴을 따뜻하게 한다. 이에 비해 「호텔유로 1203」의 그녀가 지탱하는 세계는 우리 시대 많은 사람이 그 곁에 가까이 할 수 없어 경원해 마지않을 빛으로 요란하다. 그래서 불안하다. 그 빛은 화려한 떨림이되 사람을 초조하게 하고 강박한다. 그것은 대형 할인 매장에 진열되어 있는 수백 가지 물건에 어린 빛이 사람의 어깨를 짓누르며 망연케 하는 현상과 상통한다.

그러나 이 빛은 이미 말했듯이 수면 위에서 명멸하는 빛일 뿐이다. 좀 더 중요한 것은 수면 아래 깊은 물속에 도사리고 있는 정황이다. 그곳이 결국 수면 위에 떠 있는 빛을 있게 하는 원인이기 때문이다.

3. 물결 밑 부패

물질(物質)이 뿜어내는 요기(妖氣)가 물결 표면에서 달빛을 받아 눈부시다면 심저에는 빛의 근원이 도사리고 있다. 당연한 이치다.

심저는 깊고 어둡다. 그리고 무언가가 썩어가는 퀴퀴한 냄새가 코를 자극한다. 심저를 향해 걸음을 옮겨 작가도 주인공 '나'의 실체를 본격으로 탐구하기 시작한다.

물질은 여기저기 흩어져 있다. 그러나 그녀가 지닌 심리는 정점을 향하면서 차례로 펼쳐지는 언술 속에 담겨져 있다. 그 계단을 하나하나 더듬어 올라가 보자.

그녀는 방송국에 속한 구성작가다. 라디오 진행자가 읽어 내려가는 대본을 쓴다. 그러나 대본은 실제 체험에서 어렵게 짜낸 진실로 쓰는 것이 아니다. 그와 전혀 무관하다. 갖가지 문헌에서 얻어내는 조각글로 짜깁기한 글일 뿐이다. 그녀는 이 일에 만족한다. 만들어 낸 글에 애정은 물론 진실성에 관한 부담도 가질 필요가 전혀 없기 때문이다. 이 계산은 자기존재가 빈약한 것을 냉소하며 얻는 위안이기도 하다.

아무튼 무책임과 다르지 않은 냉소는 힘겹게 살아가는 자를 조롱하는 자조 섞인 운명론과 성실한 삶을 혐오하는 심성에 연결된다. '여자 공부 잘해 봤자 예쁜 년 못 당하고 예뻐 봤자 팔자 좋은 년 못 이기더라'가 그녀가 그녀 어머니에게 전수받은 자조 섞인 운명론이고, 성실에 대한 반감은 구청 환경미화원으로서 궁상맞게 살아가는 그녀 어머니를 응시한 데에서 비롯했다. 그녀는 환경미화원을 바라보며 '버는 돈보다 병원에 가져다주는 돈이 더 많은 그런 바보 같은 계산법을 옆에서 일주일만 지켜보노라면 누구라도 세상을 성실하게 살아가지는 않을 것을 거듭 맹세하게 될 것이다.'라고 확신해 마지않는다.

진실에 무감하고 성실성을 거부한 자는 다음 단계에서 물질세계에 탐닉하기 시작한다. 우리 시대에 우뚝 선 카드문화는 소비에 따른 쾌감을 거짓말처럼 만족시켜 준다. 그녀는 '그 멋진 신세계의 순환 시스템'에 한껏 매료되고 중독된다. 그리하여 그녀는 이제 흐르는 강물에 몸을 온전히 맡긴 셈이 된 것이다. 이렇게 자기를 버린 그녀는 욕망을 확대 재생산하고 그에서 파생한 반발력은 삶을 이루는 또 다른 가치들을 알뜰하게 파괴한다.

> 추억이나 행복, 사랑의 슬픔 따위 구시대의 인간들이 생각하는 것들이 형상을 부여받고 색채가 덧입혀져 진열되어 있는 그 아케이드를 따라 걸어가노라면 저마다의 목소리로 외치는 그것들의 노래가 사이렌의 매혹처럼 나를 이끌어간다. 그것 외에는 아무것도 보이지 않고 들리지 않으며 모든 것이 무의미해져 버리는 마법의 노래.

작가가 지닌 안목은 정확하다. 물질이 사람에게 뻗치는 마력을 탐지해 낸 통찰력도 그렇고 그 마력이 사람의 눈을 멀게 만들어 인간 가치를 스스로 소멸케 한다는 소름끼치는 사실도 그렇다. 또 서술 양상은 대상을 포착하는 힘이 또렷하여 심리 저변을 관찰하는 수준이 더할 나위 없이 집요하고 꼼꼼하다. 타락자가 걸어간 말로를 철저하게 외부 관찰에 기대어 아무 군더더기가 없이 밝혀낸 20년대 작품 '감자'와 추진력이 같아 보이는데, 작가가 지닌 문장력은 좀 더 세밀한 보고서 수준에 이르고 있다. 보고서 결론 부분에서 말하기가 망설여질 정도로 위태로워 보이는 그녀의 정신세계를 작가는 다음과 같이 꼼꼼하게 기록한다.

> 저걸 가질 수 있다면, 황실의 여인들이 선택할 만한 저걸 가질 수 있다면, 나도 항성처럼 스스로의 존재를 증명할 수 있을 것만 같다. 주위의 모든 소음이, 음악소리가, 찻집에서 퍼져 나온 커피 향이 아득히 멀어진다. 유리를 깨고 암청색 심해 속으로 몸을 던져 저걸 건져오고 싶다. 내가 가진 어떤 것을 대가로 지불하게 되더라도.

이제 계단의 정점에 거의 다다른 것 같다. 여기에 서면 달빛을 받아 어둠 속에서 현란한 빛을 자랑하던 물질들이 우리의 눈을 찌르고 면도날처럼 가슴을 후벼 파는 듯한 불안에 젖어든다. 그녀가 읊조리는 내면 독백을 읽고는 그녀를 측은하게 여기지 않을 수 없으며 더불어 완전히 몰락하여 기사회생할 가능성이 영점에 떨어진 한 사람을 바라볼 때 느끼기 마련인 절망에 가까운 심회에 젖는다. 그녀는 다음과 같이 독백하며 자기 자신을 돌아다본다.

> 내 능력 이상을 요구하는 그것들을 사 모으면서 내가 많은 걸 바라는 건 아니다. 처음 그 칵테일 드레스를 가졌을 때의 느낌, 일상의 남루함이 일순에 사라지는 마술의 순간, 모든 다른 것들이 헛되고 헛되이 여겨지는 지나친 눈부심. 다만 그 느낌들을 찾아 헤매왔던 것 같다.

4. 욕망의 끝

주인공 '나'는 욕망의 물결 위에서 화려한 빛을 따라 하염없이 노를 저어간다. 작가는 그녀가 흘러간 항로를 뒤쫓아 가서 현대가 세운 욕망체계가 거부하기 힘들게 집요하다는 사실을 밝힌다. 그것은 한 체계라기보다 빠져나올 수 없는 덫이요 굴레다. 이 올가미에 걸린 '나'는 이제 매우 위태로운 절벽 끝에 와 서 있다. 바야흐로 그녀는 창녀로서 새로운 삶을 시작하려 한다. 현대가 쳐놓은 욕망체계, 그 그물에 걸려든 그녀는 상대성에 따른 빈곤감에 끝없이 시달리는 과정에서 영혼마저 잃어버린 자이다.

이 보고서를 읽고 우리는 불안하고 불쾌하다. 이유는 무엇인가?

시간을 내어 소설을 읽을 때 우리는 어떠한 형태든 마음에 위안을 얻으려 한다. 그러나 소설 「호텔유로 1203」은 이러한 소박한 기대에 부응하지 않는다. 즐거움을 얻지 못했다는 불만은 고사하고 시대 편린을 잘 비추어낸 작가 역량을 칭찬하기도 전에 우리 독자는 스스로 위태로움을 느낄 것이기 때문이다. 달리 말해 이 이야기는 우리 시대에 어린 삶의 모습을 숨김없이 그려냈기 때문이다.

우리가 지니는 불만이 정당하다면 그런 만큼 작가가 이루어 낸 탐구는 치열한 것이며 숨김없는 진실에 가닿은 것이다. 소설은 시대와 사회를 비추는 거울이라지만 작가가 꺼낸 거울은 지나치게 투명한 느낌이 있다.

43. 비정한 세계에 떠도는 말들

 - 정미경의 「발칸의 장미를 내게 주었네」(2003)

> 우리는 말 안하고 살 수가 없나 나는 솔개처럼
> 소리 없이 날아가는 하늘 속에 마음은 가득차고
> 푸른 하늘높이 구름 속에 살아와
> 수많은 질문과 대답 속에 지쳐버린 나의 부리여

　　80년대에 유행한 노래 <솔개>의 가사 가운데 일부분이다. 푸른 하늘 속에서 살아가는 몸이니 말 따위는 안 하고 살 수 없냐고 푸념을 늘어놓는다. 말을 버리고 싶어 한다. 특별한 동기에 휩싸여 어떤 각오가 철석같이 굳게 서면 말 안 하고 살 수도 있을 것이다. 묵언 수행자나 선문답 애호가처럼. 그러나 뾰족한 수 없는 우리야 말을 안 하면 몹시 불편하다. 내 안에 깃든 숨길 수 없는 감정과 꼭 알아야 하고 꼭 알려야 할 객관정보를 우리는 십중팔구 언어로써 드러내고 주고받는다. 그런데 육체와 정신이 깃든 진실한 알맹이가 전혀 없는, 뿌리 없이 떠도는 말이 입에서 떠나지 않는 한 남자가 있다. 이 작품은 이 남자의 삶에 초점을 맞추고 있다.

 가 닿을 목적지 없이 떠도는 그의 말 속에 담긴 삶은 이국풍 어린 낭만으로 물들어 화려하다. 그가 읊조린다.

> —비가 왔었어. 항구도시들은 다른 모습을 가지고 있다가도 비만 오면 모두 비슷한 표정으로 바뀌는 거 같아. 함부르크, 샌프란시스코, 여수, 시모노세키. 맑은 날 보면 그토록 다른 도시들이 비가 오면 같은 표정을 짓거든. 비 냄새, 바다 냄새, 바다 위로 빗방울이 스미는 풍경, 그런 것들 때문일까. 피셔먼스 워프에 나갔었어. 해안가의 시푸드 레스토랑에서 먹었던 크램차우더 수프야. 비 오는 피셔먼스 워프에서 먹었던 크램차우더 수프. 그게 제일 좋았어.

 파리 몽마르트르 언덕에서 먹는 혼합요리, 러시아에서 구입한 마트로시카 인형, 베니스 산마르코 광장 옆 뒷골목에 걸려 있는 핸드메이드 가면들, 하노이에서 생산하는 여우똥 커피, 수마트라에서 맛볼 수 있는 고양이똥 커피, 발칸의 장미 따위 그가 허공에 걸어놓은 말들은 아름다운 무늬처럼 나부낀다. 그러나 그가 쌓은 경험과 무관한 언어이다. 모두 인터넷에서 건져 올린 것들이기 때문이다. 그래서 그가 지닌 멋은 결국 허우가 아롱진 무늬일 뿐이고 내면은 텅 비어 있다.
 아니 정확히 말하면 그의 속은 꽉 차 있다. 손가락 하나 내밀어주는 이 없는 어쩔 줄 모를 고독으로 마음이 짙게 물들어 있다. 고독이 그를 밤새 컴퓨터라는 상자 안에서 헤매게 만든다. 고독은 허위를 열심히 길어 올리고 허위는 고독을 더 깊게 파는 것이다. 양자는 상호 상승작용을 일으킨다.

그의 고독은 세상이 비정하여 생겼다고 작가는 말하려 한다. 개인의 삶이 근거지로 삼고 고향으로 여기는 가족공동체는 지금 깨져 있다. 남편이 허공에 띄우는 언어는 마치 물샐 틈 없이 경계하고 자르듯 남자의 부인이 뱉어내는 언어들은 더 이상 믿음직스러울 수 없을 정도로 단호하고 그래서 현명해 보이기까지 하다.

> 말해야 할 것 같아. 당신을 견딜 수 없어. 모든 걸. 국을 떠먹는 모습도, 수그린 머리의 가르마도, 웃는 모습도, 엎드려서 신문을 들여다보는 것도, 그 모든 게. 당신을 보고 있으면 나라는 여자와 살고 있는 당신이 불쌍해. 그 불쌍한 모습도 이젠 견딜 수 없어.

솔직함이 잔인함으로 작용할 수 있다면 그녀가 내뱉은 말은 그 한 전형이다. 상대를 배려하려고 우회하는 기법보다는 명확하게 객관 정보를 전달하는 자세에 주력한 그녀의 말에는 단호함이 미덕으로 응고되어 있다 못해 냉혹하고 비정한 얼음이 알알이 맺혀 있다. 살과 살을 맞대고 한 가정을 꾸려온 남녀가 헤어져야 하는 이유로서 그녀가 내세운 명분은 구태의연한 이유를 충분히 벗어나 있다. 그녀가 지닌 감각은 21세기를 주도하거나 아니면 그에 발맞추고 있다. 여기에 국제화 감각에 모범으로 적응하고 있는 남자의 아이들은 그의 삶에 붙은 자잘한 실뿌리마저 뽑아내는 새로운 감각이다. 이렇게 하여 그의 더릿속에서 '가족'이라는 개념은 해체되었다. 그는 버림받은 자이며 고독할 수밖에 없다.

그런 그가 맺고 있는 인간관계가 하나 있다. 그는 한 여자와 필요할 때를 가려 날짜를 정해 놓고 만나서 식사와 커피를 나누고 섹스를 교환한다. 그와 여자는 같은 원룸 건물 위아래 층에 살고 있다. 이들이 만나는 형태는 요즘 하는 말로 '쿨－한 관계'로 이름 지어진다. 이러한 만남은 알 만한 사람은 다 아는, 오늘날 결코 낯설고 무겁게 느껴지는 관계 유형이 아니며 오히려 분위기가 가볍고 경쾌하다.

> 선선히 대답하지만 재이는 알고 있다. 이 남자와 굳이 바깥에서 만나는 일은 없을 것이다. 서로에게 필요한 건 이 작고 익숙한 공간 속에 모두 있으니까. 일주일에 한번쯤 그가 여기로 와서 일용할 양식처럼 섹스를 하고 커피를 마시며 서로의 은닉된 삶의 한 조각씩을 이토록 풍요롭게 이토록 인색하게 보여주는 것 이상은 원하는 게 없으니까.

불특정 다수가 주체가 되어 아주 오래 시행착오를 겪은 끝에 새롭게 탄생시켰을 신개념, '쿨－한 ㅅ-이' 이 관계에 어린 미덕과 이점이 위에 요점처럼 집약되어 있다. 그리고 몇 개 수칙이 흩어져 있다. 첫째, 질문하지 말라. 얇은 분열을 초래한다. 둘째, 지나치게 가까워지려는 몸짓은 삼가야 한다. '뜨거운 집중'은 마음을 상하게 할 수 있다. 배신감을 피해 갈 현명한 판단이다. '쿨－한 관계'로 맺어진 사람들이란 외로움이나 공허감 따위 상대방이 처한 현실 속으로는 결코 들어가는 법이 없다. 셋째, 사랑하느냐는 질문은 사절이다. 사랑이라는 고전 단어는 아직 대단한 결속과 구속을 의미하기 때문이다. 경쾌한 행보를 사랑하는 이들에게 이렇듯 파장과 여운이 긴 말이 비위에 맞을 리는 없는 것이다.

이러한 속성이 깃든 '쿨－한 관계'란 궁극으로 비정한 것일 수밖에 없다. 인간 감정을 어떤 목적에 따라 규격화하여 미리 한계선을 그어놓는 발상은 목적달성에 급급한 ㅇ'기 어린 의장이다. 그 속셈은 자연스럽지 못한 것으로서 결국 대상을 수단화하는 결과로 떨어지기 십상인데, 그렇다면 그것은 가장 비인간 된 결론이다. 여자는 남자가 죽었다는 상황 앞에서 능숙하게 시치미를 떼고 완벽한 무관심을 연출할 줄 안다. 이 정도 연기력은 '쿨-한 관계'에 길들여진 자만이 보여줄 수 있는 행동이다.

발칸의 장미, 겉은 화려하지만 항상 위태위태한 고통이 낳은 산물. 원룸에서 쓸쓸히 죽어 간 남자의 삶과 그들의 관계상을 비유한 이 소품을 작가는 작품 끝에 이르러 등장시켜 자신이 지닌 목소리를 강하게 드러낸다. 그것은 세상에 깊은 공포를 느끼고 내지르는 탄식처럼 들린다.

> 하긴 알바니아에서 가져와야만 발칸의 장미일까. 짙은 안개가 긴 날이면 안개에 몸을 가리고 눈물도 가리고 노래하며 춤을 추다 저격병의 총탄에 피를 흘리며 쓰러지는 것, 웃고 있는 등뒤로 누군가가 총을 겨누고 있는 것, 소멸의 시점을 알 수 없는 것, 먼지와 안개와 결핍을 익숙하게 받아들여야만 하는 것, 그건 그곳이나 여기나 마찬가지일 것이다.

이 위태로움을 작가는 이곳 어느 거리에서 감지했을까. 퍽 궁금하다. 사람끼리 살을 부딪치고, 갈등과 권태를 곰(熊)처럼 삭히는 끈끈한 인간관계가 소멸한 뒤에 세상에 번식하고 있는 신인간관계. 이것은 21세기 지향성이 낳은 한 삶이요 개념이다.

이 소설은 아주 조용히 끝나고 있다. 누구에게 무엇에 관해 그 어떤 것도 말하지 않은 채 막을 내린다. 자기와 살을 섞었던 남자

가 불쌍하고 그러다 못해 친밀하게 여겨지는 느낌이 희미하게 되
살아나지만, 쿨 - 한 여자는 쿨 - 한 여자답게 이 느낌을 조용히 잠
재운다. 아무 일이 없었던 듯 조용하고 빠르게 인간관계는 도태되
는 것이다. 허망할 따름이다. 이것은 그녀 자신도 모르게 익힌 버
릇으로서 이 비정한 도시에 깃든 생리를 가장 잘 본받은 행보이다.
이기와 편리를 극단으로 정제한 인간관계…… 이렇게 결론을 지으
면 '쿨 - 한 관계'를 지나치게 폄하한 것은 아닌지 모르겠다.

44. 절벽 끝에 선 사람 이야기

- 김인숙의 「바다와 나비」(2003)

    호흡이 짧든 길든 상관없고 주제에 어린 문제의식이 차원이 높으니 낮으니 따질 것도 없다. 무릇 소설 작품이란 작가 나름대로 근원에서 삶을 통찰한 내용을 밑바탕에 깔고 있기 마련이다. 이 토대를 작품에 고유하게 깃들어 있는 세계관이라 여겨도 좋고 작가가 지닌 인생관이라고 규정해도 크게 잘못된 생각은 아니다. 그것은 대개 전면에 드러나지 않고 숨어 있지만, 인물과 사건은 결국 이 뿌리에서 수액을 받아 형성된 가지들이다.

    작품 「바다와 나비」에는 절망의 끝에 선 위기의식이 깊은 뿌리처럼 퍼져 있어 강렬한 주제의식을 발산한다. 이러한 생의식(生意識)은 작품에 쓰인 소품들 곳곳에 아주 집요하게 투영되어 있다. 한 예가 '금지옥엽'이다.

    ……허술한 화분의 흙이 들썩이며 가지가 흔들렸다. 그러나 꽃대

마다 가느다란 실로 매달아놓은 듯한 꽃들은 여전히 그 가지를 악착같이 붙잡고 있었다. 그런 상태에서 꽃들은 마치, 나를 빤히 쳐다보고 있는 듯했다. 살아 있다는 건 보기거나 만져지는 것이 아니라고 말하는 것처럼……

'손바닥만 한 국밥집의 수입으로 아파트 서너 채를 사서 챙길 정도로 억척스럽고, 당신의 모든 고성이 자식들을 위해서라는 말을 입에 달고 살면서도 정작 그 부동산 문서의 어느 한 장도 결코 자식들에게 내 보이지 않을 정도로 그악스러웠다'는 화자 '나'의 어머니나, 그녀에게 '악착스럽고 그악스럽다'고 핀잔을 듣는 채금의 어머니들이 다들 삶이라는 줄기에 힘겹게 '악착같이' 매달려 있는 금지옥엽 같은 사람들이다. 이들이 누리는 삶에 어린 인생관은 듣고 있자면 몸도 마음도 한없이 가라앉을 정도로 염세성이 짙게 배어 있다. 그들은 마치 '사는 것이 이토록 힘겹다'고 웅변하고 있는 듯하다. 그러나 한편 누구도 정면에서는 부인하지 못할 상당한 보편성을 머금고 있다. 이러한 인생관 위에 작가는 다시 절망 어린 비석을 직각으로 또렷하게 세워놓는다. 채금이 아버지와 그를 바라보는 '나', 나의 남편들이 그 비석이다.

채금이 아버지는 기구한 사연과 운명을 지닌 사람이다. 그는 아주 어린 시절 사람이 죽는 광경을 코고 한쪽 눈이 멀어버렸다. 그때 총살 현장에서 맡았던 화약 냄새를 오십 년이 지난 지금도 맡고 있다. 채금이 아버지가 지닌 염세성에 '나'는 진저리를 친다. 그는 이미 죽은 자로 살아가는 사람이다. 절벽에 선 자, 삶의 한쪽 끝에 이르러 본 자가 지니기 마련인 목소리를 그는 가지고 있다.

"……(상략) 채금이 이 앤 남아 있는 눈이 보고 있는 게 뭔지 몰
라. 그건 말이지. 죽음보다 더한 거야. 그건 말이지……살아 있는 거라
구. 살아서 못 볼 것들을 모조리, 남김없이 다 봐야 한다는 거라구. 살
아서 아주 천천히, 아주 오래 오래……흠씬 두들겨맞아 나달나달해진
살 속에서 진국의 국물이 다 빠져나올 때까지 천천히 천천히……아주,
아주 오래, 오래……그렇게 보고, 또 보고 해야 한다는 걸 말이야."

　채금이 아버지는 한순간 경험한 큰 충격에서 벗어나지 못하고
그 힘에 치받쳐 그 속에 갇혀 살아가는 사람이다. 그는 마치 '인생
은 영원한 고해(苦海)'라고 웅변하는 듯하다. 작품에서 그리고자 하
는 삶의 고통을 형상화하는 데 중심축을 담당한 인물로서 그는 삶
에 어린 고통을 전체로 통찰할 수 있게 해 주는 창구 역할을 한다.
어릴 적에 받은 충격이 나머지 생을 지배한다는 설정은 극단 어린
정서를 좇는 무리수로 보이고 관념으로 빚어져 있기에 현실감과
개연성이 부족하다. 그러나 그는 인간이 지닌 근원 고통을 은유하
며, 과거에 겪은 고통에서 헤어나지 못하는 삶을 대표한다.
　그에 비해 '나'가 겪는 고통은 현재 치열하게 진행 중이다. '나'
의 고통은 '나'와 남편이 극단으로 소통이 불가한 데서 비롯한다.
'나'의 눈에 비친 남편은 살고자 하는 뜻을 모두 잃어버렸다. '나'
와 남편은 부부 사이지만 분열되어 있다.

　　이 여자가 누군가……. 그런 혼란은 물론 찰나적인 순간에 지나지
않았지만, 그 짧은 순간이 지나자마자 그는 '그 여자'를 알고 싶은 욕
망을 잃어버렸다. '그 여자'뿐만이 아니라 '그 자신'에 대해서도 마찬
가지였다. 그가 알려고 하는 것은 통장의 잔고와 노후에 받게 될 연금
의 액수뿐인 듯했다. 때때로 그는 승진을 기대하기도 했지만, 자신이
승진해야 하는 이유에 대해서도 알려고 하지 않았다. 무엇보다도 중요
한 것은, 그에겐 더 이상 나에게 할 말이 남아있지 않다는 것이었다.

남편이 지닌 폐쇄성은 부부라는 경계선 안에서 '나'가 떠안는 절망으로 이어질 수밖에 없다. 술 취한 남편을 부축하면서 그가 술취한 이유를 전혀 알 수 없다는 사실에서 '나'는 완벽하게 단절감을 느낀다. 이 단절감이 절망을 비추는 증거요 결과다. 부부가 서로를 전혀 알아보지 못하는 지경에 이르렀다는 설정은 솔직함과 과장벽 사이를 넘나든다. 그러나 이 경계에서 독자는 개연성이 부족하다는 점을 탓할 필요는 없을 듯하다. 이처럼 극단에 이른 고통은 '이제 어떻게 살 것인가'라는 질문을 불러와 독자가 문제 상황에 매달려 볼 의욕을 불러일으키기 때문이다. 남편과 '나'는 절망의 끝, 생의 절벽에 지금 서 있다. 이제 어떻게 할 것인가. 어느 길로 나아갈 것인가.

한편 아직 가시화되진 않았지만 채금이가 떠안아야 할 삶에도 고통의 그늘이 드리워 있다. 말하자면 미래 고통이다. 채금은 말이 다른 이국땅에서 의사소통이 여의치 않은 낯선 남자와 얽혀 결혼 생활을 감당해야 한다. 채금이 노트에 써놓은 '안녕하세요.'라는 한국어를 읽고 그 낱말을 입속에 되뇔 때 '나'는 가슴이 결려오고 입속에 모래가 한 움큼 들어차는 듯하다. 장차 채금이에게 다가올 고통을 예감하기 때문이다.

결과로 이 소설에서 그린 과거, 현재, 미래 모두는 인간 고통으로 가득 차 있는 셈이다. 그러나 모든 소설에서 그렇듯이 이 작품에서도 작가는 절망의 둑을 지나 화해와 극복을 꾀하는 자리를 마련한다. 그리고 그것은 '바다와 나비'라는 고전 시 작품에 큰 빚을 진다. 끝이 없는 망망대해를 힘겹게 건너가는 가녀린 나비가 힘겹게 날갯짓을 한다. 이 그림을 빌려 작가는 퍽 상투성 어린 은유를 빚어낸 것인데 이 환영이 고통을 극복하는 미학을 수놓고 있다.

나는 채금아버지를 만나러 가지만 그를 만나지 않으려고 한다. 이 기론(奇論)에 어린 심정은 구엇인가? 그것은 동질감을 확인하려는 욕구보다 고통을 스스로 극복하려는 의지에 기운 그녀가 선택한 행동이다. 이러한 의지의 싹은 내 남편을 안아주고 싶다는 결심으로 이어진다. 삶의 고해를 건너느라 팔다리를 잃어버린 남편은 마치 바다 위를 나는 나비처럼 허우적대고 있고, '나'는 논리를 뛰어넘은 포옹으로 무조건 그에게 다가가려 하는 것이다.

모두 이야기는 제 나름대로 고유한 정서를 뿜어낸다. 그래서 한 고유한 존재로서 대접받는다. 그 빛과 향을 당대 상황에 비추어 보고 꼭 꿰맞출 필요는 없다. 그러나 오늘날에는 역사상 유례없이 대립과 단절에 따른 장벽이 곳곳에 꿋꿋하다. 사람은 누구나 다 어딘가로 쫓기어 가는 듯하다. 이러한 삶의 양상과 이 소설이 제시한 고통은 잘 대응된다.

더 이상 발 디딜 틈 없는 절벽 끝에 선 사람들, 이 절망 어린 상황을 진지하고 심각하게 사유하고 결과를 아주 공고하게 쌓아 놓은 성과가 바로 이 작품이다. 작가는 이런 질문을 던지고 있다. 당신, 진정 세상의 끝에 서 본 적이 있는가? 더 이상 떨어질 곳이 없는 생의 밑바닥에 누워본 적이 있는가?

그렇다고 별 뾰족한 수를 작가 스스로 내놓고 있지는 않다. 결국 '나를 마주 안을 수가 없는 몸통뿐인' 그를 뜨겁게 포옹하려는 자세로 맞아야 한다는 다짐에 이르러 있을 뿐이다. 이 발상은 퍽 단순하다. 그러나 모든 것이 깨어진 마당에서 아무리 현명한 정신이

라고 하더라도 구체성과 효용성을 두루 갖춘 묘수를 쉽게 펼칠 수
는 없으리라. 그래서 최후로 가능한 몸짓은 조건 없이 상대에게 다
가서서 껴안는 것이다. 절망 어린 옹벽을 넘어 원상태를 깨끗하게
회복하는 일은 너무나 어려워 불가능할 것이다. 다만 조건 없는 포
옹…… 미래를 열어 놓을 수 있을 것 같은 이 자세야말로 아름답
고 감격스러운 방법론이라는 사실을 이 작품은 일깨워주고 있다.

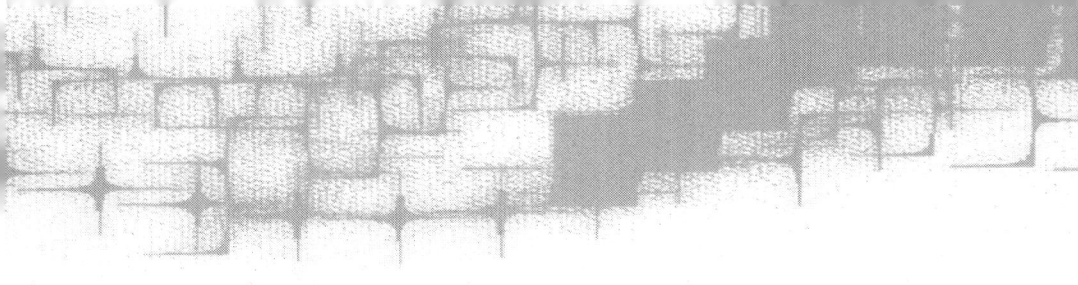

45. 삶의 참모습을 새기며

― 이청준의 「들꽃 씨앗 하나」(2003)

소설 작품이 독자에게 미치는 효용을 논할 때 대원칙으로 삼고
자 하는 명제가 있다. 소설은 재미있어야 한다는 것이다. 이렇게
주장한다. 무릇 소설 작품은 독자를 사로잡을 수 있거나 최소한 관
심을 끌 만한 재미를 지니고 있어야 한다. 그러나 참 막연한 말이
다. '재미'라는 낱말에 서린 뜻은 폭이 하염없이 넓기 때문이다. 같
은 작품을 읽고도 사람마다 감흥이 다를 수밖에 없다는 사실을 생
각하면 더 그렇다. 시간 죽이기에 딱 맞는 그저 부담 없는 이야기
가 있는가 하면, 가슴에 잔잔한 파문을 수놓는 줄거리가 있고, 영
혼을 뒤흔들며 눈시울을 붉게 하는 인물과 사건이 있다. 이 예들은
모두 소설이 인간에게 미칠 수 있는 영향이요 재미를 말한다.

그런데 이 가운데 어떤 차원이 가장 바람직한 '소설 재미'인지
엄밀하게 따져 보고 그에 따라 일정한 기준을 세우는 일은 별로 바
람직하지도 가능하지도 않다. '감상'은 어디까지나 개인이 누리고

규정할 몫으로 놔두어야 하기 때문이다. 그러나 한편 가늠해 보면 영향 내용이 구체로 어떻든지 간에 그것은 둘째로 치고, 대개 어떤 작품이 재미를 유발하는지 한 번쯤 따져 볼 수는 있을 듯하다.

우선 우리가 늘 느끼고 체험하며 살아가는 희로애락이 적절하게 형상화된 작품을 보면 우리는 감동을 느낀다. 또 작품을 읽고 삶에 어린 진실을 깨달아 어떤 인식에 이르게 되었을 때 내용이 어렴풋 감을 잡아 왔던 것이든 전혀 새로운 것이든 쾌감을 얻는다.

소설 「들꽃 씨앗 하나」는 이 두 개 '재미'를 다 갖추고 있다. 이 작품에서 작가는 지혜 어린 안목과 원숙한 통찰력으로써 평범한 이야기를 가로지르는 뜻 깊은 실상을 추려내 삶에 얽힌 근원 실상을 밝혔다. '리얼리즘'이라는 용어가 있다. 이제는 제철이 지난 지 너무 오래되었기 때문에 누구든 자신의 문학 견해를 펼칠 때 이 말을 사용하는 예가 퍽 드물게 되었다. 당대 사회 구조와 실상을 제시, 비판한다는 것이 이 용어에 깃든 뜻인데, 이런 좁은 의미에서 일단 벗어나 보자. 이념을 희구하고 환상 감흥을 좇는 욕구 따위에 젖어들지 않고 현실을 냉정하게 밝힌다는 의욕이 이 사조에 어린 정신이라고 이해한다면, 이 작품이 전하는 알맹이는 리얼리즘에 꼭 맞는다. 우리 모두가 바로 그렇다고 느낄 만큼 동감 어린 인식 폭을 지니고 있기 때문이다.

작품은 '시련과 희망이 끊임없이 교차하는 여정'이라는 구조로 되어 있다. 줄거리는 다음과 같다. 주인공 소년은 고학생이다. 그에게는 고등학교에 진학할 돈이 없다. 그런데 선생님이 호의를 베풀어 주신 덕분에 학비를 면제받을 기회를 얻는다. 희망이 피어나는 빛이다. 소년은 가난을 증명할 서류가 필요하게 되었고 시간이 촉박한 가운데 먼 고향 면사무소로 여행을 하게 된다. 허나 새벽같이 몸을 실은 버스가 길바닥에서 고장이 난다. 도중에 소매치기 사건으로 출발이 많이 지연되기도 한다. 결국 소년은 제시간에 면사무소에 닿지 못한다. 소년은 애가 끓는다. 그런데 인정 어린 면 직원들이 배려를 아끼지 않고 종배 아재가 보살펴 주신 덕분에 소년은 무사히 서류를 뗀다. 소년은 다시 희망을 품고 곧바로 귀경길에 오른다. 오후 다섯 시까지 서류를 접수해야 하기 때문이다. 그러나 이번에는 폭설이 뜻하지 않게 길을 막는다. 몇 번이나 더 희망과 절망이 교차한 끝에 소년은 끝내 서류접수에 실패하고 만다.

‘엎친 데 덮친다.’, ‘설상가상’ 따위 말이 있다. ‘산 넘자 물’이라는 푸념도 비슷한 경험을 나타낸다. 사노라면 이렇게 안타깝고 답답하고 그래서 힘겨운 때가 누구에게나 꼭 닥치노라고 해도 결코 아니라고 손사래 칠 사람은 없으리라. 좀 더 편안하고 나은 생활을 꾀하고 눈물겨운 꿈을 성취하려고, 인간으로서 지켜야 할 도리를 다하면서 우리는 열심히 살아가야만 한다. 매일매일 최선을 다하며 살아가는 우리들…… 사실 누구든 그러지 않고 배겨낼 재간이 있겠는가.

그러나 뜻한 대로 이루어 편안히 행복에 스며드는 사람은 그다지 많지 않다. 내 뜻대로 세상이 움직여지지 않기 때문이다. 늘 열심히 살지만 우리네 삶은 될 듯 말 듯 꼬여가기 일쑤다. 내가 꼭 갖고 싶은 것을 손에 쥐기가 그토록 어렵고, 얻고 싶은 자리에 턱하니 걸터앉을 수가 웬만해서는 쉽지 않다. 오히려 정말 재수가 없다 보면 속담이 이르는 대로 뒤로 자빠져도 코는 얼마든지 깨질 수 있다. 이것이 진정한 현실이면서 사실에 가장 가까운 삶의 구조요 진실이다. 이 소설은 바로 이러한 양상을 담고 있다. 삶 저변에 흐르고 있기에 자주 까먹게 마련인 이러한 일상(?) 어린 진실을 되새기고 깨우치라고 작가는 이 이야기를 우리에게 던져 주었다.

이 진실 위에 서 있는, 그 위에 서서 힘겨운 삶을 이어 나가는 소년의 처지와 사람 됨됨이를 보고 우리는 감성을 한껏 적신다. 이것이 작품이 지닌 알맹이인데, 지나간 시절이 지닌 애틋한 회고 감성을 바탕으로 하여 우리에게 다가온다. 전란이 끝난 직후, 처절할 정도로 가난했던 1950년대 어느 해 봄에 이야기는 펼쳐지기 시작한다. '병약한 홀어머니와 어린 누이동생'을 지긋지긋한 가난에서 구하고자 '시련과 희망'이 교차하는, 가슴 졸이는 연극 같은 역경(逆境)을 헤쳐 나가는 주인공 소년이 밟는 행보는 한마디로 눈물겹도록 애달프다. 그의 어린 가슴에 맺힌, 가난에 품은 한과 애틋한 가족애를 바라보면 동정심이 절로 일고 갸륵하게 여겨져 가슴이 한껏 훈훈해진다. 전란 직후라는 시대 배경을 생각하면 소년 '진용'의 하루 치 경험은 어른들 세대의 일반 된 궁핍상을 그려낸 것과 결코 다르지 않고 줄거리 자체가 인간의지를 감동 어린 필설로 그려낸 극화(劇畫)이다. '고학생'이라는 말을 들어 보았나. 이제는 이 말이 사라진 듯하다. 소년이 끌어가는 발걸음은 지난날 우리 주위에 흔하던 고학생이 감당해야 했던 삶을 그대로 좇는다.

　　진용은 결심대로 그 3년 동안 줄곧 신문배달이나 상점 심부름꾼 따위 일을 해가며, 또한 궁색한 자취방과 사설학원 사이를 쉴 새 없이 오가며 소원하던 중학교 과정을 모두 공부할 수 있었다. 그리고 그 3년이 지나고 난 해 이른 봄엔 중학교 졸업 과정의 검정고시도 통과하고, 시 변두리의 한 신설 상업고등학교 입학시험에도 합격하여 그의 꿈을 절반쯤은 이룰 수 있었다.

그리고 이러한 역경의 와중에서 순간순간마다 새겨지는 소년의 마음씨가 사실은 더욱 주목을 끄는 부분인데 보기 드물게 아름답다. 고향을 향해 떠나는 날 새벽 허기와 추위에 떨면서도 소년은 '버스를 모는 운전수의 수고가 마치 자신의 일 때문인 것처럼 고맙고 미안'하다. 고장 나서 멈추어 선 버스 때문에 조바심이 나지만 수리를 하느라 애쓰는 운전수와 조수 청년이 고마울 따름이다. 결국 면사무소에 제시간에 닿지 못하였을 때에도 소년이 탓한 것은 남이 아니라 '자신의 나쁜 찻길 운수'다. 그는 '어른들에게 긴 시간 헛수고를 시킨 것이 부끄럽고 미안할 뿐'이다. 특히 마음씨 고운 종배 아재(이 사람도 아름답게 인정 어린 성격을 지니고 있어 비록 조연이지만 감동의 빛이 탁월하다)와 가난 때문에 고통스러운 생활에서 헤어 나오지 못하는 가족과 마을 사람들을 생각하며 그들을 가난에서 구하려고 면학 열의를 다지는 소년의 의식은 경이롭기까지 하다. 그를 보고 있자면 마치 먼 옛날 어느 곳에서 되살려온 듯한, 인간이 지닌 고전 어린 선성(善性)을 마주하는 기분이 든다.

마지막에 모든 희망이 끊어진 상황에서 '무언지 억울하고 원망스런 느낌이 들기도 하'지만 결국 타인에 대한 죄스러운 느낌으로 마음을 갈무리하는 소년은 2000년대가 아니라 1950년대 사람이다. 오늘날 우리 사는 동네는 사람의 마음을 갈고닦자는 의식도 계획도 방법도 모두 빈약하기 짝이 없는 세태에 빠져 있다. 이러한 형편에 비추어 보아 소년이 지닌 심성은 귀하고 이채롭지 않을 수 없다.

하지만 마지막 장면에서 작가가 우리 독자에게 내민 그림은 참을 수 없이 흘러내리는 소년의 눈물이다. 소년이 마주하는 하늘은 온통 까만색을 띠고 있다. 뜻밖이라고 여겨지는 이 결말 앞에서 독자는 아쉬움을 느낄 수밖에 없다. 아름다운 소년이 갖은 역경을 딛고 일어섰으니 이제 그만큼이나 아름답고 보람찬 열매로 매듭이 지어지기를 모두는 바랄 것이기 때문이다. 그러나 작가는 이러한 인지상정(人之常情)을 넘어섰다. 애쓴 자를 보듬고 보상(報償)을 기약하는, 예를 들어 '하늘은 스스로 돕는 자를 돕는다.'는 식으로 소박하고 정의로운 믿음에 작가는 기대지 않았다.

그 대신 작가는 이렇게 주장한다. 운명은 꼭 인간의 편에만 서 있지는 않다고. 진실과 성심을 다한 곳에 성취와 구원이 반드시 찾아오는 것만은 아니라고. 오히려 절망과 좌절이 기다리고 있을지 모른다고. 우리가 인정하고 싶지 않지만 엄연하기 짝이 없는 이 상황이야말로 바로 삶의 참모습이라고 작가는 또렷이 말하고 있다.

그리고 이 명제에는 삶과 세계를 바라보는 작가의 소신이 담겨 있다. 그러나 작가가 삶과 운명을 비극 어린 시선으로만 바라보며 원망과 경계 의식을 쌓고 있다고 보이지는 않는다. 굳이 효용을 따져 밝혀야 한다면 이렇게 말해야 한다. 살다 보면 좀 더 깊은 좌절과 허무가 언제든 다가올 수 있다. 이러한 운명 구조를 똑바로 쳐다보라. 근거 없는 안도감을 경계하고 삶을 갈무리하는 정제된 마음을 불러오라.

소설 「들꽃 씨앗 하나」가 돋을새김 한, 절망을 감당하는 인식 세계에는 이렇듯 냉정한 심지가 깃들어 있는 것이다. 이 앞에서 우리는 어느 쪽으로 판단 추를 기울여 가야 좋을까. 척박한 시대와 역사에 떨어진 들꽃 씨앗 하나를 어떻게 해야 할까? 가녀린 씨앗 하나는 어디로 가야 하나? 이러한 질문들이 커다란 여백처럼 다가온다.

46. 성범죄와 인간 영혼

- 양미선의 「고양이 대학살」(2003)

그날 밤 아파트 한 귀퉁이 놀이터에서 두 여자가 대화를 나누고 있었고 남자 여러 명이 그녀들에게 다가왔다. 젊은 날에 누구나 부리기 마련인 치기, 취기, 흥분, 객기 그리고 결정된 것으로서 '어찌할 줄 모르던 정욕'에 남자들은 젖어 있었다. 그것이 이유였다. 그들은 여자들을 무참히 강간했다. 한 여자는 울었고 한 여자는 범죄자들을 노려보았다. 그 뒤 둘 중 한 여자가 자살했다. 공권력은 그녀를 부검했다. 그녀는 임신을 하고 있었다. 성범죄가 한 여자의 삶을 파멸시킨 전형된 사례가 그렇게 끝났다. 이 끔찍한 사건이 작품 안에 고여 있는 알맹이다. 오늘 어두운 이 밤에 사건은 과거에서 현재로 불려온다.

그러나 은폐된 범죄를 파헤쳐 객관성 있고 엄정하게 사건 앞뒤를 다시 밝혀낸 수사기록이 아니다. 오늘 밤 이 이야기는 수수께끼 같은 괴담(怪談)한 편으로 재편성되어 펼쳐지고 있다. 이것이 작품에 어린 독특한 이야기방식이다. 현실 질서에 맞춘 시공간을 헝클어뜨린 괴담을 빌려 씻을 수 없는 상처를 입은 영혼이 한(恨)을 분출한다. 반드시 전모가 밝혀야 마땅할 과거지사가 틀림없는 이야기는 그래서 우연을 가장한 필연이 낳은 것이다.

두 여자 가운데 살아남은 한 여자가 오늘 밤 전설이 펼쳐지는 중심에 서 있다.

그녀는 '금방이라도 뚝뚝 눈물을 흘릴 것 같은' 눈동자를 가지고 있다. 그녀의 눈은 '설치류의 그것처럼 빛을 내는, 내 심장을 관통해 버릴 것 같은, 슬픔 같기도 하고 노여움 같기도 한' 빛을 띠고 있다. 화자 '나'가 보기에 그녀가 바로 그날 밤 피해자인 것 같기 때문이다. 오늘 밤 지금 그녀와 마주앉아 술을 마시고 있는 '나'는 무언가가 여자를 고통스럽게 하고 있다는 생각이 든다. '나'에게 닥쳐오고 있는 응보를 본능에 따라 어렴풋하게 예감하고 있는 것인지도 모른다. '나'는 그날 범죄를 저지른 남자 가운데 한 사람이기 때문이다. 그런데도 '나'는 그녀가 발산하는 매력에서 벗어나지 못한다.

> 여자에게 큰 매력이 있는 것도 아니었다. ……(중략)…… 물론 불쾌한 것도 아니었다. 그것은 뭐라 표현할 수 없는 불온함을 담고 있는 것이었다. 때로는 위태로운 것이었고, 때론 사람을 매혹시킬 만큼의 마력을 담고 있는 것이기도 했다. 그것이 여자였다. 실체를 갖고 있지 않으나 질식할 만큼의 향으로 이루어져 있는 물질의 집합체.

이러한 여성 생리가 풍기는 향기는 효과가 여러 가지다. 이 매력 때문에 여자는 과거에 비극을 겪어내야 했던 것인지도 모른다. 이 매력은 오늘 밤 남자를 현재에서 과거로 다시 과거에서 현재로 이리저리 몰아가는 인력(引力)으로 작용한다. 이렇게, 그녀는 바로 그날 희생된 여성 가운데 한 명이 환생한 듯하다. 꼭 그렇다고 말하고 있지는 않지만 부인하거나 거부할 수가 없을 정도로 강한 암시가 그녀의 몸 전체를 휘감고 있는 것이다. 남자는 홀리고 있다. 그러나 자기가 잡아먹은 무고(無故)한 생명체가 슬픔과 저주가 뒤섞인 눈빛으로 자기 앞에 서 있는 것을 알지 못한다. 이러한 만남도 우연을 가장한 필연이다.

여자는 남자를 어른다. 고양이에 얽힌 상상력을 들려주면서다. 첫 번째 상상력이다.

> 맨 처음엔 급소를 쳐서 고양이를 기절시키는 거예요. 야구 방망이로도 좋고 급하면 근처에 있는 돌을 사용할 수도 있어요. 그런 다음에, 호일 알죠? 반짝거리는 은박지 말이에요. 그 호일로 고양이를 싸는 거예요. 여러 겹으로 아주 꼼꼼하게. 그렇지 않으면 고양이의 몸에서 육즙이 흘러나올 수도 있거든요. 끈끈한 고양이의 육즙이 손에 묻어나는 건 그다지 기분 좋은 일은 아니니까. 그런 다음에 그걸 250도로 예열된 오븐 안에 집어넣으면 돼요. 털을 깨끗하게 뽑지 않은 게 마음에 걸리긴 하지만 한 시간 후에는 굶주림으로 사나워진 개천가의 쥐 떼들이 별미로 고양이 요리를 먹을 수 있을 거예요.

여기서 그만 그쳐도 좋다. 이것만으로도 충분히 잔혹하기 때문이다. 그러나 여자는 상상력놀이를 멈추지 않는다. 두 번째 상상력으로 이어지면서 고양이 대학살이 무엇인지 실체와 진면목을 완성하려 한다.

두 번째 방법은 이런 것이었다. 여자는 제일 먼저 고양이의 앞발과 뒷발을 한데 묶어야 했다. 고양이가 반항을 하지 못하도록 하기 위해서였다. 그런 다음 연한 살 속에 은밀하게 감추어져 있는 발톱과 날카로운 이를 펜치로 하나씩 뽑아내야 한다고 했다. 그렇게 하면 고양이는 겁에 질려 낑낑거리기만 할 뿐 발을 풀어놓아도 공격할 엄두조차 내지 못한다는 것이었다. ……(중략)……… 어떻게 할 거냐면요. 아마 고양이는 토끼처럼 온순해질 거예요. 발가락들 사이에서 흐르는 피를 보며 자신이 처한 상황을 본능적으로 알아챘기 때문이죠. 그러니까 끈을 풀어주어도 꼼짝도 하지 않을 거예요. 그것뿐인 줄 아세요. 안아서 털이라도 부드럽게 쓰다듬어 주면 오히려 더 품으로 파고들걸요.

그리고 고양이의 털을 다 뽑아버린다. 온몸의 털을 몽땅 뽑힌 구멍으로 핏방울이 스며 나온다. 더할 나위 없이 엽기 어리고 두렵고 끔찍한 상상이다. 그러나 상상이 아니다. 야구방망이로 강타당하여 오븐 안에서 구워지는 고양이, 발톱과 이를 펜치로 뽑히는 고문 끝에 온몸 털구멍으로 피를 쏟아내는 고양이, 결국 가해자의 품에서 구원의 끈을 붙잡아야 하는 치욕에 떨어지고 마는 고양이…… 이렇게 고양이 대학살이 완성되는 것이다. 이것이 바로 '남자가 여자에게' 저지르는 성범죄의 시작과 끝이요 내용과 뜻이다.

이제 이야기를 쏟아내는 여자는 강간당한 여자 가운데 한 명이 틀림없어 보인다. 그녀는 한없이 고통스러운 표정을 짓다가도 눈에 눈물이 그렁그렁하게 맺힐 정도로 파안대소한다. 이야기가 극점(極點)에 다다름에 따라 그녀의 마음도 희로애락이 들끓는 정점에서 위태롭게 오락가락이 하는 것이다. 그녀는 제정신을 접은 지 아주 오래되어 보인다. 이것이 바로 강간이 떠안긴 폐해이다. 영원히 치유될 수 없는 정신이상으로 보인다. 그러므로 고양이 대학살은 옛날이야기가 아니다. 유별난 괴기 취향이 엮어낸 괴담도 물론 아니다. 현재에도 고통스러운 기억이 살아 꿈틀거리는 상처이다.

'고양이 대학살'이라는 어절은 우리 시대에 밥 먹듯이 저질러지는 성범죄를 은유하는 피맺힌 언어다. 그리고 처음에 언급한 대로 성범죄를 다루되 소설이 고유하게 지향하는 객관 서사에 기대어 문제를 파헤치지 않았다. 그것보다는 환상을 동원하여 한(恨)을 표출하며 범죄에 연루된 자들을 향하여 음울한 저주를 읊고 있다. 여성이 당해야 하는 고통은 극단 어린 것이기 때문이다. 이 고통은 첫째, 언어 표현을 절(絶)하는 것이다. 극단 어린 감정이 교차하고 음산하게 사라졌다가 다시 만나는 따위 정상 궤도를 벗어난 사건이 괴담 형식에 따라 흘러간 것도 이 때문이다. 둘째, 가해자들과 화해할 가능성은 물론 파괴된 여성심리를 구원할 수 있는 가능성도 눈물 한 방울만큼도 없어 보인다. 죽은 자가 품은 복수심이 밤공기를 가득 채우고 있을 뿐이다. 그날 밤 한(恨)이 맺힌 여성의 육신이 오늘 밤 다시 남자 앞에 서서 그가 저지른 범죄를 재구성한다.

지금 이 순간, 사바트의 제물은 나였다. 은밀한 휘파람 소리와 허공을 딛는 듯한 고양이의 움직임이 나를 홀리고 있었다. 나는 더욱더 소리를 질러댔고 무엇인가를 던졌고 춤을 추듯 몸을 비틀었다.

그리고 여자는 흐느끼고 또 웃음 짓는다. 이렇게 고양이 학살에 대응한 복수는 이루어진다. 저주같이 저질러진 범죄가 광기 어린 복수로 귀결한 것이다.

소설 「고양이 대학살」은 매우 특이한 소설이다. 성범죄라는 소재가 민감하고 괴담으로 풀어낸 문장이 특이하다. 문학과 예술은 인간의 마음을 가라앉게 하고 마음에 어린 짐을 덜어내어 구원에 이르게 한다는 효용이 있다. 그것은 문학이 이루어야 할 고유한 역할이기도 하다. 그런데 이 작품은 독자의 심금을 오그라들게 할 정도로 엽기성이 짙다. 마음을 정화하기보다는 분노를 재인식하라고 강요하는 듯하다. 이 점이 이 작품에 어린 특성일 것이고 그런 의미에서 문학 반대편에 서 있다.

그러나 한편 가장 생생하고 진실한 상황 탐색이 돋보인다. 강간이 어떤 범죄인지를 핵심 내용으로서 전한다. 무차별로 인간을 공격하고, 피해자는 회생이 절대 불가능하여 죽음과 꼭 같은 치명타를 떠넘기는 죄악이 강간이라고 작가는 강조한다. 강간은 바로 살인이라는 것이다. 이 점을 인정한다권 작품에 어린, 지나치게 또렷한 엽기성을 받아들이는 데 무리가 없을 것이다.

47. 잃어버린 시인을 찾아서

– 윤대녕의 「찔레꽃 기념관」(2003)

비가 추적추적 내리고 있다. 비가 오면 상처가 많은 사람은 지난 날을 떠올린다. 오늘 밤 을씨년스러운 빗속을 뚫고 어두운 공기 속에 찔레꽃 냄새가 분분하게 퍼져 간다. 그 향기는 은은하지만 가슴을 깊이 찌른다. 비와 찔레꽃 향기. 이 두 요소에서 이 서정소설이 뿜어내는 강렬한 인상이 빚어진다. 그러기에 비와 찔레꽃은 단순한 소품이나 작품 배경으로서만 있지 않고 자체가 주제나 인물 같다. 또는 이렇기도 하다. 작가가 선택한 이 자연물들이 앞으로 상황을 펼치고 인물을 움직여 간다.

작품 첫 장을 펼치면 아주 먼 옛날 찔레꽃을 울타리로 삼은 집 한 채가 눈에 들어온다. 누군가 살다가 버린 집이다. 온갖 나그네와 문둥이와 들병이들이 머물면서 쉬어 가는, 폐가처럼 버려진 집. 주인공 화자가 지닌 유년 추억에 자리 잡고 있는 이 공간에는 푸슈

킨의 시 '생활이 그대를 속일지라도'와 밀레의 '만종', 시골도(圖)들이 벽에 걸려 있다. 그리고 이발사 한 사람이 그 안에서 정처 없는 운명을 다스리고 있다. 그는 삼십여 년 전 그곳 시골 이발소에 얽힌 추억을 떠올리게 하는 인물이다.

그가 이제까지 어떻게 살아왔는지 앞뒤 사정을 아무도 모른다. 다만 그는 세상을 숨어 사는 색조를 짙게 띠고 있다. 그의 말을 듣고 어쩌면 그의 인생을 투명하게 엿볼 수도 있을 것 같다.

> "나는 시인이 되고 싶었단다. 하지만 시가 아무짝에도 쓸모가 없다는 것을 알고 그만 두었다. 총칼 앞에서 시가 얼마나 무력한지 이두 눈으로 똑똑히 보았던 것이다. 그래서 나는 시인이 되기를 포기했다. 시는 또 밀가루처럼 사람을 먹여 살리지도 못하지. 그것은 그저어두운 처마 밑에 홀로 피어 있는 들꽃 같은 거야."

찔레꽃에 둘러싸여 술과 노래와 달밤에 취하는 자. 그는 아주 넓은 의미로 낭만주의자다. 하지만 '총과 칼'에 밀려 처마 밑에 거주할 수밖에 없는 자라고 스스로 규정하고 있는 것을 보면 그는 시인을 위협하는 시대와 현실에서 밀려난 사람 가운데 한 사람이다. 여기서 총과 칼은 폭력성을 암시한다. 그래서 그가 지낸 삶을 살피는 일은 우리 근현대사에 어렸던 어두운 측면을 살피는 것과 어느 정도 닿아 있다. 그것은 '박정희'라는 실존인물을 거명한 데서 좀 더 투명하고 구체성 어린 근거를 얻는다. 그는 순수하고 정의로운 삶을 위협하는 시대와 세상을 상징하는 인물이다.

그래서 이발사는 찔레꽃 향기에 싸인 채, 적어도 화자의 머릿속에서는 아름다운 은둔자 또는 지조를 지키려는 지사로서 기억되고 있다. 그리고 그가 어디론가 사라진 이후 행적을 전혀 알 수 없다는 사실을 염두에 두고 은둔자라는 말의 의미를 뒤집어 볼 때, 그는 세상이 '잃어버린 자'이기도 한다. 잃어버린 은둔자야말로 작가가 찔레꽃과 비라는 두 기둥 위에 세워 놓은 본체요 주제다.

1과 2로 나눈 구성에 따르면 은둔자가 떠나간 때에서 삼십 년 세월이 흐른다. 1에서 은둔자의 삶이 한 번 매듭지어지고 2에서 다시 이야기가 시작된다. 이렇듯 먼 과거에서 현재까지 길고 긴 시간을 지나온 것은 은둔자의 삶이 풍기는 서정의 폭을 더욱 넓고 깊게 한다. 그리고 이제 현재 화자가 지닌 삶이 중심으로 떠오른다.

2에는 두 사람이 등장한다. 화자와 황지연. 그들은 같은 건물에 살지만 오늘밤 우연히 만나 함께 찔레꽃을 찾아서 밤거리를 배회한다. 그들을 엮는 틀은 우연이며 꿈꾸는 듯 수수께끼 같은 분위기가 서려 있다. 황지연의 아버지가 옛날 이발사와 동일인물일지도 모른다는 의문을 띄워 '잃어버린 사람 찾기'라는 또 다른 이야기로 스며들기 때문이다. 이효석 님의 「메밀꽃 필 무렵」에 서린 후광을 빌려온 이 구조는 작가가 스스로 독창성을 접어둔 결과이지만 잃어버린 자를 추억하고 회한에 잠기는 정을 효과 있게 드러낸다. 또 작품에 어린 서정의 골을 더욱 깊게 하는 데 크게 이바지한다.

그렇다면 비 오는 새벽 찔레꽃을 찾아 헤매는 두 사람의 행보는 무엇을 뜻하는가? 화자는 왜 은둔자를 그토록 그리워하나. 은둔자의 삶과 그들의 삶에 서린 동질성에서 이유를 찾을 수 있다.
화자는 시인이 되기를 꿈꾸었지만 '시대와 자신이 추구하는 감성이 들어맞지 않아'라는 불명확한 이유로 좌절하고 소설가가 되었다. 하지만 현실에선 삼류 시나리오작가로 구차하게 연명하고 있는 처지다. 그는 세상에 무난하게 편입되어 있지 못하다. 그가 세상에 적응하지 못하고 은둔자를 그리워하는 이유는 영화 기획자가 내뱉는 말 속에 명확하게 드러나 있다.

> "문단작가라고 괜히 문예영화 흉내내지 마. 한 달 수입이 얼마나 되는지 모르지만 나 당신들 삶이 어떤지는 대충 알아. 기초생계비 챙기기도 힘들지? 공과금 때문에 월말관 되면 다들 죽을상들을 하고 다니더군. 그래도 술담배는 못 끊데? 그러니 아르바이트라고 어설프게 대들지 말고 이 참에 맘먹고 키를 돌려봐. 물고기는 미늘에 주둥이가 꿰었을 때 냉큼 걷어올리는 거야. 타이밍이 그만큼 중요하다는 거지. 손목에 힘 빼고 지금까지의 경험을 바탕으로 솜씨를 발휘해 보란 말이야. 요즘 영화로 몰려드는 펀드자금이 얼만지나 알아? 그놈의 시나리오를 찾지못해 돈을 쓰지 못하고 있다구."

기획자가 읽어내고 선전하는 세상은 화자를 미치게 만든다. 그것은 또 찔레꽃이 하얗게 둘러싼 초가집에서 글을 읽는 선비가 새겨져 있는, 황지연이 지닌 추억의 세계에 견주어 크게 어긋난 현실이다. 그 옛날 이발사는 폭력으로 물든 현실과 역사 때문에 찔레꽃 향기 속에 몸을 묻어야 했다. 오늘 화자가 은둔자의 발자취를 찾아 황지연과 함께 헤맨 끝에 절벽 앞에 피어 있는 찔레꽃 향기 앞에서 눈물을 머금을 수밖에 없는 이유는 이렇다. 세상은 자본주의로 물들어 가고 있다. 그것은 물질만능주의라는 또 다른 폭력을 불러왔다. 돈이 되지 않는 글과 말이 시인과 작가를 굶주리게 하는 세상에서 현대인의 내면과 더불어 화자의 내면도 황폐해질 수밖에 없다. 오히려 확대 재생산된 악조건에 따른 무게는 화자가 은둔자로 살아가는 것조차 불가능케 한다.

오늘 눈앞에 펼쳐져 있는 현실까지 포함하여 우리 최근현대사는 여러 순수한 정신 가치를 일곤된 동기와 이유로써 줄기차게 억압하고 거부해 왔다. 이 작품은 이러한 삶의 조건과 현실 그리고 그 안에 깃들어 있는 반동성을 통찰하고 있다. 그러나 작가는 서정소설이라는 틀 안에서 이야기를 진행했다. 그래서 현실 내부를 장악하고 있는 정치 경제성을 분석. 해석한 결과를 이야기 표면에 전혀 드러내지 않았다. 다만 시인의 생에 집중된 깊은 슬픔을 최대한 발산하려는 방식을 택했다.

삼십 년이라는 긴 시간, 기묘한 만남, 거리배회와 '사람 찾기' 구조, 하염없이 내리는 빗속에 퍼져 가는 꽃향기 따위 서정성 깊은 장치들은 기존 소설 문법에서는 자주 쓰지 않는 것들이다. 이 장치들은 슬픔 사연과 좌절에 깃든 정서를 하염없이 깊게 끌어가 보자는 뜻에 따라 꾸민 요소들이다. 이 요소들을 적절하게 배합하고 결합하여 작가는 '잃어버린 소중한 것'을 그리워하는 정서를 새롭게 부각시키는 데 성공했다. 이것이 이 작품에 어린 특성이며 작가가 지닌 주제의식이다.

그러나 더불어 이런 여운을 남긴다. 시인 또는 선비가 어떤 존재인지 뜻을 다시 세우고 현실과 역사가 요동하는 파고(波高)에 즈음하여 새로운 삶과 시대를 꿈꾸는 창조 의지를 주저 없이 뿜어냈던 시인들을 떠올린다면, 은둔 시인이 내비친 행보는 소극 되고 왜소한 것으로 비춰진다. 화자는 츠억이 어린 세계에서 은둔 시인을 탐색하고 그에게 눈물을 보이고 쓰라린 현실에 따른 회한을 투영하고 있다. 이러한 정신세계는 결국 감상(感傷)에 젖은 것이라는 평가를 완전히 벗어날 수는 없을 듯하다.

48. 현대판 '바보 / 영웅' 설화

– 성석제의 「황만근은 이렇게 말했다」(2004)

"만그인지 반그인지 그 바보자석 하나 따문에 소 여물도 못하러 가고 이기 뭐라. 스무 바리나 되는 소가 한꺼분에 밥 굶는 기 중요한 가, 바보자석 하나가 어데 가서 술 처먹고 집에 안 오는 기 중요한 가, 써그랄."

작품 첫 장에 쓰인 첫 대사로서 주인공 황만근이 살고 있는 동네 이장(里長)이 뱉어내는 말이다. 사투리가 구수하다. 표준말에만 젖어 있을 독자들에게 사투리는 유별난 생동감을 맛보게 해 준다. 소설 공간을 특별한 현장감과 연결시켜 주기 때문이다. 그래서 사투리를 잘 조탁하는 공력은 흔치않은 남다른 재주로 여겨진다. 이 작품에서 작가는 전라도 지방 특유의 말투를 착실하게 구사하고 있다. 작품이 지닌 큰 특징이자 재미다.

이 작품이 거느린 또 다른 감칠맛은 이야기가 전설의 옷을 입고 있다는 점에서 찾을 수 있다. 주인공 황만근은 전설 속에 산다. 현대인의 두뇌 구조란 합리를 좇는 것이 버릇과 체질이 되어 있으니 신화는 물론이고 전설은 퍽 별난 이야기다. 시공간은 상식에 따른 제약을 뛰어넘어 초월 어린 겨단으로 나아가고 그곳에서 곧잘 초인들이 신나는 맹활약을 펼치기 때문이다. 이는 모두 현실이 들씌운 질곡에서 해방된 상상력이 거두는 기쁨이다. 게다가 전설은 인간사에 깃든 근원 문제와 고통을 깊이 되새기게 해 주는 효용을 지니고 있다. 상징과 은유로써 꾸민 설화문학은 인생 문제를 의미 있게 불러일으킨다. 황만근이 지닌 유별난 개성도 그렇다. 근래에 보기 드문 재미가 작품에 들어 있고 독자에게 던진 문제는 또 자못 심각하다.

이 작품은 황만근의 과거 이력을 풀어내는 지면과 '농민총궐기대회'에 즈음한 그의 현재 행보라는 두 매듭으로 짜여 있다. 만약 주인공 황만근이 어떤 존재인가를 관념으로만 파악하고자 한다면 작품 끝에 군더더기처럼 붙어 있는 '민씨'의 추도사만 보면 될 것이다. 그러나 작가가 버무려 놓은 전설에 깃든 묘미를 놓칠 수 있다. '황만근이 어떻게 말했나'를 알려면 그가 어떤 사람인지 됨됨이를 자세히 살펴야 한다.

'황만근'은 어떤 사람인가? 그가 지나온 삶이 어떠했나는 '황만근가(歌)'에 집약, 제시되어 있다. 이 노래를 풀어 음미하면 우선 그를 잘 알 수 있다. 이 노래를 길게 풀어내는 지면에서 작가는 황만근이 지닌 인간성을 이모저모 남김없이 열거하고 있다. 여기에는 인물을 그려내고자 한 치밀한 계산이 엿보이고 결과물이 촘촘하고 꼼꼼하게 얽혀 있지만 여러 층위 자질이 뒤섞여 있어 약간 혼란스럽다. 작은 것부터 하나하나 살펴보자.

첫째, 그는 도대체 몸을 씻는 법이 없는 사람이다. 태어나서 이 제까지 몸에 물을 대 본 적이 없다고 전해진다. 그리하여 몸에서 풍기는 지독한 악취 때문에 사람들은 그가 접근하는 것을 허용하지 않는다. 술 취한 그를 아무도 부축하려고 하지 않고 가족조차 한방에서 동거하기를 허락하지 않는다. 그는 할 수 없이 자연스럽게 벌레와 함께 산다. 그래서 그는 몸 자체가 풀이요 나무이다. 따지고 보면 씻는 행위와 화장, 변장 따위는 문화 존재가 누리는 몫이다. 그는 마치 땅이 벌레들을 품고 살듯이 산다. 황만근, 그의 몸은 자연이다.

둘째, 그런 그는 술(酒)을 즐긴다. 즐기는 정도가 아니라 술로 연명한다. 술이 밥이요 물이다. 문화 기제가 마음속에 구축해 놓은 울타리와 장벽을 잠시나마 거두어내어 '원래의 나'와 '진실의 나'로 나를 데려가는 물질이 바로 술이라그 할 때, 항상 술에 잠겨 있는 주벽은 그가 남다르게 '본성'을 지향한다는 사실을 암시한다. '민씨'가 펼친 추도사를 인용하면 '황만근'에게 술은 '사직의 신에게 바치는 헌주'이고 '힘의 근원이고 낙천의 뼈'다.

그런데 이런 생태는 사람들이 그를 '바보'라고 부르는 원인이요 빌미가 된다. 그는 일반, 세속, 규범, 상식이 규정하는 한에서 갈데 없는 '바보'다. 하지만 공식 바보인 그가 괴물 토끼와 한밤에 벌인 사투는 그가 영웅이라는 사실을 뚜렷하게 밝힌다. 일생 최대 공포와 위기 앞에서 불굴한 투지를 앞세워 위기를 극복하고 그는 세 가지 복을 일구어낸다. 이것이야말로 전형된 '좌절극복'식 영웅 행적이다.

그러므로 그는 자연의 이법에 그대로 맞추어 사는 '바보/영웅'이다. 범인이 볼 때 바보에 지나지 않지만 그는 진정한 영웅이다. 그가 사람들과 맺고 있는 관계를 주의 깊게 살피면 이러한 역설 어린 존재성이 더 또렷하게 눈에 들어온다.

  첫째, '황만근', 그가 지닌 효심은 가히 초인에 가까운 경지에 닿아 있다. 이 이야기가 애초부터 전설로써 잔뜩 채색된 것이기는 하지만 어머니를 모시는 그의 정성은 '효는 덕지본'이라는 갸륵한 경계조차 넘어선 지극정성이다. 어머니에게만이 아니다. 아내와 자식을 대하는 태도도 그렇다. 그들의 생명을 존속시키고 부양하는 데에 그는 언제나 결정된 역할을 한다. 누구에게나 늘 그렇지만 특히 가족을 대하는 자세는 헌신과 희생 그 자체다. 그러면서도 그는 아무 대가를 바라지 않는다. 하늘과 땅이 생명을 놓아기르듯이 그는 그들을 살게 한다. 그것뿐이다. '희생정신' 따위를 운운하면 오히려 그의 자질을 한 단계 밑으로 절하 평가하게 될 뿐이다.

  둘째, 천지간에 존재하는 사물을 운영하면서 공평히 분배하는 묘수로써 그는 모두를 편안하게 한다. 그가 지닌 근력과 땀이 온갖 궂은일을 도맡아 하기에 사람들은 농사를 지을 수 있게 된다. 그것은 직계 혈족들에게 드리는 것과 똑같은 공력이다.

  셋째, 사람 사는 동네에서 벌어지는 시비에 즈음하여 그는 사람들에게 공평무사한 자연의 이법을 깨우쳐주고 분쟁을 잠재운다. 또 사물들 간에 서려 있는 조화의 묘를 깊이 깨우치고 있어 그의 손끝에서 만들어지는 요리는 사람들을 감복시킨다.

  결론으로 그는 '있으나 마나한 존재이면서 있었고 없어서는 안 되는 존재이면서 지금처럼 없기도 하는' 존재다. 그러나 그가 가진 모든 덕목은 사람들이 까맣게 모르는 사실이지만 사람을 살게 하는 힘으로 빛난다. 마을 사람들은 그에게 전적으로 의지하여 산다. 그리하여 그는 물이나 공기 같은 존재다. 그의 이름이 '萬根'인 것은 그냥 붙인 것이 아니다. 이는 상기한 자질들과 꼭 맞아떨어지는 작명이 아닐 수 없다.

덧붙여 하나 더 살펴보자. '황만근' 부자(父子)가 나누는 대화법은 희한하다. 해학이 변주된 것 같다. 그것은 그가 '삼강오륜을 모르는 별종'이면서 인간 예법을 넘어선 또는 그 이전 이법에 근거하여 살아가는 자임을 알게 한다.

"아부지야, 인마, 퍼뜩 일나라."
변성기에 들어선 소년의 목소리였다.
"쪼매만 더 앉아 있자. 내 니 엄마를 꿈에서 보다 말았다 안카나."
그것은 마흔을 넘긴 사내의 어리광 같았다.
"너는 우째 맨날 술을 처먹고 내 속을 썩이나. 너 때문에 내가 학
교 공부도 못하겠고 인생도 싫고 고마 밥맛이 없다."
"아이고 우리 아들, 아들님, 내 잘못했다. 한분만 봐조라."

그는 인간이 존재 근거로서 삼아 깃들어 살 우주 이법이다. 술에 취해 바닥에 나뒹구는 그를 아들이 발로 차서 집까지 데려오고 마을 사람들 모두 그를 바보라고 일컬으면서 그의 공력을 알뜰히 부려먹지만 항상 웃음이 얼굴에서 떠나지 않으며 '수십 년을 여일하게 집보다 높은 길을 내다보며 동네 사람에게 큰 소리로 인사를' 던지는 그는 제도요 풍습이 아니라 하늘이요 땅이다.

그가 왜 '만근(萬根)'인지 밝혀졌다. 여기에 '농가부채 해결을 위

한 전국농민 총궐기대회'에 즈음하여 '황만근'이 보이는 자세에서 우리는 현대에 부딪힌 '바보 / 영웅'과 마주하며 또 다른 면모를 목격한다. 토끼와 벌인 싸움에서 그가 불굴의 의지를 지녔다는 사실은 앞에서 말했다. 이제 농민문제라는 현실 사안에 부딪혀 그가 지닌 낙천 기질은 불굴 의지에 바탕을 둔 준열한 현실인식으로 변주한다.

그는 '농사꾼은 빚을 지마 안된다 카이'라는 일갈과 '농사지봐야 그 빚 갚느라고 정신없다'라고 진단하고 '지 입에 들어갈 양석(양식), 곡석을 짓는 사람이 그 고마운 곡석, 양석한테 장나치겠나. 저도 남도 해로운 농약 뿌리고 비싸고 나쁜 비료 쳐서 보기만 좋은 열매를 뺏으마 그마이가?'라고 개탄한다. 이는 '빚과 돈과 농약'으로 얼룩지고 범벅이 된 작금 농촌현실을 강도 높게 비판하는 말들이다. '농자천하지대본'이라는 구절로 적절하게 대신할 수 있을 '황만근' 특유의 이법이 바라볼 때 오늘의 농촌정책은 순리에 크게 어긋나 있는 것이다.

또 '나는 내 짓고 싶은 대로 농사지면서 백년을 살 끼라'라는, 비현실 된 구석이 없지 않아 많은 신조는 그가 원칙주의자라는 것을 알게 한다. 그러나 이 원칙은 딱딱하게 굳어서 인간의 삶을 경직시키는 규칙이 아니라 반드시 지켜야 하며 그것이 파괴되었을 때 큰 불행이 충분히 예상되는, 세상의 근본원리가 되는 법이다. 약삭빠른 사람들과 달리 끝내 약속을 지키려고 기어이 경운기를 움직여 간 이동경로는 이러한 원칙주의자가 펼친 일관된 행동이다.

그런데 만인이 본받아야 마땅한 근본 도리에 값하는 존재성을 지닌 원칙주의자가 세상 사람들이 쳐놓은 얄팍한 구렁텅이에서 죽음을 맞는다. 예수의 이법이 십자가에 못 박히고 말았듯이 '황만근'

이 소중하게 여긴 원칙은 사람들이 믿고 따르지 않았기에 차가운 길바닥 위에서 어처구니없는 최후를 맞고 마는 것이다.

그의 죽음은 오로지 현실 논리에 물든 사람들은 결국 '황만근'이 세운 이법과 정신을 영접할 수 없다는 결론으로 우리를 이끈다. '황만근'이 애석하게 죽음을 맞이한 것은 공평무사한 정법을 수용할 능력을 결여한 허약한 우리 시대를 진단한 작가의 현실인식이면서 비판이다.

절절한 추도사 한 장을 세상 사람들에게 던지면서 황만근 이야기는 끝난다. 비장한 심회가 가득한 애도사는 '황만근'에 대한 한없는 존경심과 그리움을 표출한다. 작가가 지닌 주제의식은 여기에서 숨김없이 그대로 드러난다.

예를 들어 알퐁스 도데의 유명한 단편소설「별」(1869)은 순진하고 순수한 정신 사랑이 얼마나 아름다운지 밤하늘의 별을 빌려 말하고 있다. 당시 프랑스 사회는 육체 사랑이 무한 개방된 시대에 빠져 있었다. 혼탁한 풍조에 반기를 들려고 작가는「별」을 세상에 던졌다고 전해진다.

「황만근은 이렇게 말했다」의 작가 성석제도 우리 시대를 향해 매우 절실한 전언을 던지고 있다. 그는 전설을 꾸며 내 바보를 불러오고 영웅을 데려와 우리 앞에 세워 놓았다. 그 '바보/영웅'은 인간에게 이로운 원리를 몸소 보여주그 실천하는 자이다. 지치지 않는 성실함과 정직함, 인간에게 봉사하고 희생하는 자세, 공평함과 조화, 시련에 부딪쳐 결코 굽히지 않는 투쟁의지들이 이 영웅이 지닌 덕목이다. 이것은 사람이 살아가는 바탕이요 터전이다. 그러나 가장 중요한 것은 이 원칙을 지켜 나가고자 '바보 / 영웅'이 고집한 자세이다.

우리 시대는 인간의 길에 해당하는 원리보다는 당장 눈앞에 닥친 이익을 삶의 기준으로 삼는 풍조가 아주 깊고 넓게 퍼져 있다. 성실과 정직, 공평과 예(禮) 따위 가치들은 물신 앞에서 제 모습과 빛을 점점 잃어가고 있다. 문제는 원리와 현실에 대한 감각이 평형과 조화의 묘를 상실했다는 데에 있다. 어느 한쪽으로 기울어진 파행은 파국과 부작용으로 끝맺을 가능성이 매우 높다. 예를 들어 세상을 떠들썩하게 한 과학자 황우석이 벌인 사기행각(2005)은 허망하다. 그가 피운 거짓말이 세상에 알려지자 가톨릭교회 수장인 추기경은 눈물을 흘려 마지않았다. '그것은 논문에 국한된 문제가 아니다. 우리 모두의 문제다. 정직하고 우직하게 살자. 그것이만이 치유책'이라고 그분은 말했다. 이 말은 우리 시대 우리 사회에 서린 비뚤어진 구조와 속성을 깊이 있게 꿰뚫어 통찰한 직언이다.

칭찬도 대가도 바라지 않고 사람이 걸어가야 할 길을 가는 인간. 눈앞에 펼쳐진 이익에 빠져 눈이 멀어지기 일쑤인 세상인심에 전혀 물들지 않을 그러한 체질과 영혼을 타고난 사람이 바로 '황만근'인다. 작가는 이 '정직하고 우직한' 사람을 그리워하고 있는 것이다.

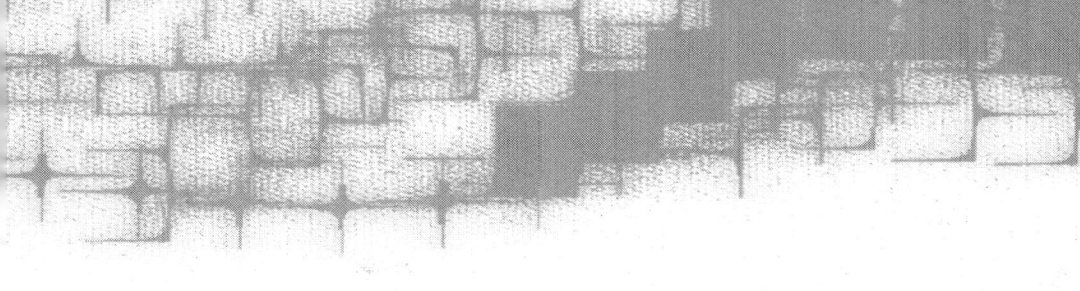

49. 달려라 아비, 어미 품속에서

- 김애란의 「달려라 아비」(2004)

    혼자 하는 말이라 그런지 몰라도 자기 아버지에게 '달려라, 아비'
라고 한다. 학자들이 한때 즐겨 썼던 말로 '중심 해체적'인 딱 그
말버릇이다. 보통 쓰는 말로 하면 버르장머리가 영 없다. 그러나
그래서 발랄하고 화자(또는 작가)는 제 나름대로 개성이 만발한 독
특한 어법을 이미 터득하고 있는 듯 보인다.

    아닌 게 아니다. 자궁 속에서 이미 세상을 간파하기를 즐겨했다
는 발상이 먼저 새롭고 개성이 넘친다. 보기 드물게 재미있다. 여
기에 코믹하게 느껴지는가 하면 실속 없이 기교에만 충실한 문장
이 흔히 풍기기 마련인 경박한 느낌이 충분(?)한 대목들이 넘친다.
분홍빛 야광 반바지를 입고 까만 색안경을 낀 아버지가 전 세계를
무대로 달리는 장면이 대표이고, 이 소설에 어린 남다른 경쾌함은
가령 다음과 같은 장면에 잘 나타나 있다. 아버지가 장렬하게(?) 최
후를 맞는 순간을 그린 부분이다.

……아버지는 창고 구석에 있는 새 잔디깎이 기계를 발견했다. 아
　버지는 서부의 총잡이처럼 잔디깎이 기계에 펄쩍 올라탔고, 두근거리
　는 가슴으로 시동을 켠 뒤, 창고를 박차고 나와 도로를 질주하기 시
　작했다. 아버지는 잔디깎이 기계가 낼 수 있는 최고의 속도로 도망쳤
　다. 아버지가 지나는 곳마다, 푸른 잔디 가루들이 싱그런 풀냄새를
　뿌리며 흩날렸다. 그런데 아버지는, 어디로 가려 한 것이었을까?

　언젠가 어디서 한 번은 본 듯한 장면이다. 어느 외국 영화가 선보
였던 블랙코미디에서 한 대목을 빌려 온 것 같기도 하고 요즘 유행하
는 개그 발상과 꼭 닮았다. 아뭏든 이 소설을 꾸며 낸 말솜씨는 요즘
둘째라고 하면 서러울 정도로 별난 것으로 분류해 주어야 마땅하다.

　그런데 진짜 별난 것은 따로 있다. 이러한 사실들이 눈에 띈다.
이 가볍고 경쾌한 신세대 말투가 담아낸 이야기는 사실 첫째, 주제
가 그리 가볍지 않고 둘째, 내용이 최근 우리네 삶에 어린 양상을
눈여겨본 다른 이야기와 상당히 거리가 멀다. 이 소설을 써 낸 작
가가 누구인지, 몇 살인지, 어떤 이력을 지닌 사람인지 심지어 남
자인지 여자인지도 알 필요가 없고 알고 싶지도 않다. 작품은 고유
속성을 지닌 독립 존재일 뿐이다. 작품을 논하는 마당에서 작가 개
인을 밝히는 정보를 참고로 슬 필요는 없다. 다만 전형된 신세대
말투로 중무장한 채 2004년에 발표된 이 작품이 알맹이로 삼은 이
야기란 것이 아주 먼 옛날 살았던 '어머니와 아버지가 누리던 삶'
이라는 사실이 중요하다. 이는 퍽 뜻밖이다.
　소설을 이루는 본질 요소 가운데 으뜸은 역시 사람과 사건이다.
이 소설이 다루고 있는 사람은 봉건시대 남녀관계에 속한 틀에 매
여 산 어머니와 아버지이다. 사건에서는 일생을 관통한 엄마의 한

(恨)이 가장 큰 비중을 차지하고 있다. 그러니까 이 소설은 결코 웃기고 가벼운 개그 소설이 아닌 것이다.

이 소설에 등장한 어머니는 봉건 여인을 대표한다. 그녀는 일찍이 오로지 순정을 좇아 가출과 상경을 감행하였고 남편에게 버려진 채 아이를 홀로 낳았다. 그리고 끝내 돌아오지 않을 남편을 평생 기억에 담고 살았다. 그것도 아주 힘겨운 생활을 지탱하면서. 아비 없는 딸을 '농담'(웃음)으로 키우려고 애쓰면서 그 딸에게 '자신을 연민하지 않는 법'을 가장 큰 유산으로 물려주려 한 그녀가 악착같이 사는 모습은 시련에도 굴하지 않고 끈질기게 버텨 나가는 웅녀를 느끼게 해 준다. 동시에 버려진 여인이 떠안은 기구한 삶, 애처로운 생활을 짠-하게 전한다. 다음과 같이.

> 어머니는 택시운전을 힘들어했다. 박봉, 여자 기사에 대한 불신, 취객의 희롱, 그래도 나는 어머니에게 곧잘 돈을 달라고 졸랐다. 이렇게 어려운 상황에, 새끼가 속도 깊고 예의까지 발라버리면 어머니가 더 쓸쓸해질 것만 같아서였다. 어머니 역시 미안함에 내게 돈을 더 준다거나 하는 일 따위는 하지 않았다. 어머니는 내가 달라는 만큼만 돈을 줬지만, "벌면 다, 새끼 밑구멍으로 들어가 내가 맨날 씨발, 씨발, 하면서 돈번다"는 생색을 잊지 않았다.

어머니가 이끌어 온 삶은 한마디로 희생과 기다림이 계속 이어진 것이다. 이 무지막지할 정도로 예스런 삶에 깃든 배포를 오늘날 무엇이라고 여겨주어야 할까? 독자 각자가 취향대로 자리매김을 해 줄 사항이지만, '일부종사'니 '삼종지도'니 '여자 삶은 뒤웅박 팔자'라니 따위 오천 년 민족사가 면면한 끈기를 발휘한 끝에 짜낸 각종 봉건 언설로 다져진 여인의 습관이라고 일단 보아야 할 것이다. 가슴속에 품고 있는 정서의 깊이나 양으로 가늠할 때 어머니는 이이야기에서 단연 중심축이요 주인공이다.

그렇다면 아버지는 어떤 인간인가? 어머니를 비추었던 빛을 반사하여 아비를 비추면 정체가 빤하게 드러난다. 아버지도 오천 년 세례를 듬뿍 받은 인물이다. 욕정에 목말라 먼 길을 단숨에 내달리고 연탄재를 허옇게 뒤집어쓰는 열정을 거짓 없이 내보이니 퍽 인간미 있는 족속으로 비칠 뻔했다(사실 그렇기는 하다). 그러나 아내와 딸을 내팽개치고 줄행랑을 친 그는 무책임한 인간일 뿐이다. 비록 그 딸이 '사실만큼 그 사람을 잘 말해 주는 것이 없다면, 아버지는 분명 나쁜 사람이지만, 그게 다니라면 아버지는 내가 아직 모르는 사람이다.'라며 속으로 원망을 삭이고 양가감정으로써 아직 그를 보호하고는 있지만, 피붙이들에 저지른 태도로 볼 때 그는 최소한 염치도 양심도 없는 파렴치한에서 그렇게 많이 비껴서 있지는 않다.
다만 상식을 가뿐히 넘어서서 지금도 신나게 달리고 있는 그의 주력은 남성이 고유하게 지니고 있는, 아무도 못 말릴 그래서 한편 사랑스러울 수 있는 생명력을 비유한다. 그러나 그 생명력이라는 것도 지난날 남성이 위주가 되어 쌓아 올린 권력체계가 그에게 부여한 터무니없는 독재 권력에 뿌리를 박고 있을 뿐이다. 아버지, 그는 딸의 삶을 자기 비위에 맞추려고 평생 딸(지금 어머니)을 달달 볶아대었던 또 다른 남성인 할아비와 함께 여성의 삶을 억압해 온 봉건 잔재로 분류될 인물이다. 그들 때문에 어머니의 삶이 한으로 점철된 것이다.
한쪽이 두서없이 설쳐댄 탓에 둘로 쪼개지고 만 일방 된 인간관계는 결국 여성의 한으로 귀결되었다. 사정이 이러한 데도 이 관계는 아비가 죽은 뒤에 밝혀지는 어머니의 '넘치는 사랑'을 확인하며 마침표를 찍게 된다. 참 놀라운 일이 아닐 수 없다. 이것이야말로 봉건성에 바탕을 둔 인간관계가 겹도 끝도 없이 이어지는 행진이 아니고 무엇이란 말인가.

> 어둠속. 어머니의 숨소리가 점점 잦아들었다. 어머니한테 얼핏 담배냄새가 났다. 나는 왠지 모르게 골이 나서 '아주 나쁜 엄마군!'이라고 팔짱을 꼈다. 어머니는 등을 돌린 채 새우잠을 자고 있었다. 나는 똑바로 천장을 바라봤다. 아주 긴 고요가 어머니의 숨소리를 쓰다듬었다. 그런데 자고 있는 줄 알았던 어머니가 갑자기 입을 열었다. 어머니는 작게 움츠러든 몸을 더욱 안으로 말며, 죽은 아버지에 대한 원망도, 무엇도 없는 낮은 목소리로 이렇게 말했다.
> "잘 썩고 있을까?"

잘 썩고 있을까? ……한숨 쉬듯 끌어낸 한마디는 슬픔을 겨워하지 못한다기보다 어머니 당신께서 아버지와 맺은 인연을 그동안 한순간도 마음에서 놓은 적이 없었다는 사실을 증명한다. 이러한 어머니의 마음과 태도는 달리 생각하여 재단할 것이 아니다. 오롯이 하나부터 열까지 위대한 모성이 지닌 힘으로 보아야 한다. 삶의 질그릇이 깨어진 마당에서도 어머니는 파편을 붙잡고 안 놓았다. 일관된 지조와 절개로 살아온 것이다. 이 줄기찬 여정 끝에서 아버지(남편)를 용서하고 사랑하는 공간이 창출된다.

이제 그래서 '나'는 아비에게 선글라스를 끼워 줄 수 있게 된 것이다. '나'는 위대한 어미의 힘을 빌려 아비를 새롭게 보고 '나'도 거듭난다. 양가감정에 달린 추는 어느 한쪽으로 확실히 기운다. '나'는 달리는 아버지의 시력을 염려하여 오늘부터 색안경을 얹어 준다. 아버지가 끌어온 삶을 긍정하고 포용하는 것이다.

이 소설에 담긴 소재와 주제는 몹시 낡았다. 가족을 돌보지 않는 아버지는 19세기 봉건 폐습을 재론하는 소재이기 때문이다. 여기서 심각해야 할 이야기를 우스꽝스러운 액자 속에 밀어 넣은 경박함이야 보고 느끼기에 따라 다양하게 평가를 내릴 일이지만, 낡은 것을 거듭나게 하는 '새로운 해석' 효과만은 또렷하다. 콜라처럼 톡 쏘는 문체가 해당 문제를 확연히 새롭게 바라보게 하는 효과를 지니고 있다. 그런가 하면 작가가 현장에서 체험한 내용을 바탕으로 한 진정성은 희박하고 전래 민담을 현대인 감각으로써 재탕하고 있어 마치 특이한 포장지를 대할 때 느끼는 허전함과 허약함을 엿볼 수 있기도 하다.

이러한 가운데 정작 눈여겨보아 높이 평가해 줄 점은 바로 분열된 삶을 결국 포용해 내는 자세다. 딸이 아버지에게 선글라스를 끼워주는 순간은 현대 감각으로 꾸민 어떤 제의(祭儀)로 느껴진다. 광물성 제기(祭器)인 색안경은 아버지를 생각하는 가족 모두의 사랑과 이해를 결집시키고 있다. 이러한 사랑은 인간이 결코 버릴 수 없는 아름다움이다.

요즘 삶이 고단하다. 절망과 불안의 끝에서 세기말 도피현상과 같은 환상으로 문학을 일구려는 움직임이 자주 보인다. 이에 비해 작가는 성숙하다. 아버지를 한쪽에서만 바라본 시각을 끝내 걷어내지 못했고 진정 건전한 관계를 회복하는 데 실패했다는 약점은 분명하다. 그러나 분열과 부조화가 어린 기나긴 계절을 지나면서도 밝고 싱싱한 기운을 잃지 않고 건강하게 삶을 끌어온 탄력을 독자는 이 작품에서 느낄 수 있다. 이것이 이 소설이 지닌 매력이며 강점이다.

50. '사람의 몸(肉과 骨)'에 매달린 수상록

- 김훈의 「화장」(2004)

이 소설은 사건 구조가 무척 단순하다. 아니 거의 사건이 없다. 인물들이 지닌 뜻과 가치가 서로 충돌하는 갈등이 없고 따라서 주목할 만한 사건이 희박하다. 다만 희귀한 상황이 있고 어떤 이가 지나온 삶의 내력이 나타나 있을 뿐이다.

오십대 중반에 이른 한 남자가 있다. 재벌급 화장품 회사에서 상무로 일하고 있으니 퍽 성공한 인생이라고 할 만하다. 그는 부인과 결혼을 앞둔 딸이 하나 있는데, 지금 부인이 뇌종양을 앓고 있다. 그리고 하늘하고 자기만 아는, 아무도 모르게 짝사랑하는 젊은 여자가 있다. 그는 죽어 가는 부인과 젊은 여자를 오랫동안 응시하고 그 결과를 보여준다. 그것은 삶과 죽음을 대조하는 작업과 같다. 작품에서 그가 하는 일은 이게 전부요 작품 지면은 대조 결과로 꽉 차 있다. 마지막에 개(犬)를 안락사시키는 장면이 나오지만 특별한 의미를 더한 것이기보다는 전체 줄거리 안에서 소설다운 구색을 갖추려고 세운 대목이요 군더더기 화소(話素)이다.

그는 죽어 가는 아내의 몸으로써 짝사랑하는 여자의 몸을 바라보고 있다. 아주 깊고 넓게. 아름답게 피어나는 몸으로써 썩어 가는 몸을 바라보는 것이다. 그 반대도 성립한다. 여기에 사람들 몸에 덧칠해야 할 화장품 광고 내용이 보조비유어처럼 곁들여져 있다. 독자의 사고력을 늘려주려는 듯 삶에 깃든 특정 요소를 깊이 있게 강조하고자 한 이 글은 그래서 '몸(肉과 骨) 관찰서'라고 이름을 붙이면 알맞다. 관찰 대상을 묘사하는 어조와 어감이 비교할 대상을 찾기 힘들게 강한 것이 전체 특성으로 나타나는데, 이는 대상에 섬세하고 집요하게 집중한 결과이다. 이러한 의욕은 삶과 몸에 대한 충격 어린 보고서를 내놓았다.

그의 아내가 뇌종양으로 죽어 간다. 뇌종양은 죽은 세포가 아니라 생명 어린 세포다. 생명 속에 깃든 또 다른 생명현상이다. 의사가 전하는 말이다. 그렇다면 뇌종양은 인간의 몸이 연출하는 역설현상이다. 생명에 생명이 싹트고 그런데 그 싹이 생명을 고통으로 몰아가 결국 소멸시키려 한다. 이러한 역설 때문에 죽어 가는 몸에 나타나는 비참한 현상을 그는 더욱 눈여겨본다.

　　아내는 죽음을 향해 온순히 투항했다. 벌어진 입술 사이로 메말라 보이는 입술 사이로 침이 한 줄기 흘러나왔다. 죽은 아내의 몸은 뼈와 가죽뿐이었다. 엉덩이살이 모두 말라버려서 골반뼈 위로 헐렁한 피부가 늘어져 매트리스 위에서 접혔다. 간병인이 아내를 목욕시킬 때 보니까, 성기 주변에도 살이 빠져서 치골이 가파르게 드러났고 까맣게 타들어 가듯 말라붙어 있었다. 나와 아내가 그 메마른 곳으로부터 딸을 낳았다는 사실을 믿을 수 없었다. 간병인이 사타구니의 물기를 수건으로 닦을 때마다 항암제 부작용으로 들뜬 음모가 부스러지듯 빠져나왔다. 그때마다 간병인은 수건을 욕조 바닥에 탁탁 털어냈다.

이 대목은 한 몸이 맞이하는 지저분하고 추레할 뿐인 최후를 담고 있다. 흰 이불로 고이 덮어 이제는 조용히 보내주어야 아름다운 예의가 될 것인데 시신에 가까워진 몸을 들춰내어 이토록 발가벗기듯 묘사하는 데에는 작가가 품은 남다른 주제의식이 물론 깃들어 있으리라. 그것은 첫째, 간과하거나 덮어두기 십상인 어떤 진실 또는 약점을 결코 외면하지 않고 직시하겠다는 의지이다. 둘째, 육으로 태어나서 육으로 돌아가는 것이 만유에 보편한 생명구조인데 '생로병사'라는 말로도 요약되는 이 체제를 곱씹을 때 불현듯 밀려드는 허무의식을 정시(正視)하겠다는 노력이다. 그렇다면 음모가 부스러지듯 흘러내리는 여자의 음부는 작가가 지닌 의지를 충분히 만족시키고도 남지 않을까.

이뿐만이 아니다. 썩어 가는 아내 몸에서는 코를 찌르는 악취가 풍긴다. 목욕탕에서 발가벗고 왔다 갔다 하는 사내들의 몸에 붙은 고환은 마치 시계추처럼 덜렁거린다. 화장품 회사 사장은 만성 해소와 만성무릎관절을 앓는다. 쿨럭이는 사장은 꼭 살아 있는 시체 같다. 그리고 주인공 남자 성기(性器)에 붙어 있는 전립선염은 참담하고 수치스러워 내 성기가 내 몸이 아닌 듯 느껴지게 한다. 특히 아내와 딸의 몸을 번갈아 쳐다보며 두 사람의 살과 뼈가 같다는 사실을 확인하고 남자는 당혹해한다. 몸을 지닌 인간이 피해 갈 수 없는 이러한 약점들을 작가는 이토록 열심히 열거하고 있다. 그 까닭은 무엇일까? 말했듯이 인간이 몸을 지닌 존재라는 사실을 우리 앞에 또렷한 명제로 내세우려는 욕심이다. 삶을 포장하고 미화(美

化)하려는 장막을 골육이 부패하고 몰락하는 장면으로써 걷어내어 인간이 몸을 본질로 삼아 살아가는 존재라는 사실을 거듭 되새기려는 뜻이다.

병마 때문에 썩어 가는 아내의 몸을 중심으로 하여 드러나는 추(醜)의식. 이는 이 수상록을 형성한 두 개 축 중 하나다. 또 다른 축은 젊은 여자의 몸에 집중한 남자의 시선 끝에 매달려 있다. 여인을 짝사랑한다고 그는 고백하지만 그야말로 일방에 기울어 있다. 그러나 대상에 탐닉하는 수위가 지나칠 정도로 애절하고 솔직하다. 몸이 얼마나 추한 것이냐를 탐색하던 의식이 가닿은 수준과 깊이가 같다. 상식이라는 선을 넘어 과도한 수준으로 빠져든다.

제가 당신을 당신이라고 부를 때, 당신은 당신의 이름 속으로 사라지고 저의 부름이 당신의 이름에 닿지 못해서 당신은 마침내 3인칭이었고, 저는 부름과 이름 사이의 아득한 거리를 건너갈 수 없었는데, 저의 부름이 닿지 못하는 자리에서 당신의 몸은 햇빛처럼 완연했습니다. 제가 당신의 이름과 당신의 몸을 당신을 떠올릴 때 저의 마음속을 흘러가는 이 경어체의 말들은 말이 아니라, 말로 환생하기를 갈구하는 기갈이나 허기일 것입니다.

이 자술에는 보다시피 대상을 동경하는 빛이 주체할 수 없을 정도로 반짝이고 있다. 대상을 신성시하고 절대화한다. 대상을 좇아 신비로운 감각을 뒤섞어 꾸며 낸 이 진술은 종래에 보지 못하였던 새로운 차원에서 사랑이야기를 하고 있다는 의미를 지닌다. 너무나 치열하고 솔직하고 그래서 유별나기에 이러한 사유내용이 인간 성욕과 그에 따른 소유욕을 근원에서 되새길 대안으로 전혀 부족이 없어 보인다.

그러나 몸으로써 인간을 보고자 한 작가의 관찰의도를 가늠하면서, 더도 덜도 아니고 그에 합당한 평가를 해 주어야 할 것이다. '여자인 당신, 당신의 깊은 몸속의 나라, 그 나라의 새벽 무렵에 당신의 체액에 저는 노을빛 살들'과 '당신의 체액과 비벼지면서 당신의 몸속으로 흘러가는 볶음밥 낱알들', '당신의 몸속 실핏줄 속을 흐르는 피의 온도와 당신의 체액에 젖는 살들의 질감', '먼 나라로 가는 길처럼 보이는 당신의 푸른 정맥', 당신의 아기가 태어났을 당신의 산도'…… 이렇듯 끝없이 이어질 듯한, 인간 피부를 뚫고 들어선, 평온을 넘어선 아니 평온을 깨고 새 평온에 다다른 듯한, 육체를 절대 숭배하는 것 같은, 여성의 몸에 집중된 이 상상력을 무엇이라고 진단하여야 할 것인가. 이것이 문제다.

　우선 이미 말했듯이 동경을 지나 숭배 경지에 이르러 사랑이 아름답다는 것을 새롭게 읽어낸 의식으로 보면 될 것이다. 그러나 인간과 몸과 삶이 지독히 추하다는 사실을 드러낸 축과 함께 바라볼 때, 이러한 특이한 시각은 결국 인간은 육체 존재라는 사실을 다시 새기게 하는 데에 의미가 있다.

　한편 화장품 회사 사람들이 화장품을 팔려고 갖은 노력을 기울이는 장면도 작가는 세세하게 보고한다. 이 보고서에는 이렇게 써져 있다. 여성은 평생 몸에 바치는 집착 때문에 전전긍긍한다. 이 일상일 뿐이어서 아무도 눈여겨보지 않을 보편 사실을 작가는 아주 새롭게 살펴본 것이다.

　인간이 몸을 지닌 존재라는 사실. 결국 작가는 이 사실을 새삼스럽게 사색하는 데에 그가 지닌 필설을 모은 것이다. 그래서 누가 이 작품이 소설이 아니라고 주장해도 전면에서 부정하기 힘들다. 소설 형식을 빈 수필. 이렇게 규정해도 무방하다. 물론 허구 인물들이 보여준 추함이요 아름다음이니 소설은 소설이요, 이 점도 전면에서 부인할 수 없다. 그러나 소설답지 못하다는 것이다.

서술성이라는 측면에서 이 작품이 지닌 강점이요 미덕은 한 가지다. 인간의 몸을 둘러싼 사유를 전개하면서 두 각을 날카롭게 대비시켰다는 점이다. 사랑의 빛이 비추는 한 또는 사랑의 빛이 비출 때 인간이 지닌 몸은 한없이 아름답다. 반면 세월이 흘러 서서히 썩어 가면, 아니 썩어 갈 수밖에 없으니 인간의 몸은 한없이 추하다. 이것이 이 작품을 떠받들고 있는 두 주제의식이다. 물론 이 사실은 오늘 작가가 처음 발견한 속성은 결코 아니다. 그런데도 두 각이 새삼스럽게 날카로운 빛을 띠는 것은 두 축을 대비 기법 안에 세웠으되 이전에는 볼 수 없게 대비하는 폭이 넓고 깊기 때문이다.

그래서 두 축은 두 극단이 되어 충돌한다. 이것은 낯설게 하기 수법이며 단순하기 짝이 없는 구조로써 전하고자 하는 의미를 최대한 명료하게 드러낸다. 또 독자를 은연중 긴장시키면서 사유의 골짜기로 몰아가는 힘이 있다. '화장'이라는 제목이 '화장(火葬)' 또는 '화장(化粧)'일 수 있다는 중의성을 좇은 언어유희도 긴장감을 유지하는 데에 한몫한다.

그러나 사유할 먹이를 던지는 것만으로 소설을 완성하지는 못한다. 원론 같은 상식을 강조하여 말하자면 사유 자체는 소설이 아니다. 소설은 사유의 껍데기가 아니기 때문이다. 이 작품은 소설을 빈 사유서라는 꼴에 머물러 있다. 이 점이 퍽 유감스럽다. 또 추와 미를 연결하는 삶이 없어 허전하다. 그렇다고 인간의 몸은 첫째, 추하다든지 둘째, 아름답다든지 그도 저도 아니면 셋째, 추할 수도 있고 아름다울 수도 있다든지, 어떤 식으로든 결론을 지어내지도 않았다.

가장 아쉬운 점은 이 글이 사건과 인물을 만들어 삶을 묘사하고 이해한다는 힘겨운 작업을 비껴갔다는 사실이다. 그래서 이 글은 작가가 찾아낸 새 관찰 영역을 공표하기에 급급했던 노작이라는 의미를 지닌다. 그리고 이 말은 이렇게 바꿀 수도 있다. 이러한 글들은 작가가 찾아낸 새 관찰 영역을 공표하기에 그친 노작이라는 의미를 지닌다.

황효일

▋약 력

서울 생. 국민대학교 졸업.
1997년 국민대학교에서 논문「황순원 소설 연구」로
박사학위 받음.
'수필 문학의 이해'(2000)
'거리의 시인 – 기형도에 대하여'(2001)
'현대소설의 한 흐름에 대한 소고'(2005)
'아주 작은 소리의 큰 울림 – 김종삼의 시세계'(2006)
등 논문을 썼고
수필집「하고 싶은 말이 있군요」(2006)를 발간했음.
서경대, 부천대, 강남대, 금강대 등에 출강한 바 있고
현재 국민대학교에서 문학과 글쓰기 관련 과목을
강의하고 있음.

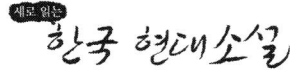

한국 현대소실

초판인쇄 | 2009년 11월 13일
초판발행 | 2009년 11월 13일

지은이 | 황효일
펴낸이 | 채종준
펴낸곳 | 한국학술정보㈜
주 소 | 경기도 파주시 교하읍 문발리 파주출판문화정보산업단지 513-5
전 화 | 031) 908-3181(대표)
팩 스 | 031) 908-3189
홈페이지 | http://www.kstudy.com
E-mail | 출판사업부 publish@kstudy.com
등 록 | 제일산-115호(2000. 6. 19)

ISBN   978-89-268-0495-7 93810 (Paper Book)
        978-89-268-0496-4 98810 (e-Book)

은 시대와 시대의 지식을 이어 갑니다.